LE

GALAND

DOUBLÉ,

COMEDIE.

ACTEURS.

D. DIEGUE, Pére de Leonor.

D. FERNAND de Solis, Amant de Leonor.

D. JUAN de Torrés, Amy de D. Fernand.

LEONOR, Fille de D. Diegue.

ISABELLE, Amie de Leonor.

BEATRIX, Suivante d'Isabelle.

JACINTE, Suivante de Leonor.

Un Exempt.

GUZMAN, Valet de D. Fernand.

La Scéne est à Madrid.

POËMES
DRAMATIQUES
DE
T. CORNEILLE
NOUVELLE EDITION,
revûë, corrigée, & augmentée.

TROISIEME PARTIE.

D.III No 3083.

A PARIS,

Chez CHARLES OSMONT, ruë S. Jacques,
au coin de la ruë de la Parcheminerie,
à l'Ecu de France.

_____

M. DCCVI.
AVEC PRIVILEGE DU ROI.

PIECES

Contenuës en cette troisiéme Partie.

LE
GALAND
DOUBLÉ,
COMEDIE.

ACTE I.
SCENE PREMIERE,

D. FERNAND, GUZMAN.

D. FERNAND.

H, Guzman!

GUZMAN.
Ah, Monſieur!

D. FERNAND.
Je te vois à Madrid!

GUZMAN.
Ce voyage long-temps m'a chagriné l'eſprit,
Et j'avois belle peur de ne le pouvoir faire.

D. FERNAND.
Quoi, Guzman, tu doutois du crédit de mon Pére?

A ij

GUZMAN

Je ne doutois de rien, mais dans la vérité
D. Cesar étoit mort, & j'étois arrêté.

D. FERNAND.

Pour huit jours de prison tu t'en dûs croire quitte,

GUZMAN.

La prison est toûjours un malencontreux gîte,
Et m'y voyant entré, je m'étois attendu
A n'en sortir jamais que pour être pendu.
Dans ces occasions, pour chetif qu'il puisse être,
Un Valet quelquefois peut payer pour son Maître.
Comme après le coup fait vous étiez évadé,
On n'accusoit que moy d'avoir homicidé
J'étois-là sottement demeuré pour les gages.

D. FERNAND.

Enfin?

GUZMAN.

Enfin l'argent a de grands avantages,
Et c'est par sa vertu qu'on est tombé d'accord,
Que sans nuire aux Vivans, le Mort resteroit mort.
Mais depuis plus d'un mois que parti de Séville,
Vous avez ici dû prendre en propre une Fille,
Tout étant entre vous par lettres concerté,
Puis-je vous demander où vous avez été?

D. FERNAND.

Ici. Pourquoi douter d'une chose si claire?

GUZMAN.

Pour vous avoir en vain cherché chez le Beau-pere,

D. FERNAND.

Chez D. Diegue?

GUZMAN.

Oüi, Monsieur,

D. FERNAND.

Ah, Guzman, qu'as-tu fait?

GUZMAN.

Ma foy, c'est un brave homme, & j'en suis satisfait;
La station est douce, on y boit d'importance.

D. FERNAND.

Il m'attend comme Gendre?

GUZMAN.

Avec impatience,
Et trouve tout en vous tellement à son gré,
Qu'il voudroit dès demain vous avoir engendré.
Vôtre retardement le tient bien en cervelle.

D. FERNAND.

Par toy de mon départ il a sçû la nouvelle ?

GUZMAN.

Il sçait jusqu'au sujet qui vous l'a fait hâter.

D. FERNAND.

Sa Fille, tu l'as vûë, il n'en faut point douter ?

GUZMAN.

Arrivé d'hier au soir, je n'ay vû que le Pére,
Et ne sçachant sans vous que resoudre ni faire,
Sorti sans en rien dire avant qu'il fût levé,
J'ay voulu voir la Ville, & je vous ay trouvé.
Mais de grace, Monsieur, quelle rare avanture
Vous fait fuir le Beau-pere, & l'Epouse future ?
Vous sentez-vous impropre au matrimonium ?

D. FERNAND.

Guzman, je laisse agir mon inclination,
Et de si doux Objets ont tenté ma franchise...

GUZMAN.

Prenez garde, Monsieur, à cette marchandise.
L'air de Cour rabat bien du haut prix qui s'y met,
On ne la livre pas telle qu'on l'y promet,
Et beaucoup attrapez par un maintien modeste,
Pensent prendre en plein drap, qui n'achettent qu'un
    reste.

D. FERNAND.

Non, non, mon cœur n'est point novice dans ce choix,
Et pour deux aujourd'hui brûle tout à la fois.

GUZMAN.

Autres que Leonor vôtre Epouse !

D. FERNAND.

Autres qu'elle.
On me la fait aimable, on me dit qu'elle est belle ;
Mais son Pére & le mien en ont en vain ma foy ;
Ils choisissoient pour eux, je veux choisir pour moy.

A iij

GUZMAN.

Bon, mais puis qu'à la fois deux ont l'heur de vous
　　plaire,
Et que la confrairie est un mal nécessaire,
Prenez-les toutes deux en qualité d'Epoux,
L'une pour vos Amis, l'autre sera pour vous.

D. FERNAND.

Au lieu de badiner, écoute. La poursuite
Dont pour Cesar tué j'apprehendois la suite,
Ayant hâté d'un mois mon voyage à la Cour,
Me fit perdre d'abord tout souci de l'amour.
Ainsi jusqu'au succez que j'en devois attendre,
J'oubliai qu'à Madrid je venois comme Gendre,
Et sans que chez D. Diegue aucun l'ait pû sçavoir,
D. Juan est celuy qui m'a sçû recevoir.
Me logeant, il ne fait que me rendre en sa Ville
Ce que tu sçais chez nous qu'il reçût à Séville,
Et j'ay l'heur qu'à Madrid n'étant jamais venu,
Il est le seul encor de qui j'y sois connu.

GUZMAN.

Vous l'êtes du Beau-pere.

D. FERNAND.

　　　　　Il a mauvaise vûë,
Je l'ay déja deux fois rencontré par la ruë;
Mais comme j'y prens garde, & qu'il me croit fort
　　loin,
Cet embarras à fuir me donne peu de soin.
Cependant, D. Juan m'a fait voir une Dame,
Pour qui mon cœur soudain s'est senti tout de flame.
Jamais des traits plus vifs, jamais des yeux plus doux,
N'avoient porté sur luy de si dangereux coups.
L'air galant, enjoüé....

GUZMAN.

Son nom est ?

D. FERNAND.

　　　　　　Isabelle.

GUZMAN

Et vous avez sans doute un libre accez chez elle ?

D. FERNAND.

Jusque-là que tantôt encor elle m'attend.

GUZMAN.

Elle vous aime ?

D. FERNAND.

Assez pour en être content,
Et comme elle a du bien, & dépend d'elle-même,
Je l'aimerois autant peut-être qu'elle m'aime,
Si par un autre amour cet amour traversé
Pouvoit continuer comme il a commencé.

GUZMAN.

Avoüez à peu près que mon goût est le vôtre,
Tâter un peu de tout, hier l'une, aujourd'hui l'autre,
Cet amour est d'un genre assez adulterin.

D. FERNAND.

Non, ces deux Objets seuls ont droit sur mon destin,
Et toute autre beauté toucheroit peu mon ame.

GUZMAN.

Quelle est cette seconde encor qui vous enflame ?

D. FERNAND.

J'en ignore le nom comme la qualité.

GUZMAN

Vous l'aimez seulement par curiosité ?

D. FERNAND.

Ce commerce où mon cœur va plus loin qu'il ne pense,
Est fondé de sa part sur la reconnoissance.
Aux lieux de promenade elle vient chaque jour
Recevoir les sermens d'un réciproque amour,
Mais sans se découvrir.

GUZMAN.

Monsieur, c'est une gueuse
Qui gagne ses habits au métier de coureuse,
Et qui poussant le leurre autant qu'elle pourra,
Se titrera Marquise, & vous attrapera.

D. FERNAND.

A la voir seulement tu jugerois mieux d'elle.
De tout ce qu'elle fait la grace est naturelle,
Le port noble & touchant, rien de bas, d'affecté,
Un certain air modeste & plein de liberté,

A iiij

Je ne fçai quoi de doux , l'entretien agréable ;
L'efprit vif , délicat , perçant.

GUZMAN.

C'eft-là le diable.
Ces gueufes pour piller la dupe qui leur rit ,
Monfieur , vendant le corps , achettent de l'efprit.

D. FERNAND.

Pour m'y voir attrapé je m'y fçais trop connoître ,
Et ce que tant d'appas dans mon cœur ont fait naître
Pourroit pour celle cy gagner enfin ma voix ,
Si fa famille fçûë autorifoit mon choix.
Au plus parfait amour je fens mon ame prête ,
Mais j'ignore qui j'aime , & c'eft ce qui m'arrête.

GUZMAN.

La fourbe eft bien en régne , & s'en fauve qui peut.

SCENE II.

D. FERNAND, JACINTE, GUZMAN.

JACINTE *ayant la coëffe abatuë.*

S^T.

GUZMAN.

St. Bon jour. Monfieur, eft-ce à vous qu'on en
veut ,
Ou fi c'eft moy déja que la Donzelle tente,
Voïez.

D. FERNAND.

A l'Inconnuë elle fert de Suivante.
Tay-toy. Qu'heureufement je te rencontre ici !
Enfin....

JACINTE.

Heureufement je vous rencontre auffi.
A la Pofte où pour nous vous laiffez vôtre adreffe ,
Je portois ce billet.

D. FERNAND.

De qui ?

JACINTE.

De ma Maîtresse.

Lisez-le, D. Fernand.

GUZMAN *à Jacinte tandis que D. Fernand lit.*

Ma chere....

JACINTE.

Asseurément.

GUZMAN.

Si le cœur t'en disoit, je suis sans compliment.
Ces détours, ces douceurs, dont un galand s'enyvre,
Autant de bien perdu pour ceux qui sçavent vivre.
Sans tant verbaliser l'amour veut de l'effet,
J'en ay toujours de prêt, si tu m'aimes, c'est fait.

JACINTE.

Tu feras pris au mot, si tu n'y prens bien garde.

GUZMAN.

Ma foy, dans ce marché c'est moy seul qui hazarde,
Tu vois clair en m'aimant si nous en disputons,
Mais je suis obligé de t'aimer à tâtons ;
Avec ton nez bridé de ta coëffe importune,
Ta ténébrosité m'en pourroit bailler d'une,
Et ton minois, de cœurs modestement filou,
S'il n'est quelque peu singe, est peut-être hybou.

JACINTE.

Il te les faut choisir.

D. FERNAND *après avoir lû.*

Ta Maîtresse m'oblige,
Et ne peut me donner d'avis que je néglige.
Mais ne puis-je sçavoir où tu me dois mener ?

JACINTE.

Ne vous préparez point à me questionner.
Tantôt au lieu marqué prenez soin de vous rendre,
Suivant vôtre billet je vous y viendrai prendre,
N'attendez rien de plus.

D. FERNAND.

Ote-moy de souci,

De grace....

A P.

JACINTE.
Voulez-vous qu'on me furprenne ici ?
Si quelqu'un m'y connoit, ma Maîtreſſe eſt perduë.
D. FERNAND.
Mais fay-la-moy connoître.
JACINTE.
Enfin vous l'avez vûë ?
D. FERNAND.
Oüï, je ſçai bien qu'en elle éclatent mille appas.
JACINTE.
En êtes-vous content ?
D. FERNAND.
Qui ne le ſeroit pas ?
JACINTE.
Jugez par-là du reſte, & luy ſoïez fidelle.
D. FERNAND.
Au moins dy-moy ſon rang.
JACINTE.
Tout eſt égal en elle,
La beauté, l'air, l'eſprit, la qualité, le bien.
GUZMAN.
C'eſt à dire, Monſieur, que le tout n'y vaut rien.
D. FERNAND.
Maraut.....
GUZMAN.
Vous la croyez à ſon apprentiſſage ?
D. FERNAND.
Mais pourquoi ſe cacher ?
JACINTE.
C'eſt qu'elle eſt bonne & ſage,
Et que l'on voit la fourbe un don ſi cavalier,
Qu'il faut vous bien connoître avant que s'y fier.
D. FERNAND.
Non, ſi ma paſſion ne va juſqu'à l'extréme,
Si mon cœur n'eſt atteint....
JACINTE.
Chacun en dit de même.
Pour faire croire un feu qu'ils affectent ſouvent,
Tous ont le même ſtile, & la plûpart, du vent.

D. FERNAND
Mais ta Maîtresse enfin, ou qui qu'elle puisse être,
Se trouvera forcée à se faire connoître ;
Il en faudra venir à l'aveu que l'attens.
JACINTE
Vous sçaurez le secret quand il en sera temps,
Et prétendez en vain me voir changer de note,
Je tiens bien le tacet.
GUZMAN.
La peste soit la sotte.
Quelque fût le secret qu'on m'eût pû confier,
Je le dirois soudain de peur de l'oublier.
D. FERNAND.
Tu n'oses donc encor m'éclaircir l'avanture ?
GUZMAN.
Elle est faite, Monsieur, en dépit de Nature,
Et le Ciel se trompant sans doute à la façon,
Dans un moule de Fille a crû faire un Poisson.
JACINTE.
Adieu, brave causeur.
GUZMAN.
Adieu, chere muette.

SCENE III.

D. FERNAND, GUZMAN.

GUZMAN.
Qui l'en croira, Monsieur, vôtre fortune est faite ;
Esprit, naissance, bien, attraits, le choix est
doux.
D. FERNAND
Me voici cependant avec deux rendez-vous,
Isabelle tantôt m'attend à la même heure.
GUZMAN.
Des deux occasions choisissez la meilleure,
Allez où vôtre cœur est le plus attaché.

D. FERNAND.

Pour la Dame Inconnuë il se sent plus touché ;
Mais de peur de surprise ignorant sa naissance,
Autant que je le puis je le tiens en balance,
Et comme je ne sçai ce qui peut arriver,
Si celle-ci manquoit, l'autre est à conserver.

GUZMAN.

Mais puis qu'elle vous tient ses affaires secrettes,
Luy deviez vous si-tôt découvrir qui vous êtes ?
Sa Suivante a d'abord fait oüir vôtre nom.

D. FERNAND.

Qu'il soit connu de tous, qu'en devinera-t'on ?
Il est mille Fernands dans une même Ville.
Suffit que j'ay caché que je suis de Séville,
Et qu'enfin me disant de Grenade, j'ay pris
Le surnom d'Avalos pour celuy de Solis.

GUZMAN.

Par ce nom trop tôt dit, autre embarras à craindre.
Vous aimez Isabelle, ou du moins l'osez feindre ;
Et si cette Inconnuë apprend quelque beau jour
Qu'un Fernand Grenadin fasse en deux lieux sa cour ?

D. FERNAND.

Cesar de ce péril par sa mort me délivre.
Craignant que jusqu'ici l'on ne me sçût poursuivre
Je priai D. Juan d'abuser ses amis,
Me nommant devant eux par tout D. Dionis.
Sous ce nom, d'Isabelle il m'asseura la vûë,
Et je suis D. Fernand pour la seule Inconnuë.
Mais de quelque message on m'en vient régaler ;
Sa Suivante m'approche afin de me parler,
Je la voy qui sourit.

GUZMAN.

        Quoi, celle d'Isabelle ?

Vôtre premiere Amante ?

D. FERNAND.

        Oüi, Guzman.

GUZMAN.

                Qu'elle est belle !

Monsieur, préferons-la.

D. FERNAND.

Tû te trouves tenté ?

GUZMAN.

J'ay de malins inftans pour la fragilité
Et par précaution j'eſſayrois du reméde.

SCENE IV.

D. FERNAND , BEATRIX , GUZMAN.

D. FERNAND.

AUjourd'hui , Beatrix, tout à mes vœux ſuccede.
Ta rencontre eſt un bien qui doit m'être ſi
doux . . .

BEATRIX.

Pas tant , ſi je vous viens ôter un rendez-vous.

D. FERNAND.

Que dis-tu ?

BEATRIX.

Que tantôt ma Maîtreſſe Iſabelle
Ne peut , D. Dionis , vous attendre chez elle :
Voilà ce que j'allois vous dire de ſa part.

D. FERNAND.

J'attendrai ſon retour , & la verrai plus tard.

BEATRIX.

Non pas pour aujourd'hui , vôtre amour va trop
vite.

D. FERNAND.

Au moins à ſon défaut accepte ma viſite ,
Et ſi tantôt ſans toy par hazard elle ſort . . .

BEATRIX.

Il vous plaît de railler.

D. FERNAND.

Ah , c'eſt me faire tort.
Non , à t'entretenir j'aurai la même joye,
Et je croirai la voir pourvû que je te voye.

BEATRIX.

Ma foy , je ne fçay pas comme vous l'entendez ,
Mais je penfe valoir ce que vous demandez.
D'auffi bien faits que vous me verroient pour mon
compte.

GUZMAN.

Qu'elle en fçait !

D. FERNAND.

Tout de bon , ton efprit me fait honte ;
Et je t'en trouve tant . . .

BEATRIX.

Que vous le baillez doux !
Treve , D. Dionis , point de guerre entre nous ,
J'ay peut-être dequoy vous donner vôtre refte.

D. FERNAND.

Tu tourne tout en jeu , mais je te le protefte ,
Que mon cœur fent pour toy certaine émotion . . .

BEATRIX.

De grace , arrêtez-là la proteftation.
Sans me charger encor d'un cœur comme le vôtre ,
J'ay tant de Proteftans qu'ils s'étouffent l'un l'autre ,
Et dans les vœux divers qu'on me vient adreffer ,
Je ne fçai tantôt plus où les pouvoir placer.

D. FERNAND.

Ta beauté du plus fier te feroit un efclave.

BEATRIX.

Je fçay ce que je puis , ne faites point le brave ,
Et croyez feulement que l'ayant entrepris ,
Vous feriez bien adroit fi vous ne reftiez pris.
Qu'on fe défende ou non de chercher à me plaire ,
Quand j'ay deffein de prendre , on ne m'échape
guére ,
Et j'arrête fi-bien , qu'en ce droit abfolu
Je n'ay perdu jamais que ce que j'ay voulu.

D. FERNAND.

Qui ne t'en croiroit pas ? tu vaux que l'on t'admire ,
Tout eft aimable en toy.

BEATRIX.

Vous penfez vous en rire ,

Mais après tout, peut-être à m'examiner bien,
A la qualité prés, il ne me manque rien.
Quoi que montre d'appas ma Maîtresse & la vôtre,
Cette taille & ce port en valent bien quelque autre.
Si je n'zy point les traits si doux, si délicats,
J'ay des je ne sçay quoi que la beauté n'a pas,
Le teint, je m'en rapporte, & pour de la jeunesse,
Je pense que me voir c'est tout.

GUZMAN.

La bonne piéce !
Si quelqu'un l'entend mieux, je le quitte.

BEATRIX.

Jaseur,
C'est à toy de parler avec les gens d'honneur ?

GUZMAN.

Si je puis librement dire ce qui m'en semble,
Ton honneur & le mien sont bons à mettre ensemble,
Et quiconque des deux pourroit n'en faire qu'un,
Feroit encor, je pense, un honneur bien commun.

D. FERNAND.

Tu ne te tairas point, Maraut ?

GUZMAN.

Sur ma parole,
La Matoise est, Monsieur, instruite en bonne école,
Elle vous en dira de toutes les façons,
Et se peut aisément passer de nos leçons.

BEATRIX.

Oüi, je m'abaisserai jusqu'à prendre des tiennes.

GUZMAN.

Ah ! mon Ange.

BEATRIX.

C'est-là que je veux que tu viennes,
J'ay besoin des douceurs d'un Galand tel que toy.

D. FERNAND.

Laisse-là ce badin, & ne songe qu'à moy.

BEATRIX.

Quoi, ne songer qu'à vous ! & que feroient mille
autres,
Dont les vœux acceptez ont precedé les vôtres ?

Chaque moment du jour peut à peine fournir
A donner à chacun son rang de souvenir ?
Mais je perds trop de temps , adieu , je me retire.

D. FERNAND.

Si-tôt ?

BEATRIX.

Achevez donc , qu'avez-vous à me dire ?

D. FERNAND.

Beatrix.

BEATRIX.

Eft-ce tout ? vous me ferez gronder ,
J'ay hâte.

D. FERNAND

Laiſſe-moy du moins te regarder ,
A te voir feulement mon plaiſir eſt extrême.

BEATRIX.

Vous ne m'étonnez point , j'y prens plaiſir moy-mê-
me.
Et dans plus d'un miroir on me voit chaque jour
Aller de temps en temps me faire un peu de cour.

D. FERNAND.

Il eſt doux de s'y voir , quand la copie agrée.

BEATRIX.

Je ne m'y trouve pas tout-à-fait déchirée ,
Et j'en prens plus de droit d'aimer l'original.

SCENE V.

D. FERNAND , D. JUAN , BEATRIX , GUZMAN.

D. JUAN.

SEul avec Beatrix ? c'eſt n'être pas trop mal.

D. FERNAND.

Venez-vous m'envier le bien que je poſſede ?

D. JUAN.

Brûlant pour ſa Maîtreſſe , il faut qu'on me la cede.

D. FERNAND.

Gardez qu'à l'obtenir vos efforts ne foient vains.

BEATRIX.

Hé, de grace, pour moy n'en venez pas aux mains.

D. JUAN.

Tu n'as qu'à décider, je prétend, il s'oppofe.

BEATRIX.

Je penfe que pour vous je fens la même chofe,
Et crains bien que reftant dans cette égalité,
Aucun des deux jamais n'ait droit de primauté.
Adieu.

GUZMAN.

Bon foir, la Belle.

SCENE VI.

D. FERNAND, D. JUAN, GUZMAN.

D. JUAN.

ET Guzman la cajole?

Déja?

GUZMAN.

Non pas, Monfieur, c'eft que je la confole;
Ces belles ont toûjours l'efprit déconcerté
Quand on leur dit adieu fans parler de beauté;
Il le faut acquitter du moins de la grimace.

D. JUAN.

Où l'avez-vous trouvé?

D. FERNAND.

Dans cette même place;
Où foudain il m'a veu changer de rendez-vous.

D. JUAN.

Aimant en deux endroits, ce changement eft doux,
C'eft recouvrer foudain une faveur perduë.

D. FERNAND.

Je l'avois d'Ifabelle, & l'ay de l'Inconnuë.

L'une hors du logis doit paſſer juſqu'au ſoir,
Et ſur quelques ſecrets l'autre cherche à me voir.

D, JUAN.

Vous brûlez d'éclaircir celuy de l'avanture ?

D. FERNAND.

Cette aſſignation m'en donne bonne augure.

D. JUAN.

Oüi , mais je vous apporte un ſujet de ſouci,
Vôtre Beau-pére ſçait que vous êtes ici.

D. FERNAND,

Que je ſuis arrivé , D. Juan ?

D. JUAN.

Que vous l'êtes,

En vain j'ay crû tenir toutes choſes ſecrettes ;
Ayant été dés hier par Guzman averti
Du long-temps qu'il vous ſçait de Sévile parti,
Et de nôtre amitié ſçachant l'étroite chaîne,
Il eſt venu chez moy me témoigner ſa peine.

D. FERNAND.

Vous n'avez point alors tâché de l'abuſer ?

D. JUAN.

Aprés ce qu'il ſçavoit, qu'avois-je à déguiſer !
Vôtre arrivée ici ſe pouvoit-elle taire ?

D. FERNAND.

De mon ſecret ſans doute il eſt fort en colére ?
Qu'aura-t'il crû de moy de ne l'avoir point vû ?

D. JUAN.

Que de vôtre combat c'eſt l'effet imprévû,
Et qu'avant que le voir vous jugiez néceſſaire
D'attendre quelque temps le ſuccez de l'affaire.

D. FERNAND.

Quel malheur !

D. JUAN.

Cependant j'ay promis qu'aujourd'huy,
Puiſque vous étiez libre , il vous verroit chez luy ;
C'eſt à vous d'y ſonger , ma parole eſt donnée.

D. FERNAND.

Quel prétexte choiſir pour rompre l'hymenée ?
L'amour me cauſe ici d'étranges embarras,

D. JUAN.

Je n'entreprendrai point d'en combattre l'appas,
Mais voyez Leonor, elle est sage, elle est belle,
Et ce que vous aimez vaut peut-être moins qu'elle.

D. FERNAND.

Ah, ne m'en parlez point, Léonor me déplaît.

D. JUAN.

Sans la voir, sur son nom vous en donnez l'arrêt ?

D. FERNAND.

Je ne la puis souffrir.

GUZMAN.

La pauvre delaissée !
Monsieur, si par hazard elle étoit fort pressée,
Et qu'à vous en défaire on vous vît empêché,
Pour vous faire plaisir je prendrai le marché.

D. JUAN.

Guzman a le goût bon.

D. FERNAND.

Il faut voir l'Inconnuë ;
En l'état où je suis tout dépend de sa vûë,
Son destin éclairci pourra regler le mien.

D. JUAN.

Voyez là, mais enfin ne précipitez rien.

Fin du premier Acte.

ACTE II.

SCENE PREMIERE.

D. DIEGUE, ISABELLE, BEATRIX.

D. DIEGUE.

N'En foyez point furprife , ô charmante
  Ifabelle,
D'un bruit fourd & confus j'en ay fçû la
  nouvelle,
Et comme rien pour moy ne peut être plus
  doux
Je m'en fuis crû devoir expliquer avec vous.
Excufez pour un Fils ma tendreffe de Pére,
Je fçay que D. Felix s'étudie à vous plaire,
Et j'aurai grande joye à le voir fous vos loix,
S'il a fçû mériter l'honneur de vôtre choix.
Vous connoiffez mon bien , vous fçavez ma famille ;
L'amitié femble étroite entre vous & ma Fille ,
Et pour elle & pour moy je me tiendrois heureux.
Que l'alliance encore en redoublât les nœuds.

ISABELLE.

Cet hymen propofé me fait voir tant d'eftime ,
Que l'efpoir m'en paroît à peine légitime.
Je ne celerai point que ce peu de beauté
M'acquiert de D. Felix quelque civilité ;
Mais, Monfieur, un deffein d'une telle importance ,
Avant qu'aller plus loin , vaut bien que l'on y penfe ,
Et quoiqu'aucun n'ait droit de contraindre ma foy ,
Je dois en confulter de plus fages que moy.

Je sçay de leur conseil ce que je puis attendre,
Et c'est de Leonor que je le voudrois prendre,
Si comme elle est sa Sœur, les intérêts du sang
Auprès de l'amitié n'étoient d'un autre rang.

D. DIEGUE.

D'un si fâcheux delay quelle que soit la suite,
Je ne puis qu'admirer vôtre sage conduite,
Et si vos sentimens se déclarent pour nous,
J'emploirai Leonor à les sçavoir de vous.
L'Epoux qu'elle attendoit, arrivé de Séville,
Va déja commencer la joye en ma famille,
Et comblant d'heur un fils qui se sent captiver,
C'est vôtre seul aveu qui la peut achever.
Le Ciel daigne en hâter l'heureuse certitude.

SCENE II.

ISABELLE, BEATRIX.

BEATRIX.

CE choix vous va causer un peu d'inquiétude ?
Si D. Felix fait voir son amour par ses soins,
D. Dionis pour vous n'en témoigne pas moins,
Vôtre cœur doit parler, c'est à vous de l'entendre.

ISABELLE.

En se déferant trop, il craint de se méprendre.
Ces Soûpirans d'office, en tous lieux si chéris,
Sont d'aimables Amans, mais de facheux Maris ;
En vain la plus parfaite aura touché leur ame,
S'ils l'adorent Maîtresse, ils la méprisent Femme,
Et leurs vœux attachez à de nouveaux appas,
Dédaignent ce qu'ils ont pour tout ce qu'ils n'ont pas,
Voilà ce qui suspend tout ce que je propose.

BEATRIX.

De vrai, le mariage est une étrange chose,
Et qui s'en peut loüer, pour en bien discourir,
Au métier de forçat n'auroit guére à souffrir.

La chaîne en est , dit-on , si rude & si pesante ,
Que qui n'en gémit point a l'ame bien constante ,
Et quand il faut choisir , jeune , galand , fleury ,
Adroit , aimable , beau , c'est toûjours un Mary.
On est bien empêché comme on s'y doit conduire ,
Trop de précaution souvent ne fait que nuire ,
En vain pour mieux échoir on y fait cent façons ,
Puisqu'enfin les meilleurs ne sont jamais trop bons.
Sans qu'un semblable choix nous chagrine d'avance ,
Il faut jetter les dez au hazard de la chance ,
Et dire en risquant tout , puisqu'enfin on le veut ,
Dieu nous la donne bonne , & vienne ce qui peut.

ISABELLE.

C'est en dire un peu trop.

BEATRIX.

                    Ce n'est point là satyre ,
Madame , croyez-moy , l'on n'en sçauroit trop dire.
Il est de ces rêveurs , il est de ces jaloux ,
Qui se font plus de mal qu'ils n'en craignent de nous.
Qu'une Femme s'échape à voir un peu le monde ,
Leur chagrin en murmure , & leur dépit en gronde ,
Et dans leur rêverie à rendre un esprit fou ,
L'on n'est sage jamais si l'on n'est loup-garou.
Pour moy qui ne suis pas d'humeur trop endurante ,
Si jamais d'un Mary l'assemblage me tente ,
Le contrat d'union dans mon petit calcul
Aura plus d'une clause , ou demeurera nul.
Il me sera permis de dancer & de rire ,
Je verrai mes Amis sans qu'il y trouve à dire ,
Et sçaurai le réduire à ne rien redouter
De toutes les douceurs qu'on me viendra compter.

ISABELLE.

Tu crois qu'il tiendra tout ?

BEATRIX.

                    Et bien , quitte à se batre ,
Si j'enrage une fois il enragera quatre ,
Et me mettant au pis , je sçay qu'il trouvera
Plus de fâcheux momens qu'il ne m'en donnera.
Après tout , le meilleur est de vivre sans Maitre ;

ISABELLE.

C'est un état heureux, & je le sçay connoître;
Mais de quelque douceur qu'il flate nos esprits,
Le nom de vieille Fille est un nom de mépris.

BEATRIX.

Aussi, ce qui doit bien refroidir nôtre envie,
Quand on est marié, c'est pour toute sa vie,
Et pour qui s'en repend, à vous parler sans fard,
L'espoir de se voir veuve est un triste hazard.
Cette faveur du Ciel est toûjours trop tardive,
Nos beaux jours sont passez quand ce grand jour
    arrive,
Et le plus souvent même abusant nos souhaits,
Il nous rit, il nous flate, & n'arrive jamais.
Mais pour vos deux Amans, quel dessein est le vôtre?
Vous sentez-vous égale, & pour l'un & pour l'autre?

ISABELLE

Le choix, à dire vrai, n'est pas facile entr'eux,
Je tiens l'un plus galand, l'autre plus amoureux.
D'abord D. Dionis, en m'expliquant sa flâme,
Ebloüit ma raison, charma toute mon ame;
Mais si j'en juge bien, je luy voy chaque jour
Plus de galanterie avecque moins d'amour.
De cette passion il n'a que l'habitude,
Il en prend les déhors, soûpire par étude,
Et je croy, quand il tâche à luy donner crédit,
Que son cœur ne sçait rien de tout ce qu'il me dit.

BEATRIX.

D. Felix pourra donc emporter la balance?

ISABELLE

Si son feu brille moins, j'y croy plus de constance;
Et je tiens qu'à l'hymen un esprit arrêté
Doit moins chercher l'éclat que la solidité.

BEATRIX.

Pourquoi permettre donc que son Rival vous vôye?

ISABELLE.

Pour juger mieux encor ce qu'il faut que j'en croye;
Et c'est pour me pouvoir expliquer avec luy,
Qu'il avoit eu de moy rendez-vous aujourd'huy.

Tu fçais que Leonor a rompu la partie.
BEATRIX.
Ma foy, je n'aurois point peché par modeftie.
Sa vifite à demain eût reçù le renvoy,
On doit à fes Amis, quand on a fait pour foy.
ISABELLE.
Leonor feule ici me priant de l'attendre,
C'eft le moins, Beatrix, que je pouvois lüy rendre?
Mais je la vois entrer.

SCENE III.

LEONOR, ISABELLE, BEATRIX.

LEONOR.

J'En ufe librement.
ISABELLE.
Songez que l'amitié défend le compliment,
Et qu'enfin vous fervir fait ma plus forte envie.
LEONOR.
Je viens vous confier le fecret de ma vie,
Et fçay trop, que pour fuir le malheur que je crains
Je ne pourrois le mettre en de plus fûres mains.
   Vous avez déja fçû que mon Pére à Séville
Ne crut pas avoir fait un voyage inutile,
Puifque là pour Epoux à fon retour j'appris
Qu'il m'avoit fait choifir D. Fernand de Solis
Ignorant jufque-là ce que c'eft qu'être Amante,
Je tins cette nouvelle affez indifférente,
Et mon cœur libre encor n'étant point prévenu,
Soufcrivit fans murmure au choix d'un Inconnu;
Mais dans cet intervalle ufant de fa puiffance,
L'amour s'eft bien vangé de mon indifférence.
Un autre D. Fernand pour troubler mon repos...
ISABELLE.
Un autre? dites-vous?
LEONOR.

LEONOR.

D. Fernand d'Avalos.

Un procez qu'à la Cour il est venu poursuivre,
L'a tiré de Grenade où le Ciel le fait vivre,
Et mes sens en luy seul se sont senti flatez
De tout ce qu'on peut voir d'aimables qualitez.
Sans sçavoir ce qu'en moy sa rencontre fit naître,
Vous sçavez l'accident qui me le fit connoître,
Un jour qu'au bord du fleuve où j'osay m'engager,
Mes chevaux s'emportant m'eussent mise en danger,
Si soudain à leur fougue opposant son courage,
Il n'eût sçû m'épargner ce genre de naufrage.
Je ne vous ferai point de récits superflus,
Je le vis, il me plût ; il me vit, je luy plûs.
Une pareille ardeur dans nos cœurs sembla naître;
Mais quelque effort alors qu'il fit pour me connoî-
          tre,
Malgré ce grand service il ne pût rien sçavoir,
Sinon qu'en ce lieu même il pourroit me revoir.
Ainsi dès ce moment contre toute apparence,
Mon amour commença par la reconnoissance,
Et sans cesse mon cœur par de secrets discours
S'entretint du péril pour songer au secours.
J'aimois à me tenir cette image présente,
J'évitois d'être ingrate, & me rendois Amante,
Et pour me livrer mieux aux transports que je sens,
L'amour se prévaloit de l'erreur de mes sens.

ISABELLE.

Mais engagée enfin à l'hymen par un Pére,
Qu'est-ce dans cet amour que vôtre cœur espére?

LEONOR.

Tout, si d'un si beau feu l'impérieuse loy
Peut attendre de luy ce qu'elle obtient de moy.
C'est par ce seul motif qu'il m'a vûë obstinée,
A luy taire & mon nom & de qui je suis née,
Et qu'à le voir souvent ayant sçû m'obliger,
Avant qu'il me connût j'ay voulu l'engager.
L'Amour, dont on sçait trop jusqu'où les droits s'és
          tendent,

T. Cor. III. Part.   B

Eſt toûjours favorable à deux cœurs qui s'entendent,
Et pour rompre un hymen qui confond mon eſpoir ,
Pourvû qu'on l'en conſulte , il a trop de pouvoir.

ISABELLE.

Mais l'Epoux arrivé , que pouvez-vous prétendre ?

LEONOR.

C'eſt ce qu'à D. Fernand j'ay réſolu d'apprendre ,
Et pour luy découvrir cet important ſouci ,
Jacinte qui l'attend va l'amener ici.
Je m'en ſuis crû chez-vous la liberté permiſe.

ISABELLE.

Il n'eſt rien qu'avec moy l'amitié n'autoriſe.

LEONOR.

Le logis de derriere ouvre en un lieu deſert ,
Par où le faire entrer ſans qu'il ſoit découvert ;
Jacinte en eſt inſtruite , & ſçait ce qu'il faut taire.

ISABELLE.

Cette précaution étoit peu neceſſaire.
Qui vit comme je fais , ſans détour , ſans façon ,
Brave la médiſance , & craint peu le ſoupçon.
Mais enfin aujourd'hui vous luy voulez tout dire ?

LEONOR.

Non , mais ce ſeul hymen dont mon amour ſoupire ,
Et par ſes ſentimens prendre droit de juger
Juſqu'où pour y répondre il me doit engager.

ISABELLE.

Souvent un beau dehors a l'art de nous ſéduire.

LEONOR.

Auſſi par vos conſeils je cherche à me conduire,
Et ce qu'il veut ſçavoir ne luy ſera connu
Qu'après que vous l'aurez vous-même entretenu.
Vous ſonderez ſon cœur , étudierez ſon ame ,
Et j'éteindrai par vous , ou nourrirai ma flame.

SCENE IV.

LEONOR, ISABELLE, JACINTE, BEATRIX.

JACINTE.

Madame.

LEONOR.

Et bien, Jacinte?

JACINTE.

Il attend pour entrer.

LEONOR.

Qu'il vienne.

ISABELLE.

Il ne faut pas dés l'abord me montrer,
Dans l'aise qu'il aura du dessein que vous faites
Ses premiéres douceurs doivent être secrettes.
Quand à vous seconder vous aurez sçû le sien,
Je ne refuse pas d'être de l'entretien.
Viens, Beatrix.

LEONOR.

Enfin c'est en vous que j'espére.

BEATRIX.

Ma foy, pour un Amant voilà bien du mistere.
Je m'inquiéte moins de m'en voir mille & plus,
J'en tiens papier exact, & je dors là-dessus.

SCENE V.

LEONOR, D. FERNAND, JACINTE.

JACINTE.

ENtrez, on vous attend.

D. FERNAND

Madame, quelle grace !
Et pour la mériter que faut-il que je fasse ?
Accorder tant de gloire à mon ardent amour !

LEONOR.

Enfin à le prouver le Ciel vous offre jour.
S'il est tel que mes yeux semblent l'avoir fait naître,
C'est à vous, D. Fernand, à le faire paroître.
Le temps presse, du Sort je crains les derniers coups,
Et si vous n'agissez, je ne puis être à vous.

D. FERNAND.

Ah, si de ce malheur je puis rompre l'atteinte,
J'ay lieu de m'offenser de vôtre injuste crainte,
Et quand les coups du Sort peuvent être forcez,
Qui peut douter de moy ne peut m'aimer assez.
Que pour m'ôter à vous la terre conjurée
Tienne à mon cœur charmé la guerre déclarée,
Pour en favoriser les violens desseins
Le seul aveu du vôtre est tout ce que je crains.

LEONOR.

On ne l'aura jamais, & quoi que je hazarde,
Les effets feront voir quelle foy je vous garde,
Et qu'il n'est rien pour vous que j'ose négliger
Quand sous les loix d'un autre on me veut engager.
Oüi, pour vous découvrir ce que j'ay dû vous taire,
Apprenez, D. Fernand, que je dépens d'un Pére,
Qui sans m'en consulter, de mon repos jaloux,
A voulu par ses yeux me choisir un Epoux.
Cet hymen arrêté rend ma disgrace extrême ;

Mais je vous dois la vie enfin, & je vous aime,
Et vois avec plaisir que mon cœur en ce jour
Ne peut fuir d'être ingrat sans servir mon amour.

D. FERNAND.

Frapé trop vivement de ce grand coup de foudre,
Le mien s'étonne, tremble, & ne sçait que résoudre ;
Mais enfin je sçai bien que mon cruel ennui
Ne redoublera point par le bonheur d'autrui.
Quelque Epoux qu'à choisir le devoir vous convie,
Il n'aura point ce nom que je ne sois sans vie,
Et même avant ce coup, s'il me doit accabler,
Plus d'un Rival peut-être aura lieu de trembler.

LEONOR.

Quoi qu'il nous faille ici conduire avec prudence,
J'aime dans vôtre amour un peu de violence,
Et si j'en dois calmer les transports furieux,
Je ne sçaurois haïr ce qui je prouve mieux.

D. FERNAND.

Mais vôtre nom enfin ? faites que je le sçache.

LEONOR.

Quelque raison encor veut que je vous le cache.

D. FERNAND.

La reserve en est vaine à qui doit présumer,
Que sçachant son logis, je puis m'en informer.

LEONOR.

Dans un logis d'Amie on a sçû vous conduire ;
De mon engagement j'ay crû devoir l'instruire,
Et si son avis est qu'on ne vous cache rien,
Peut-être dés ce soir vous me verrez au mien.

D. FERNAND.

Ainsi donc mon bonheur ne dépend plus que d'elle ?

LEONOR.

Je l'en croirai.

à Jacinte.

Va vîte avertir Isabelle.

D. FERNAND *bas.*

Juste Ciel, Isabelle ! ay-je bien entendu ?
Si c'est celle qui m'aime, enfin je suis perdu.
O d'un jaloux destin attaques imprévûës !

B iij

Sa maiſon peut répondre à deux diverſes ruës ,
C'eſt ici ſon quartier.

LEONOR.
Que dites-vous tout bas ?

D. FERNAND.
Jé me plains d'un malheur que je n'attendois pas.

LEONOR.
Vôtre amour y rencontre un péril dont je tremble.

D. FERNAND.
Madame , il eſt encor plus grand qu'il ne vous ſemble.

LEONOR.
Des conſeils d'Iſabelle eſperons quelque fruit.

D. FERNAND bas.
C'eſt elle-même , elle entre, où me vois-je réduit !

SCENE VI.

ISABELLE, LEONOR, D. FERNAND, BEATRIX, JACINTE.

ISABELLE à Beatrix.
NOus le verrons , mais Dieux ! ma ſurpriſe eſt ex-
tréme ,
Je vois D. Dionis.

BEATRIX.
Madame, c'eſt luy-même.

ISABELLE.
Il aime Leonor , & m'oſe cajoler !

BEATRIX.
Bons Dieux ! quel maître fourbe !

ISABELLE.
Il faut diſſimuler.

LEONOR à Iſabelle.
Sçachant quelle avanture à ſoupirer m'expoſe ,
Voïez en D. Fernand le ſujet qui la cauſe.
Vos ſentimens ont droit d'en régler ſeuls la fin.

D. FERNAND à *Isabelle*.

Je dois beaucoup, Madame, à mon heureux destin,
Qui me laissant toujours inconnu ce que j'aime,
Me fait connoître au moins comme une autre elle-
    même ;
L'amitié qui vous joint m'en persuade assez.

ISABELLE.

Je ne m'étonne point si vous me connoissez.
Pour peu qu'avec un cœur l'ont ait d'intelligence,
De tout ce qu'il cherit on a la connoissance,
Et l'amour qui du sien vous fait suivre la loy,
Doit faire autant pour vous que l'amitié pour moy.
J'en a déja tiré des lumieres secrettes
Qui m'ont en un moment appris ce que vous étes,
Je sçai presque de vous tout ce qu'on peut sçavoir.

D. FERNAND.

Un si brillant esprit ne se peut decevoir ;
Mais si vous vous rendez à de justes priéres,
Madame, faites-m'en partager les lumiéres.
De ce charmant objet j'adore la beauté
Sans avoir pû tirer mon feu d'obscurité,
Son nom qu'elle me cache étonne ma constance.

ISABELLE.

Elle vous fait grand tort par cette defiance,
Et sur ce que de vous je puis justifier,
Elle verra bien-tôt comme on s'y doit fier.

LEONOR.

Prendre déja sa cause ! à moins qu'il vous corrompe.

ISABELLE.

Vous me ferez reproche en cas que je vous trompe.

LEONOR.

Il faut vous l'avoüer, si D. Fernand me plaît,
Dés l'abord comme vous je vis tout ce qu'il est,
Le cœur grand, l'ame belle, une entiere franchise ;
Mais de mes sentimens je craignis la surprise,
Les plus prompts quelquefois ne sont pas les meilleurs.

ISABELLE.

A vous dire le vrai, je le connois d'ailleurs.
Un Amy qui d'erreur est assez incapable,

B iiij

M'en avoit déja fait une peinture aimable,
Dont les traits délicats ayant gagné ma foy,
Ne m'avoient rien caché de tout ce que j'y voy.
L'air, la mine, l'esprit, enfin tout se rapporte.

D. FERNAND.

Je luy suis obligé d'une estime si forte.

ISABELLE.

Jamais d'un vrai mérite on ne fit plus de cas.

LEONOR.

Et c'est ?

ISABELLE.

D. Dionis.

D. FERNAND.

Je ne le connois pas.

ISABELLE.

Ne ne le connoître pas ! certes cela m'étonne,
Vous est-il inconnu, s'il ne l'est à personne ?
Un Cavalier civil, poly, galant, parfait,
Qui pensant ce qu'il dit, plaît dans tout ce qu'il fait,
Point fourbe, point trompeur, point de ces lâches
　　ames
Qui cherchent en tous lieux à promener leurs flames,
Et d'ailleurs il se dit de vos meilleurs Amis.

D. FERNAND.

L'erreur m'est favorable, où quelque abus l'a mis.

ISABELLE.

Deux noms divers en luy pourroient causer le vôtre.
Qui m'est connu sous l'un, vous le sera sous l'autre.
D. Dionis pourtant est le seul que je sçay.

D. FERNAND.

Quoi qu'il vous ait pû dire, il vous aura dit vray,
S'il a sçû vous jurer que mon amour extrême
Engage tous mes vœux à la beauté que j'aime.
J'apprens qu'on la marie, & ce fatal revers
Accable un malheureux qui languit dans ses fers.
Ne pouvant m'éclaircir du Pére ni du Gendre,
Je forme cent desseins sans sçavoir lequel prendre.
Dans ces obscuritez daignez me secourir,
Vous voïez qu'à vous seule on me fait recourir.

35

Soulagez les ennuis dont mon ame est pressée,
ISABELLE.
Je ne vay pas si vîte à dire ma pensée,
Et si de son aveu j'ose en prendre le droit,
Je crains de l'engager à plus qu'elle ne croit.
LEONOR.
Non, à vôtre amitié tout mon cœur s'abandonne,
Il en croira soudain quoi que son zèle ordonne,
Et pour vous donner lieu d'en mieux déliberer,
Je vous laisse tous deux, & vay me retirer,
Adieu.
D. FERNAND à *Leonor.*
Souvenez-vous que mes peines cruelles
Ne peuvent....
LEONOR.
Vous aurez tantôt de mes nouvelles,
BEATRIX.
Madame, nous pouvons enfin le régaler.
ISABELLE.
Voyons son impudence avant que de parler.

SCENE VII.

D. FERNAND, ISABELLE, BEATRIX.

D. FERNAND.
A Voir quelles bontez d'abord sans me connoître
Vous avez bien voulu me faire ici paroître,
J'ay lieu de présumer que la peine où je suis
Vous rendra favorable à finir mes ennuis.
C'étoit pour moy sans doute une disgrace extrême
D'aimer avec excez, & d'ignorer qui j'aime,
Mais d'un plus rude sort j'ay tout à redouter,
Si par vôtre secours je ne puis l'éviter.
ISABELLE.
En vain à vous cacher vôtre esprit s'étudie.

B v

De grace, joüez-vous ici la Comedie,
On si vous prétendez que pour vôtre interêt
Mon esprit soit broüillé comme le vôtre l'est ?

D. FERNAND.

Madame, où trouvez-vous que ce soient frénesies...

ISABELLE.

Oüi, sans doute, il vous faut des douceurs mieux
  choisies,
Et la pauvre abusée à qui vous en contez,
Pour vous croire honnête homme, a de grandes clar-
  tez.
Certes, vôtre méthode est galante & nouvelle.
Pour moy D. Dionis, & D. Fernand pour elle ?
Ce rare expedient à vous mettre en crédit,
D'aucun autre avant vous n'avoit frapé l'esprit,
Et ce sont en amour de subtiles adresses,
Que prendre autant de noms que l'on fait de Maîtresses,
Un si beau stratagême en a-t'il bien dupé ?

D. FERNAND.

De quel étonnement mon esprit est frapé !
M'amenoit-on ici pour un pareil outrage ?

BEATRIX.

Il falloit un peu plus vous sucrer le brevage,
A vous, qui D. Fernand quand vous vous avisez,
Chez nous effrontément vous endionisez ;
Ce sont-là les moyens d'en attraper de belles.

D. FERNAND.

Ces façons de traiter me sont assez nouvelles.
Madame, c'est ainsi que me jugeant discret,
D'une aimable Inconnuë on m'apprend le secret ?

ISABELLE.

Elle apprendra le vôtre, & sçaura qui vous êtes ;
Mais pour vous, croïez-moy, vos affaires sont faites,
Vous n'en sçaurez jamais ni le rang ni le nom.

BEATRIX.

Voïez le fourbe ! & puis, à qui se fiera-t'on ?

D. FERNAND.

Mais à ce changement quel motif vous engage ?

ISABELLE.

C'eſt trop long-temps joüer le même perſonnage,
Enfin, D. Dionis, mettons le maſque bas.

D. FERNAND.

Quel eſt ce Dionis ?

ISABELLE.

Quoi, vous ne l'êtes pas ?

D. FERNAND.

Moy ? ſi ce jeu vous plaît, quel qu'en ſoit le myſtè-
re....

BEATRIX.

Payez ſon impudence, où bien laiſſez-moy faire.
Voïez, il nous prendra pour ſes dupes, ma foy ?

D. FERNAND.

Quelle eſt cette Beauté qüi parle contre moy ?
Madame, eſt-ce une Amie, ou bien quelque Parente ?

BEATRIX.

Faites-bien l'ignorant, je ne ſuis que Suivante,
Mais telle que je ſuis, vous ayant recontré,
Vous me trouviez tantôt aſſez à vôtre-gré,

ISABELLE.

Il t'en veut donc auſſi ?

D. FERNAND.

Je ne l'ay jamais vûë.

BEATRIX.

Il m'a galantiſée au milieu de la ruë,
Et ſon cœur, s'il m'eût fait en croire ſes ſermens,
Se fût enrégiſtré ſur mon papier d'Amans,
La choſe n'eſt pas vraye ?

D. FERNAND.

Il eſt vrai qu'on me joüe,
Et qu'on ne me dit rien que je ne deſavoüe.
A pas une des deux je n'ay fait les yeux doux.

ISABELLE.

D. Juan de Torrez n'eſt point connu de vous ?

D. FERNAND.

Je ne ſçay quel il eſt, & tréve d'incartade.
Mon nom eſt D. Fernand ; & mon païs, Grenade;

Et je viens d'un procez preſſer ici la fin.

BEATRIX.

Gardez d'être frotté, Monſieur le Grenadin.
Quelque temps qu'à forger vous ait coûté l'hiſtoire ;
Vous le paſſeriez mal ſi l'on m'en vouloit croire.
Entrant à l'aiſe ici, l'on ne vous hâtoit pas,
Mais, ma foy, pour ſortir vous doubleriez le pas,
Je vous remercierois de vôtre effronterie.

D. FERNAND.

Enfin eſt-ce gageure, ou bien galanterie ?
Prétend-on quelque choſe affectant ce couroux ?

ISABELLE.

Non, non, D. Dionis, on ne veut rien de vous.

D. FERNAND.

Mais ce D. Dionis qu'en moy l'on veut connoître...

ISABELLE.

Il m'importe fort peu que vous le vouliez être,
Pourvû qu'en le voyant vous ſçachiez l'avertir,
Que je ne l'ay ſouffert que pour me divertir.
De ſes fades douceurs, par cœur ſans doute appriſes ;
Il m'a plû quelquefois d'écouter les ſottiſes,
Mais loin qu'il pût avoir quelques charmes pour
     moy,
Mon choix à D. Felix répondoit de ma foy ;
A des Provinciaux j'aime à donner la baye.
Adieu, mon Cavalier.

BEATRIX.

                    Voilà comme on vous paye,
Meſſieurs, qui nous venez provincialement
Débiter la fleurette, & prêter le ſerment.
On vous fait bonne mine, on rit, on raille, on cauſe ;
Mais les amis du cœur, dame, c'eſt autre choſe,
La tablature change, on parle ſerieux.

D. FERNAND.

C'eſt donc à qui de vous m'embaraſſera mieux ?
Si c'eſt-là vôtre but, la piece eſt imparfaite.

ISABELLE.

C'eſt aſſez, il eſt temps que vous faſſiez retraite,

D. FERNAND *voulant sortir par où on l'avoit*
fait entrer.

Adieu, ne croyez pas m'en voir inquieté.

ISABELLE *l'arrêtant.*

Non, non, mon Cavalier, tournez de ce côté,
Sortez par l'autre porte, elle vous est connuë.

D. FERNAND.

Quoi ? vous continuez...

BEATRIX.

Gagnons vîte la ruë,
Le meilleur est pour vous de déloger sans bruir,
Je vous y conduirai ; bon soir & bonne nuit.

Fin du Second Acte.

ACTE III.

SCENE PREMIERE.

D. FERNAND, GUSMAN.

GUZMAN.

Uoi, quand vous prétendiez l'entrete-
nir chez elle,
Le rendez-vous, Monsieur, étoit chez
Isabelle ?
C'est-là que l'Inconnuë avoit sçû vous
mander ?

D. FERNAND.

C'est-là que de la fourbe il a falu m'aider,
Et que le jeu pour moy passoit la raillerie,

Si je n'euſſe auſſi-tôt payé d'effronterie.
Quelquefois au beſoin ce vice eſt de ſaiſon.

GUZMAN.

Mais comment n'avoir pas reconnu la maiſon !

D. FERNAND.

Comment l'aurois-je pû , ſi dans une autre rüe
L'on me tenoit ouverte une porte inconnuë ,
D'où , ſans qu'on m'ait rien dit , je me ſuis rencontré
Dans un appartement où jamais je n'entray ?
Le plus fin en ma place eût donné dans le piége,
Mais le don d'impudence eſt un grand privilége,
Je l'ay mis en pratique , & je m'en ſuis tiré.

GUZMAN.

C'eſt un talent en vous de tout temps admiré ;
Mais l'abord d'une Femme eſt un péril honnête,
Lors que priſe pour dupe elle a martel en tête ,
Et vous deviez trembler ainſi pris au filet ,
D'en voir deux à la fois vous ſauter au colet.
Qui lors par impudence évite qu'on l'échigne ,
En a proviſion , Monſieur , de la plus fine ,
C'eſt un pas qu'à franchir peu de gens ont appris,
Et tout ſubtil qu'il eſt , le diable y ſeroit pris.

D. FERNAND.

Auſſi pour en ſortir , j'aurois eu plus d'obſtacle,
Si le Ciel pour m'aider n'avoit fait un miracle.
Contre l'ordre commun il a fait qu'en ce jour ,
On ait vû la prudence accompagner l'amour ,
Et que du rendez-vous Iſabelle en colere ,
Ait eu dans ſon dépit le pouvoir de ſe taire.
Ainſi pour moy le pas étoit moins hazardeux
Tant que j'ay pû me voir avec toutes les deux ,
Pour quelques mots couverts je m'en ſuis trouvé
      quitte ;
Mais dès que l'Inconnuë a fini ſa viſite ,
Et qu'ayant malgré moy voulu ſe retirer ,
Seul avec Iſabelle on m'a fait demeurer ,
En me traitant de fourbe , & Suivante & Maîtreſſe
M'ont penſé mettre alors au bout de mon adreſſe.
D. Dionis en moy leur étant trop connu , ...

GUZMAN.

Je vous tiens fort heureux d'en être revenu.
Deux Femmes ! Rendez grace aux heureuses Planetes
Qui vous ont de leurs mains sçû tirer bargues nettes,
Car tout autre que vous, quoiqu'adroit à mentir,
Eût laissé la perruque avant que de sortir.
Mais de vos feux errans les voyant éclaircies,
Comment avez-vous pû vous les rendre adoucies,
Et quel charme assez fort appaisant leur couroux,
A détourné l'orage, & rabatu les coups ?
Pour moy, j'aurois fort craint le saut par la fenêtre.

D. FERNAND.

J'ay feint effrontément de ne les pas connoître,
Et comme l'Inconnuë avoit dit mon vray nom,
Sur ce déguisement j'ay toûjours tenu bon.
De leur D. Dionis, qu'elles nommoient sans cesse,
Pour un jeu concerté j'ay fait passer l'adresse,
Et comme tout n'étant que pour m'embarasser,
Niant jusques au bout, je me suis fait chasser.

GUZMAN.

Vous laisserez pester Isabelle à son aise ?

D. FERNAND.

Au contraire, Guzman, il faut que je l'appaise,
Et que je fasse effort à luy mettre en l'esprit,
Qu'elle croit trop l'erreur qui contre moy l'aigrit.
Ayant à soûtenir ce second personnage,
Ici, pour le jouer, je l'attens au passage,
Et sur un autre ton ayant sçû m'accorder,
Comme D. Dionis, je prétens l'aborder.
J'ay sçû par D. Juan qu'elle est chez une Tante,
Et feignant tout le jour de l'avoir cruë absente,
Privé d'un rendez-vous dont je devois joüir,
Je préviendrai sa plainte, & pourrai l'ébloüir.

GUZMAN.

Et vous la voulez croire assez dupe & novice,
Pour ne pas découvrir le nœud de l'artifice ?

D. FERNAND.

Mais on a vû des gens se ressembler si bien,
Qu'à les voir separez on n'y connoissoit rien ;

Si la rencontre est rare, elle est du moins possible,
GUZMAN.
Monsieur dans ce dessein vôtre honte est visible.
Si les traits du visage ont un rapport parfait,
Ou la taille, ou la voix en détruisent l'effet ;
Mais à moins que pour vous la foy n'entraîne l'a-
me....
D. FERNAND.
Aussi je ne prétens abuser qu'une Femme,
Et je n'en sçache point qu'on ne puisse obliger,
Quand on sçait bien s'y prendre, à croire de leger,
Outre que D. Juan secondant mon adresse,
Par de nouveaux détours fera valoir la piéce ;
Pour appuyer la fourbe il est de tout instruit.
GUZMAN.
S'il a quelque talent, il peut faire grand fruit ;
Qui prend de vos leçons a de hauts avantages.
Enfin pour l'Inconnuë, elle est cassée aux gages,
Il ne s'en parle plus, c'est autant de vuidé ?
D. FERNAND.
Mon cœur de ses attraits est toûjours possedé,
Jamais un plus beau feu n'eut tant de violence.
GUZMAN.
Monsieur, ayez de grace un peu de conscience,
Gardez-vous bien de suivre un conseil hazardeux,
Qui vous les vouloit faire épouser toutes deux.
Peut-être punit-on en matiére pareille,
Et celui qui consent, & celui qui conseille,
Et je me trouverois assez peu soulagé,
Que l'on vous accourcît si j'étois allongé.
D. FERNAND.
Tu vas un peu trop vîte en faveur d'Isabelle ;
Je la veux adoucir, non pas à cause d'elle,
Mais de peur que l'aigreur de son ressentiment
N'engage l'Inconnuë à quelque changement.
Elle va de ma foy luy donner mille ombrages,
Si je ne sçais joüer tous les deux personnages,
Et fait, dans l'état d'un nœud si surprenant,
Tantôt D. Dionis, & tantôt D. Fernand.

Voilà quel est mon but.

GUSMAN.

Tant pis.

D. FERNAND.

Il te chagrine ?

GUZMAN.

C'est qu'en mon cœur déja l'amour prenoit racine,
Et que pour Beatrix ravi de n'en bouger,
Si vous tournez casaque, il faut le déloger.

D. FERNAND.

Donc Beatrix te plaît ?

GUZMAN.

Monsieur, par-de-là plaire,
Ce seroit bien mon fait, si j'étois son affaire,
Et comme de tout temps les Belles m'ont tenté,
Je me hazarderois à l'incongruité.
Se charger d'une Femme en est une assez haute.

D. FERNAND.

Vraiment je suis fâché du repos qu'elle t'ôte ;
Mais crois-tu voir en elle assez pour t'engager ?

GUZMAM.

J'y vois plus qu'il ne faut pour me faire enrager,
La Coquine a des yeux, dont la mutinerie
Passe le plus fripon de la friponnerie,
Et les malins regards qu'elle m'a sçû darder,
Navrant un pauvre cœur, prennent sans demander.

D. FERNAND.

Avec toy pour l'hymen obtiens qu'elle s'engage.

GUZMAN.

J'y fais réflexion, tréve de Mariage.
Galante comme elle est, qui que vous épousiez,
Quand vous en seriez saoul, vous me l'emprunteriez ;
Mais je la vois venir, Monsieur.

D. FERNAND.

C'est Isabelle.

GUZMAN.

Peste ! encor une fois que la friponne est belle !
Mon cœur en tombe presque en suffocation.

D. FERNAND.
C'eſt ici qu'il me faut pouſſer la paſſion.

SCENE II.

D. FERNAND, ISABELLE, BEATRIX, GUZMAN.

D. FERNAND.

MAdame, enfin le Ciel à mon amour propice
N'a pû de vos deſſeins approuver l'injuſtice,
Ny ſouffrir plus long-temps qu'un orgueil rigoureux
Privât de vôtre vûë un Amant malheureux.
Il a fait naître exprès une telle rencontre,
Aujourd'huy malgré vous à mes yeux il vous montre,
Et m'offre la douceur dont un deſtin jaloux
M'a tantôt empêché d'aller joüir chez vous.
J'oſe au moins me flater de vous voir aſſez bonne,
Pour conſentir au bien que le hazard me donne,
Et ne murmurer pas, que contre mon eſpoir,
Il accorde à mes vœux le plaiſir de vous voir.

ISABELLE.

Pour vous le faire croire, il ſuffit de vous dire
Que plus je vous connois, & plus je vous admire.
Les divertiſſemens que vous vous choiſiſſez
Ne trouveront jamais qui les eſtime aſſez,
Vôtre agréable humeur galamment les ordonne ;
Mais afin d'épargner vôtre double perſonne,
A qui d'elle avec vous parlay-je maintenant ?
Eſt-ce à D. Dionis, ou bien à D. Fernand ?
Etes-vous de Grenade, ou venez-vous de Flandre ?

D. FERNAND.

De telles queſtions ont droit de me ſurprendre ;
Vous avez déja ſçû par d'autres que par moy,
Qu'en Flandre aſſez long-temps on m'a vû dans l'em-
    ploy,
Le deſir du repos a cauſé ma retraite,

Cependant en ces lieux j'ay trouvé ma défaite ,
Et mon cœur que l'amour n'avoit pû furmonter ,
Charmé de vos appas , n'a fçû leur refifter ;
Vous le fçavez , mais las ! je crains bien que vôtre ame
Ne céde au repentir d'avoir fouffert ma flame ,
Et que ce rendez-vous ôté cruellement ,
Ne foit déja l'arrêt de mon banniffement.

ISABELLE.

Prévenir les fujets que j'aurois de me plaindre ,
C'eft fort adroitement pratiquer l'art de feindre.
Si j'avois pû tantôt tomber dans le panneau ,
Vous me feriez encor y donner de nouveau ;
Mais quoy que mon efprit n'ait pas tant de lumiéres ,
Il faut pour l'éblouïr des fourbes moins groffiéres ,
Et celles que par-là vous pourrez attraper ,
Auront un grand talent à fe laiffer duper.

D. FERNAND.

Quelle énigme eft-ce-ci , Madame...

ISABELLE.

                                    Je vous prie ;
Afin d'ennuyer moins , changez de baterie ;
C'eft affez fur ce ton , vous ne m'y prendrez pas.

D. FERNAND à Beatrix.

Tout ici de mon trouble augmente l'embarras.
Tire-moy de la peine où tu vois qu'on me laiffe ;
Quelqu'un m'a-t'il fçû nuire auprès de ta Maîtreffe ?
Beatrix , quelle erreur tient fes fens obfedez ?

BEATRIX.

Ah , Monfieur D. Fernand , vous vous dégrenadez ?
Vous ne me prenez plus pour Amie ou Parente !

D. FERNAND.

Enfin je n'ay point l'ame affez intelligente ,
Il faut s'expliquer mieux. Dequoi m'accufe-t'on ?
Qu'ay-je dit ? qu'ay-je fait ? que croit-on de moy ?

GUZMAN.

                                            Bon.
Voilà vous parler ferme , avifez à repondre.

ISABELLE.

Quoi , ce que vous oyez eft peu pour vous confondre ?

D. FERNAND.

Faute d'y rien comprendre, on m'en voit interdit.

BEATRIX.

Madame, il veut, je croy, nous renverfer l'efprit.
Donc tantôt tout du long me traitant d'Inconnuë,
Vous n'avez point nié de m'avoir jamais vûë,
De vous être adouci pour m'en conter un peu ?

D. FERNAND.

Moi, je l'aurois nié ? pourquoi ce defaveu,
Si t'ayant malgré toy dans la ruë arrêtée . . .

BEATRIX.

Avec combien de foin la piéce eft concertée !
Vous n'attraperez rien à prendre ce détour,

D. FERNAND.

Guzman.

GUZMAN.

Ce font, Monfieur, gentilleffes de Cour.
Lorfque le jeu leur plaît, le plus fin n'y voit goute.

D. FERNAND.

Mais, Madame, de grace, éclaircifé mon doute ;
Ne puis-je au môins fçavoir dequoi vous vous plaignez ?

BEATRIX.

De vous voir archifourbe, & des plus rafinez.

D. FERNAND.

Moy ?

BEATRIX.

Qui voudra l'oüir, c'eft la même innocence,

D. FERNAND.

Mais enfin . . .

ISABELLE.

Mais enfin quelle eft vôtre efperance ?
Si je fçai qu'en fecret d'une Inconnuë épris,
Vous êtes D. Fernand, & non D. Dionis,
Pourquoi fous ce faux nom tâcher à me furprendre ?
Arriver de Grenade, & me parler de Flandre,
Et de l'Armée enfin vous feignant de retour,
Me cacher qu'un procez vous amene à la Cour ?

D. FERNAND.

Ce conte pour me nuire est un froid stratagème.
Madame, qui le fait ?

ISABELLE.

    J'ay tout sçû de vous-même.

D. FERNAND.

De moy ? sans être fou, pourrois-je à mes dépens ..?

BEATRIX.

Ma foy, vous n'aviez pas tantôt vôtre bon sens.

ISABELLE.

La rencontre chez moy vous étoit imprévûë.

D. FERNAND.

Quoi, Madame, aujourd'hui chez vous je vous ay
 vûë ?

ISABELLE.

Vous y veniez sans peine, attiré par l'amour.

D. FERNAND.

Parle; m'as-tu, Guzman, quitté de tout le jour ?

GUZMAN.

Ah !

ISABELLE.

  L'honnête garand que vous faites paroître !

D. FERNAND.

Mais il vous peut . . .

GUZMAN.

   Oüi da, je puis pleger mon Maître ;
Il est Amant d'honneur, si jamais il en fut.

ISABELLE.

De vos déguisemens je découvre le but.
Pour conserver toûjours quelque place en mon ame
Vous me voulez cacher vôtre nouvelle flame ;
Mais n'en croyez pas tant l'espoir que vous prenez,
L'un pour l'autre tous deux nous ne sommes point nez.
A la seule Inconnuë addressez vôtre hommage,
Aussi-bien ma parole à D. Felix m'engage,
Et jamais à vous voir je n'ay sçû me forcer,
Qu'aux momens de chagrins que j'avois à passer.

D. FERNAND.

Ce n'est pas sans raison que de justes alarmes,

Etonnant mon efpoir , m'en défendoient les charmes.
Sans chercher un prétexte aux mépris qu'on me rend ,
Le peu que je merite en eft un affez grand.
Ne dites point qu'ailleurs je partage ma flame ,
Mais dites qu'un Rival a fçû toucher vôtre ame ,
Et que fa paffion engageant vôtre foy ,
Pour en remplir l'attente , il faut rompre avec moy.

ISABELLE.

Vous n'avez point d'intrigue avec une Inconnuë ?

D. FERNAND.

Pour vous feule d'amour mon ame eft prévenuë ,
Et cette ardeur eft telle . . .

ISABELLE.

On en connoît le prix.

D. FERNAND.

Madame...

ISABELLE.

Adieu , c'eft trop.

D. FERNAND.

Retiens-là , Beatrix ;
Aide-moy de mes feux à prouver l'innocence.

BEATRIX.

Je ne fçay quafi plus ce qu'il faut que j'en penfe.
Madame , accordez-luy...

ISABELLE.

Quoi , tu peux l'écouter ?

BEATRIX.

Mais ne trouveriez-vous aucun lieu de douter ?
S'il étoit D. Fernand , comme il femble paroître ,
Pourquoi s'obftiner tant à ne vouloir pas l'être ?
Sur quel efpoir fi loin pouffer la fiction?

ISABELLE.

Tu te laiffe gagner à la compaffion ,
Et crois que jufqu'au cœur fon déplaifir arrive ?

BEATRIX.

C'eft mon plus grand défaut , je fuis trop compaffive ;
Et parmi mes galants d'amour & d'amitié ,
J'en fçay fur mon papier plus de cent de pitié ;
Il eft des étourdis , que refufer d'entendre ,

C'eſt contraindre autant vaut ſur l'heure à s'aller
 pendre,
J'évite le deſaſtre, & fais tout pour le mieux.

SCENE III.

D. JUAN, D. FERNAND, ISABELLE, BEATRIX, GUZMAN.

D. JUAN *contrefaiſant l'étonné.*

QUe vois-je? juſte Ciel! en croirai-je mes yeux?
Vous étes ici? vous? ma ſurpriſe eſt extrême.

D. FERNAND.

Qui vous la peut cauſer?

D. JUAN.

Mais enfin c'eſt vous même?
C'eſt vous, D Dionis?

D. FERNAND.

Que veut-on que je ſois?
Parlez.

D. JUAN.

J'en crois à peine encor ce que je vois.

ISABELLE.

Mais qui de ce tranſport vous peut rendre capable?

D. JUAN.

Une avanture étrange, & qui ſemble une fable.
Madame, à ce détour que je viens de quitter.
Un Cavalier paſſant, j'ay voulu l'arrêter,
Tel que D. Dionis, mêmes traits de viſage,
Même voix, même port, c'eſt ſa vivante image,
Et beaucoup ſe vêtant de la même façon,
Son habit a laiſſé mon erreur ſans ſoupçon.
Pour m'en faire ſortir, quoi qu'il ait pû me dire,
J'ay pris tout pour adreſſe, & crû qu'il vouloit rire,
Et ſerois encor loin de m'en voir éclairci,
Si je ne rencontrois D. Dionis ici.

D. FERNAND.

Son nom eft D. Fernand ?

D. JUAN.

Je n'ay fçû rien apprendre,
Sinon que pour quelque autre on me l'auroit fait
prendre,
Et fans plus m'écouter il a tiré chemin.

BEATRIX.

Madame, affurément c'eft nôtre Grenadin.

ISABELLE.

Pauvre dupe !

BEATRIX.

Pas tant peut-être qu'il vous femble.

D. FERNAND.

Mais fi le Ciel permet qu'un autre me reffemble,
Faut-il fous ce malheur que je fois accablé ?

GUZMAN.

Monfieur, je fuis perdu fi vous êtes doublé.
Ce fecond Dionis terriblement me choque,
Aux dépens de mon dos j'en crains bien l'équivoque,
Si l'abordant pour vous il prend fon ferieux ?

D. JUAN.

Enfin jamais portrait ne reffemblera mieux.
Tout autre y feroit pris.

ISABELLE.

Il faut que je l'avoüe,
Chacun de vous fait bien dans le rôle qu'il joüe,
Le conte avec grand art eft fans doute inventé.
De grace, D. Juan, vous a-t'il bien coûté ?
Ce rare effort d'efprit vous comblera de gloire.

D. JUAN.

Je ne fuis point furpris qu'on ait peine à me croire;
Moy-même qui m'en trouve encor tout interdit,
Je prendrois pour un conte un femblable recit;
Mais il n'eft rien plus vrai.

BEATRIX.

Vous en doutez, Madame?

ISABELLE.

Qu'il eft fouvent aifé de tromper une Femme !

Simple;

Simple, tu ne vois pas qu'ils s'entendent tous deux ?

BEATRIX.

Doutez, puisqu'il vous plaît ; pour moy, je suis pour
eux,
Et j'ay vû tant de fois de telles ressemblances,
Que je ne puis avoir toutes vos défiances.
Pour s'être tenu prêt à fourber avec nous,
Pouvoit-il deviner qu'on le menoit chez vous ?
Y seroit-il venu sçachant ce qu'il hazarde ?
Outre que, si vous-même y voulez prendre garde,
Quel que soit leur rapport de visage & de voix,
L'autre sembloit moins large, & plus grand de deux
doigts.

D. JUAN.

Oüi, je luy croy la taille un peu plus déchargée.

D. FERNAND.

Non, non, c'est entre nous une histoire forgée,
Madame en juge mieux, & me doit quereiler,
De peur que mon malheur ne m'oblige à parler.

ISABELLE.

Quels reproches de vous aurois-je lieu de craindre ?

D. FERNAND.

Celuy de mal aimer, ou plutôt de trop feindre,
Et de m'avoir caché qu'un plus heureux que moy
Etoit maître du cœur où prétendoit ma foy.

ISABELLE.

Si quelque autre a sur luy la victoire obtenuë,
Je pourrois opposer l'amour d'une Inconnuë ;
Mais quoy que vous fassiez, j'y prens peu d'interêt.

D. FERNAND.

Pour l'Inconnuë enfin je ne sçai ce que c'est,
Une telle avanture en vain pour moy s'applique,
Je n'y prens point de part, mais....

GUZMAN.

Elle est héretique,
Monsieur, vous perdez temps.

BEATRIX.

Quel seroit son dessein,
Madame ? pensez-vous....

ISABELLE.

Tu me parles en vain.
Je ne croirai jamais qu'un autre luy ressemble,
Si tous deux aujourd'hui je ne les vois ensemble.
Tantôt pour m'éclaircir il peut venir chez moy.

D. FERNAND.

J'iray, mais D. Fernand vous répond-il de soy ?

ISABELLE.

Qu'un semblable souci n'ait rien qui vous tourmente.
Depuis une heure au plus j'ay revû son Amante,
Qui sans sçavoir encor ce que je crois de luy,
Doit chez moy de nouveau l'envoyer aujourd'huy.
L'un ou l'autre y manquant, je sçai mon personnage,
Adieu.

SCENE IV.

D. JUAN, D. FERNAND, GUZMAN.

GUZMAN.

C'Est fait, Monsieur, il faut trousser bagage,
A l'impossible enfin nul, dit-on, n'est tenu.

D. FERNAND.

Va, mon talent encor ne t'est pas bien connu.

D. JUAN.

Quoi, vous croïez plus loin pousser l'effronterie ?

D. FERNAND.

Je prétens au besoin supléer d'industrie.
Pour rompre l'embarras où le hazard m'a mis,
Il ne faut qu'un Exempt qui soit de vos Amis.

D. JUAN.

Je puis vous en fournir.

D. FERNAND.

Voyons-en un de grace,
Et nous concerterons ce qu'il faudra qu'il fasse.

D. JUAN.

Ce que vous méditez voudra le jour entier ;
Ainſi puiſqu'avec vous je ſuis dans ce quartier,
Dégagez ma parole avant que de rien faire.
Par devoir tout au moins voyons vôtre Beau-pére,
Ce ſeroit l'offenſer que d'attendre à demain.

D. FERNAND.

Je ſçai qu'il faut le voir, & j'en ay le deſſein,
Mais ſouffrez que ſans vous je luy faſſe viſite,
Allant ſeul, je pourrai plutôt en être quitte,
Et s'il veut m'arrêter, je feindrai que ce ſoir
Un ſuccez important m'oblige à vous revoir.
Tu connois ſa maiſon, Guzman ?

D. JUAN.

Voici ſa porte.

D. FERNAND.

Adieu donc, quittez-moy, je tremble qu'il ne ſorte.
Cependant vous ſçavez ce que j'attens de vous.

D. JUAN.

Fiez-vous-en à moy.

SCENE V.

D. FERNAND, GUZMAN.

GUZMAN.

Vous l'allez bailler doux ?
Faire bien le dolent d'avoir crû néceſſaire
Qu'il ne partageât pas l'ennui de vôtre affaire ?
Vos excuſes ſans doute auront ce fondement ?

D FERNAND.

Je vay ſur ſon accueil régler mon compliment.

GUZMAN.

Mais croyez-vous chez luy comme Gendre paroître,
Sans que ſoudain ailleurs il vous faſſe connoître ?
Si juſqu'à l'Inconnuë on fait courir ce bruit,

Au choix de Leonor vous vous verrez réduit.
Isabelle de vous déja se defabuse.

D. FERNAND.

Il faut pour le Beau-pére inventer quelque rufe,
Et la mener fi bien, qu'après mon compliment
Il me permette encor huit jour d'éloignement.
Je puis chez D. Juan d'une affaire fecrette
Pour un terme fi court prétexter ma retraite,
Preffer mon avanture, & pénétrer enfin
Quel fuccez de mes feux doit régler mon deftin.

GUZMAN.

Ce font feux volatils dont je crains bien l'iffuë.
Deux Beautez à la fois vous ont frapé la vûë,
Et quittant Leonor fur l'appas d'un faux bien,
Vous rifquerez à tout, & n'attraperez rien.

D. FERNAND.

Voyons-la, puifqu'au Pére il faut rendre vifite,
Entrons. Mais Dieux, Guzman, que j'ay l'ame interdite !

GUZMAN.

Qu'avez-vous ?

D. FERNAND.

Qui jamais vit un feu plus conftant ?
Dans la cour de D. Diegue on m'épie, on m'attend,
J'y vois mon Inconnuë avecque fa Suivante.

GUZMAN.

N'en doutez point, Monfieur, la chofe eft évidente.
Elle a fçû vôtre hymen, & voulant l'empêcher
Ici chez le Beau-pére elle vient vous chercher.
Voilà comme un fecret ne fe peut jamais taire.

SCENE VI.

D. FERNAND, LEONOR, JACINTE, GUZMAN.

LEONOR à *Jacinte*.

QUe D Fernand s'expose à venir chez mon Pére?

JACINTE.

Sa passion par-là se croit justifier.
Il avoit sçû de vous qu'on veut vous marier,
Et d'Isabelle en suite ayant appris le reste,
Il vient chercher à rompre un hymen si funeste.
Madame, qui craint tout doit un peu hazarder.

LEONOR.

Il m'en croit offensée, & n'ose m'aborder.

D. FERNAND.

M'ayant vû prêt d'entrer, Guzman, que dira-t'elle?

LEONOR à *D. Fernand*.

De vôtre amour pour moy cette épreuve est cruelle,
Et je n'aurois pas crû qu'un mouvement jaloux
Vous fît payer si mal ce que j'ay fait pour vous.
Quoi que sur mon rapport vous aïez lieu de craindre
Que mon Pére à l'hymen ne me vueille contraindre,
Vous avez dû me croire assez de fermeté
Pour n'en redouter pas toute l'autorité.
Cependant c'est par vous que le sort m'assassine;
Vous venez chez D. Diegue asseurer ma ruine,
Et ne voulez pas voir qu'en ce pressant ennuy
C'est me perdre en effet que paroître chez luy.
Qu'y venez-vous chercher, sçachant ce qui se passe?
Laissez-moy les moyens d'éviter ma disgrace,
Et ne dédaignez pas, pour meriter ma foy,
Quand j'ose tout pour vous, de faire un peu pour
  moy.

D. FERNAND.

Si vous voulez, Madame, en croire l'apparence,

C iij

Le sujet qui m'améne est pour vous une offense,
Et par ce qui paroît, déclaré contre vous
J'ay mérité l'aigreur de tout vôtre couroux.
Je venois chez D. Diegue, & vous pouvez me dire
Qu'il semble contre soy que mon amour conspire,
Puisque m'y hazardant, je ne pouvois douter
Que le vôtre par-là n'eût tout à redouter;
Mais j'atteste le Ciel qui voit toute mon ame,
Qu'on ne brûla jamais d'une si pure flame,
Et que quoi qu'en ordonne un destin trop jaloux,
Je périrai plutôt que n'être point à vous.

            LEONOR.
Un semblable serment a pour moy bien des charmes;
Mais daignez m'épargner de puissantes alarmes,
Et pour ne me laisser aucun lieu de souci,
Sans vouloir voir D. Diegue éloignez-vous d'ici.

            D. FERNAND.
J'y consens, mais pour prix d'une amour si fidelle,
Ne puis-je....

            LEONOR.
            De ma part allez voir Isabelle,
Et suivez un espoir qui vous est confirmé,
Si vous aimez autant que vous êtes aimé.

            D. FERNAND.
Ah! si vous en doutez....

            LEONOR.
            Retirez-vous de grace,
Mon amour vous l'ordonne, & ma crainte vous chasse,
Etre ici plus long-temps ce seroit me trahir.
Adieu.

            D. FERNAND.
    Vous le voulez, & je dois obéir.

SCENE VII.

LEONOR, JACINTE.

JACINTE.

MAdame, heureusément de la ville arrivées,
Au besoin dans la cour nous nous sommes trou-
    vées.
Il eût vû vôtre Pére, & fait peut-être éclat.

LEONOR.

J'ay souffert dans mon cœur un étrange combat ;
D'un si hardy dessein je voyois tout à craindre.

JACINTE.

Mais puisqu'il vous connoit, il n'est plus temps de
    feindre,
Il faut songer à rompre, ou recevoir sa foy.

LEONOR.

Viens dans mon cabinet en résoudre avec moy.

Fin du troisième Acte.

ACTE IV.

SCENE PREMIERE.

BEATRIX, GUZMAN.

BEATRIX *paroissant à la porte d'Isabelle au*
même temps que Guzman se pre-
sente pour entrer.

UZMAN vient seul ici ! qu'a-t'il fait de
son Maître ?

GUZMAN.

Je suis son Lieutenant quand il ne peut
paroître.
Avec un grand Parleur dans la ruë arrêté,
Il trouve à le quitter quelque difficulté,
Et s'il tarde un peu trop, craignant qu'on ne l'accuse,
Il m'envoye en tout cas en faire son excuse.
Il sçaura trancher court, & peut-être il me suit.

BEATRIX.

Enfin on l'attendra plutôt jusqu'à la nuit.
Mais pourquoi n'entrer pas ? qui t'arrête à la porte ?

GUZMAN.

J'en avois à mon gré raison valable & forte ;
Mais on ne sçauroit fuïr ce qui doit arriver,
Je craignois de te voir, & tu me viens trouver.

BEATRIX.

Quoi, pour te faire peur suis-je assez effroyable ?

GUZMAN.

Non pas, mais je te crains pourtant comme le diable,
Et choisirois plutôt, s'il dépendoit de moy,
D'être tenté par luy que de l'être par toy.

BEATRIX.

Ne t'épouvante point ; si ton cœur en soupire,
Tu t'accoûtuméras.

GUZMAN.

Il ne coûte qu'à dire,
Et quoi qu'un pauvre cœur soit tout percé de coups,
Pourvû qu'on s'accoûtume il doit être fort doux ?
Mais en m'accoûtumant, comme j'ay l'ame prompte,
Quand je n'en pourrai plus, ce sera pour mon compte,
Cependant de ta part, loin de me soulager,
Tu t'accoûtumeras à me faire enrager.

BEATRIX.

Tu crois donc qu'à me voir ton repos se hazarde ?

GUZMAN.

Je suis tout palpitant dés que je te regarde,
Et de mes sens ravis en contemplation,
Mes yeux seuls près de toy gardent leur fonction,
Peu s'en faut que mon cœur n'en soit paralytique.

BEATRIX.

Pourroit-il craindre un mal que ta langue m'expli-
que ?
Qui le connoit si bien n'est pas pour en mourir,
Et si je t'ay blessé, je pourrai te guérir.

GUZMAN.

Si tu connois assez jusqu'où va ma blessure,
Tu n'entreprendras pas une legére cure,
Et je puis t'en promettre un honneur sans égal.
La rechûte, dit-on, est pire que le mal,
Mais à guérir le mien, s'il faut que tu consentes,
Tiens mon cœur en état d'en avoir de frequentes,
Et songe qu'avec toy ravy de s'embourber,
Il ne voudra guérir qu'afin de retomber.

BEATRIX.

Va, Guzman, j'aurai soin, de peur qu'il ne t'empire,
D'avoir quelque douceur chaque jour à te dire,
Ni langueurs ni soupirs ne te coûteront rien.

GUZMAN.

Je croy qu'aux délicats tout cela fait grand bien,
Mais pour moy qui crains fort les cruditez venteuses,

C v

J'eus toujours l'estomac contraire aux viandes creu-
ses,
Et quand pour mes pechez il en est question,
Je n'en tâte jamais sans indigestion.

BEATRIX.

Tu n'es donc point mon fait ; ainsi que de tous âges
Parmi mes Soupirans j'en ay de tous étages.
Je reçois compliment, soins, complaisance, vœux,
Mais ce meuble d'amour est tout ce que j'en veux,
Chacun me fait sans peine écouter son martyre,
J'estime les polis, & les sots me font rire.
C'est ainsi que l'amour dans mon cœur se nourrit.

GUZMAN.

Cet amour est bien jeune, ou n'a guére d'esprit.
Je sçai bien qu'en effet, quand il commence à naître,
Ce n'est que de douceurs qu'il aime à se repaître,
Cet aliment alors sans peine le soutient,
Mais je le croy leger quand l'appetit luy vient.
S'en tenir toujours à, *tu m'aimes, & je t'aime*,
Si c'est faire enrager, c'est enrager soy-même,
Et le simple art coquet, si des settes l'ont eu,
Sans de certains ragoûts n'est pas grande vertu.

BEATRIX.

Tu vas un peu trop loin ; encor sommes-nous faites
Pour ouïr des douceurs, écouter des fleurettes ;
C'est à quoi la plus prude aisément se resout,
Mais il faut que toujours la vertu régle tout.

GUZMAN.

Tu me la bailles belle avec ta pruderie,
Enfin qu'attrape-t'on par la coqueterie,
Et que sert la vertu que tu me veux prêcher,
Si sous l'habit du vice on aime à la cacher ?
C'est être sage en vain que ne la point paroître.
Pour moy, je suis pecheur autant qu'il le faut être,
Et je ne sçache rien qui me choque l'esprit,
Comme se vendre au Diable, & s'y vendre à crédit.

BEATRIX.

Je pense, pour t'avoir, qu'il luy doit coûter bonne.

GUZMAN.

Ce n'est pas trop *gratis*, & fol est qui s'y donne.
Mais enfin, bien plutôt que je n'eusse esperé.
D'avec son grand Parleur mon Maître s'est tiré.

SCENE II.

D. FERNAND, GUZMAN, BEATRIX.

GUZMAN.

MOnsieur, on vous attend, mais cependant j'enrage
D'être avant vous ici venu faire message ;
Avec la Beatrix pour avoir babillé,
Jusques aux intestins je me trouve grillé.

D. FERNAND *faisant semblant de ne pas connoître Guzman.*

Que veut dire ce fou ?

GUZMAN.

Bon, & grand bien vous fasse ;
Voyez s'il y fait chaud, je vous quitte la place,
Pour m'ôter de péril vous venez bien à point.

D. FERNAND *le repoussant.*

Amy, les froids railleurs ne divertissent point,
Retire-toy.

GUZMAN.

Chasser un homme de ma sorte ?

BEATRIX.

Voyez qu'exprés pour vous j'attendois à la porte ;
Mais comme je n'ay pas le don de deviner,
Apprenez-moy quel nom il me faut vous donner.

D. FERNAND.

Le mien est D. Fernand, est-ce que l'on en doute ?

BEATRIX.

Si vous ne vous nommez, Monsieur, on n'y voit goûte,
Et quand D. Dionis...

G rj

D. FERNAND.

Encor D. Dionis ?

Ces divertiſſemens devroient être finis.
Cet Objet inconnu qui me tait ſa naiſſance,
Me fait de ta Maîtreſſe implorer l'aſſiſtance,
Et pour m'en éclaircir je ſuis ici venu.

BEATRIX.

Ainſi donc ce Valet ne vous eſt pas connu ?

D. FERNAND.

Je ne le vis jamais, bien loin de le connoître.

GUZMAN.

Quoi, vous ne ſeriez pas D. Dionis mon Maître ?

D. FERNAND *luy donnant un ſoufflet.*

Maraut, tu veux railler ?

GUZMAN.

Monſieur, vous êtes prompt.
Ah, devant Beatrix m'avoir fait un affront !
J'en ay la rage au cœur.

BEATRIX.

Vous avez été vîte.

D. FERNAND.

Il auroit vû ſans toy comme je m'en acquite ;
Et ſi D. Dionis m'a jamais reſſemblé.

GUZMAN.

Peſte de la Figure, & du Maître Doublé.

D. FERNAND *tirant ſa bourſe de ſa poche.*

Mais avant que d'entrer, prens, & daigne me dire
Pour quel charmant Objet mon triſte cœur ſoûpire ;
Je crains de ta Maîtreſſe encor quelques refus.

BEATRIX.

Vous me voulez en vain éprouver là-deſſus,
Cet eſſay n'eſt pour vous qu'une foible reſſource.

D. FERNAND.

Mais....

BEATRIX.

Mon cœur eſt fermé, n'ouvrez point vôtre bourſe.

D. FERNAND.

Au moins....

BEATRIX.

Encor un coup, Monsieur, je ne prens rien,
Vous me connoiſſez mal.

GUZMAN.

O la Fille de bien !

Elle eſt incorruptible:

D. FERNAND.

Un préſent t'épouvante !

BEATRIX.

Pourquoi, s'il m'en revient plus de mille de rente ?
Mais il faut, quels qu'ils ſoient, pour les voir ſans
  mépris,
Que la galanterie en faſſe tout le prix.
Je veux qu'avec tant d'art ſon adreſſe en ordonne,
Qu'on me ſoit obligé de tout ce qu'on me donne,
Et qu'on faſſe ſi-bien, que le don accepté,
Je ſemble avoir encor moins reçû que prêté.
C'eſt aſſez que mon cœur connoît ce que j'en penſe:

D. FERNAND.

Pour tes Adorateurs c'eſt trop de recompenſe;
Mais en ayant grand-nombre, il eſt bien malaiſé
Qu'ils touchent vivement un cœur ſi diviſé.
De l'un par l'autre ainſi tu confonds le ſervice.

BEATRIX.

L'alphabet que j'en tiens à chacun rend juſtice,
Et ſelon les degrez du mérite qu'il a,
Pour ne confondre rien, je luy fais un *Nota*.

D. FERNAND.

Le ſecret eſt galand, pour ne s'y pas méprendre.

BEATRIX.

Nous avons obligé ma Maîtreſſe à deſcendre,
La voici qui paroît.

SCENE III.

D. FERNAND, ISABELLE, BEATRIX, GUZMAN.

D. FERNAND.

Dois-je encor redouter
L'erreur qui contre moy vous a fait emporter ?
L'ordre d'une Inconnuë à qui mon cœur se donne,
Veut qu'à vos volontez D. Fernand s'abandonne,
Et dans l'obscur succez dont je presse la fin,
Ce que vous resoudrez reglera mon destin.

ISABELLE.

Vous serez D. Fernand, si vous le voulez être,
Lors que D. Dionis aura voulu paroître ;
Vous êtes tous les deux tant qu'on ne le voit pas.

BEATRIX.

Ne doutez-plus, Madame, il n'est qu'à trente pas ;
Son Valet qu'il envoye en ôte tout scrupule.

ISABELLE.

Il ne me l'ôte pas.

GUZMAN.

Je suis moins incredule,
Et me suis trop senti de la contrefaçon.

D. FERNAND.

Mais, Madame, pourquoi cet outrageant soupçon ?
Que pourrois-je esperer d'une lâche imposture ?

ISABELLE.

Sans aucun intérêt je vois cette avanture ;
Dionis ou Fernand, tout est égal pour moy,
Je vous l'ay déja dit, D. Felix a ma foy ;
Mais la Dame Inconnuë à qui vous voulez plaire,
Par beaucoup de raisons me doit être bien chere,
Et si vous la trompez, je ne puis refuser
D'employer tous mes soins à la desabuser.

D. FERNAND.

Jamais fidelité n'approcha de la mienne.

ISABELLE.

Entrons, en attendant que D. Dionis vienne;
C'est l'unique moyen de vous justifier.

SCENE IV.

ISABELLE, D. FERNAND, BEATRIX,
GUZMAN, un EXEMPT,
Suite de l'Exempt.

L'EXEMPT *saisissant l'épée de D. Fernand.*

Monsieur, de par le Roy, je vous fais prisonnier.

D. FERNAND.

Moy?

L'EXEMPT.

Vous-même.

D. FERNAND.

Voyez quelle erreur est la vôtre,
Messieurs, vous me prenez sans doute pour un autre.

L'EXEMPT.

D. Fernand d'Avalos nous est assez connu,
Vous verrez le Decret contre vous obtenu.
Vôtre Partie enfin a fait voir qu'à Grenade
Vous avez fait tuer D. Lope d'Alvarade,
Qu'un autre en est pour vous faussement accusé.

GUZMAN *bas.*

Voici pour les surprendre un trait assez rusé,
Il faut aider la piéce.

D. FERNAND.

Ah! Messieurs, je proteste...

L'EXEMPT.

C'est aux Juges demain que vous direz le reste,
Ces éclaircissemens passent ma fonction.

ISABELLE.

Mais ne pourroit-il pas vous donner caution?

L'EXEMPT.

Madame, à ces rigueurs la Justice est contrainte.

GUZMAN.

Meſſieurs, pour un ſoufflet, je couche auſſi ma
plainte.

L'EXEMPT.

Marchons ſans faire éclat

GUZMAN.

Me voilà ſatisfait ;
Ah ! Monſieur D. Fernand, vous payerez le ſoufflet;

D. FERNAND à Iſabelle.

Je puis fort aiſément prouver mon innocence;
Mais en vous cependant je mets mon eſperance,
Rendez-vous favorable à ſeconder mes vœux,

GUZMAN.

Je le verrai loger.

SCENE V.

ISABELLE, BEATRIX.

BEATRIX.

Vous vous défirez d'eux,
Et voudrez croire encor que le tout ſoit adreſſe ?

ISABELLE.

Nomme ma défiance injuſtice ou foibleſſe,
Condamne ſur mes ſens ce qu'elle a de pouvoir,
Dans ces occaſions on n'en peut trop avoir.

BEATRIX.

Quoi, vous la croiriez juſte, après ce qui ſe paſſe ?

ISABELLE.

Je plains de D. Fernand la facheuſe diſgrace ;
Mais croy-moy, ſes détours vont être ſuperflus,
Puiſqu'il eſt arrêté, D. Dionis n'eſt plus.
Son Valet qui le ſuit fait voir le ſtratagême,

BEATRIX.

J'en avois crû d'abord la ressemblance extrême,
Mais ici tout à l'heure, à le voir de plus prés,
J'ay fort bien remarqué qu'ils n'ont pas mêmes
    traits.
Qui s'y veut attacher, en voit la difference.

ISABELLE.

Tu seras toûjours fole avec ta ressemblance.
Enfin c'est D. Juan qui t'a gâté l'esprit.
Il n'est rien de plus vrai que ce qu'il nous a dit ?
Voilà comme tu crois si-tôt que l'on t'en conte.

BEATRIX.

Bien d'autres là-dessus ont la croyance prompte,
Et quand je m'examine, au moins vois-je dequoy
Meriter les soûpirs qui s'adressent à moy.
Qu'on en vienne aux transports, qu'on se plaigne &
    languisse,
Pourquoi ne croire pas que l'on me rend justice ?
La fausse modestie est des foibles esprits ;
Aprés tout, il est bon de connoitre son prix.
Quelques vœux dont chacun à l'envi nous accable ;
Qui croit en être digne, en devient plus aimable.
Pour moy, qui sur moy-même ouvre assez bien les
    yeux,
Je sçay ce que je vaux, & j'en croy valoir mieux ;
J'en prens un droit d'empire, un air de confiance,
Qui force les plus fiers, & prend les cœurs d'avance,
Un peu d'orgueil sied bien pour en venir à bout,
Et pour grossir la troupe on fait armes de tout.
Vous sçavez qu'en Amans je ne hais pas la foule,
La beauté se flétrit, la jeunesse s'écoule,
Et je tiens qu'en nôtre âge il faut sans consulter
Prendre tout, au hazard de ce qui doit rester.

ISABELLE.

Je te souffre l'erreur qui t'a toûjours flatée ;
Mais dans mon cœur enfin la chose est arrétée,
Et quand D. Dionis seroit tel que tu crois ;
J'ay sçû pour D. Felix déterminer mon choix.
Son retour à Madrid que dans peu l'on espere,

S'il est toûjours le même, achevera l'affaire,
Et si pour Leonor j'étois hors de souci...
Mais je vois D. Juan.

SCENE VI.

D. JUAN, ISABELLE, BEATRIX.

ISABELLE.

Qui vous fait rire ainsi ?

D. JUAN.

Je ris de l'embarras où depuis plus d'une heure
Avec un vieil Ami D. Dionis demeure.
Jamais plus de grands mots n'avoient encor si bien
Fait voir le haut talent de nos diseurs de rien.
Quoi que l'on ait pû dire, & quoi qu'on ait pû faire,
Il a fallu l'entendre, enrager, & se taire,
Je les viens de laisser aux complimens d'adieu.

ISABELLE.

D. Dionis ne fait que sortir de ce lieu.

D. JUAN.

D. Dionis ?

ISABELLE.

Luy-même.

D. JUAN.

Oüi, sans doute, Madame,
Je viens tâcher encor à surprendre vôtre ame,
Mais me donnant la main, pour vous éclaircir mieux,
A trente pas d'ici vous en croirez vos yeux.

BEATRIX.

J'y vais pour vous, Madame, & si cette asseurance...

D. JUAN.

Il n'en est pas besoin, le voici qui s'avance.

SCENE VII.

D. FERNAND, D. JUAN, ISABELLE, BEATRIX.

BEATRIX.

ET bien, voyez un peu les yeux de celui-ci.
Madame, tout de bon l'autre est-il fait ainsi,
Et si quelque rapport à douter vous engage,
Pourriez-vous luy trouver même tour de visage ?
Ce front vous semble-t'il également ouvert ?

ISABELLE.

Tout augmente mon trouble ; & mon esprit s'y perd ;
Mais tu doutes en vain, Beatrix, c'est le même.

D FERNAND.

Madame, on craint toûjours quand l'amour est ex-
    trême,
Et je vous dois paroître encor inquieté
D'un fâcheux embarras qui m'a trop arrêté.
J'apprehendois chez vous de m'être fait attendre,
Mais je me trouve encor le premier à m'y rendre,
Et vôtre D. Fernand qu'on y faisoit venir,
Du moin, s'il s'en souvient, s'est laissé prévenir.

ISABELLE.

D. Fernand est venu dégager sa parole.
Vous pouvez là dessus poursuivre vôtre rôle,
Il vous laisse en état de bien l'éxecuter.

D. FERNAND.

J'ay lieu d'être surpris qu'on n'ait pû l'arrêter.

ISABELLE.

Quoy, pour vôtre interêt vous voulez qu'il s'arrête,
Quand le pouvoir du Roy rend son excuse prête ?
C'est pour n'y pas céder une trop juste loy.

D. FERNAND.

Que dites-vous, Madame, il est mandé du Roy ?

ISABELLE.

Que vous êtes adroit à bien donner le change ?
Mais rien de vôtre part ne doit sembler étrange,
Et la fourbe est pour vous un don si naturel...

D. FERNAND.

M'en accuser encor, ce reproche est cruel.
Si vôtre injuste erreur vous est toûjours si chére,
Que rien sans D. Fernand ne vous peut satisfaire,
Quoi qu'il vous opposât, deviez-vous consentir,
Puisqu'il étoit chez vous, à le laisser sortir ?

ISABELLE.

Le trait est si subtil, qu'il faut que je confesse
Qu'on ne peut rien conduire avec plus de justesse,
Et comme de l'Exempt je connoissois le nom,
J'ay crû, vous arrêtant, que c'étoit tout de bon.
Où l'avez-vous laissé ?

D. FERNAND.
Qui, Madame ?

ISABELLE.
Hé, de grace
Faites valoir ailleurs vos tours de passe-passe.
L'on me dupe d'abord, mais j'en reviens soudain.

D. FERNAND.
Qu'est-ce-ci ?

D. JUAN à D. Fernand.
Remettez la partie à demain.
Aussi-bien pour guérir l'erreur qui la posséde,
Vous voir tous deux ensemble est l'unique reméde,
Sans une telle preuve elle n'a point de foy.

D. FERNAND.
Beatrix.

BEATRIX.
Elle voit son erreur comme moy,
Mais l'obstination d'une Femme à combattre,
Est un petit Démon qui fait le diable à quatre,
Son esprit de long-temps n'en sera delivré,

SCENE VIII.

D. FERNAND, D. JUAN, ISABELLE, GUZMAN, BEATRIX.

GUZMAN.

ENfin je suis content, le galand est coffré,
S'il m'a pû souffletter, il en payera l'amende.

BEATRIX.

Tu l'as suivi, Guzman?

GUZMAN.

Suivi? belle demande!

D. FERNAND.

Qui? parle, explique-toy.

GUZMAN.

Vous en serez surpris,
Monsieur; vôtre Figure est un sot mal appris,
Mais rejoüissez-vous.

D. FERNAND.

Quel sujet m'y convie?
Dy.

GUZMAN.

Vous serez roüé bien-tôt en effigie?

D. FERNAND.

Maraut...

GUZMAN.

Vôtre portrait, ce D. Fernand maudit,
D'un saut qu'on luy prépare a lieu d'être contrit;
Pour vol, brûlement, meustre, on l'a mis en clôture.

D. FERNAND.

On l'a saisi?

GUZMAN.

Demain il aura la torture.

D. FERNAND.

Quoi, ce même Fernand qu'on dit me ressembler?

GUZMAN.

Le traitre d'un souflet a pensé m'accabler,
Sa main pesante & large a grande expérience;
Je l'eusse pris pour vous sans cette difference,
Tant sur vous, aux mains près, il est bien copié.

D. FERNAND.

Il t'a batu?

GUZMAN.

Monsieur, j'en suis estropié;
Mais si pareils soufflets sont toûjours dans sa manche,
Je prétens en avoir bien-tôt bonne revanche,
Et venir des prémiers oüir son compliment,
Quand il haranguera patibulairement.

D. FERNAND.

Madame, après cela seriez-vous si cruelle,
Que de douter encor.

GUZMAN.

Il étoit avec elle,
Monsieur, quand au collet on l'est venu griper.

ISABELLE.

Certes, je vous devrois aider a me duper;
Mais personne jamais n'eut moins de complaisance,
Vous perdez vôtre temps.

D. FERNAND.

L'étrange défiance !
Vous voyez, vous oyez, & vous ne croyez rien.

ISABELLE

Je croy tout, mais enfin je vous connois trop bien.

D. FERNAND.

Quoi, c'est moy qu'en prison Guzman a vû conduire?

ISABELLE.

Guzman mérite bien que vous daigniez l'instruire,
Il fait de vos leçons un merveilleux employ.
Tu l'as donc vû, Guzman ?

GUZMAN.

Tout comme je vous voy.

ISABELLE.

Où l'a t'on fait entrer ?

GUZMAN.

A deux détours de ruë,
Ici ... Mais la prison vous doit être connuë.

D FERNAND.

Madame ...

ISABELLE.

C'est assez, nous nous verrons demain,
Adieu ; viens, Beatrix.

D. FERNAND.

Quel est vôtre dessein ?
Au moins de quelque espoir daignez flater ma flame,

ISABELLE.

Vous avez déja sçû le secret de mon ame,
Ma foy pour D. Felix toûjours se soûtiendra ;
Et pour vos intéréts, le temps en résoudra.

SCENE IX.

D, JUAN, D. FERNAND, GUZMAN.

D. JUAN.

Elle a tant de soupçon de vôtre stratagême,
Qu'elle ne veut enfin en croire qu'elle-méme,
Et si j'en juge bien, elle va maintenant
Jusque dans la prison demander D. Fernand.

D. FERNAND.

Je le croy comme vous.

D. JUAN.

Elle aura beau s'en plaindre,
Le Concierge a le mot, vous n'avez rien à craindre.

D. FERNAND.

Non, si mon Inconnuë avecque moy d'accord
M'avoit pour asseurance expliqué son vrai sort.
Je ne sçay que résoudre à moins de la connoitre.

D. JUAN.

Que chez vôtre Beau-pére elle ait osé paroître !

Cet effort part d'un cœur profondément atteint.
D. FERNAND.
Il en faut voir la fin, & l'amour m'y contraint,
Mais comme j'en attens toûjours quelque méssage,
En vain vôtre parole à D. Diégue m'engage,
Je ne puis aujourd'hui me résoudre à le voir.
Inventez quelque excuse, allez chez luy ce soir;
Pour en manquer pour moy vous avez trop d'adresse.
D. JUAN.
Il faut vous satisfaire.
D. FERNAND.
      Adieu donc, je vous laisse,
D'Isabelle en ce lieu j'attendrai le retour.

SCENE X.

D. FERNAND, GUZMAN.

GUZMAN.
Monsieur, vous faites rage en matiére d'amour;
Mais quand pour D. Fernand vous prenez la
    parole,
Vous pourriez retrancher quelque peu de ce rôle,
J'y trouve en le joüant un endroit superflu.
D. FERNAND.
Quel ?
GUZMAN.
    Celui du soufflet qui m'a très-fort déplû.
J'ay pensé m'oublier, vous frapez comme un diable.
D. FERNAND.
C'est pour mieux conserver par tout le vrai-semblable.
GUZMAN.
On s'y doit attacher, mais il est certains cas
Où vrai-semblablement il ne me plairoit pas,
J'en hay la conséquence, & me connois à vivre,

SCENE XI.

D. FERNAND, JACINTE, GUZMAN.

JACINTE.

MOnſieur, on vous attend, & vous pouvez me
ſuivre.

D. FERNAND.

Ah! c'eſt toy? que de joye à mon cœur amoureux!

JACINTE.

Ma Maîtreſſe m'envoye, & vous étes heureux.
Venez ſans differer.

D. FERNAND.

L'agreable nouvelle!
Mais où la dois-je voir?

JACINTE

Vous la verrez chez elle.

D. FERNAND.

Et l'oſtacle du Pére?

JACINTE.

Il eſt grand, mais enfin
On tient ouverte exprès la porte du jardin.
Ainſi vous entrerez ſans qu'il le puiſſe apprendre.
Suivez de quelques pas.

D. FERNAND à *Guzman*.

J'avois raiſon d'attendre;
Tu vois avec quel ſoin on cherche à me parler.

GUZMAN.

Garde auſſi le Vieillard pour vous mieux régaler.

Fin du Quatriéme Acte.

ACTE V.

SCENE PREMIERE.

ISABELLE, LEONOR. BEATRIX.

ISABELLE.

A visite où pour vous ici je me dispense,
Peut être choquera l'exacte bien-seance,
Et quand pour D. Felix on presse mon
　　aveu,
Je n'entre point chez-vous sans en rougir
　　un peu.
Aussi quoi qu'à vous voir l'amitié m'autorise,
Je ne m'en croirois pas la liberté permise,
Si le voyant absent, je ne venois sans peur
De rencontrer le Frére où je cherche la Sœur.
Vous m'avez confié vôtre secrette flame,
Et sçachant ce que peut D. Fernand sur vôtre ame,
Ce seroit mal répondre à ce que je vous dois,
Que de vous refuser mon avis sur ce choix.

LEONOR.

En l'état déplorable où l'amour m'a réduite,
J'ay bien besoin qu'on m'aide à régler ma conduite,
Cet Epoux qu'à Séville un Pére m'a choisi,
Fait le chagrin mortel dont mon cœur est saisi.
De moment en moment il doit ici paroître,
Et pleine du desordre où vous me voïez être,
J'ay mandé D. Fernand pour résoudre avec luy
Ce que mon feu du sien peut attendre d'appuy.

Comme il fçait qui je fuis, je n'ay plus lieu de feindre.

ISABELLE.

Donc à vous déclarer il a fçû vous contraindre ?

LEONOR.

Quoi, ce n'eft pas de vous qu'il tient tout mon fecret ?

ISABELLE.

Peut-être pour le taire eft-il affez difcret ;
Mais s'il l'a fçû de moy, j'ay mauvaife mémoire,

LEONOR.

Ce qu'il a fait tantôt m'obligeoit à le croire.
De l'hymen qui me perd defefperé, jaloux,
Afin d'y mettre obftacle il eft venu chez nous.
A peine ay-je obtenu qu'il n'ait pas vû mon Pere.

ISABELLE.

Cette chaleur d'amour ne doit pas vous déplaire,
Mais fi fon cœur pour vous nourrit des feux conftans,
Vous êtes en danger de l'attendre long-temps.

LEONOR.

Quoi, vous doutez qu'ici Jacinte ne l'améne ?

ISABELLE.

Je crains qu'à le trouver elle n'ait quelque peine,
Tout à l'heure, à mes yeux, on vient de l'arrêter.

LEONOR.

Quel plus rude revers avois je à redouter !
Que le Sort m'eft cruel !

ISABELLE.

            J'ay pourtant un fcrupule,
Qui fur ce point encor me laiffe peu crédule
Je viens de la prifon, où de tout mon pouvoir
J'ay tâché, mais en vain, d'obtenir de le voir ;
Le Concierge en oppofe une étroite deffence.

LEONOR.

Quel fujet avez-vous par-là de défiance ?

ISABELLE.

C'eft que j'en ay beaucoup de me perfuader
Que jamais de la fourbe on ne fçût mieux s'aider.
Ce même D. Fernand qui vous voit, qui vous aime ;

Doit être un Dionis qui m'en conte à moy-même,
Ou s'il ne l'étoit pas, le rapport est si grand,
Qu'il confond en effet plutôt qu'il ne surprend.
Beatrix n'y peut voir pourtant de ressemblance.

BEATRIX.

J'en vois autant qu'il faut, & dis ce que je pense,
Mais que ce soit le même, à quoi bon s'alarmer ?
Vous suffira-t'il pas qu'il sçache bien aimer ?

LEONOR.

En conter en tous lieux n'en est pas un bon signe.

BEATRIX.

De vôtre amour par-là vous le croiriez indigne ?
Ma foy, si la maxime avoit lieu contre nous,
S'il est bien des Galans, il seroit peu d'Epoux.
Se trouve-t'il encor de ces sortes cruelles
Qui se fâchent d'oüir que l'on se meurt pour elles,
Et parmi tous nos droits, n'est-ce pas le plus vieux
D'ouvrir presque l'oreille aussi-tôt que les yeux ?
Il n'est pour un Amant fidelité qui tienne,
Tout ce qui flate plaît, de quelque part qu'il vienne,
On écoute, & fît-on magasin de vertu,
Jamais pour des douceurs galant ne fut batu.
Qu'on y trouve à redire après tout, qu'on y glose,
La faculté d'oüir est une belle chose,
Et qui jugera bien des malheurs les plus hauts,
Trouvera qu'être sourde est le plus grand des maux,
Pour moy que la fleurette a toûjours réjoüie,
Je n'entretiens mes jours qu'au moyen de l'oüie,
Et j'en aurois déja vû le cours arrété,
S'il m'en étoit échû quatre de surdité.

LEONOR.

L'humeur de Beatrix n'aura jamais d'égale.
Malgré mon déplaisir, j'écoute sa Morale ;
Mais elle adoucit peu ce que ma flame craint,
S'il faut que D. Fernand soit tel qu'on me le peint.

BEATRIX.

Il me semble pourtant, que sans trop de mistére
De tout ce que je dis la consequence est claire.
De même qu'en tout lieux il nous plaît d'écouter,

Les hommes de leur part prennent droit d'en conter;
Mais de tant de galans dont la fleurette roule,
Il en eſt toûjours un qu'on met hors de la foule.
Le cœur, quoi qu'il le cache, a ſon choix favori,
On préfere, & c'eſt-là ce qui fait un Mari.
C'eſt ainſi qu'un Amant jamais ne ſe partage,
Que quelqu'une en ſecret n'ait toujours ſon homma-
    ge,
Et que ce D. Fernand qui vous fait les yeux doux,
Peut proteſter à cent, & n'adorer que vous.

ISABELLE.

Enfin de ſa priſon, ou fauſſe, ou véritable,
Dépend de ce qu'il eſt la preuve indubitable;
C'eſt à quoi je m'arrête, & vous devez juger
Qu'ici vôtre intereſt me peut ſeul engager.
Je dois un cœur fidelle aux vœux de vôtre Frére,
Et quand à tous Objets ſon amour me préfere,
Le mien de ce qu'il vaut par ſes reſpects inſtruit...:
Mais, Dieux! je vois Jacinte, & D. Fernand la ſuit.

LEONOR.

Que me diſiez-vous donc, & quelles conjectures...;

ISABELLE.

Sur ce que vous ſçavez prenez bien vos meſures;
à Beatrix.
Et bien? ce n'eſt pas fourbe encor que ſa priſon?

BEATRIX.

A la fin je crains bien que vous n'aïez raiſon,

SCENE II.

ISABELLE, LEONOR, D. FERNAND. GUZMAN, JACINTE, BEATRIX.

D. FERNAND à *Guzman.*

Que je trouve Isabelle avec mon Inconnu! !

GUZMAN

Nous avons tous nôtre heure, & la vôtre est venuë,
Monsieur, c'est sans remede, il faut passer le pas.

LEONOR à *D. Fernand.*

Vous voir est un bonheur que je n'attendois pas.
Sur un bruit, D. Fernand, qui m'avoit mise en peine,
J'avois lieu de tenir cette esperance vaine;
On parloit de disgrace, & d'emprisonnement.

D. FERNAND *montrant Isabelle.*

J'étois avec Madame en ce fâcheux moment,
Mais comme dans la Cour contre la violence
J'ay des Amis puissans qui prennent ma deffense,
A peine ont-ils appris que j'étois arrêté,
Qu'ils ont fait de leur rang agir l'autorité.
Leur parole donnée a causé ma sortie.

ISABELLE.

C'est avoir promptement dressé vôtre partie.
Leur envoyer l'avis, prendre leur caution,
Trouver, suivre Jacinte à l'assignation,
Le tout dans moins d'une heure, & dans un temps si
                juste,
Qu'il semble qu'à vos vœux chaque moment s'ajuste;
Qui pour aller si vîte a des ressorts tout prêts,
S'il n'est quelque peu fourbe, a d'étranges secrets.

D. FERNAND.

L'amour est un grand maître, & tout le favorise.

ISABELLE.

Mais tout à l'heure encor ce qui fait ma surprise,

Le Concierge fembloit n'avoir pas le pouvoir
De fouffrir feulement qu'un Amy vous pût voir.

D FERNAND.

C'eft à quoi ma Partie avoit fçû le contraindre ;
Mais il a vû bien-tôt qu'il n'avoit rien à craindre,
Et trop de gens de marque ont répondu de moy.

LEONOR.

Cependant il s'agit de prouver vôtre foy,
On me la rend fufpecte, & fi je l'en veux croire,
Je ne m'y puis fier fans hazarder ma gloire,
Il doit faire mal feur recevoir vos fermens.

D.. FERNAND.

Elle a conçû de moy d'étranges fentimens !
Mais hélas ! fe peut-il, que les ayant fçû prendre,
Vous doutiez d'un amour & fi pur, & fi tendre,
Et qu'un foupçon indigne & de vous & de moy,
Deshonorant mes vœux, faffe outrage à ma foy ?

LEONOR.

Je tâcherois en vain, D. Fernand, de vous taire,
Qu'un mouvement fecret m'en rendit l'offre chére,
Et que rien à mon cœur ne peut être plus doux,
Que vous voir mériter ce qu'il reffent pour vous ;
Mais réduite à l'hymen qu'un Pére me prépare
Si contre mon devoir mon cœur ne fe déclare,
Songez que cet effort ne fe doit hazarder
Que pour prix d'une foy qu'on veuille me garder.

D. FERNAND.

Ah ! fi brûler pour vous ne fait toute ma gloire....

LEONOR.

Dans ce qu'on vous impute ay-je lieu de le croire ?
Tout ce que D Fernand me conte de douceurs,
D. Dionis, dit-on, le fçait conter ailleurs.
C'eft fous deux divers noms que fon cœur fe partage.

D. FERNAND.

Madame a contre moy rendu ce témoignage,
Je connois quelle erreur m'attire fon couroux,
Mais je fuis D. Fernand, & je n'aime que vous.

ISABELLE.

Enfin de vos talens elle eft bien informée.

Qu'elle aime là-deſſus, qu'elle ſe croye aimée,
J'ay pour ſes interêts agy comme j'ay dû.

D. FERNAND

Et d'un ſoupçon ſi bas rien ne m'a deffendu ?
Vous n'en voulez juger qu'à mon deſavantage ?

LEONOR.

Mais de D. Dionis connoiſſant le viſage,
Croiray-je qu'en effet elle ait pû s'abuſer ?

D. FERNAND.

Elle eſt du moins trop prompte à vouloir m'accuſer,
Si l'on en croit le bruit dont elle a connoiſſance,
Avec ce Dionis j'ay quelque reſſemblance,
Et ce rapport de traits, ſans doute ſurprenant,
M'ôte dans ſon eſprit le nom de D. Fernand.

ISABELLE.

Un rapport ſi fidelle a grand lieu de ſurprendre.

LEONOR.

Mais peut-il être tel, qu'on s'y puiſſe méprendre,
Et que dans cet abus, la taille ni la voix....

D. FERNAND.

L'autre, dit-on, Madame, eſt plus haut de deux doigts,
Aucun ne nous a vûs, qui dans la reſſemblance
N'ait remarqué ſoudain beaucoup de difference,
Et de la verité ſoûtenant l'interêt,
Beatrix vous dira que....

BEATRIX.

                    Non pas, s'il vous plaît.
Avec tous vos détours vous m'aviez attrapée,
Mais j'en vois l'artifice, & je ſuis dédupée.
Vous ſçavez donc ainſi vous faire priſonnier ?

D. FERNAND.

Quoi, pour me perdre mieux, veux-tu....

BEATRIX.

                    Point de quartier,
Je connoy ma ſottiſe, elle en vaut bien un autre,
Je le ſçai, mais ma foy, vous avouërez la vôtre,
Et nous éclaircirons vôtre genre douteux.

LEONOR.

Ce procedé pour vous n'a rien que de honteux:

Par tout, fous divers noms, faire intrigues nouvelles ;

GUZMAN bas

Le voilà justement le cul entre deux selles ;
Pour en embrasser trop, il l'a bien mérité.

D. FERNAND.

Ce reproche est sensible à ma fidelité ;
Mais si quelques soupçons vous tiennent en balance,
Le temps de mon amour prouvera la constance,
Et des soins si pressans la feront éclater,
Que vous n'aurez enfin aucun lieu d'en douter.

LEONOR.

En vain cette asseurance à mes soupçons s'oppose,
D. Dionis ailleurs promet la même chose,
D'autres en ont oüi ce qu'il dit maintenant.

D. FERNAND.

Laissez D. Dionis, & croyez D. Fernand ;
Je le suis, & m'a foy vous en devroit répondre.

LEONOR.

Mon doute me déplaît, je cherche à le confondre ;
Mais peut-on refuser de croire ce qu'on voit ?

BEATRIX.

Puisqu'il veut l'être enfin consentez qu'il le soit,
Madame, & seulement tâchons de sçavoir comme
Il nous amene ici ce brave Gentilhomme.

GUZMAN.

Je suis laquais d'honneur, & tu me fais grand tort.

D. FERNAND.

C'est que m'ayant trouvé....

ISABELLE.

Parler pour luy d'abord ?
Vous viendrez ou secours, s'il sçait mal vous con-
noître.
Parle, à qui donc es-tu ?

GUZMAN.

Moy ? je suis à mon Maître.

ISABELLE.

Et c'est D. Dionis, que ce Maître ?

GUZMAN.

Il est vray.

D y

ISABELLE.

Eſt-ce luy que tu vois ?

GUZMAN.

Si c'eſt luy ? je ne ſçay.
Puis-je le démêler d'avecque ſa Figure ?

D. FERNAND.

Ce que j'ay dit, Madame, eſt la verité pure ;
D. Dionis ſans doute eſt un autre que moy.

BEATRIX.

Mais nous l'avons laiſſé tantôt avecque toy.

GUZMAN.

L'ayant quitté depuis, je ne ſçai plus qu'en dire,
On me l'a pû changer, & j'en aurois le pire.

ISABELLE.

Mais tu l'aurois connu quand tu l'as abordé ?

GUZMAN.

Je m'avançois vers luy quand je l'ay vû mandé :
Ainſi j'ay crû devoir le ſuivre à l'avanture,
D. Dionis, tant mieux ; D. Fernand, je l'abjure.

LEONOR.

Pour les pouvoir ſurprendre, ils s'entendent trop bien ;

JACINTE.

Tous leurs déguiſemens ne vont ſervir de rien.
Quand la coëffe abaiſſée, allant en Inconnuë,
J'ay trouvé ce matin D. Fernand dans la ruë,
Et que de ma Maîtreſſe il a lû le billet,
Tu m'as complimentée, en fidelle Valet ;
Tu diſois ton avis, c'étoit alors ton Maître ?

GUZMAN.

J'étois avecque luy ? moy ? cela ne peut étre,
A moins que le doublant, comme il paroît ici,
Le Diable eût pris plaiſir à me doubler auſſi.

JACINTE.

Quel impudent Valet ! Madame, je proteſte…

BEATRIX.

Enfin il faut ici joüer de vôtre reſte.

D. FERNAND à Leonor.

Tout ſemble avoir juré ma perte auprès de vous ;
Mais je veux que du Ciel m'accable le couroux,

Si je ne suis....

LEONOR.

Soïez tout ce qu'il vous plaît d'être,
Loin de prendre intérêt encor à vous connoître,
C'eſt un ſurcroît ſenſible à mes triſtes ennuis,
Qu'on vous ait malgré moy découvert qui je ſuis.

D. FERNAND.

Moy, je le ſçai, Madame, & vous êtes capable
De ſouloir inſulter au ſort d'un miſerable,
Qui du plus pur amour ſe ſentant conſumer,
Ignore en vous aimant qui le force d'aimer ?

LEONOR.

Quoi, jaloux d'un hymen que je n'ay pû vous taire,
Vous n'êtes point venu pour parler à mon Pére,
Luy propoſer de rompre ?

D. FERNAND.

Où prendre ſa maiſon ?
Où le chercher enfin ſi j'ignore ſon nom ?

LEONOR.

Ah ! c'eſt trop ſoutenir un lâche ſtratagême.
Nier obſtinément ce que j'ay vû moy-même,
Et de l'art de fourber ſe tenant glorieux,
Démentir à la fois mon oreille & mes yeux !
Je n'en demande point une preuve plus forte,
Adieu. Va du Jardin le remettre à la porte,
Jacinte, je rougis de l'avoir écouté.

D. FERNAND.

Je n'avoüerai jamais ce qui m'eſt imputé ;
Mais pour vous témoigner que ma flame eſt ſincére,
Faites-moy tout à l'heure entretenir ce Pére ;
Qu'inſtruit de ma naiſſance, il puiſſe examiner
Si je vous ay rien dit qu'on doive ſoupçonner.

LEONOR.

Enfin je ne veux point m'éclaircir davantage,
Pour un autre à l'hymen ſa parole m'engage,
Il le veut, il l'ordonne, & je dois obéïr.

D. FERNAND.

O Ciel ! pour mon Rival chercher à me trahir !
Madame, ſongez mieux...

JACINTE.
                    Parlez bas, je vous prie;
Madame, le bon homme est dans la galerie,
Je croy qu'il vient ici.

GUZMAN.
                    Monsieur, tout est perdu.

LEONOR.
Après ce que j'ay fait ce malheur m'est bien dû.

ISABELLE.
Songez à les cacher ; s'il faut qu'il les surprenne...?

JACINTE.
Entrez ici...

D. FERNAND.
                    Non, non, la prévoyance est vaine,
En l'état où je suis il faut tout hazarder.

LEONOR.
N'esperez pas...

D. FERNAND.
                    L'amour sçaura me seconder.

LEONOR.
Donc à ne craindre rien le péril vous anime ?

GUZMAN.
Bon pour luy, mais pour moy, qui suis pusillanime,
Mesdames, n'est-il point dans ce mortel danger
Quelque endroit charitable où me pouvoir loger ?

JACINTE.
Je l'entens à sa toux, vous l'allez voir paroître,
Entrez vîte....

GUZMAN.
Eh, Monsieur !

D. FERNAND.
                    Mon malheur ne peut croître,
Il faut avec éclat justifier ma foy.

LEONOR.
Mais cet éclat me perd.

D. FERNAND.
                    Dieux ! qu'est-ce que je voy ?
N'est-ce pas D. Juan ?

GUZMAN.

Et de plus, le Beau-pére;

D. FERNAND.

Où suis-je, & que croirai-je ?

LEONOR.

Hélas ! que dois-je faire ?

ISABELLE.

Préparez quelque excuse, & je vous aiderai.

SCENE III.

D. DIEGUE, D. JUAN, ISABELLE, LEONOR, D. FERNAND, BEATRIX, JACINTE, GUZMAN.

D. DIEGUE. à D. *Juan*.

D'Où naît ce changement, si vous m'avez dit vrai ?
J'apperçois D. Fernand.

D. FERNAND à D. *Diégue*.

Ah ! Monsieur.

LEONOR.

Ah ! mon Pére ;
De ma temerité vous serez en colére,
Mais quand vous apprendrez . . . .

D. DIEGUE.

Je voy que tu rougis
D'avoir reçû sans moy D. Fernand de Solis ;
Mais le titre d'Epoux qu'il a droit de prétendre,
Souffre la liberté que nous te voyons prendre.
Sans doute qu'à tes vœux mon choix a répondu ?

LEONOR à *Jacinte*.

D. Fernand de Solis ! ai-je bien entendu ?

D. FERNAND.

L'Inconnuë est sa Fille ! Ah ! Guzman, quelle gloire ?

D. DIEGUE.

Si ton bonheur est tel que j'ay lieu de le croire,
Il faut que je te loüe au moins d'avoir eu soin
Que l'aimable Isabelle en pût être temoin.

ISABELLE

Comme pour Leonor une forte tendreſſe.
Toûjours dans ſon deſtin veut que je m'intéreſſe,
Le choix de D. Fernand ne peut m'être que cher,
S'il eſt digne du cœur qu'il tâche de toucher.

D. FERNAND.

C'eſt dont je n'oſe encor me ſouffrir l'eſpérance,
Et ce doute cruel me réduit au ſilence.
Madame, quoi qu'un Pére autoriſe mes vœux,
Son aveu ſans le vôtre en vain me rend heureux ;
Mon cœur ne reconnoit que vôtre ſeul empire.
Parlez, expliquez-vous.

LEONOR.

Je l'ay déja ſçû dire,
Mon Pére ayant des droits que je ne puis trahir,
S'il a choiſi pour moy, je ne ſçay qu'obéïr.

D. JUAN.

Ainſi par cet aveu vôtre ſoupçon s'efface.
Mais de D. Dionis obtiendrons-nous la grace ?
Madame...

ISABELLE.

C'eſt aſſez, vôtre jeu concerté
N'a pas ſurpris en moy trop de credulité.

D. DIEGUE à Iſabelle.

Enfin dans le bonheur qu'ici le Ciel m'envoye,
Un mot de vôtre bouche acheveroit ma joye.
Madame, D. Felix, dont j'attens le retour . . .

ISABELLE.

Vous m'avez pour répondre accordé plus d'un jour,
Suffit que je l'eſtime, & que je ne puis taire
Que la Sœur près de moy peut beaucoup pour le Frére.

D. DIEGUE.

Je ne demande rien après ce doux eſpoir.

D. JUAN.

Il ne nous reſte plus que Guzman à pourvoir ;
C'eſt à luy de choiſir entre les deux Suivantes.

GUZMAN

Ah ! Beatrix.

BEATRIX.

Et bien, eſt-ce fait ?

GUZMAN.

Tu me tentes,
Et ſi je m'arrêtois à jetter l'œil ſur toy,
Le Diable pourroit bien être plus fin que moy.

BEATRIX.

Quoi, tu doutes ?

GUZMAN.

Vois-tu ? l'hymen dont tu me pries
Doit durer un peu plus que tes friponneries.
Pour un bail de ſix mois je pourrois hazarder,
Mais ma foy, pour toûjours, Dieu m'en veuille garder.
Tous ces friands attraits qui parent ton viſage,
Sont meubles de haut prix mal propres au ménage,
Et je tiendrois heureux qui les doit poſſeder,
S'il ne falloit toûjours que voir & regarder.
Mais, chére Beatrix, qui ſous l'hymen ſe range,
Fait tout comme un autre homme, il boit encor &
        mange.
Partant, Jacinte, tiens.

JACINTE.

Tu la quites pour moy ?

GUZMAN.

Va, touche.

BEATRIX.

Pauvre fou ! j'aurois voulu de toy ?
Dans quelle folle erreur ton eſprit s'envelope !
Sçais-tu bien que j'ay fait tirer mon horoſcope,
Et que le moindre honneur qui me puiſſe être acquis,
C'eſt avant qu'il ſoit peu d'épouſer un Marquis ?
Peut-être même un Duc, ou plus.

GUZMAN.

Le doux augure !
Bon ſoir, Belle Marquiſe, ou Ducheſſe future.
Le Ciel...

D. JUAN.

Va, Beatrix, n'écoute plus ce ſat,
Je vais faire ériger ma Terre en Marquiſat,
Et ſi dans ce temps-là ta foy n'eſt point promiſe,
Prens-en la mienne ici, je te feray Marquiſe.

Comme en toy je choilis l'objet le plus parfait,
J'en fçay qui m'ont trouvé peut-être affez bien fait ;
Je plais où je veux plaire, & fuis affez de mife.

BEATRIX.

Nous n'avons pas befoin tous deux qu'on nous le dife ;
Et fi je crois valoir qu'on ait des yeux pour moy
Vous avez pour vous-même autant de bonne foy.
Mais, à bien prendre tout, quoi qu'un peu plus grand'
   Dame,
Je n'en ferois pas mieux pour être vôtre Femme,
Et nous n'irions pas loin enfemble à communs frais,
Qu'il ne fût queftion de venir au rabais.
De l'humeur dont je fuis, de l'humeur dont vous êtes ;
Je croy qu'affez fouvent nous ferions bourfes nettes.
Nous fommes en défauts oppofez tant foit peu,
J'aime fort la dépenfe, & vous aimez le jeu.
L'un de l'autre par-là nous nous verrions les dupes ;
Je voudrois de l'argent pour acheter des jupes,
Et loin de m'en fournir comme j'aurois penfé,
Peut-être ce jour-là vous auriez tout maffé ;
Un point, ou de Venife, ou de quelque autre mode,
Seroit d'un tope & tingue une fuite incommode,
Et vous enrageriez cent fois tout vôtre faoul,
Quand vous me verriez brave, & n'auriez pas le fou.
Si la neceffité fe trouvoit trop preffante,
On prendroit au befoin un peu d'argent en rente,
La fomme doubleroit, elle feroit éclat,
Et la Terre faifie, adieu le Marquifat.
Voilà comme le tout s'en iroit en fumée.

D. JUAN.

Je n'ay pas avec toy méchante renommée.
Puifque tu me connois, n'allons pas plus avant,
Auffi bien nous pourrions nous quéreller fouvent,
Au lieu que demeurans aux termes où nous fommes,
Tu verras que je fuis le plus ardent des hommes,
Et que tant que le jeu me laiffera dequoy,
Si tu prens à crédit, j'iray payer pour toy.

Fin du cinquiéme & dernier Acte.

CAMMA

REINE DE GALATIE,

TRAGEDIE.

ACTEURS.

CAMMA, Veuve de Sinatus, Roy de Galatie.

SINORIX, Roi de Galatie, ayant ufurpé la Couronne fur Sinatus.

HESIONE, Fille de Sinatus.

SOSTRATE, Prince de Galatie, Favory de Sinatus.

PHEDIME, Confident de Sinorix.

SOSIME, Capitaine des Gardes de Sinorix.

PHENICE, Confidente de Camma.

La Scéne eft dans la Capitale de Galatie.

CAMMA
REINE DE GALATIE,
TRAGEDIE.

ACTE I.
SCENE PREMIERE,
SINORIX, PHEDIME.

SINORIX.

TU dis vray, cher Phedime, on auroit peine
 à croire
Qu'un grand cœur soûpirant au milieu de
 la gloire,
Qu'au faîte des grandeurs Sinorix élevé
Souhaitât dans leur pompe un bien plus achevé,
Et que de tant d'honneurs sa fortune suivie
Pût opposer quelque ombre à l'éclat de sa vie.
Il n'est rien au dessus du rang où tu me vois,
Toute la Galatie obéît à mes loix ;
Un vieux droit que soûtint un peu de violence
M'a laissé sur le Trône établir ma puissance,

On me flate, on me craint, chacun m'offre des vœux;
Cependant, tu le sçais, je ne suis pas heureux.
Depuis six mois je régne, & régne sans obstacles;
Mais le Sort fait en vain pour moy tant de miracles,
Si du plus digne Objet trop vivement charmé,
J'aime pour mon supplice, & ne puis être aimé.

PHEDIME.

C'est vous plaire, Seigneur, à nourrir vôtre peine;
Que d'expliquer si mal les refus de la Reine,
Qui peut-être en secret brûlant déja pour vous,
N'ose encor par devoir vous prendre pour Epoux,
Quelque éc'at à ses yeux dont la Couronne brille,
Elle est Veuve d'un Roy qui vous donnoit sa Fille,
Et qui par vôtre hymen luy faisoit éviter
D'avoir avecque vous un Trône à disputer.
Du Peuple qui vous craint l'entier & prompt suffrage
Vous en a fait sur elle emporter l'avantage,
Et lorsque tout l'Etat respecte en vous son Roy,
Vous la laissez Sujette; & luy manquez de foy.
L'affront est grand, Seigneur, & quoi que dans sa
　　　　haine
Le nom de Belle-mére engage peu la Reine,
Du moins l'honneur la force à prendre l'intérêt
De la Fille d'un Roy qui la fit ce qu'elle est.
Voilà ce qui vous nuit, & vous nuira sans cesse,
Si vos ordres enfin n'éloignent la Princesse.
Otez-luy cet obstacle, & vous verrez soudain
Que son cœur adouci vous répond de sa main.

SINORIX.

Je voy bien qu'il le faut, mais le puis-je, Phedime,
Sans m'exposer encor à trembler de mon crime,
Et revoir quel excez d'injustice & d'horreur
Déja de mon amour a suivi la fureur?
A ses brûlans transports livrant toute mon ame,
J'ay perdu le Mary, pour acquerir la Femme.
Des beautez de la Reine éperduëment épris,
D'un parricide affreux je l'ay faite le prix,
Et pour rompre du Roy ce second hymenée,
J'en ay par le poison tranché la destinée.

C'est peu de Sinatus à ma rage immolé,
Si mon devoir ailleurs n'est encor violé
Hesione sa Fille à qui son choix m'engage,
De mes lâches mépris souffre l'indigne outrage,
Et pour forcer les maux dont mon cœur est atteint,
Son exil est un ordre où je me vois contraint.

PHEDIME.

Mais luy-même à sa perte engagea vôtre flame.
Il vous donnoit sa Fille, & vous aimiez sa Femme,
Et dans un sort si dur, la seule mort d'un Roy
De ce fatal hymen dégageoit vôtre foy;
Mais de ce crime en vain l'ombre vous embarasse,
Il n'en est point, Seigneur, que le Trône n'efface,
Et dans quelques horreurs qu'on ait pû se porter,
Pour être absous de tout, il suffit d'y monter.

SINORIX.

Ce sont là des Tyrans les damnables maximes;
En qui l'impunité fait le pardon des crimes,
Et qui d'un noir forfait esperant quelque bien,
Après l'avoir commis ne se reprochent rien;
Mais las! tu me plaindrois si tu pouvois connoître
Ce que dans un grand cœur le repentir fait naître,
Quant après un effort mille fois combatu,
Le crime par contrainte échape à la vertu.
De son indigne objet sans cesse possedée,
L'ame en traîne partout l'épouventable idée,
Un vif & dur remord n'en est jamais banni,
Et coupable un moment on est toûjours puni.

PHEDIME.

C'est beaucoup que du moins cette mort qui vous
    gêne
Soit toûjours un secret ignoré de la Reine,
Et qu'à Sostrate seul l'ayant sçû confier,
Vous n'ayez point vers elle à vous justifier;
Mais comme enfin, Seigneur, Sostrate a de l'adresse,
Devient-elle inutile auprès de la Princesse,
Et ses soins n'ont-ils pû la faire balancer
Sur l'hymen où pour luy vous la voulez forcer?

SINORIX.

Il la voit chaque jour, Phedime, & je puis dire
Que ce cher Confident partage mon martyre,
Puifquà mes intérêts s'oſant abandonner,
Il a pris malgré luy ce qu'il n'a pû donner.
S'il a brigué d'abord ſon hymen pour me plaire,
C'eſt un bien aujourd'hui qu'à tout autre il préfére ;
Et quoi qu'il m'ait caché, le chagrin qui le ſuit
Montre le deſeſpoir où l'amour le réduit.
Auſſi plus que le mien ſon intérêt me preſſe
D'embraſſer un conſeil qui bannit la Princeſſe,
J'ay fait naître ſa flame, & je luy dois offrir,
L'eloignant de ſes yeux, une aide à ſe guérir.

PHEDIME.

Soſtrate eſt généreux, & jamais un vray zéle
Ne marquera pour vous une ame plus fidelle ;
Mais ce fatal amour qui l'accable aujourd'huy,
Seroit peut-être un crime à tout autre qu'à luy.
D'un bel eſpoir trahi, l'irreparable offenſe
Sur vous de la Princeſſe attire la vangeance,
Et prétendre à ſon cœur, c'eſt preſſer ſon couroux
D'accepter une main qui la vange de vous.

SINORIX.

Contre moy de Soſtrate il n'eſt rien qu'elle n'obtienne ;
Mon amitié pour luy me répond de la ſienne,
Sa vertu m'eſt connuë, & ce que je luy doy
Ne me laiſſe aucun droit de douter de ſa foy.
Cet amour que tu crains flate en ce point ma peine
Qu'eſpérant d'être aimé ſi j'épouſe la Reine,
Avec tant de chaleur il luy peint mon tourment,
Mais je la voy qui paſſe à ſon appartement.

SCENE II.

SINORIX, CAMMA, PHEDIME, PHENICE.

SINORIX.

Vos yeux de vôtre cœur marquent l'impatience,
Madame, & tant de soins d'éviter ma présence,
Ne me font que trop voir le peu qu'il prend de part
Au bonheur imprévu que m'offre le hazard.

CAMMA.

Le chagrin où je vis me rend si peu traitable,
Que souvent malgré moy son aigreur vous accable,
Et mon zéle pour vous osant s'en indigner,
Par ces soins de vous fuir cherche à vous l'épargner,

SINORIX.

Ah, si ce n'est qu'au prix d'une si chére vûë,
Perdez une bonté dont la rigueur me tuë,
Et puisque pour mes vœux il n'est rien de si doux,
Accablez-moy plûtôt que me priver de vous.
Je sçay bien qu'à me voir, quelque nouvel outrage
Toûjours de mon amour repoussera l'hommage,
Que je n'entendrai rien qui me souffre l'espoir,
Mais, Madame, j'aurai le plaisir de vous voir.
Ce charme, où tout mon cœur pleinement s'aban-
  donne,
Adoucit les mépris dont la fierté m'étonne,
Et dans l'âpre douleur de ce qu'il faut oüir,
S'il ne peut l'étouffer, il la sçait ébloüir.

CAMMA.

J'ignore quels mépris je vous ay fait paroître,
Mais je sçay qu'en m'aimant vous m'avez dû con-
  noître,
Et ne prétendre pas qu'une moindre fierté,
Du rang où je me vois soûtint la dignité.
Sinatus me fit Reine, & quoiqu'un coup funeste

Ait réduit mon deftin au feul nom qui m'en refte ,
Le malheur de fa mort ne peut rien fur ma foy ,
S'il ne vit plus pour vous , il vit encor pour moy ;
Je dois à fon amour , je dois à fa mémoire
Le refus d'un hymen qui blefferoit ma gloire,
Du Trône en vain par là vous voulez me flater ,
Ce feroit en defcendre , & non pas y monter.
Ufurpez fans remords la grandeur Souveraine,
Veuve de Sinatus , je fçai que je fuis Reine,
Mais fi je m'abaiffois à vous donner ma foy ,
Femme de Sinorix , la ferois je d'un Roy ?
Vôtre hymen de ce rang feroit le Sort arbitre ,
J'en aurois le pouvoir , mais j'en perdrois le titre ,
Et pour des droits honteux quittant un bien conftant,
Je pourrois davantage , & ne ferois pas tant.

SINORIX.

Oüi , gardez-vôtre rang , vous le perdrez , Madame,
Si d'un Ufurpateur vous devenez la Femme ,
Et de Reine aujourd'hui le nom qui vous eft dû ,
Dans ce titre odieux fe verra confondu.
Mais pourquoi rejettant l'offre d'une Couronne,
Nommez-vous attentat le droit qui me la donne ,
Et quel crime ay-je fait , quand fecondé des Dieux
J'ay rentré par leur ordre au bien de mes Ayeux ?

CAMMA.

Pour éblouïr mes fens c'eft une foible amorce
Qu'un droit qu'expliqua moins la raifon que la force,
Le Peuple fut timide , & vous voyant armer ,
Préfera le Tyran qui pouvoit l'opprimer.

SINORIX.

Et bien , je fuis Tyran , ma feule violence
Fut le droit qui m'acquit la fuprême puiffance,
Le crime eft noir & lâche , il fait horreur à tous,
Mais caufé par l'amour , eft-il crime pour vous ?
Cet amour n'auroit eu qu'une ardeur imparfaite
S'il m'eût fouffert l'affront de vous laiffer Sujette,
Et feul au vol d'un Trône ayant fçû me forcer ,
Je ne l'ay fait du moins que pour vous y placer.

CAMMA.

CAMMA.

Et lors qu'à cet excez monte vôtre injustice,
Vous trouvez glorieux de m'en rendre complice,
Et ce parfait amour qui cherche à m'obliger,
Ne le peut, qu'en m'offrant son crime à partager ?
Qu'ici nos sentimens different l'un de l'autre !
Vous trahissez ma gloire, & j'ay soin de la vôtre,
Et quand pour m'abaisser vous m'offrez vôtre foy ;
Je cherche à faire en vous un légitime Roy.
Qu'à ces vives clartez vôtre aveuglement cesse,
Pour mériter le Trône épousez la Princesse,
Et luy rendant des vœux à sa flame échapez,
Possedez justement ce que vous usurpez.

SINORIX.

Si j'en formai pour elle, on ne les vit paroître
Que quand mon cœur pour vous n'osoit se bien con-
　　noître,
Et que son zéle ardent par un adroit détour
Cédoit à mon devoir les soins de mon amour.
Ce cœur en qui l'espoir n'auroit pû qu'être un crime
Ne vit qu'elle après vous digne de son estime,
Et pour ce triste hymen, mal instruit de mon feu,
Sinatus le presiant, je donnai mon aveu ;
Mais si-tôt que sa mort laissant agir ma flame,
Du secret de mes vœux eut dégagé mon ame,
Libres dans leur hommage, il leur fut assez doux
D'être encore en état de s'expliquer pour vous.
Ainsi ce qu'ils cachoient se fit bien-tôt connoître.
Je parus inconstant afin de ne pas l'être,
Et fis voir qu'à mon feu, pour s'oser exprimer,
Il manquoit seulement que vous pussiez aimer.
Vous le pouvez, Madame, & de vos vœux maîtresse...

CAMMA.

Non, non, c'est présumer en moy trop de foiblesse.
Quoi qu'un Trône ait d'éclat, il n'a rien d'assez doux
Pour me faire trahir les manes d'un Epoux.
Il est mort, & sa Fille en ce malheur extréme,
Du moins par vôtre hymen a droit au Diadème.
Vous pouvez à ces yeux en ceindre un autre front ;

Mais ce n'eſt point par moy qu'elle en aura l'affront.
Pour en donner l'aveu, quoi que vous puiſſiez faire,
La ſource de ſon ſang à mon cœur eſt trop chere,
Et l'on ne verra point qu'infidelle à ce ſang
J'aide à la tyrannie à luy voler ſon rang.

S I N O R I X.

Ah, puiſque vous prenez quelque ſoin de ma gloire,
Sauvez-la d'un péril plus grand qu'on ne peut croire,
Et ne me forcez point, lorſque je me défens,
A mériter l'horreur que l'on doit aux Tyrans.
J'aime une Reine auguſte, & cette ardeur eſt telle
Que n'aimant & le Trône & le jour que pour elle,
Mon cœur, que ſes dédains peuvent pouſſer à bout,
S'il ſuit ſon déſeſpoir, eſt capable de tout.
Daignez m'en épargner la fatale diſgrace.

C A M M A.

Vous avancez beaucoup d'employer la menace.
Je ne vous dirai point s'il la faut redoubler,
Mais mon cœur eſt à vous quand il pourra trembler.

S I N O R I X

Et bien, pour me punir allez juſqu'à l'outrage,
Noîrciſſez ce beau feu dont vous fuïez l'hommage.
Malgré tant de mépris redoublez chaque jour,
Dans un reſpect égal vous verrez mon amour,
Je vous le jure encor ; mais pour le ſatisfaire,
Sçachant ce qui me nuit, je ſçai ce qu'il faut faire,
Et luy devant l'éclat d'un trop juſte couroux,
Je puis être Tyran pour d'autres que pour vous,
Je vous laiſſe y penſer, Madame.

SCENE III.

CAMMA, PHENICE.

CAMMA.

AH, le perfide!
Il veut donc achever son lâche parricide,
Joindre la Fille au Pére! ô mon unique espoir,
O vangeance! est-ce ainsi que tu sers mon devoir?

PHENICE.

Si dans vos déplaisirs la vangeance vous flate,
Pour en joüir, Madame, il est temps qu'elle éclate;
Sinorix menaçant, rien n'est à négliger.

CAMMA.

Quoi, tu doutes encor si je veux me vanger?
Par le noir attentat de ce Tyran infame
J'auray veu dans mes bras Sinatus rendre l'ame,
Et me contenterai dans un si rude sort
De reprocher aux Dieux le crime de sa mort?
Hélas! il me souvient de ce fatal augure
Qui d'un Peuple étonné fit naître le murmure,
Quand, luy donnant ma foy, le cœur tout interdit,
Le Vase Nuptial tout à coup s'épandit.
De ce triste accident l'infortuné présage
D'une secrette horreur saisit tout mon courage,
Et m'annonça dés lors les funestes malheurs
Qui pressent ma vangeance, & font couler mes pleurs.

PHENICE.

Pour bien l'exécuter, si vous m'en voulez croire,
Il faut que la Princesse en partage la gloire.
Comme elle ignore encor le crime du poison,
Vos mépris, d'un Tyran luy font en vain raison,
Elle les prend pour feinte, & croyant que dans l'ame
La seule ardeur du Trône est ce qui vous enflame,
De ses jaloux soupçons l'impatiente aigreur

Vous fait fouffrir affez pour la tirer d'erreur.
Vous fçavez fa fierté.

C A M M A.

De quoi qu'elle m'accufe,
Il n'eft pas temps encor que je la defabufe.
Si la gloire en fecret me poufle à me vanger,
Ce feroit l'affoiblir que de la partager.

P H E N I C E.

Mais Softrate l'aimant, peut-être que par elle
Il vous feroit aifé d'en corrompre le zéle.
Dans ce que fur fa foy Sinorix prend d'appuy,
Softrate pouvant tout, on ne peut rien fans luy.
Il faut vous l'acquerir, & l'amour qui le flate
Le peut feul obliger....

C A M M A.

Tu connois mal Softrate,
Il aime, il cherche à plaire, & toutefois, hélas !
Son cœur contre un Tyran craint d'avouër fon bras.

P H E N I C E.

Vous le fçavez, Madame ?

C A M M A.

Apprens par quelle adreffe,
Brûlant pour une Reine, il feint pour la Princeffe,
Et que mon ordre exprès y contraignant fa foy,
Luy fait cacher ainfi l'amour qu'il a pour moy.
Sinorix qui l'engage à m'expliquer fa peine,
Luy donnant lieu d'agir, l'offre entier à ma haine ;
Non qu'il m'ait avoüé la noire trahifon
Qui contre Sinatus fe fervit du poifon,
Mais je reconnois trop, quelques foins qu'il em-
ploye,
Qu'en me niant ce crime il veut que je le croye.
On penétre aifément dans le cœur des Amans.

P H E N I C E.

Mais, Madame, pour luy quels font vos fentimens ?

C A M M A.

Te parler fans aigreur de l'ardeur qui le preffe,
Phenice, n'eft-ce pas t'avouër ma foibleffe,
Et que ce trifte cœur de vangeance animé,

N'a pû fi bien haïr qu'il n'ait enfin aimé ?
Non que par une lâche & honteufe victoire
L'amour à mon devoir puiffe en ravir la gloire.
Au fouvenir affreux de la mort d'un Epoux
Il me foumet foudain fes charmes les plus doux ;
Mais à quelques tranfports que cette mort me livre,
Il m'ôte en le vangeant le deffein de le fuivre,
Et me vantant Softrate, il force mon ennuy
A chercher les moyens d'ofer vivre pour luy.
C'eft par-là que flaté d'une douce efperance
Mon cœur s'eft fait enfin le prix de ma vangeance,
Et que pour luy devoir un fi précieux bien,
Ce qu'auroit fait mon bras, je l'ay remis au fien.
Cependant, & c'eft-là ce que je me reproche,
Je le voy reculer plus ce grand coup approche,
Il tremble, & fon amour prêt à fe déclarer,
Toujours fur quelque obftacle afpire à differer.
Mais puifqu'à menacer le Tyran s'autorife,
Un péril fi preffant ne veut plus de remife,
Il faut montrer ma haîne, & que fi jufqu'ici
La Princeffe abufée a crû'.... mais la voici.

SCENE IV.

CAMMA, HESIONE,
PHENICE.

HESIONE.

MAdame, je ne fçai fi dans ce qui fe paffe
De mes reffentimens vous approuvez l'audace,
Et fi de mon orgueil l'éclat impétueux
N'a rien pour Sinorix qui contraigne vos vœux.
Il tâche à les féduire, & le Trône...

CAMMA.

Oüi, Princeffe
Mais qu'ils cédent ou non, que ce fcrupule ceffe.
L'injure qu'on vous fait, & qu'il faut réparer,

A leur ambition n'a rien à déferer.

HESIONE.

Un zéle dont l'ardeur me fera toujours chére,
M'oblige à refpecter la Veuve de mon Pére,
Et je ne croirois pas y répondre affez bien
Si fur vôtre interêt je ne réglois le mien.

CAMMA.

Donc fi j'ofe accepter l'offre d'une Couronne,
Ce zéle généreux foudain me l'abandonne ?
Sans vouloir rien prétendre il m'en céde l'efpoir ?

HESIONE.

Pour m'y réfoudre au moins je voudrois le fçavoir.

CAMMA.

Si ma façon d'agir vous l'a fait mal comprendre,
Par de plus grands effets il faudra vous l'apprendre ,
D'un doute trop cruel vôtre efprit eft atteint.

HESIONE.

Je fçai que Sinorix vous accufe, & fe plaint ;
Mais fouvent le dehors n'eft qu'une adroite feinte.
Qui réfifte le plus aime à céder contrainte ,
Et cet amufement des crédules efprits
Fait fubfifter l'efpoir au milieu des mépris.

CAMMA.

A d'étranges foupçons le chagrin vous expofe.

HESIONE.

Je veux bien l'avouër, Softrate en eft la caufe.
Il vous voit fi fouvent que comme il m'ofe aimer ,
Vos fecrets entretiens ont droit de m'alarmer.
Il croit , fi le Tyran vous avoit époufée,
Que mon cœur luy feroit une conquéte aifée,
Et c'eft à quoi fans doute il tâche à vous porter ?

CAMMA.

Il en a l'ordre au moins s'il veut l'exécuter.

HESIONE.

Qui l'en empêcheroit ?

CAMMA.

Ma volonté peut-être,
Ou quelque autre raifon que l'on ne peut connoître.

HESIONE.

Mais vous l'auriez souffert un peu plus rarement.

CAMMA.

Je n'ay pas crû devoir en user autrement.

HESIONE.

Quand on ne prétend rien, on doit peu se contraindre,

CAMMA.

Il est bon quelquefois de se forcer à feindre.

HESIONE.

C'est pour une grande ame un sentiment trop bas.

CAMMA.

Oüi, mais j'ay des secrets qu'on ne pénetre pas.

HESIONE.

Je n'ay pas mérité d'en sçavoir le mistére.

CAMMA.

Vous en usez si mal que j'ay lieu de me taire ;
Mais enfin je pardonne à l'aigreur où vous met
L'injurieux éclat de l'affront qu'on vous fait.
Sans me considérer pressez-en la vangeance,
Je la verrai sans peine, & pour plus d'assûrance
Je vous laisse Sostrate, avec qui consulter
Des moyens les plus seurs de bien l'executer.

SCENE V.

HESIONE, SOSTRATE.

HESIONE.

Viens, Sostrate, il est temps que je t'ouvre mon
    ame
Sur l'espoir dont enfin tu peux flater ta flame.
Tes soins de mon orgueil en poursuivent l'aveu ?

SOSTRATE.

Madame le respect accompagne mon feu.
Sinorix jusqu'à vous en a porté l'audace,
Mais quoi que son appui combate ma disgrace,
Vous me pouvez toûjours défendre d'esperer,

Sans que mon cœur jamais en ofe murmurer.
HESIONE.
Tu me l'as fait paroître, & j'aurois lieu fans doute
D'admirer les efforts que ton refpect te coûte,
Si d'un charme trompeur ton efprit combatu
Ne laiffoit contre moy féduire ta vertu.
Ta foy pour Sinorix cherche à gagner la Reine ?
SOSTRATE.
Vers toute autre, ce foin pourroit vous mettre en peine,
Mais tant de fiers mépris...
HESIONE.
      Ne les vante point tant,
J'en connoy l'artifice, & voy ce qu'elle attend.
Tu verrois le Tyran toucher bien-tôt fon ame
Si j'avois de ma main recompenfé ta flame,
Et donné lieu par-là de rejetter fur moy
L'affront de le réduire à me manquer de foy ;
Mais fi ce feul efpoir l'engage à fe contraindre,
Elle me connoit mal de s'obftiner à feindre,
Et d'ofer préfumer qu'un cœur comme le mien
Par mon hymen jamais autorife le fien.
SOSTRATE.
Il eft jufte, Madame, & l'ardeur de vous plaire
N'enfle pas mes defirs d'un orgueil téméraire,
Jufqu'à prétendre enfin qu'elle aura le pouvoir...
HESIONE.
Va, c'eft un peu trop tôt renoncer à l'efpoir ;
Non, que par cet aveu que tu n'ofois attendre,
Flatant ta paffion, je veuille la furprendre.
Je ne te dirai point qu'elle ait pû m'enflamer ;
Mais fi je n'aime pas, du moins je puis aimer.
C'eft à toy de chercher à m'en rendre capable ;
Mon eftime déja t'eft affez favorable,
Je connoy ton mérite, & fçai que dans ton rang
Jamais plus de vertu ne foutint un beau fang.
Tu vois que je commence, acheve, entreprens, ofe,
Peut-être un feul obftacle à ton bonheur s'oppofe.
J'afpire à me vanger, & ce fier mouvement
Eloigne de mon cœur tout autre fentiment.

Plein d'une paſſion & ſi juſte & ſi forte,
Pour y faire entrer l'une, il faut que l'autre en ſorte.
Et ta flame à l'eſpoir cherche en vain quelque jour,
A moins que la vangeance ait fait place à l'amour,
J'ay reçû du Tyran le plus ſanglant outrage,
Tu le ſçais, je n'ay rien à dire davantage.
Ou du feu qui te brûle écoute moins l'appas,
Ou ne m'offre ton cœur qu'en ſuite de ton bras.

SOSTRATE.

Quoi. . . .

HESIONE.

Ne réplique point, quand ce grand coup t'étonne,
Voy que je ſuis ta Reine, & que je te l'ordonne,
Et ſi ta lâcheté me prépare un refus,
Ne me le fay ſçavoir qu'en ne me voyant plus.
C'en ſera l'aſſeurance, adieu.

SOSTRATE ſeul.

Que fuir ta vûë
N'eſt-ce tout le péril d'un ordre qui me tuë !
Mais las ! forcé d'aimer, quels ſeront mes ſouhaits
S'il faut trahir par tout, ou n'eſperer jamais ?

Fin du prémier Acte.

E 7

A C T E I I.

S C E N E P R E M I E R E.

S I N O R I X, H E S I O N E,
P H E D I M E.

S I N O R I X.

 E vous lé dis encor, c'est à vous de résou-
dre.
Il est en vôtre choix de repousser la fou-
dre,
Je la tiens suspenduë, & malgré mon cou-
roux
J'ay peine à consentir qu'elle éclate sur vous ;
Mais vôtre orgueil m'y force, & de quoi qu'il vous
flate,
Si vous n'y renoncez en faveur de Sostrate,
Je sçai ce que je dois à ses feux méprisez
Au défaut de l'aveu que vous luy refusez.

H E S I O N E.

Certes, jusques ici l'exemple est assez rare
Que contre l'injustice un Tyran se déclare.
J'en fais une, il est vrai, si Sostrate confus
A l'orgueil de mon sang impute mes refus ;
Mais quel aveuglement fait que tu me l'opposes ?
La veux-tu condamner quand c'est toy qui la causes,
Et que par l'attentat qui t'éleve aujourd'huy
Tu m'ôtes le pouvoir de rien faire pour luy ?
Tu le p'ains de montrer une vertu sublime,
Sans qu'à peine il m'en coûte un sentiment d'estime ;

Mais ce charme brillant dont mon cœur est surpris,
Quand il se donneroit, demande un plus haut prix.
Au lieu de luy prêter cette pitié frivole,
Rens-moy l'éclat du rang que ta rage me vole,
Alors tu connoîtras s'il faut me reprocher
Que l'amour d'un Héros ne puisse me toucher.

SINORIX.

Cessez de vous flater d'un droit imaginaire
Qui vous laisse prétendre à la grandeur d'un Père.
Quoi que dans vos A yeux vous comptiez de nos Rois,
Sinatus pour régner abusa de mes droits.
Sa brigue plus puissante, & la faveur de l'âge
Du Peuple suborné luy gagnerent l'hommage,
Et par sa préference obligé de céder,
On me vit obéïr où je dûs commander.
Il en donna luy-même une preuve assez claire
Lors que par vôtre hymen il crût me satisfaire,
Et voulut que du moins le droit me fût rendu
D'un Trône qu'à moy seul il sçavoit être dû.
Ce moyen d'y rentrer & certain & facile,
Me fit voir la révolte un projet inutile,
Par ce seul intérêt j'en acceptay l'accord;
Mais pour m'en dégager le Ciel permit sa mort.
Par-là de tout l'Etat rendu Maître sans peine,
J'osay me consulter sur le choix d'une Reine,
Et sans amour pour vous, je crus honteux pour moy,
De sembler vous devoir la qualité de Roy.
Appellez-moy Tyran, ingrat, traître, parjure,
Vos seuls emportemens font toute vôtre injure,
Et c'est un peu trop loin en pousser la rigueur
Que vouloir sur le Trône assujettir mon cœur.

HESIONE.

Moy, que par une lâche & honteuse foiblesse
Je cherche de ton cœur à me rendre maîtresse?
Je l'aurois accepté, quand sur l'aveu du Roy
Ma vertu le pouvoit rendre digne de moy;
Mais quelque juste ardeur dont le Trône m'anime,
Ne croy pas que je t'aide à joüir de ton crime.
Qui tient pour y monter le chemin que tu prens,

Mérite d'y périr comme font les Tyrans.
Rendre par mon hymen ta grandeur affermie,
Ce feroit de leur Sort t'épargner l'infamie,
Et d'un rang où t'éleve un indigne attentat,
Prendre fur moy la honte, & t'afleurer l'éclat.

SINORIX.

Rejettez-la, Madame, & fauvez vôtre gloire
Du péril odieux d'une tache fi noire;
Mon cœur qui voit l'injure où vous alliez céder,
Sur un fi noble foin aime à vous feconder.
Sans doute il ne vaut pas, ce cœur bas, ce cœur lâche,
Qu'à fon indignité vôtre vertu l'arrache,
Et vous craignez en vain que je ne fafle effort
A répandre fur vous la honte de mon Sort,
Mais quelque trifte fin qu'il faille que j'en craignè,
S'il m'expofe à périr, il m'apprend que je régne,
Et jufqu'au dur revers qui fçaura me trahir,
J'aurai fa joïe au moins de me faire obéïr.
Soutenez vôtre orgueil; quelque loin qu'il s'étende,
Je fçai que dans ces lieux c'eft moy feul qui com-
          mande,
Et fi tóujours Softrate eft par vous outragé,
Ne pouvant être heureux, il peut étre vangé.

HESIONE.

Va, ne croy pas qu'ici fon interêt m'abufe.
D'un faux zèle pour luy je vois l'indigne rufe;
Par cet empreflement à foutenir fon feu
Ta lâcheté du tien follicite l'aveu.
Ce que la Reine doit au fang dont je fuis née
Luy défend d'accepter la foy qui m'eft donnée,
Et quoi que mon orgueil en dédaigne l'appas,
Le mépris que j'en fais ne te dégage pas.
Tu le vois, & l'hymen où tu crois me contraindre
La doit mettre en état de n'avoir plus à fcindre,
De répondre à ta flame, & de s'abandonner
Aux douceurs de l'efpoir que tu luy fais donner;
Mais Maîtreffe d'un cœur qui brave ton Empire,
Je ris des vains projets que cet amour t'infpire,
Et tous mes déplaifirs femblent s'évanoüir

Quand tu fais un parjure, & n'en sçaurois jouïr.
SINORIX.
J'en joüiray, Madame, & puisque vôtre audace
Ose presser l'effet d'une juste menace,
Nous verrons si l'éxil pourra vous laisser jour
A trouver les moyens de nuire à mon amour.
L'arrêt en est donné.
HESIONE.
        Fay donc qu'on l'éxecute.
C'est par là que les Dieux ont résolu ta chûte,
Sans cette indignité mon sort seroit trahi,
Plus tu seras Tyran, plus tu seras haï,
Mes Sujets me plaindront, & leur haine timide
Cessera dans ta mort de croire un parricide.
Redouble tes forfaits ; loin d'en rien redouter,
Je vais faire des vœux afin de les hâter.

SCENE II.

SINORIX, PHEDIME.

PHEDIME.
JE l'avois bien prévû, Seigneur, que la menace
Loin d'étonner sa haine, aigriroit son audace.
Il falloit sans la voir en venir aux effets.
SINORIX.
Ah, laissez-moy trembler du dessein que je fais,
Et souffre à ma vertu, que mon amour opprime,
De faire quelque effort pour m'épargner un crime.
Cet éxil qu'elle presse a droit de m'effrayer,
Avant ce dur reméde il faut tout essayer.
Au péril de l'orgueil qu'elle m'a fait paroître
J'ay dû luy faire voir quels maux en peuvent naître,
Va luy parler encor, & tâche d'obtenir...
Mais quel frivole espoir ose m'entretenir ?
Après tant de refus d'obéïr, de se rendre,
Ay-je rien à tenter ; ay-je rien à prétendre ?

Non, non, il faut enfin à son cœur indigné
Dérober la douceur de me voir dédaigné,
De voir que si la haine à ma flame s'oppose,
De tout ce que je souffre elle est la seule cause,
Ou plûtôt il faudroit par un noble retour
Avec mon injustice éteindre mon amour.
Mais hélas ! je sens bien qu'en vain de sa défaite
Mon cœur craint à ce prix le repos qu'il souhaite,
Et qu'il n'est point de maux où je n'ose m'offrir,
S'il faut cesser d'aimer pour cesser de souffrir.

SCENE III.

SINORIX, SOSTRATE, PHEDIME.

SINORIX.

ET bien, as-tu, Sostrate, entretenu la Reine ?
La Princesse toûjours régle-t'elle sa haine,
Et sur ses intérêts son indigne rigueur
S'obstine-t'elle encor au refus de mon cœur ?

SOSTRATE.

Si vôtre amour du temps n'attend quelque miracle,
En vain de son orgueil il croit vaincre l'obstacle.
Comme elle s'est tantôt expliquée avec vous,
Mes soins n'ont fait, Seigneur, qu'accroître son cou-
       roux.
C'est assez qu'elle-même elle ait voulu vous dire
Quel inutile espoir flate vôtre martyre,
Vôtre pouvoir est grand ; mais pour forcer sa foy
Il n'étend point vos droits sur la Veuve d'un Roy.

SINORIX.

Oüi, Sostrate, elle peut me dédaigner sans craindre
Que mon amour s'emporte à vouloir la contraindre.
Quoi qu'à ma tyrannie elle ose reprocher,
Son cœur doit s'obtenir, & non pas s'arracher ;
Mais puisque la Princesse à ces mépris m'expose,
De mon malheur en elle il faut punir la cause,

Et te vanger des maux où t'a précipité
L'inutile secours que ton feu m'a prêté.

SOSTRATE.

Quoi, contre la Princesse armer vôtre colére ?
Ah, Seigneur ? songez-vous...

SINORIX.

      L'arrêt t'en doit déplaire,
Tu l'aime, je le sçay, & ton amour soûmis
Pour punir son orgueil ne se croit rien permis.
Garde ces sentimens, tandis que ma vangeance
Pressant...

PHEDIME.

 Voyez, Seigneur, que la Reine s'avance.

SINORIX.

La Reine vient ici, qu'en dois je présumer ?
Dieux, rendez-là fléxible, ou m'empêchez d'aimer ?

SCENE IV.

SINORIX, CAMMA, SOSTRATE, PHEDIME.

SINORIX.

MAdame, quel dessein en ces lieux vous améne ?
Y venez-vous chercher à joüir de ma peine,
Et dans le desespoir où vous m'avez réduit,
Par ce triste spectacle en goûter mieux le fruit ?

CAMMA.

Je veux bien l'avoüer, vous m'aviez sçû contraindre
A croire en vous ce feu dont vous osez vous plaindre,
Mais dans vos feints transports je connois mon er-
  reur,
Vous appelliez amour ce qui n'êst que fureur:
Quòi, si je me défens de faire une bassesse,
Il faut soudain d'éxil menacer la Princesse,
Et d'un indigne espoir vôtre cœur combatu
Ose trouver pour elle un crime en ma vertu ?

Suivez un mouvement qu'il vous est doux de croire;
Dans vôtre tyrannie enveloppez ma gloire,
Et rejettez sur moy, par l'ardeur de régner
La honte du dessein qui vous fait m'éloigner;
J'en fuiray l'infamie en prenant sa quérelle,
Et quelque fiére ardeur qui vous arme contr'elle,
Nous verrons qui des deux en fera plus juger,
Ou vous pour la punir, ou moy pour la vanger.

SINORIX.

Ce dessein de vangeance est l'effet d'un beau zéle;
Mais vous répondez-vous qu'il fasse assez pour elle,
Lors que pour prévenir l'arrêt que vous craignez
Il ne faut qu'accepter ce que vous dédaignez?
Pour ses seuls intéréts infidelle à vous-même;
Je vous vois rejetter l'offre du Diadême,
Mon amour s'en offense, & cet éloignement
Est le moins qu'il prescrive à mon ressentiment;
Il peut aller plus loin, mais quoy qu'il éxecute,
C'est un mal qu'à vous seule il faudra qu'on impute,
Et ce sera pour vous un genre de forfait,
D'avoir pû l'empêcher, & ne l'avoir pas fait.

CAMMA.

Et bien, sans respecter le sang qui la fit naître,
Commence enfin, Tyran, à te faire connoître,
Montre-toy tout entier, & cherche à découvrir
La lâcheté du cœur que tu m'oses offrir.
Je veux qu'à t'épouser son intérét m'engage,
Ce cœur que tu poursuis sera-t'il ton partage,
Et crois-tu qu'un aveu par contrainte attaché
L'acquiére à tes souhaits si tu ne l'as touché?
Songe qu'indépendant, & jaloux de ce titre,
C'est luy seul de ses droits qu'il choisit pour arbitre,
Et que contre ses vœux, la plus pressante loy
Ne sçauroit le réduire à disposer de soy.

SINORIX.

Dans les cruels mépris qui troublent ma constance,
Le refus que j'ay fait d'user de violence
Montre assez que l'amour qui régne dans mon sein,
S'il ne gagne le cœur, estime peu la main;

Mais ne m'oppofez point pour obstacle invincible
Que ce cœur par luy feul peut devenir fenfible,
Nos defirs font fa régle, & contraint d'obéïr,
Il prend d'eux le penchant d'aimer ou de haïr.

CAMMA.

Si ce divers penchant eft un droit qu'il nous laiffe,
Tâche de m'en convaincre en aimant la Princeffe,
Et puifque ton amour fe foûmet à ton choix,
Difpofe en fa faveur d'un cœur que tu luy dois.

SINORIX.

Me contraindre à l'aimer ! & vôtre erreur eft telle;;;

CAMMA.

Quoi ? puis-je plus pour toy que tu ne peux pour elle,
Et ce penible effort où ton cœur ne peut rien,
Suis-je plus en pouvoir de l'obtenir du mien ?

SINORIX.

Oüi, Madame, & ce cœur ne pourroit fe défendre
Des foins qu'à la Princeffe il refufe de rendre,
Si d'un prémier amour les doux & preffans nœuds
Le laiffoient en état de former d'autres vœux ;
Mais ce que vos beautez ont pris fur luy d'empire
Ne peut fouffrir le choix qu'on luy vouloit prefcrire ;
Et je quitte un efpoir qui m'a trop fçû charmer
Si la même raifon vous défend de m'aimer.
Déclarez-vous, Madame, & fur cette affeurance
Triomphez d'un amour dont l'aveu vous offenfe.
Mon cœur que la raifon oblige de céder,
Si vous aimez ailleurs, n'a rien à demander ;
J'en attefte les Dieux, & je veux que leur haine
M'expofe fans relâche à la plus rude peine,
Si quelque heureux Rival dont vous payiez la foy,
Mon amour à fes vœux n'immole ceux d'un Roy.
Mais auffi dès demain, pour finir mon fupplice,
Je veux avecque luy que l'hymen vous unifle,
Et que par ce revers mon malheur confirmé
M'arrache au fol efpoir de pouvoir être aimé.
Ce font les feuls partis que vous avez à prendre ;
Ou donner vôtre main, ou m'y laiffer prétendre,
Et jugez, dans le choix que je vous offre ici,

Si c'est être Tyran, que d'en uſer ainſi.
Je vous laiſſe reſoudre ou ma gloire ou ma peine.
Vous, Soſtrate, attendez les ordres de la Reine,
Et ſongez à me faire un fidelle rapport
Si-tôt que ſa réponſe aura réglé monſort.

SCENE V.

CAMMA, SOSTRATE.

CAMMA.

TOn ſilence, Soſtrate, a droit de me confondre,
Sinorix a parlé, c'eſt à toy de répondre.
Le temps preſſe, on menace, & ſans plus différer
Ou pour l'un ou pour l'autre il faut te déclarer.
Si mon cœur eſt pour toy d'un prix aſſez inſigne,
S'il remplit tes deſirs, tu peux t'en rendre digne;
Mais auſſi c'eſt un bien qui doit peu te flater
Si tes vœux incertains n'oſent le mériter;
Car enfin quelque eſpoir dont ma main t'entretienne,
Tu ne peux l'obtenir ſans faire agir la tienne,
Et je m'apprête en vain à couronner ton feu
Si Sinatus vangé ne m'en donne l'aveu.

SOSTRATE.

Madame, il eſt aiſé par mon deſordre extrême
De juger des combats que je reis en moy-même;
Non que j'aſpire enfin qu'à mériter un bien
Sans qui tout m'eſt fatal, ſans qui tout ne m'eſt rien;
Mais dans la paſſion dont le tranſport vous guide,
Quand j'en voy les moyens je demeure ſtupide,
Je me pers, & ne puis convaincre ma raiſon
Qu'il ſe doive acquérir par une trahiſon.
Ouvrez les yeux, Madame, & ſans trop vous en croire,
Jettez-les ſur les ſoins que je dois à ma gloire.
Si j'aime Sinorix, il n'eſt point de bienfaits
Dont il n'ait juſqu'ici prévenu mes ſouhaits,
Ses bontez chaque jour ſe font pour moy paroître,

Je puis ce que je veux c'est mon Roy, c'est mon Maî-
tre,
Et si j'ose sur luy porter de lâches coups,
Me soüiller de son sang, suis-je digne de vous ?

CAMMA.

Oüi, tu l'és, puisqu'enfin c'est en servant ma haine
Que tu peux égaler le destin d'une Reine,
Et trouver dans l'éclat d'un illustre projet
A reparer l'affront du titre de Sujet.
Crois-tu qu'à t'écouter je me fusse abaissée
Si je n'eusse pû voir cette honte effacée,
Et sçu, pour m'enhardir à recevoir ta foy,
Que qui perd un Tyran est au dessus d'un Roy ?
Renonce à cette gloire, & quitte un avantage
Qui peut-être jamais n'a touché ton courage:
Si tu le dédaignois, pourquoi te déguiser,
Et differer toûjours à me desabuser ?

SOSTRATE.

J'ay promis, il est vray, c'est ce qui fait ma peine:
Mais j'ay crû que l'amour fléchiroit vôtre haine,
Et que pour en calmer les transports éclatans
Il falloit seulement avoir recours au temps.

CAMMA.

Dy plutôt qu'alarmé de l'amour de ton Maître
Ton feu desesperoit d'oser jamais paroître,
Et que ta passion corrompant ton devoir,
Sacrifioit ses jours à ce manque d'espoir.
L'ardeur dont tu flatois ma noble impatience,
Par ton seul intérêt s'offroit à ma vangeance,
Et tu consentois moins par cet accord fatal
A punir mon Tyran, qu'à perdre ton Rival.
Alors tu n'avois point cette vertu timide
Qui tremble à voir mon cœur le prix d'un parricide,
Et ta flame aisément convainquoit ta raison
Qu'il pouvoit s'acquerir par une trahison.
Aujourd'hui seulement qu'un foible stratagême
Fait promettre au Tyran de me céder si j'aime,
Tu veux être fidelle, & luy garder ta foy,
Sur l'espoir de me rendre aussi lâche que toy.

Son aveu d'un beau choix me laissant la puissance,
Tu crois qu'en ta faveur j'oubliray ma vangeance,
Et que d'un fol amour secondant le pouvoir,
Je t'aiderai moy-même à trahir mon devoir ?
Mais gravé dans ce cœur, où rien ne le partage,
Aprens que l'effacer est un pénible ouvrage,
Et que je plains en toy, si ton feu l'entreprend,
L'inutile vertu que cet espoir te rend.

SOSTRATE.

Ah ! que me dites-vous ?

CAMMA.

Ce que je te dois dire,
Que jamais sur ton cœur la gloire n'eut d'empire,
Et qu'un lâche intérêt qu'il vient de mettre au jour
Le rend traître ou fidelle au gré de ton amour.

SOSTRATE.

Et bien, pour épargner ce soupçon à ma gloire,
Il faut oser ici ce qu'on ne pourra croire,
Etoufer de l'amour le charme le plus doux,
Et vous donner l'éxemple à triompher de vous.
Deux grandes passions nous portent à l'extrème,
Nous leur déferons tout, vous haïssez, & j'aime,
Trahissons-en l'attente, & pour nous signaler,
Consentons l'un à l'autre à nous les immoler.
Par un effort illustre & digne d'une Reine,
Renoncez à l'espoir qui soûtient vôtre haine,
Et de mes sentimens triomphant à mon tour,
Je renonce à l'espoir qui soûtient mon amour.
Ainsi nous nous ferons égale violence,
Vous haïrez toûjours sans desir de vangeance,
Sans chercher qu'à haïr, sans vouloir d'autre bien,
Et j'aimerai toûjours sans aspirer à rien.
Mais las ! dans cet accord, à bien voir ce que j'ose,
Vos maux approchent-ils de ceux que je m'impose ?
Si la vangeance prête, il vous la faut trahir,
Il vous reste du moins la douceur de haïr.
Outre qu'un fort mépris que la haine suggére
A quelque charme en soy qui peut vous satisfaire,
Puisque, quelque Ennemy dont on soit outragé,

Qui peut le dédaigner en eſt aſſez vangé ;
Mais dans l'effort cruel que j'oſe me preſcrire,
Sur quelle juſte attente adoucir mon martyre,
Et dequoi me flatter dans l'horreur d'un devoir
Qui me laiſſe l'amour, & m'arrache l'eſpoir ?
Etre privé de l'un, lorſque l'autre demeure,
C'eſt languir, ou plutôt c'eſt mourir à toute heure,
Et qui conçoit ce mal dans un cœur amoureux,
Avouëra que de tous c'eſt-là le plus affreux.
Jugez ſi m'y ſoûmettre, ayant ſçû le connoître,
C'eſt vous offrir aſſez pour les jours de mon Maître,
Et ſi j'ay mérité qu'on m'accuſe en ce jour
D'être traître ou fidelle au gré de mon amour.

CAMMA.

Le rare & ſeur moyen d'éblouïr ma vangeance !
Les maux que tu te fais ne ſont qu'en apparence,
Et cet eſpoir pour toy ſi fâcheux à quitter,
Sur quelque heureux revers te peut toûjours flater ;
Mais puis-je à Sinatus ſans me noircir d'un crime,
N'accorder pas le ſang qu'il attend pour victime,
Et laiſſer ſa vangeance à décider au Sort,
N'eſt-ce pas devenir complice de ſa mort ?

SOSTRATE.

Toujours ſur cette mort vous croyez vôtre haine.

CAMMA.

Non, non, le crime eſt ſeur & l'injure eſt certaine.
Sinatus, mais trop tard, connut la trahiſon,
Et tout prêt d'expirer m'avertit du poiſon.
Sur ce funeſte avis cent marques évidentes
M'en donnerent dés-lors des preuves trop conſtantes,
Et le Tyran depuis luy-mème en a fait foy
Quand quittant la Princeſſe, il ſoûpire pour moy.
J'en ſçay trop, & ton zéle en vain le juſtifie.

SOSTRATE.

L'apparence ſouvent abuſe qui s'y fie,
Et contre Sinorix c'eſt un foible garant
Que d'avoir ſeulement le ſoupçon d'un Mourant.

CAMMA.

Va, ſi l'indice eſt foible, oſe pour ſa défenſe

Me répondre qu'en luy j'outrage l'innocence,
Je t'en veux croire feul ; mais auffi fouviens-toy
Que s'il n'eft point coupable, il eft digne de moy.

S O S T R A T E.

Ah, c'eft pouffer trop loin un effort magnanime.
Vous luy rendrez juftice à le croire fans crime,
Mais . . .

C A M M A.

Mais tes veux ardens à luy fauver le jour
Languiront fi je fonge à payer fon amour ?

S O S T R A T E.

Madame . . .

C A M M A.

Il me fuffit ; puifque c'eft te déplaire
Porte-luy ma réponfe, & dy luy qu'il efpére,
Que mon cœur n'aime rien, & que dans peu fa foy
Peut felon fes fouhaits attendre tout de moy.

Fin du Second Acte.

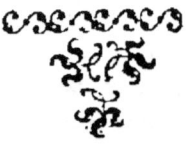

ACTE III.

SCENE PREMIERE.

SINORIX, PHEDIME.

PHEDIME.

CE changement, Seigneur, n'offre rien qui
    m'étonne.
Je connois ce que peut l'éclat d'une Cou-
    ronne,
Et n'ay jamais douté, malgré son feint
courous,
Que la Reine en secret ne fît de vœux pour vous.

SINORIX.

Quoi qu'encor contre moy quelque intérêt combatte,
Elle m'a confirmé le rapport de Sostrate,
Tout espoir est permis à mon cœur amoureux;
Mais il faut que le temps aide à me rendre heureux.
J'ay voulu luy céder pour montrer plus de zéle.

PHEDIME.

Non, non, pressez, Seigneur, vous obtiendrez tout
    d'elle
Déja son fier devoir voudroit être forcé.

SINORIX.

D'un scrupule de gloire il est embarassé.
Après ses longs refus, un peu de bienséance
Doit l'obliger encor à quelque résistance,
C'est ce qu'à mon amour elle vient d'opposer.

PHEMIDE.

Sur un aveu si doux vous pouvez tout oser,

Menacez, contraignez, rien ne luy peut déplaire
Mais puis-je m'expliquer sans être témeraire ?
Tout vous rit, tout vous flate, & cependant,
    Seigneur,
Je vois qu'un noir chagrin trouble vôtre bonheur.

S I N O R I X.

Oüi, Phedime, & mon ame étonnée, interdite,
Se veut en vain soustraire à l'horreur qui l'agite.
Plus j'ay lieu de tenir mon bonheur asseuré,
Plus par de vifs remords je me sens déchiré.
Une secrette voix que leur rigueur anime
De moment en moment me reproche mon crime,
Et lorsque j'en fremis, pour me confondre mieux
L'Ombre de Sinatus se présente à mes yeux.
Pasle & défiguré plus qu'on ne peut comprendre,
Il sort de cette tombe, où je l'ay fait descendre,
Et marquant du poison les efforts violens,
Il chancelle, & vers moy se conduit à pas lents.
Ses yeux, quoi qu'égarez, fixes sur le coupable,
Me lancent un regard affreux, épouvantable,
Et comme si c'étoit me faire peu souffrir,
Je l'entens s'écrier, *Tyran, il faut mourir,*
Il est temps d'expier ta criminelle flame ;
Tu m'as ravi le jour pour me ravir ma Femme,
Et trahissant ma Fille adroit dans ce grand Art,
Tu luy voles un Trône où tu n'as point de part.
Ta lache ambition s'étant pû satisfaire,
Tiens seur pour toy le prix que ton amour espére,
Mais prêt de l'obtenir, tremble, & malgré tes soins
Succombe au coup fatal que tu prévois le moins.
Là, j'ay beau repousser cette funeste image,
L'horreur qu'elle me laisse accable mon courage,
Et sans cesse agitant mon esprit incertain
Me montre un bras levé pour me percer le sein.

P H E D I M E.

De ces vaines frayeurs il faut vous mieux défendre.
Seigneur, qui contre vous oseroit entreprendre?
Vous-même en le craignant cessez de vous trahir.
La Princesse, sans doute, a droit de vous haïr ;

Mais

Mais enfin, de régner son cœur toûjours avide
Ne prend point contre vous le desespoir pour guide,
Et tout ce grand éclat où l'enhardit son rang
Aspire à vôtre main, & non à vôtre sang.

SINORIX.

Mais quand elle sçaura que j'ay flechi la Reine,
Que ne permettra-t'elle aux transports de sa haine ?
Déja, déja peut-être elle en sçait le secret.

PHEDIME.

Quoi, Sostrate, Seigneur, seroit si peu discret ?

SINORIX.

Comme j'aîme Sostrate à l'égal de moy-même,
Je sçai bien que pour moy sa tendresse est extrême,
Qu'il donneroit cent fois tout son sang pour le mien,
Mais souvent l'amour parle, & croit ne dire rien.
Pour me tirer du trouble où ce soupçon me laisse,
Phedime, de ce pas va trouver la Princesse,
Et par ses sentimens tâche de pressentir
Si de l'heur de ma flame il a pû l'avertir.
Il est bien mal-aisé, quoi que d'abord on feigne,
Que long-temps dans sa rage un grand cœur se contraigne ;
Fais agir ton adresse à lire dans le sien.

PHEDIME.

Je connois mon devoir, & n'épargnerai rien.

SCENE II.

SINORIX.

Dieux, dont les loix pour nous doivent être aderables,
Est-ce ainsi que j'ay crû vous trouver exorables,
Et me réserviez-vous à la nécessité
De gémir du bonheur que j'ay tant souhaité ?
Hélas ! fut-il jamais une infortune égale ?
Quels que soient mes desirs, l'issuë en est fatale,

Et mes vœux acceptez, je ne fais seulement
Que prendre ailleurs ma peine, & changer de tour-
ment.
Après avoir languy sous la disgrace extrême
Qui m'ôtoit tout espoir d'obtenir ce que j'aime,
Je me sens maintenant & gêner & punir
Par le cruel remords que j'ay de l'obtenir.
Accablé de l'horreur qui dans mon cœur se glisse,
Je voudrois n'aimer plus pour en fuir le supplice,
Et dans ce qu'à mes yeux la Reine offre d'appas,
J'aimerois mieux mourir que ne l'adorer pas.
Ainsi le triste excez de ce confus martyre
Fait révolter mon cœur contre ce qu'il desire,
Et contraire à moy-même en mes propres des-
seins
Je crains ce que je veux, & veux ce que je crains.
Ah, qu'il est mal-aisé qu'une ame généreuse
Tire d'un noir forfait dequoi se rendre heureuse;
Et qu'aux cœurs, dont le zéle à la gloire est offert,
Le bonheur coûte cher quand le crime l'acquiert?
    Mais quoi? d'où tout à coup me vient ce nouveau
        trouble?
Mon desordre s'augmente, & ma fraïeur redou-
ble.
Est-ce un avis du Ciel qui cherche à m'annoncer
L'arrêt que son couroux s'apprête à prononcer?
Il est juste, & d'un Roy quand j'ay fait ma victi-
me,
S'il punit par le foudre, il le doit à mon crime.
Dieux, hâtez-en la peine, ou m'ôtez ces soupçons.

SCENE III.

SINORIX, CAMMA, SOSTRATE.

CAMMA *paroissant à un des côtez du Théatre, & tirant un poignard.*

L'Occasion est belle, il est seul, avançons.

SINORIX.

O Sinatus !

SOSTRATE *paroissant à l'autre côté du Théatre, & voyant Camma qui s'avance vers Sinorix un poignard à la main.*

Que vois-je ! Ah !

CAMMA.

Perdons cet infame.

Dans l'instant que la Reine leve le bras pour fraper Sinorix, Sostrate luy saisit la main Sinorix se détourne, & le poignard tombe sans qu'il puisse connoître de quelle main.

Que fais-tu, malheureux ?

SOSTRATE.

Que faites-vous, Madame ?

SINORIX *se détournant & se saisissant du poignard.*

Justes Dieux, un poignard ! On en veut à mes jours.
A moy, Gardes, à moy, qu'on vienne à mon secours.

SOSIME *entrant avec des Gardes.*

Seigneur.

SINORIX.

La trahison d'un faux succez suivie
Vient d'employer ce fer pour m'arracher la vie ;
Mais j'ay tort d'accuser mon ingrat Ennemi ;
Il n'est dans son forsfait coupable qu'à demi,
Il suit l'ordre du Ciel dont l'arrêt trop sevére
Trouve pour moy la mort une peine legére,

F ij

Et d'un lâche Affaſſin n'arrête la fureur
Qu'afin que la menace en redouble l'horreur.
C'eſt peu que dans mon ſang cette fureur s'éteigne,
Avant que j'y ſuccombe il veut que je la craigne,
Et dans cette fraïeur pour mieux m'enveloper,
Il retire le bras ſur le point de fraper.
Sa cruelle pitié qui de mon ſort décide
M'envoye un Protecteur avec un Parricide,
Et du crime à mes yeux la vertu triomphant,
L'un attaque ma vie, & l'autre la défend.
     Voudrez-vous m'éclaircir ce coup abominable,
Madame ? je le vois, & le trouve incroyable;
Et mon cœur qu'en confond le projet odieux,
Cherche ſur tant de rage à démentir mes yeux.

C A M M A.

Vous avez peu beſoin que je vous éclairciſſe,
Un autre peut ici vous rendre cet office,
Et dans l'effet douteux qui vous comble d'effroy,
Le fidelle Soſtrate a plus de part que moy.

S I N O R I X.

Et bien parle, Soſtrate, & me tire de peine.
Suivras-tu contre moy l'exemple de la Reine,
Et voudras tu comme elle en cet événement,
Refuſer quelque jour à mon aveuglement ?

S O S T R A T E.

Non, Seigneur, c'eſt en vain que je voudrois me taire,
Vous avez vû l'effort que mon bras vient de faire;
Le crime veut du ſang, & ſans rien balancer,
Sçachant ce qui m'eſt dû, vous devez prononcer,

S I N O R I X.

Traître, par cet aveu mets le comble à ta rage,
Je ne voyois que trop le crime qui t'engage,
Mais pour avoir prétexte à t'en juſtifier,
Je voulois que du moins tu l'oſaſſes nier.
La Reine en ta faveur ayant voulu ſe taire
Me donnoit jour à prendre une erreur volontaire;
Et ſi par ton ſilence il m'eût été permis,
Je t'ôtois de l'abîme où ta flame t'a mis.
Aidé de ce ſilence à toy ſeul favorable

Je me fuſſe contraint à douter du coupable,
Et j'aurois pû par-là dans un ſort ſi cruel
Donner à l'innocent les jours du criminel.
Dans celuy dont ma mort a ſçû toucher l'envie
J'eſſe craint de punir qui m'a ſauvé la vie,
Et la peine & le prix qu'à tous deux je vous doy
Fuſſent reſtez ſecrets entre mon cœur & moy.
Mais c'eſt peu qu'à ma perte un lâche eſpoir t'anime,
Si tu ne fais encor vanité de ton crime,
Et ſi l'indigne aveu que ta fureur en fait,
Ne tâche aux yeux de tous d'en ſuppléer l'effet.
Ingrat, de mes bienfaits eſt-ce la récompenſe ?

SOSTRATE.

Ils ſont tous dans mon cœur mieux gravez qu'on ne
    penſe ;
Mais enfin, je l'avouë, il ne peut conſentir
Que de ce que j'ay fait j'oſe me repentir.
Vous m'apprêtez la mort, & ce cœur la deſire,
Elle ſeule aujourd'hui fait tout l'heur où j'aſpire,
Et pour la mieux hâter, ſçachez que cette main
En même occaſion auroit même deſſein ;
Que cent fois de nouveau l'effort qu'elle a ſçû faire.

SINORIX.

Quoi, Traître, juſque-là ta rage te peut plaire ?
Et bien ſçache à ton tour que plus tu me fus cher,
Moins ce cœur dans ton ſort ſe laiſſera toucher ;
Que l'amitié par toy lâchement outragée
Sur ton ſang hautement ſera par moy vangée
Et que de ma tendreſſe étouffant la chaleur,
Je le verrai couler ſans la moindre douleur.
    Mais pardonnez, Madame, aux tranſports qu'au
    toriſe
Du plus noir attentat la plus lâche entrepriſe,
Et qui m'offrant un gouffre ouvert de toutes parts,
Sur le coupable ſeul arrête mes regards.
Surpris de ſa fureur je m'emporte, & j'oublie,
Quand je luy dois la mort, que je vous dois la vie,
Et que m'abandonnant à cet ardent couroux,
Ce cœur juſte pour luy devient ingrat pour vous.

Sans vous je n'étois plus ; sans vous , triste victime,
Mon sang d'un Parricide eût couronné le crime,
Et dans ce grand secours, c'est peu le mériter
Que songer à punir plûtôt qu'à m'acquiter.
Souffrez donc qu'à vos pieds ...

CAMMA.

Ah , c'est trop me confondre !
Je voy , j'entens , j'écoute , & ne sçai que répondre ,
Et mon esprit confus , surpris , inquiété ,
Tombe enfin malgré moy dans la stupidité.
Ce que Sostrate a fait m'est la plus rude offense ;
Je voudrois toutefois parler en sa défense ,
Et lors qu'en sa faveur la pitié m'entretient ,
Un autre sentiment m'inspire & me retient.

SINORIX.

Vous , Madame , défendre un perfide , un infame ?

SOSTRATE.

Non , non , de grace , non , ne dites rien , Madame ;
Et sans vouloir pour moy tenter un vain effort,
A toute ma disgrace abandonnez mon sort.
Tout ce que vous diriez pour garantir ma tête
Me seroit plus cruel que la mort qu'on m'apprête ;
Par-là mon desespoir se verroit achevé ,
Et je mourrois cent fois si vous m'aviez sauvé.

SINORIX.

Par cette lâche ardeur de périr pour son crime,
Admirez contre moy quelle rage l'anime ,
Et le charme qu'il trouve à se rendre aujourd'huy
Indigne des bontez que vous auriez pour luy.

CAMMA.

A quoi qu'en son malheur sa fierté le hazarde ,
Je ne vous dis plus rien sur ce qui le regarde ,
Mais sur vos interêts , vous devez présumer
Que si son entreprise a pû vous alarmer ,
Si d'un effroy secret vôtre ame embarassée
Se trouve à quelque trouble indignement forcée,
Ces alarmes , ce trouble , & ces sujets d'effroy ,
Sont des maux qu'aujourd'hui vous souffrez malgré
       moy.

Qu'à vous les épargner aussi prompte qu'ardente...

SINORIX.

O de bonté pour moy preuve trop obligeante !
Je me tais tout remply de ce que vous pensez,
Et je ne vous dis rien ne pouvant dire assez.

Mais toy, qui mets ta gloire à braver les supplices,
Après t'être accusé nomme-nous tes Complices,
Et sçachons quel soutien assez ferme, assez fort,
Engageoit ton audace à résoudre ma mort.
Sous l'effort de ton bras apprens-nous qui conspire.

SOSTRATE.

Je vous ay dit, Seigneur, ce que j'avois à dire.
Nommez ce que le Ciel vient de vous faire voir
Un effet de ma rage, ou de mon desespoir,
Il suffit qu'à punir une action si noire
Vos yeux vous soient garands de ce qu'il en faut croire,
Vous avez leur rapport, prononcez là-dessus,
J'ay parlé, j'ay tout dit, & ne sçai rien de plus.

SINORIX.

Quoi ? garder le silence est ta plus seure adresse
Pour tâcher de ton crime à sauver la Princesse ?
Va, tu nous tiens en vain ce grand secret caché,
L'arrêt de son exil t'avoit déja touché,
Et luy contant l'espoir que me souffre la Reine,
Tu n'as pû refuser un forfait à sa haine ?
Tu t'es montré soudain prêt à m'assassiner !

SOSTRATE.

Ah, contre-elle, Seigneur, qu'osez-vous soupçon-
ner ?
J'atteste tous les Dieux, & je veux que leur foudre
Tombe à vos yeux sur l'heure & me réduise en poudre,
Si dans ce grand projet qu'a détruit le hazard,
On peut à la Princesse imputer quelque part.
C'est moy seul dont le sang doit laver vôtre injure.

SINORIX.

Les sermens d'un perfide entraînent un parjure.
En vain tu crois par-là nous éblouïr les yeux ;
Qui peut perdre son Roy ne connoit point de Dieux.

SCENE IV.

SINORIX, CAMMA, HESIONE, SOSTRATE, PHEDIME, SOSIME, GARDES.

SINORIX.

PHedime, aurois-tu crû l'attentat d'un perfide ?
HESIONE.
Nomme mieux un beau zéle où la gloire préside,
Je sçai par quel malheur son projet avorté
L'expose aux fiers transports d'un Tyran irrité,
Et viens avec plaisir, complice de son crime,
Offrir à ta fureur une double Victime.
C'est pour moy que son bras dans ton indigne sang
Cherchoit à réparer l'outrage de mon rang.
Par moy ce bras armé pour soutenir ma haine
Perdoit l'Usurpateur qui détrône sa Reine,
Et d'un illustre effort le généreux éclat
D'un honteux esclavage affranchissoit l'Etat.
Le Ciel dont contre toy le couroux se déguise
Nous ôte exprés le fruit d'une belle entreprise,
Et pour voir où ta rage arrêtera son cours,
De Sostrate & de moy t'abandonne les jours.
Ose, & de mon destin prenant droit de résoudre,
De la main qui le lance arrache enfin le foudre,
Et comblant des forfaits qu'on ne peut égaler,
Ose aux Dieux le pouvoir de plus dissimuler.
Je suis préte à souffrir quoi que ta rage ordonne,
La plus affreuse mort n'aura rien qui m'étonne,
Et le coup m'en plaira, s'il me peut épargner
L'horreur de te voir Maître, où je devrois régner.
SINORIX à Sostrate.
Et bien ? j'ay fait sans doute injure à la Princesse ?
Lâche, ton attentat n'a rien qui l'interesse,
Et j'ay dû, quand ton bras s'arme contre ton Roy,

Recevoir tes sermens pour garands de ta foy ?
SOSTRATE à *Hesione.*
Qu'avez-vous dit, Madame, & que faites-vous croire ?
HESIONE.
J'ay dit ce qu'a voulu l'interêt de ma gloire,
Et quand ce grand motif à mon cœur vient s'offrir,
Si je ne sçais aimer, du moins je sçay mourir.
SINORIX.
Non, vous ne mourrez point, & puisque par ma perte
L'asseurance du Trône à vos vœux est offerte,
J'aurois tort si j'osois retrancher de vos droits
Le pouvoir d'attenter une seconde fois.
HESIONE.
Une si juste ardeur suivra toûjours ma haine,
Mais je dois respecter les projets de la Reine,
Et ne poursuivre plus d'un effort si constant
Un Trône, où je découvre enfin qu'elle prétend.
CAMMA.
Ce chagrin inquiet incessamment vous gêne.
HESIONE.
J'ay soupçonné d'abord, mais je parle certaine,
Et ne vous fais ici qu'un reproche trop dû,
Quand le Trône sans vous m'auroit été rendu.
Rompre un coup qui perdoit l'auteur de ma misere,
C'est avoüer le vol qu'un traître en a sçû faire,
Et qui dans cette honte a voulu s'engager,
N'en asseure le fruit que pour le partager.
CAMMA.
Sans me justifier, quoy que vous puissiez croire,
Il suffit que mon cœur ait l'appui de ma gloire,
Et que de mes desseins pleinement satisfait
Il doive m'applaudir sur tout ce que j'ay fait.
Cependant dans son sort Sostrate étant à plaindre,
Je vous laisse calmer l'orage qu'il doit craindre,
Et me remets au temps à voir qui de nous deux
Avec plus de succez aura conduit ses vœux.

F v

S C E N E V.

SINORIX, HESIONE,
SOSTRATE, PHEDIME,
SOSIME, GARDES.

SINORIX.

PRincesse, tant d'orgueil lasse ma patience.
La Reine ici toûjours garde pleine puissance ;
Et quand vous l'offensez, c'est à moy de vanger
Les outrages piquants qu'elle ose négliger.
Voïez que sous vos pas s'ouvre le précipice
Si je veux consentir à me faire justice.
C'est à vous de songer à vous mieux secourir.

HESIONE.

A quelle indignité je te voy recourir !
Quoi, sur ce vain couroux tu crois que je me rende ?
Eclate, ordonne, agis, c'est ce que je demande,
Mais ne t'arrête pas, quand tu peux m'accabler,
A l'inutile effort de me faire trembler.
Je te l'ay déja dit, Tyran, quoi que tu fasses,
Je te dédaigne trop pour craindre tes menaces.
Du Destin qui me perd la fatale rigueur
Ne sçauroit abaisser ni mon rang ni mon cœur,
Malgré sa lâcheté j'ay l'ame toûjours vaine,
Malgré ta trahison je suis toûjours ta Reine,
Et j'ay la joye au moins que ton heureux projet,
S'il te fait mon Tyran, te laisse mon Sujet.

SINORIX.

Mais un pareil Sujet en peut aimer le titre,
Quand du sort de sa Reine il s'est rendu l'arbitre,
Et qu'il en peut tenir le pouvoir limité
Dans les emportemens de sa seule fierté.
Pour la gloire du rang conservez-la, Madame,
Tandis qu'à d'autres soins je livrerai mon ame,
Et chercherai sur qui, dans ce noir attentat,

De mon reſſentiment doit s'étendre l'éclat.
J'en ſçai dont en ma Cour l'appui ſecret vous flate,

HESIONE.

Je les éprouve donc plus lâches que Soſtrate.
C'eſt luy ſeul dont le zéle à mes deſirs ſe rend ,
Je m'explique , il eſt prêt , j'ordonne , il entreprend ,
Tu tiens le criminel , je t'offre ſa complice.

SOSTRATE.

Madame , qui vous porte à vous faire injuſtice ,
A vouloir de mon ſort partager le couroux ?
J'entreprens , il eſt vrai , mais ce n'eſt pas pour vous,
Par mon ſeul interêt j'ay dû....

HESIONE.

Qu'oſes-tu dire ?
Je t'ay ſollicité , c'eſt ton bras qui conſpire,
Et tu cherches en vain à rejetter ſur toy
Les motifs d'un beau coup qui ne ſont dûs qu'à moy.

SOSTRATE.

Mais , Madame....

HESIONE.

Non , non , c'eſt m'offenſer , Soſtrate,
Souffre d'un grand projet que la gloire me flate.
Où le péril eſt beau m'empécher d'y courir ,
C'eſt m'arracher la part que j'en puis acquerir.

SINORIX.

Quoi , généreuſe aſſez pour ne luy pas ſurvivre ?

HESIONE.

Ne pouvant le ſauver , du moins je dois le ſuivre,
Et n'aurois dans mon ſort à me plaindre de rien ,
Si te donnant mon ſang je conſervois le ſien.

SINORIX.

Et bien , pour ſatisfaire à cette noble envie,
Je vous mets en pouvoir de luy ſauver la vie.
Oüi , quoi qu'il ait tenté , je laiſſe à vôtre choix
D'empécher contre luy la rigueur de nos loix,
Soſtrate doit périr , tout le veut , tout m'en preſſe ;
Mais je puis épargner l'Epoux de la Princeſſe ,
Et ſa grace pour vous eſt un effet certain
Si pour prix de ſon crime il obtient vôtre main.

SOSTRATE.

Non, Seigneur, ordonnez la peine qui m'est düe.
Quand je verrois pour moy la Princesse renduë,
Sçachant quelle contrainte elle en pourroit sentir,
Jamais, jamais ce cœur n'y voudroit consentir.

SINORIX.

Fay, fay le magnanime, & souffre à ton audace
De braver ma vangeance & rejetter ma grace;
Mais j'en jure les Dieux qui m'ont soumis ton sort,
Elle n'a que ce choix, son hymen, ou ta mort.

HESIONE.

Le détour est adroit, & me mettroit en peine
S'il pouvoit m'empêcher de voir que je suis Reine;
Mais ma main dans ce rang ne sçauroit se donner
Qu'en remplissant le droit qu'elle a de couronner.
Par-là de son refus ne croit pas qu'on s'étonne,
Ta fureur m'a ravy ce qu'elle faut qu'elle donne,
Et tu m'ôtes ainsi par tes lâches forfaits
Le pouvoir d'accepter l'offre que tu me fais.

SINORIX.

Il mourra donc, Madame, & vous aurez la gêne
De voir que vos mépris feront toute sa peine,
Et que de vôtre main ce refus éclatant
Redoublera l'horreur de la mort qui l'attend.
Aû moins ce luy doit être un supplice assez rude
De n'en devoir l'arrét qu'à vôtre ingratitude,
Et de voir qu'en effet qui doit le secourir,
Quand je veux le sauver, le condamne à périr.

HESIONE.

Va, nous sçaurons dans peu, malgré ta lâche audace,
Si sa peine à ton tour n'a rien qui t'embarasse,
Et si, dans le malheur que ses projets ont eu,
Tu l'oseras punir d'un acte de vertu.
Alors cette douceur à ses vœux est offerte,
Que je suivrai son sort, ou vangerai sa perte,
Et que hors mon hymen ne luy refusant rien,
Il aura pour victime, ou ton sang, ou le mien.

SOSTRATE.

Ah, Madame, cessez de vous laisser surprendre...

SINORIX.

Fais-le mettre en lieu sûr, je suis las de l'entendre,
Sosime. Vous, Madame, avisez à ce choix ;
Je veux bien vous l'offrir une seconde fois ;
Mais dans une heure enfin si vôtre main n'est prête,
La foudre l'est déja pour lancer sur sa tête,
Songez-y.

HESIONE.

Tu pers temps ; puisque sa mort te plaît ;
Tonne contre tous deux, j'attendray ton arrêt.

Fin du Troisiéme Acte.

✦✦✦✦✦✦✦✦✦✦✦✦✦✦✦✦✦✦✦✦✦✦✦✦✦

ACTE IV.

___

SCENE PREMIERE.

CAMMA, PHENICE.

CAMMA.

L'Arrêt en est donné ! que me dis-tu,
Phenice ?

PHENICE.

Qu'on dresse l'appareil d'un funeste sup-
plice,
Et que c'est par sa mort qu'un Tyran inhumain
Punit ce fier refus de luy donner la main.

CAMMA.

Quoi, cet Ami si cher ne trouve point de grace ?

PHENICE.

Enfin l'effet est prêt de suivre la menace.

Jamais tant de fureur ne se peut concevoir ,
Qu'en tous ses sentimens Sinorix en fait voir.
Indigné de l'orgueil que montre la Princesse,
Il éclate , il foudroye , il s'emporte sans cesse,
Et le rang qu'en son cœur Sostrate a sçû tenir,
Semble augmenter sa rage , à le vouloir punir.

CAMMA.

Phenice , il est donc temps que ma vangeance cede ;
Qu'au mal que j'ay causé j'oppose le reméde,
Et qu'à tant de fureur, ce cœur reconnoissant
Par l'offre du coupable arrache l'innocent.

PHENICE.

Vous découvrir , Madame ; ah que voulez-vous
faire ?

CAMMA.

Épargner à Sostrate une mort volontaire ,
Et ne permettre pas qu'il expie aujourd'huy
Le crime glorieux qu'il a jetté sur luy.
Dés-lors sans un Epoux dont l'intérêt me presse
J'eusse de son amour desavoüé l'adresse ,
Et n'aurois pas souffert que mon Tyran trompé
Le chargeât d'un forfait sur ma gloire usurpé ;
Mais voyant Sinatus sans espoir de vangeance
Si je n'en confirmois l'abus par mon silence,
J'ay voulu m'y contraindre , & crû que la pitié
Luy feroit pour Sostrate écouter l'amitié.
C'est à moy, puisqu'enfin je l'en vois incapable ,
A détruire une erreur qui cache le coupable,
A luy montrer le bras qui s'immoloit ses jours ,
Et des Dieux pour le reste attendre le secours.

PHENICE.

Comme il faudra pour luy que vôtre haine éclate ,
Vous l'allez irriter sans secourir Sostrate.
N'ayant rien dit d'abord , vous luy ferez penser
Que vous n'avez dessein que de l'embarasser ,
Et je crains que piqué de voir par là vôtre ame
Desavoüer l'espoir dont il flate sa flame,
Il ne hâte une mort dont par quelque intérêt
Il peut songer encor à suspendre l'arrêt.

CAMMA.

Mais quand je luy diray qu'une ardeur de vangeance
M'a fait de ses forfaits cacher la connoissance ;
Que je sçay qu'en secret sa lâche trahison
Pour perdre Sinatus eut recours au poison ;
Qu'à vanger cette mort ma haine toûjours prête ;
A Sostrate cent fois a demandé sa tête ;
Qu'à son refus tantôt dans ma noble fierté
Mon bras se l'immoloit s'il ne l'eût arrêté
Que l'aveu qu'à sa flame il a cru si propice
Pour le mieux éblouïr n'étoit qu'un artifice ,
Crois-tu que ce rapport trouve si peu de foy
Qu'il le laisse douter entre Sostrate & moy ?

PHENICE.

Le voici qui paroît ; avant que rien éclate
Songez à Sinatus, jettez l'œil sur Sostrate,
Et craignez qu'à sa rage abandonnant vos jours
L'un ne soit sans vangeance , & l'autre sans secours.

SCENE II.

SINORIX, CAMMA, PHENICE,
PHEDIME, Suite de Sinorix.

SINORIX.

Madame , je sçay bien que vous devant la vie ,
Que sans vôtre secours un lâche m'eut ravie ,
On auroit dû déja me voir à vos genoux
Vous consacrer cent fois ce que je tiens de vous ;
Mais j'ay crû , dans l'ardeur du couroux qui m'eus
        flame ,
Vous devoir dérober les troubles de mon ame.
Sans cesse , je l'avoüe , il me vient animer ,
Et toute mon étude a peine à le calmer.

CAMMA.

La cause en est trop juste où le crime est extrême ;
Mais souvent il est beau de se vaincre soy-même,

Et d'attacher sa gloire à ce pompeux éclat
Dont brille le pardon d'un indigne attentat.

SINORIX.

Madame, c'est à quoi j'avois sçû me contraindre;
A Sostrate déja j'ôtois tout lieu de craindre,
Et faisant sur moy-même un généreux effort,
Je laissois la Princesse arbitre de son sort;
Mais avec tant d'orgueil, mais avec tant d'audace
Tous deux ont dédaigné que je leur fisse grace,
Qu'il faut qu'un châtiment aussi juste que prompt
Par le sang du perfide en repare l'affront.

CAMMA.

Quoi, la pitié pour luy ne touche point vôtre ame,
Luy qui vous fut si cher, luy qu'enfin...

SINORIX.

Ah, Madame?

Que vous concevez mal, en pressant ma pitié,
Quelle horreur à l'outrage ajoûte l'amitié!
Le coup que de tout autre on verroit sans colére,
Nous arrache le cœur quand la main nous est chére,
Et l'oubli ne pouvant jamais s'en obtenir,
Ce cœur devient par-là plus ardent à punir.
Si j'ay chéri Sostrate, aprés son parricide
J'aime mieux le voir mort que de le voir perfide,
Et trouve plus de peine en ce rude combat
A hair un Ami, qu'à punir un ingrat.

CAMMA.

Mais enfin à présent que je me vois remise
De ce trouble où tantôt m'engageoit la surprise,
J'entens mon triste cœur me reprocher tout bas
Que j'ay fait son péril, & ne l'en tire pas.
Non que s'il s'agissoit encor de vôtre tête,
A de plus vifs efforts cette main ne fut prête,
Mais si vous tenez tout d'un généreux secours,
Pour les vôtres sauvez je demande ses jours.

SINORIX.

Quel indigne parti la pitié vous fait prendre!

CAMMA.

Etant sans intérêt je voudrois m'en défendre,

Mais quoi que vôtre haine ait droit d'en murmurer,
Ayant fait son malheur, je dois le reparer.

SINORIX.

Mais songez qu'évitant la peine qu'il mérite...

CAMMA.

Mais songez que c'est moy qui vous en sollicite;
Et qu'aprés tant de vœux que j'ay pû dédaigner,
S'ils sont ardens pour moy, c'est mal le témoigner.

SINORIX.

S'ils sont ardens pour vous ? qu'on amène Sostrate,
La vangeance déja n'a plus rien qui me flate,
Mais qu'au moins un triomphe & si grand & si beau
Sur vôtre fier devoir m'en acquiere un nouveau.
Faites à vôtre tour que sa rigueur se rende,
Vous me demandez grace, & je vous la demande,
Cessez de reculer pour me voir trop soûmis,
L'effet du doux espoir que vous m'avez permis.
J'étonne mon respect, il tremble en ce que j'ose;
Mais à qui donne tout vous devez quelque chose,
Et mon couroux vaincu peut-être a merité
L'entier & prompt aveu de ma felicité.

CAMMA.

Donc ces fortes raisons par vous-même approuvées
Sont chiméres en l'air que ma crainte a rêvées ?
J'ay montré ma foiblesse à leur trop déferer ?

SINORIX.

Il suffisoit tantôt de me faire esperer,
Mais contre ce devoir, & cette bienséance
Qu'opposoit le scrupule à mon impatience,
Le sang où ma vangeance a voulu renoncer,
Autorise l'hymen dont j'ose vous presser;
A ce prix seulement mon cœur vous l'abandonne.

CAMMA.

C'est-là ce grand pouvoir que vôtre amour me donne;
Vous m'osez réfuser quand j'ay crû ne devoir...

SINORIX.

C'est blesser cet amour, j'en suis au desespoir;
Mais contre les fureurs d'une fiére Princesse
Dans ce juste refus ma gloire s'intéresse

Et ne ſçauroit ſouffrir que par ſes attentats ;
Elle m'ait fait trembler, & n'en ſoûpire pas.
Il faut, ſi le Coupable échape à ma juſtice,
Que demain vôtre hymen me vange & la puniſſe ;
Et que le vain effort d'un coup ſi malheureux
Luy coûte la douleur de m'avoir fait heureux.

SCENE III.

SINORIX, CAMMA, SOSTRATE, PHEDIME, SOSIME, PHENICE. GARDES.

SINORIX.

APproche, & quoi qu'ait pû ta criminelle audace
Pour la ſeconde fois viens recevoir ta grace.
Ce cœur que rien pour toy ne pouvoit plus toucher,
En faveur de la Reine oſe me l'arracher ;
Elle eſt entre tes mains, tu peux l'obtenir d'elle.

CAMMA.

Eſt-ce me la donner qu'abuſer de mon zéle,
Et m'impoſer des loix dont le fatal accord,
Ou hazarde ma gloire, ou le livre à la mort ?

SOSTRATE

Ah, Madame, il ſe peut que ce choix vous arrête !
Mon deſtin eſt trop beau pour craindre la tempête,
C'eſt en ternir l'éclat que de me ſecourir ;
Conſervez vôtre gloire, & me laiſſez mourir.

SINORIX.

Quoi, traître, juſqu'au bout, obſtiné dans ta rage
Tu m'oſes faire voir que ma bonté t'outrage ?
Ta grace t'eſt offerte, il eſt vray ; mais apprens
Que c'eſt contre mes vœux que pour toy je me rens ;
Que tout ce qu'ont d'horreur les plus affreux ſupplices
Feroit à te punir mes plus chéres délices,
Et que j'attacherois leur plus charmant tranſport,
A goûter à longs traits le plaiſir de ta mort.

Aprés un tel aveu fuy tes fiéres maximes,
Fais encor vanité de voir punir tes crimes,
Aux bontez de la Reine oppofe tes refus.

CAMMA.

Quoi, j'aurois fait pour luy des efforts fuperflus ?
Ah, fongez...

SINORIX.

Non, Madame, il y va de ma gloire,
Souffrez à mon amour cette jufte victoire.
Je fçay que réfifter lorfque vous commandez
C'eft trahir le refpect que vous en attendez,
Mais je dois à mon rang, pour punir la Princeffe,
Ou le fang d'un perfide, ou l'hymen que je preffe.
Si mon bonheur trop prompt a dequoi vous géner,
A fon lâche deftin daignez l'abandonner.
Il ne vaut pas l'ingrat, que par reconnoiffance,
Vous vous faffiez pour luy la moindre violence,
Ni qu'il coûte à ce cœur qu'ont charmé vos appas
Le preffant déplaifir de ne vous céder pas.
Mais enfin c'eft en vain que l'amour m'y convie,
Vôtre main feule a droit de racheter fa vie,
Et vous pouvez choifir, fi ce prix eft trop haut,
De monter fur le Trône, ou luy fur l'échafaut.
C'eft dequoi j'attendrai la réponfe certaine.
Qu'on fe tienne éloigné par refpect pour la Reine.
Je le laiffe avec vous afin que fes avis,
S'ils flatent vos fouhaits, puiffent être fuivis.

SCENE IV.

CAMMA, SOSTRATE.

CAMMA.

Sous quel voile trompeur le lâche fe déguife !
A me tyrannifer fa gloire l'autorife,
Quand il m'arrache l'ame, il agit par vertu.
Ah, Softrate, Softrate, à quoi me réduis-tu !

SOSTRATE.

Voudrez-vous pour le prix de l'amour le plus rare,
Avouër mon deſtin de l'heur qu'il me prépare,
Et laiſſant Sinorix dans ſon aveuglement,
Honorer d'un ſoûpir la perte d'un Amant?

CAMMA.

Tu dois être content ſi ſon erreur t'eſt chére,
Ton amour l'a fait naître, & je ſçaurai la taire?
Tu le veux, j'y conſens, elle aura ſon effet.

SOSTRATE.

Ah, puiſqu'il eſt ainſi, que je meurs ſatisfait!
Madame...

CAMMA.

Quoi, mourir? tu me crois aſſez lâche
Pour te livrer au ſort dont ta vertu m'arrache?
Si je cache l'abus qui t'expoſe à périr,
C'eſt par la ſeule peur de te mal ſecourir.
Le Tyran redoublant la rage qui l'anime
De ton amour pour moy te pourroit faire un crime,
Et dans ſon deſeſpoir, ſa fureur le preſſant,
Confondre le coupable avecque l'innocnet.
Ainſi mon imprudence, à ſuivre cette envie,
Du moins à ce péril expoſeroit ta vie,
Et quand je te la dois, c'eſt à moy de trouver
L'infaillible moyen de te la conſerver.

SOSTRATE.

Quel moyen où l'amour n'a point eu de puiſſance!

CAMMA.

Celuy que d'un Tyran m'offre la violence.

SOSTRATE.

Quoi, Madame...

CAMMA.

Je tremble à me le propoſer,
J'en frémis, mais enfin il le faut épouſer.

SOSTRATE.

Luy contre qui tantôt vous oſiez entreprendre?

CAMMA.

Luy dont encor le ſang me plairoit à répandre,
Luy dont, ſi le hazard m'offroit un coup certain

Au péril de cent morts j'irois percer le sein ;
Mais cette occasion si difficile à prendre,
Tu me mets hors d'état de la pouvoir attendre.
Ta vie est en danger, & pour te secourir
Il me faut faire plus mille fois que mourir ;
Il me faut consentir qu'un honteux hymenée
A mon lâche Tyran joigne ma destinée,
Il me faut violer les devoirs les plus saints.
Ne me condamne point, c'est toy qui m'y contraints,
C'est toy qui t'opposant à ma noble colére
Me plonges dans un gouffre où tout me desespére,
Où quoi que mes malheurs offrent à mes regards,
Ce n'est que desespoir, qu'horreur de toutes parts ;
Où d'un triste devoir déplorable victime
Je connois, je déteste, & couronne le crime ;
Mais je raisonne en vain sur un point résolu,
Il n'y faut plus penser, c'est toy qui l'as voulu.

SOSTRATE.

Et bien, de tous ces maux où seul je vous expose
Souffiez-vous la douceur de voir punir la cause,
Et ne m'enviez point la gloire d'une mort
Qui de tant de malheurs affranchit vôtre sort
Par ce profond respect dont l'asseurance offerte...

CAMMA.

Moy, que si lâchement je consente à ta perte ?
Que te devant le jour je t'en laisse priver ?

SOSTRATE.

Hélas, Madame, hélas ! pouvez-vous me sauver ?
En l'état où je suis ma mort est asseurée,
Mon Maître & mon amour à l'envi l'ont jurée,
Et je la vois par tout certaine à recevoir,
Ou d'un arrét funeste, ou de mon desespoir.
Rendre par vôtre hymen cet arrêt inutile,
Pour une seule mort c'est me livrer à mille,
C'est changer la douceur du sort le plus heureux
En tout ce que sa haine a jamais eu d'affreux.
Mon ame à ce penser de frayeur possédée
D'un si cruel revers n'ose prendre l'idée,
Ni montrer à mes sens interdits, égarez,

Toute l'horreur des maux que vous me préparez ?
Leur menace déja rend leur tourment extrême.
Madame, par pitié sauvez-moy de moy-meme,
Et ne remettez point à mes vives douleurs
A contraindre ma main de finir mes malheurs.

CAMMA.

Le dessein que je prend t'est un rude supplice,
Je le sçai, mais toy-même en loüeras la justice,
Puisque par sa rigueur je rens ce que je doy
A ce qu'a fait ton zéle, & pour, & contre moy,
Et m'arrêtant le bras, & m'immolant ta vie,
Tu m'as en même temps offensée & servie,
Et je dois, par l'hymen dont tu me vois presser ;
Te punir tout ensemble, & te recompenser.
Devant tout aux motifs de ta noble imposture,
Il m'acquite vers toy par le jour qu'il t'asseure.
Et m'ayant outragée à secourir ton Roy,
Par l'horreur de me perdre il me vange de toy.
Ainsi des deux côtez il fait plus qu'on ne pense,
En payant le service il repare l'offense,
Et de tes jours sauvez te faisant un tourment,
Au prix qui les rachete il joint le châtiment.

SOSTRATE.

Quelle justice, hélas, vôtre haine autorise !
J'ay rompu, je l'avoüe, une triste entreprise,
Mais ce crime est-il tel que bien examiné,
Il mérite la peine où je suis condamné ?
Faut-il que mon devoir toûjours inébranlable
M'attire un châtiment qui n'a point de semblable ,
Et pour vous satisfaire en de si rudes coups,
La mort que je demande en est-elle un trop doux ?

CAMMA.

Si la severité qu'éxerce ma vangeance
Paroît à ton amour au dessus de l'offense,
Aussi, quoy que pour moy ton zéle ait entrepris ,
Tu vois que le service est au dessous du prix.
C'est une illustre mort que ton amour affronte,
Mais pour la détourner je me couvre de honte.
Ton zéle à mon péril sacrifioit tes jours,

Et j'immole ma gloire à celui que tu cours,
Pour toy je l'asservis au sort le plus infame,
De mon Tyran pour toy j'ose me rendre Femme,
Deshonorer mon rang, obscurcir ma vertu.
Sostrate, encor un coup à quoi me réduis-tu ?

SOSTRATE.

Mais vous-même obstinée, à me perdre, à vous nuire,
A quoi, Madame, à quoi vous osez-vous réduire ?
Au plus honteux projet vôtre cœur se resout,
Il le sçait, il le voit.

CAMMA.

Je vois tout, je sçais tout ;
Mais en vain de mon sort l'épouventable image
Te laisse quelque espoir d'ébranler mon courage.
Pour te sauver le jour, l'effort est résolu,
Je te l'ay déja dit, c'est toy qui l'as voulu.

SOSTRATE.

Dites, dites plutôt que du Trône touchée
Vôtre ame à la vangeance enfin s'est arrachée,
Et voit avec plaisir le suprême pouvoir
Etouffer par empire un si juste devoir ;
Que des vœux d'un Sujet l'importune mémoire
D'un reproche honteux accabloit vôtre gloire,
Et que, quoi que de vous ait mérité ma foy,
Il falloit m'en punir en épousant un Roy.
Dites qu'à les souffrir vous ayant sçû contraindre,
Le sort le plus cruel ne me rend point à plaindre,
Que si vous conceviez une plus rude mort...
Mais où m'emporte hélas ! mon aveugle transport ?
A sa coupable audace ordonnez un supplice.
Madame, je le sçai, je vous fais injustice ;
Mais ce cœur déchiré par mille affreux combats,
S'il vous en faisoit moins ne vous aimeroit pas.
Dans les maux qui pour moy semblent toûjours s'accroître
Qui ne se connoît plus, peut ne vous pas connoître,
Je me pers, je m'égare, & dans mon desespoir
Je ne puis écouter ni raison, ni devoir,
Mon amour s'abandonne au torrent qui l'entraîne;

SCENE V.

CAMMA, HESIONE, SOSTRATE,

SOSTRATE.

AH, Madame, empêchez le deſſein de la Reine.
Trop injuſte pour vous, trop aveugle pour moy,
Pour me ſauver la vie, elle épouſe le Roy.

HESIONE.

On m'apprend à quel prix il t'eſt permis de vivre ;
Et je n'ay point douté de ce que je vois ſuivre.
Le zéle eſt généreux, & j'ay bien à rougir
Qu'où mon cœur n'oſe rien une autre vueille agir.
L'effort que je refuſe à ma reconnoiſſance
Par la ſeule pitié la Reine s'y diſpenſe,
Et pour ſauver tes jours d'un arrêt inhumain,
Je n'offre que du ſang, elle donne la main.
D'un plus noble triomphe eût-on jamais la gloire ?

CAMMA.

Il peut me coûter plus que vous ne voudrez croîre,

HESIONE.

Comme de ſon éclat tout mon cœur eſt ſurpris,
Je l'éxamine aſſez pour en ſçavoir le prix.
On veut perdre Soſtrate, & quand je l'abandonne,
Daigner monter au Trône, & prendre une Couronne
Pour l'arracher au ſort dont il eſt combatu,
C'eſt l'effet d'une rare & ſublime vertu.

CAMMA.

Chacun dans ſes malheurs eſt juge de la ſienne ;
Mais, Princeſſe, aujourd'huy que rien ne vous re-
    tienne.
Je ne déguiſe point ce que vous connoiſſez,
Pour rompre mon hymen éclatez, agiſſez.
Puiſqu'il empêche ſeul un injuſte ſupplice,
Puiſqu'il ſauve Soſtrate....

                                SOSTRATE,

SOSTRATE

Ah , souffrez qu'il périsse ,
Qu'il remplisse en mourant la gloire de son sort.

à Hesione.

Madame, s'il se peut, obtenez-moy la mort ,
Empêchez l'injustice où se porte la Reine.

HESIONE.

Non , non , Sostrate, non , ton esperance est vaine.
Lors que l'offre d'un Trône a droit de nous flater ,
Quels qu'en soient les degrez , il est beau d'y monter.
C'est par-là qu'on s'asseure une illustre mémoire.

CAMMA.

Il est divers chemins qui ménent à la gloire.

HESIONE.

Y prétendre arriver par des moyens si bas,
Ce sont de vos secrets qu'on ne pénétre pas.

CAMMA.

Je n'ay point d'autre choix dans celuy qu'on me laisse.
Nommez-en les motifs injustice, bassesse ;
Pour moy, qui fuis l'aigreur d'un plus long entretien,
Je porte ma réponse , & n'écoute plus rien.

SCENE VI.

HESIONE, SOSTRATE.

SOSTRATE.

Madame... elle nous quitte. O cœur impitoyable!
Pouvois-je craindre, hélas! un sort plus effroya-
ble ?
Princesse....

HESIONE.

Va, c'est trop, quitte ce desespoir,
Sostrate, ton amour a bien fait son devoir.
Pour vaincre les malheurs dont je suis poursuivie
Tu m'as aveuglément sacrifié ta vie.
Si les Dieux ont trahy ton espoir & le mien,

T. Corn. III. Part. G

N'en étant point garand, je ne t'impute rien,
Calme ces déplaisirs à qui ta raison cede.

S O S T R A T E.

Ne me consolez point, mes maux sont sans reméde
Et quand le Ciel s'obstine à me poußer à bout,
Madame, c'est à moy de répondre de tout.

H E S I O N E.

Si pour t'obtenir grace après ton entreprise
A l'hymen d'un Tyran la Reine s'autorise,
C'est par-là que les Dieux peut-être ont résolu
De remettre en mes mains le pouvoir absolu.
Tout le Peuple en secret plaignant ma destinée
De Sinorix pour moy souhaite l'hyménée,
Et nous verrons du sang sans doute répandu
S'il voit qu'elle partage un Trône qui m'est dû.
Conserve-moy ton zele, & pour heureux présage
Voy ta Princesse ferme au milieu de l'orage.
Adieu, je vais agir ; cependant souviens-toy
Que tu peux, si je régne, esperer tout de moy.

Elle sort & Sosime rentre.

S O S T R A T E.

Quel espoir où je vois abîme sur abîme,
Où les Dieux irritez, où la Reine... Ah, Sosime !

S O S I M E

Seigneur, si la pitié que j'ay de vôtre sort...

S O S T R A T E.

Allons, & s'il se peut, qu'on me méne à la mort,

Fin du Quatriéme Acte.

ACTE V.

SCENE PREMIERE.

SOSTRATE, SOSIME.

SOSTRATE.

Uoy, d'un fi dur revers ma difgrace eft
    fuivie,
Sofime, & malgré moy l'on me laiffe la
    vie ?

SOSIME.

Seigneur, vous plaignez-vous quand cet illuftre effort
Voüs épargne l'horreur d'une honteufe mort ?
Sinorix a donné fa vangeance à la Reine,
Mais après ce triomphe obtenu fur fa haine,
Ce qui fuit, quoy que jufte, étonnant vos defirs
Vous contraindra fans doute à pouffer des foupirs,

SOSTRATE.

Je fçay quel coup affreux la fortune me garde.
La Reine...

SOSIME.

    Ce malheur n'a rien qui la regarde,
C'eft à vôtre amour feul qu'il s'offre à redouter,
La Princeffe tantôt a voulu s'emporter ;
Contre l'ambition d'une Reine infidelle,
Peuple, a-t'elle crié, prendras-tu ma querelle ?
C'eft pour la couronner que me manquant de foy
Un Tyran a trahy la Fille de ton Roy.
  Par ces mots pleins d'ardeur, allant de place en
    place ;

Dans les cœurs les plus froids elle a mis de l'audace;
Et les auroit contraints peut être d'éclater
Si soudain Sinorix ne l'eut fait arrêter.
Dans son appartement il la tient prisonniere,
Et comme on ne peut rien sur une ame si fiere,
Je crains que cet effort imprudemment tenté
Ne le force à l'exil qu'il avoit arrêté.

SOSTRATE.

Mais la Reine, Sosime, à quand son hyménée?

SOSIME.

La pompe vient, Seigneur, d'en être terminée.

SOSTRATE.

Quoi, c'en est déja fait? ah destins ennemis!
La Reine est mariée, & les Dieux l'ont permis.
Au moins, dy-moy, Sosime, en cette rude atteinte
Ce qu'elle a témoigné de douleur, de contrainte.
C'est pour moy qu'à l'hymen son cœur violenté...

SOSIME.

Cessez, cessez, Seigneur, d'en être inquieté.
Dans les biens les plus grands que le Ciel nous envoye
Jamais sur un village on n'a vû plus de joye.
Tandis que Sinorix donne ordre aux Factieux,
Dans le Temple enfermée elle invoque les Dieux,
Où si-tôt qu'il paroît, se voyant sans Rivale,
Elle fait apporter la Coupe Nuptiale,
Baise le sacré Vase, & s'approchant du Roy,
Dieux, dit-elle, *soyez les témoins de ma foy.*
Là, pour suivre nos loix le portant à sa bouche,
On connoit dans ses yeux le plaisir qui la touche;
Et le Roy qui possede un transport éclatant,
Prend de sa main le Vase, & l'imite à l'instant.
Vers le grand Prêtre alors l'un & l'autre s'avance,
On voit croître leur joye où leur bonheur commence;
Et c'est-là qu'aussi-tôt s'étant donné la foy,
L'hymen tout glorieux les unit sous sa loy.
Jugez par-là, Seigneur, si vous avez à craindre
Que la Reine pour vous ait voulu se contraindre.
Elle aspiroit au Trône, & par de si beaux nœuds,
En vous sauvant la vie, elle a rempli ses vœux.

Il est doux d'obliger quand on gagne un Empire.

SOSTRATE.

Ah, Sosime, c'est trop, souffre que je respire,
Si mes maux sont si grands laisse moy l'ignorer,
Et ne t'obstine point à me desesperer.
Avec tant de vertu seroit-il bien possible
Qu'aux douceurs d'un faux charme on se rendît sensible,
Et que pour s'asseurer un indigne pouvoir
On renonçât à tout, à la gloire, au devoir ?
Non, non, cette pensée est lâche & criminelle,
Je la dois mieux connoître, elle a l'ame trop belle.
C'est moy qui l'ay contrainte à ce funeste effort,
Mais elle est mariée, & je ne suis pas mort.
C'est ici, mes douleurs, que j'implore vôtre aide.
Peignez-moy bien l'horreur du mal qui me possede,
La Reine est mariée, & pour finir mes jours
Mon désespoir n'attend que ce triste secours.

SOSIME.

Que dites-vous, Seigneur, & que viens-je d'entendre ?

SOSTRATE.

Ce qu'au Roy, ce qu'à tous il faut enfin apprendre ;
Dans les maux où le Ciel a voulu m'exposer,
Qui n'espére plus rien n'a rien à déguiser.

SCENE II.

SINORIX, SOSTRATE, SOSIME,
Suite de Sinorix.

SINORIX.

TU parois encor, lâche, & quand ta perfidie
Joint ta gloire soüillée à l'amitié trahie,
Loin d'éviter mes yeux, je te voy fierément
Attendre tout l'éclat de mon ressentiment.
Mais ne croy plus pour toy que mon couroux l'exprime,

Mon indignation t'abandonne à ton crime,
Et quoi que ton audace aime à le soûtenir,
C'est en te dédaignant que je te veux punir.

SOSTRATE.

Seigneur, puisqu'à ce point ma peine vous est chere,
Aprenez que le Ciel cherche à vous satisfaire,
Et que tous les tourmens l'un sur l'autre amassez
Pour égaler le mien ne seroient point assez.
Il n'est point de moment où par quelque artifice
Mon desespoir pour moy ne change de supplice,
Mille maux l'un de l'autre à l'envy renaissans
Accablent ma raison, & confondent mes sens,
Tout me nuit, tout me perd, tout me devient funeste.

SINORIX.

Quoi, de tant de fierté c'est-là ce qui te reste,
Et las à me braver de perdre tes efforts,
Tu ne crois plus honteux de ceder au remords ?

SOSTRATE.

Non, Seigneur, au remords rien ne me peut résoudre ;
Quand vous me condamnez la gloire sçait m'absoudre,
J'ay montré quelque audace, & pour n'en point rougir
Ce me doit être assez qu'elle m'ait fait agir.
Mais hélas ! j'en ay beau suivre par tout les traces,
Je connois mes forfaits à mes tristes disgraces,
Et malgré tout mon zele à ces conseils uni,
Je me tiens criminel quand je me voy puni.
    Aveugle jusqu'ici dans l'ardeur qui me presse
Vous m'avez plaint d'aimer une ingrate Princesse,
Mais enfin éclairé par un revers fatal
Connoissez vôtre erreur, & l'excez de mon mal.
J'aime, j'aime la Reine, & l'amour dans mon ame
A transmis en secret tout ce qu'il a de flame.
Mon cœur à l'adorer met son plus doux appas,
Cependant je la voy, Seigneur, entre vos bras,
Je la pers, & sa perte à ce tourment m'expose

Qu'accablé de l'effet je frémis de la cause.
On croit me faire grace à trahir mon amour,
Et quand on m'assassine, on me sauve le jour.
Que me servent ces jours qu'on cesse de poursuivre,
Si l'on m'ôte le bien sans qui je ne puis vivre ?
Ah, pour ce dur supplice il n'est point de forfait,
C'est m'avoir trop puni que ne l'avoir pas fait.
Par là vôtre rigueur va jusques à l'extrême,
Elle m'arrache au Sort, & me livre à moy-même.
Il faut y consentir, & forcer mon devoir
A vous laisser joüir de tout mon desespoir,
Je l'étale, à vos yeux, triomphez de ma peine.

SINORIX.

C'est donc là d'où partoient les refus de la Reine ?
Toûjours traître, toûjours infidelle à ton Roy,
Tu détournois ses vœux quand ils panchoient vers
    moy.
Je ne m'étonne plus si tes sermens sans cesse
Osoient de ton forfait affranchir la Princesse.
Quoi qu'avec toy sa haine eût juré mon trépas,
Un interêt plus fort armoit déja ton bras.
Tu feignois par amour d'applaudir à sa rage.
Tandis qu'une autre ardeur échauffoit ton courage,
Et que l'heureux succez qui suivoit mes desirs
Te pressoit dans mon sang d'étouffer tes soupirs.
Ainsi plus lâche encor qu'on ne pouvoit connoître,
Tu trahissois ensemble & la Reine & ton Maître,
Puisque le coup fatal qu'elle a sçû m'épargner,
En me privant du jour, l'empêchoit de régner.

SCENE III.

SINORIX, CAMMA, SOSTRATE, SOSIME, PHENICE, Suite.

SINORIX.

MAdame, sçavez-vous quelle esperance offerte,
Avoir poussé Sostrate à résoudre ma perte ?
Son orgueil jusqu'à vous ayant porté ses vœux,
S'indignoit d'un hymen qui me rendoit heureux,
Et ma mort....

CAMMA.

Je le sçay, mais, Sinorix, écoute,
Il est d'autres secrets dont tu peux être en doute,
Et j'ay quelques clartez acquises par hazard,
Dont il est juste enfin que je te fasse part.
Mon hymen, si j'en croy les transports de ta flame,
Faisoit l'unique bien qui pût toucher ton ame,
Et malgré tes soupirs tant de fois repoussez,
Tes vœux de ce côté viennent d'être exaucez.
Ainsi le Ciel souscrit à quoi que tu prétendes,
Je t'ay donné la main, tu régnes, tu commandes,
Et tu ne vois plus rien dont la possession
Irrite ton amour, ou ton ambition.
Mais quand tout à l'envy répond à ton attente,
Si l'on te voit content, je ne suis pas contente,
Et mon triste devoir toûjours inquieté
Me demande raison de ta félicité.
Sinatus ennuïé d'un assez long veuvage
Admira quelque éclat dont brilloit mon visage,
Et d'un second hymen ayant pris le dessein ;
Son amour aussi-tôt m'honnora de sa main.
Tu le sçais, & qu'il m'eut à peine couronnée
Qu'un fatal accident trancha sa destinée,
Sa mort fut imprévûë, & sans s'inquiéter,

Au malheur de son âge on voulut l'imputer.
Pour moy, que de ce coup surprit la promptitude,
Je mis à l'averer ma plus preslante étude,
Et découvris enfin, sans qu'on l'ait soupçonné,
Que ce Roy malheureux mourut empoisonné.

SINORIX.

Empoisonné, Madame ? ah, coupable entreprise !

CAMMA.

Il n'est pas temps encor de montrer ta surprise.
S'il t'est avantageux de la faire éclater,
Ce que tu vas oüir la pourra mériter.
Acheve cependant de me prêter silence.
  Du sort de Sinatus j'ay donc eu connoiflance,
Et l'horreur d'un forfait & si lâche & si noir
Laisse mes sentimens aisez à concevoir.
La plus preslante ardeur que pour punir un traître,
La vangeance jamais dans un cœur ait fait naître,
Tout ce que peut la haine y joindre de soûtien,
Pour vanger son trépas se trouva dans le mien,
A ses Manes sacrez un zele inviolable
Me fit jurer soudain d'immoler le Coupable,
Et le Ciel m'est témoin si dans ce triste cœur
Rien égala jamais une si noble ardeur.
Cependant de mon sort telle est la perfidie,
Que quoi que cette ardeur ne soit point réfroidie,
Que sa mort de mes vœux soit l'objet le plus doux,
Je n'ay pû m'affranchir d'en faire mon Epoux.

SINORIX.

Quoi, Madame....

CAMMA.

          Tu vois, t'expliquant l'entreprise,
Si j'avois lieu d'abord d'arrêter ta surprise,
Et de dire, en parlant d'un poison odieux,
Que ce qui le suivoit là mériteroit mieux ?

SINORIX.

Ah, Madame....

CAMMA.

          Non, non, Sinorix, tu t'abuses
Si tu crois que je veüille entendre des excuses.

G v

A des vœux criminels tu t'es abandonné,
Sinatus leur nuisoit, tu l'as empoisonné.

SINORIX.

Pour asseurer sa flame, & détruire ma gloire,
C'est-là ce qu'un perfide ose vous faire croire ?

SOSTRATE.

Moy, Seigneur ?

SINORIX.

Vous aimant il a crû réüssir
Si de quelque grand crime il pouvoit me noircir ?

CAMMA.

C'est le connoître mal ; pour un Maître infidelle
Je puis répondre, hélas ! qu'il n'a que trop de zéle,
Et que si dans ma haine on pouvoit m'ébranler,
Les soins qu'il en a pris l'auroient fait chanceler.
C'est-là son déplaisir, qu'avec impatience
Il me voye aspirer sans cesse à la vangeance,
Et ne puisse opposer qu'un inutile effort.
A cette avidité de poursuivre ta mort.

SINORIX.

Vous la poursuivre ! vous, dont le secours propice
Du coup qui me perdoit a rompû l'injustice !
Vous, qui me dérobant aux fureurs d'un ingrat...

CAMMA.

Va ne t'abuse point sur ce noble attentat,
Et cesse à ma pitié, dans l'erreur qui te flate,
D'imputer un secours que tu dois à Sostrate.
Quand ma haine te porte un poignard dans le sein,
C'est luy, pour t'en sauver, qui m'arrête la main ;
Trop fidelle Sujet il m'ôte ma victime,
Trop généreux Amant il prend sur luy mon crime,
Et je ne l'ay souffert qu'afin de m'asseurer
Une autre occasion de pouvoir conspirer.
Comme l'hymen oblige à quelque confiance,
Voilà dequoi j'ay crû te devoir confidence,
C'est à toy là-dessus à te bien consulter.

SINORIX.

Non, vous cherchez en vain à me faire douter:
Les soupçons qu'en vôtre ame on aime à faire naître

Font périr Sinatus par le crime d'un traître,
Sa mort rend de couroux vôtre cœur embrasé,
Et m'en croyant l'auteur vous m'auriez épousé ?

CAMMA.

L'affront m'en fait rougir, l'affront m'en défespere,
Mais puisque je l'ay fait, croy que je l'ay dû faire,
Et tremble d'autant plus que dans ce defespoir
Je fçay ta perfidie, & connois mon devoir.
C'est t'expliquer affez les projets de ma haine.

SINORIX.

Pour les executer vous aurez peu de peine,
Et la vie à mes vœux n'est pas un bien fi doux
Qu'il vaille le malheur d'être haï de vous.
De vôtre hymen fur moy la gloire répanduë
Commençoit à remplir leur plus vafte étenduë,
Mais en le pourfuivant comme un bonheur certain,
J'ay cherché vôtre cœur, & non pas vôtre main.
S'il aime, s'il s'obftine à croire l'imposture,
Ordonnez que mon bras répare vôtre injure,
Il eft prêt, & par luy tout mon fang répandu
Sçaura....

CAMMA.

Non, mieux que toy je fçay ce qui t'eft dû.
Ma vangeance par-là flateroit peu ma peine,
Tu l'offres à l'amour, je la dois à la haine.
Souffrir que ton remords me la faffe obtenir,
C'eft te rendre ta gloire, & non pas te punir.
Il faut que ce couroux que je te laiffe à craindre
N'ait rien en te perdant qui me force à te plaindre,
Et que le coup heureux qu'il refufe à ton bras
Me vange de ton crime, & ne l'efface pas.

SINORIX.

Quoi, ce parfait amour dont l'ardeur forte & tendre
Contre la calomnie auroit dû me défendre,
Cet hommage foumis, ce refpect dont jamais....

S C E N E   I V.

SINORIX, CAMMA, SOSTRATE,
PHÉDIME, PHENICE,
SOSIME, Suite.

PHEDIME.

AH, Seigneur, les Mutins affiegent le Palais,
Et chacun à hauts cris demandant la Princeffe...

CAMMA.

Voy par-là que le Ciel avec moy s'intereffe.
De ma vangeance enfin fecondant les projets,
Pour te chaffer du Trône il arme tes Sujets.
Crains tout de leur révolte, & de l'ardeur foudaine
Qu'a mife...

SINORIX.

Ah, je ne crains que vôtre feule haine.
Madame, au nom des Dieux daignez régler mon fort;
Donnez moy vôtre amour, ou m'accordez la mort,
L'arrêt à fon défaut m'en fera favorable.
Pourquoi le differer fi je fuis crû coupable ?
Pourquoi n'ordonner pas qu'aux Manes d'un Heros...

CAMMA.

Va, fonge à tes Mutins, & me laiffes en repos.
Si le Trône t'eft dû, cherche à n'en point defcendre.

SINORIX.

Pour vous le conferver il faut l'aller défendre,
J'y cours, & pour dompter de lâches Factieux
J'appelle ici fans peur la juftice des Dieux ;
Mais après le fuccez qu'elle m'offre infaillible,
Si l'abus rend toûjours vôtre haine inflexible,
Ce cœur qui ne voit rien de fi rude à fouffrir,
Ne prend plus que de moy les ordres du mourir.

SCENE V.

CAMMA, SOSTRATE, PHENICE.

CAMMA *voyant Sostrate qui veut s'éloigner.*

QUoi, le Peuple peut-être en veut à ma personne,
Et dans ce grand péril Sostrate m'abandonne ?
Arrête, j'ay besoin ici de ton secours.

SOSTRATE.

Le destin veut ma mort ; il la presse, & j'y cours.
La vouloir retarder dans l'ennui qui m'accable,
C'est m'exposer encor à devenir coupable.
De mes tristes regards l'indiscrete langueur
Vous reproche déja vôtre ingrate rigueur,
Le respect aura beau m'opposer ses maximes,
Si je parle après eux je vay faire cent crimes ;
Otez-en le pouvoir à mon juste couroux,
Et me laissez mourir sans me plaindre de vous.

CAMMA.

Que l'on m'approche un siege. Il n'est plus temps,
Sostrate,
D'empêcher contre moy que ce couroux n'éclate,
Puisqu'on sçait ton amour, plains-toy, condamne-
moy,
Dy que l'ambition m'a fait trahir ma foy.
Si pourtant la raison éclairoit ta colere,
Ce que tu viens d'oüir t'auroit dû satisfaire,
Le sort de Sinorix n'est pas un sort trop doux.

SOSTRATE.

Madame, il est haï, mais il est vôtre Epoux.
A la vangeance en vain le devoir vous entraîne,
Ce titre malgré vous suspendra vôtre haine,
Et ce devoir confus va craindre à l'avenir
De faire un patricide à l'en vouloir punir.
C'en seroit un sans doute, & je voy sans me plaindre

Qu'innocent ou coupable il n'ait plus rien à craindre
Mais fussent vos transports encor plus éclatans,
Qui n'a plus à punir ne peut haïr long-temps.
Ainsi, Madame, ainsi sa victoire est certaine ;
Il sçaura vous réduire à perdre vôtre haine,
Et son heureux triomphe augmentant chaque jour,
S'il n'a plus vôtre haine, auray-je vôtre amour ?
Non, non, j'en crois en vain posseder l'avantage,
Vos scrupules voudront en faire son partage,
Et s'ils tiennent jamais vôtre couroux borné,
Vous luy devrez ce cœur que vous m'avez donné.
Déja, déja sans doute, encor qu'on me le cache,
De ce triste devoir la rigueur me l'arrache,
C'en est fait ; je le pers ; & toutefois, helas !
J'avois bien mérité de ne le perdre pas.
Pour m'imposer l'horreur d'une peine semblable
Le crime n'est pas grand de n'être point coupable,
Et peut-être jamais tant de séverité
N'a puni le refus d'une infidelité.
Mais je me plains à tort d'un si rude supplice,
Puisqu'il vous met au Trône, il est plein de justice,
Joüissez des douceurs d'un si glorieux sort,
Le prix en est leger s'il ne faut que ma mort.
Elle est, elle est trop dûë à ce feu téméraire
Dont l'orgueil à ma Reine eut l'audace de plaire.
Pour effacer l'affront qu'il vous a fait souffrir,
C'est à vous de régner, c'est à moy de mourir.
J'y cours, j'y cours, Madame, & ma rage secrete
Vous va mettre en état de régner satisfaite ;
Heureux, s'il m'est permis, pour tromper mes mal-
        heurs,
De vous dire en mourant, c'est pour vous que je
        meurs.

C A M M A.

Tout t'est permis, Sostrate, & tu vois mon silence
Souffrir de ta douleur l'entiere violence.
Parle, accuse, condamne un projet important,
Peut-être l'heure est proche où tu seras content.

SOSTRATE.

Où je seray content ? & le puis-je, Madame,
Dans l'affreux desespoir où vous voïez ma flame ?
Tout l'augmente, & je fais cent efforts superflus...

SCENE VI.

CAMMA, SOSTRATE, SOSIME,
PHENICE, Suite.

SOSIME.

AH, Madame, le Roy....
CAMMA.
Parle, & bien ?
SOSIME.

Ne vit plus

SOSTRATE.

Quoi, de nos Factieux la troupe mutinée...
SOSIME.

Non, Seigneur, apprenez sa triste destinée.
A peine pour punir leurs nouveaux attentats,
Vers le lieu du tumulte il a fait quelques pas,
Que dans l'âpre douleur de voir toûjours la Reine,
Malgré sa foy reçûë, obstinée en sa haine,
Tout à coup il s'arrête, & poussant de long cris
Fait voir un changement dont nous sommes surpris.
Il agit sur le corps si sa cause est dans l'ame,
Ses yeux sont égarez, son visage s'enflame,
Et soudain sous l'effort d'un accez different,
Une froide sueur le rend pâle & mourant.
C'est alors que cédant au tourment qui le presse
Il cherche entre nos bras une aide à sa foiblesse,
Et quand de tous côtez on appelle au secours ;
Voici l'instant fatal qui doit borner mes jours,
A cet ordre éternel c'est en vain qu'on s'oppose.
Je meurs, dit-il, je meurs, n'en cherchez point la cause,
Je la sçay, mais bien loin d'en oser murmurer,

Je me trouve en secret contraint de l'adorer.
Le Ciel qui tôt ou tard se découvre équitable
Se plaît à me punir par où je suis coupable ;
Et m'avoit bien prédit que malgré tout mes soins
Je recevrois la mort d'où je l'ay crû le moins.
Je la sens qui s'approche, & je mourrois sans peine,
Si j'osois me flater d'obtenir de la Reine....

Là, trop pressé d'un mal qu'il ne peut plus souffrir,
Achevant de parler, il commence à mourir.
Ses soupirs languissans témoignent qu'il expire,
Il nomme encor la Reine, & ne peut plus rien dire ;
Il meurt, & sur ce bruit chacun de voix en voix
Eleve la Princesse au Trône de nos Rois.

C A M M A.

Enfin, Sostrate, enfin, grace à mon hyménée,
Voici pour mes desirs une illustre journée ;
Ma vangeance est remplie, & je meurs sans regret.

S O S T R A T E.

Quoi....

C A M M A.

Dy qu'un Trône a sçû m'ébloüir en secret,
Dy qu'il m'a fait trahir une amour sans égale ;
J'avois empoisonné la Coupe Nuptiale,
Et n'ay donné ma foy que sur le doux espoir
D'en obtenir la mort que j'ay fait recevoir.

S O S T R A T E.

La Reine empoisonnée !

P H E N I C E.

Ah, Madame !

S O S T R A T E.

Ah, Phenice!

Vîte, à la secourir...

C A M M A.

Tu me fais injustice.
Si la douceur de vivre eût flaté ma raison,
J'aurois sçû prévenir la force du poison.
Laisse agir son pouvoir, le Sort ainsi l'ordonne.

S O S T R A T E.

Qu'aux lâchetez du Sort mon cœur vous abandonne!

Que mes foins, mes malheurs, tout foit perdu pour
   moy !

CAMMA.

Je n'ay rien oublié de ce que je te doy ;
Mais dans l'état honteux, où de peur de te nuire
Par l'hymen d'un Tyran il m'a fallu réduire,
Quand j'en ay dans mon cœur le reproche à fouffrir,
Il n'eft point en mon choix de vivre ou de mourir.
C'eft à moy d'effacer une tâche fi noire.
J'ay racheté ta vie aux dépens de ma gloire,
Et tu dois confentir qu'après ce grand fecours
Je rachete ma gloire aux dépens de mes jours.
Vy content, fi pour vivre & foulager ta peine
Il te fuffit enfin de fçavoir que ta Reine...
Qu'on m'emporte, je meurs, & mes fens interdits...

    On luy aide à marcher pendant qu'elle dit ce
    dernier vers.

SOSTRATE.

O peu fenfible Amant ! elle meurt, & tu vis.
Préviens, lâche, préviens...

    S O S I M E *luy retenant la main qu'il*
    porte fur fon épée.

    Seigneur, qu'allez-vous faire ?

SOSTRATE.

Que vous fert d'empêcher un coup fi néceffaire ?
Pour m'arrêter le bras en de pareils ennuis,
Hélas ! me fauvez vous de la rage où je fuis ?

Fin du cinquiéme & dernier Acte.

MAXIMIAN,

TRAGEDIE.

ACTEURS.

CONSTANTIN, Empereur.

MAXIMIAN, Pére de Fauste.

FAUSTE, Femme de Constantin.

CONSTANCE, Sœur de Constantin.

SEVERE, Lieutenant General des Armées de
l'Empereur.

LICINE, Amant de Constance.

MAXIME, Capitaine des Gardes de l'Empereur.

MARTIAN, Confident de Maximian.

FLAVIE, Confidente de Fauste.

LUCIE, Confidente de Constance.

Suite de l'Empereur.

La Scéne est à Marseille.

MAXIMIAN,
TRAGEDIE.

ACTE I.
SCENE PREMIERE,

MAXIMIAN, LICINE.

LICINE.

Eigneur, je le confesse, on ne peut
plus rien faire,
Dont la gloire ne céde à celle de Sévere;
L'honneur d'avoir rangé la Gaule sous
nos loix
Ajoûte un nouveau lustre à ses autres exploits,
Et de plus beaux lauriers après cette conquête
Auront peut-être peine à couronner sa téte.
Pour s'acquitter vers luy, je voy sans murmurer
Que du nom de Cesar on songe à l'honorer ;
Mais ce rang luy doit être assez de recompense,
Sans en prendre aucun droit sur le cœur de Constance
Et je ne puis, Seigneur, que je ne sois surpris
De voir qu'à tant de gloire on joigne un si haut prix.

MAXIMIAN.

Cette gloire où pour luy je voy que l'on s'obstine ;
A lieu d'être sensible au généreux Licine,
Et si j'en étois crû, l'on verroit aujourd'huy
Un peu moins de distance entre Sévere & luy.
Dans un pareil degré de vertu , de merite,
Constantin doit à l'un quand vers l'autre il s'acquite ;
Et quoi qu'ait fait Sévere , il est beau de penser
Que qui l'éleve trop semble vous abaisser ;
Mais d'un retour brillant de plus d'une victoire,
Le seul rang de Cesar peut consacrer la gloire ;
- Et sans voir que c'est faire un attentat sur vous...

LICINE.

Non, Seigneur , de ce rang je ne suis point jaloux.
Qu'il coure vers le Trône où son destin l'entraîne,
Qu'on l'y comble d'honneurs , je le verrai sans peine ;
Mais pour partage au moins , assuré d'y monter,
Qu'il laisse à mon espoir un cœur à disputer.
J'en dis trop , mais en vain je me fais violence,
Pour pouvoir de mes vœux vous cacher l'arrogance ;
Du malheur qui les suit la dure cruauté
Arrache à mon respect l'aveu de leur fierté ,
De mille attraits divins la Princesse est pourvûë,
Sa beauté charme tout, j'ay des yeux , je l'ay vûë,
Et dans ce droit pressant qu'elle a de tout charmer,
Puisque j'ay pû la voir il m'a fallu l'aimer.
Non qu'enfin je demande en l'ardeur qui me presse
Que contre elle pour moy l'Empereur s'intéresse.
Qu'il souffre seulement que pour donner sa foy ,
Elle n'ait dans ses vœux à consulter que soy ;
La grandeur de son rang est peu digne d'envie
Si sous son fier éclat il la tient asservie ,
Et fait dépendre un cœur né pour donner des loix
Du besoin de l'Etat , & non pas de son choix.
Daignez-en à ma flame épargner le supplice,
Vos conseils peuvent tout contre cette injustice ,
Et quoi qu'à l'Empereur vous vouliez inspirer,
Il vous estime trop pour n'y pas déferer.

MAXIMIAN.

Depuis que Constantin en épousant ma Fille
A remis malgré moy le Trône en ma famille,
Pour soûtenir un rang que l'on m'a vû quitter,
Il a crû presque en tout me devoir consulter :
Mais l'éclat des grandeurs qu'il destine à Severe
De sa Sœur avec luy rend l'hymen nécessaire,
Et dans ce grand projet on doit peu s'étonner
S'il luy prescrit un choix qui la doit couronner.
C'est par-là qu'ayant sçû l'amour qui vous engage ;
J'ay du Trône à Severe envié l'avantage,
Et combatu long-temps ce partage inégal,
Dont l'injustice accable un illustre Rival ;
Mais la Gaule soumise emporte la balance,
Constantin donne tout à la reconnoissance,
Et dans ce qu'il prépare, il ne peut endurer
Le vif ressentiment qui vous fait murmurer.
Il le sçait, & pour vous sa colere est à craindre.

LICINE.

L'amour qu'on desespére a-t'il à se contraindre,
Et si malgré Constance on engage sa foy,
Suis-je en état, hélas, de répondre de moy ?
Encor un coup, Seigneur, permettez-moy l'audace
Qui force mon amour à vous demander grace.
Il aspire à des droits qu'on cherche à violer,
Et ma foy...

SCENE II.

MAXIMIAN, LICINE, MAXIME, MARTIAN.

MAXIME à *Licine*.

L'Empereur demande à vous parler.

LICINE.

A moy, Maxime ?

MAXIME.

A vous , Seigneur ; son ordre presse:
MAXIMIAN à *Licine*.
Ménagez son couroux avec un peu d'adresse,
Quand vous l'aurez quitté, j'aurai soin de le voir.
LICINE.
Enfin c'est de vous seul que dépend mon espoir.

SCENE III.

MAXIMIAN, MARTIAN.

MAXIMIAN.

ET bien , cher Martian , que faut il que j'espére ?
Dans quels secrets transports as-tu trouvé Severe?
Licine est mécontent , & si j'en puis juger,
La Princesse offre assez dequoi nous l'engager.
Son hymen résolu tient son ame a'armée ;
Mais comme enfin Severe est maître de l'armée,
Qu'en vain sans son appui j'ose me découvrir ,
Avant toute autre chose il faut nous l'acquerir.

MARTIAN.

Vous le ferez sans peine , & la secrete rage
Où la perte de Fauste abîme son courage,
D'une douleur si forte arme son desespoir,
Qu'il n'est plus en état d'écouter son devoir.
Aussi pour luy , Seigneur , la disgrace est cruelle ;
Il aime vôtre Fille , il se fait aimer d'elle,
Vous approuvez sa flame, il part, & trouve enfin
Qu'elle est à son retour Femme de Constantin.
Je viens de le quitter comme frapé du foudre ,
Il brûle de la voir , & tremble à s'y résoudre,
Et l'amas des lauriers dont il revient couvert,
N'a rien qu'il considere auprés de ce qu'il perd.

MAXIMIAN.

Prenons donc à nos vœux un temps si favorable,
Pressons adroitement la douleur qui l'accable,

Et l'aigriſſons ſi bien qu'il ſe laiſſe flater
De voir ma Fille à luy s'il oſe l'accepter.
Par moy, de ſon hymen ayant reçû parole,
Montrons-luy qu'en effet c'eſt ſon bien qu'on luy vole,
Et que jamais l'Amour n'échauffa ſon deſir,
Si quand il le retrouve il craint de s'en ſaiſir.
Un Amant qu'en ſecret le deſeſpoir anime,
Vient inſenſiblement ſur le penchant du crime,
Ebloüi d'un faux jour, il aime à s'y placer,
Et pour peu qu'on le pouſſe, ils'y laiſſe gliſſer.

MARTIAN.

C'eſt ce qu'attend Severe, & puiſque l'entrepriſe
N'eſt qu'un projet mal-ſeur à moins qu'il l'autoriſe,
Ménagez un traité dont l'accord réſolu
Vous acquiert ſur l'Armée un pouvoir abſolu.
Quand à nous ſeconder vous l'aurez ſçû réduire,
Licine ſera moins en état de nous nuire.
Les Conjurez ſont prêts, & perdant Conſtantin,
Aſpirent chaque jour à changer de deſtin.
J'ay peine à retenir l'ardeur qui les emporte.

MAXIMIAN.

Et toûjours cette ardeur eſt également forte ?

MARTIAN.

Quand quelque lâche entr'eux ſe pourroit déguiſer,
Vous êtes à couvert de ce qu'il peut oſer.
Impatiens du Chef que je leur fais attendre,
Leur ſoupçon juſqu'à vous eſt bien loin de s'étendre,
Puiſque pour l'empêcher j'ay ſoûtenu d'abord
Qu'à nôtre ſeureté nous devions vôtre mort.
C'eſt ce qu'à nôtre Chef on doit laiſſer reſoudre,
Et quand ſur Conſtantin on lancera la foudre,
Vous êtes en pouvoir, après ce vain diſcours,
De ſauver vôtre gloire en vous cachant toûjours;
Luy mort, la brigue eſt forte à vous choiſir pour
   Maître.

MAXIMIAN.

Non, Severe a moins lieu de ſe faire connoître,
Et ſi nos Mécontens par un ſecret appuy
Ont beſoin pour agir d'être aſſeurez de luy,

Il faut dans le deſſein qui me fait entreprendre
Cacher à d'autres yeux la part qu'il voudra prendre;
Fauſte étant le ſeul prix qui le puiſſe attirer,
Si le crime eſt connu, que peut-il eſperer ?
Croira-t'il de ſa mort que le ſçachant coupable
L'Aſſaſſin d'un Epoux luy ſoit jamais aimable,
Et ſi ce doux eſpoir ne flate ſes ſouhaits,
Voudra-t'il embraſſer d'inutiles forfaits ?
Pour moy qui me cachant hazarde toute choſe,
Je ne refuſe point d'avouër ce que je j'oſe.
Tout mon but eſt le Trône, & pour y parvenir,
Les chemins les plus ſeurs me plaiſent à tenir.
Ne dis point que l'éclat à ma gloire eſt contraire,
Ce ſcrupule n'eſt bon qu'à quelque ame vulgaire,
Et pour te l'arracher, ſouviens-toy, Martian,
Qu'en moy, qu'en me ſervant tu ſers Maximian.
Si j'ay de l'Avenir à craindre quelque blâme,
C'eſt qu'un indigne exemple ait pû trop ſur mon ame
Quand Diocletian m'inſpira le deſſein
De quitter comme luy le pouvoir ſouverain.
Séduit par ſes conſeils j'abandonnay l'Empire,
Et quand à leur foibleſſe on m'a trop vû ſouſcrire,
Le crime ſera beau s'il peut me racheter
La honteuſe vertu qui me le fit quitter.
C'eſt ſur ce grand projet, c'eſt ſur cette eſpérance
Que j'ay de Conſtantin ſouhaité l'alliance,
Afin que par ſes nœuds mon pouvoir augmenté
M'offrît à l'immoler plus de facilité.
Ne differons donc plus puiſqu'il faut entreprendre,
La Couronne eſt à moy, cherchons à la reprendre
Et par de grands effets hâtons-nous d'enſeigner
Qu'ou doit nommer vertu tout ce qui fait régner.

MARTIAN.

L'hymen où pour Severe on veut forcer Conſtance,
Du ſuccez de nos vœux nous donne l'aſſeurance,
Puiſque Licine & luy piquez que l'Empereur…

MAXIMIAN.

Par ce nom odieux redouble ma fureur,
Et pour hâter le coup dont tu vois la menace,

Fais moy voir, Martian, qu'un autre est en ma place.
Je sçay bien qu'aujourd'huy, quoique j'ose vouloir,
C'est à mes seuls desirs à régler mon pouvoir,
Que par eux à mon choix, j'ordonne de l'Empire;
Mais Constantin le souffre, & pourroit s'en dédire,
Et c'est pour un grand cœur une trop dure loy,
De tenir ce qu'il peut d'un autre que de soy.
Il trouve, quoi qu'enfin tout céde à sa puissance,
Je ne sçay quelle horreur dans cette dépendance,
Et la plus absoluë est pour luy sans appas,
Quand il songe qu'il régne, & peut ne régner pas.
Sur tout l'essay du Trône enfle trop un courage
Pour luy laisser souffrir ce honteux esclavage,
Et pour qui l'a sçû faire, il est injurieux
De ne pas oser tout pour ne ceder qu'aux Dieux.
C'est un affront pour luy d'avoir plus qu'eux à crain-
    dre,
Et pour monter au faiste où l'on voudroit atteindre,
Lors que dans le seul crime on trouve du secours,
Je ne sçay s'il est beau de les craindre toûjours.
Quoiqu'il en soit enfin dans ce grand sacrifice...

MARTIAN.

Seigneur, ne dites rien, voici l'Impératrice.

SCENE IV.

MAXIMIAN, FAUSTE, FLAVIE, MARTIAN.

MAXIMIAN.

Madame, sçavez-vous que Licine aujourd'huy
Pour flétrir Constantin implore mon appuy?
Il adore Constance, & l'hymen de Severe...

FAUSTE.

Seigneur, sa passion n'a pû si bien se taire,
Qu'au malheur qui la suit son transport n'ait cedé,
Et pour s'en éclaircir l'Empereur l'a mandé.

H ij

MAXIMIAN.

Le coup est assez rude, & Severe luy-même
Ne pourra sans douleur luy ravir ce qu'il aime ;
Mais quoi que l'un & l'autre ait droit d'en soûpirer,
Ici vos intéréts se doivent préferer ;
Je vous les ay fait voir, & de quelle importance
Pour vous avec Severe étoit cette alliance.
Constantin l'a concluë, & pour la terminer
Vous sçavez quels conseils vous avez à donner.

SCENE V.

FAUSTE, FLAVIE.

FAUSTE.

AH, funestes conseils, dont la rigueur extrême
Me force pour ma gloire à m'immoler moy-
   même !
Après ce que mon cœur a voulu luy céder,
Faut-il qu'il donne encor ce qu'il n'ose garder ?

FLAVIE.

Quoi ! parmi tant d'honneurs, & de pompe & de
   gloire,
Vous conservez, Madame, une humeur sombre &
   noire,
Et pour vaincre l'ennui qui traverse vos jours,
Le rang d'Impératrice est un foible secours ?!

FAUSTE.

S'il asseure à mon sort la gloire la plus haute,
Qui me rendra le bien que cette gloire m'ôte ?
Dieux !

FLAVIE.

Vous n'achevez point ?

FAUSTE.

          Si pour Severe...

FLAVIE.

                Et bien !

FAUSTE.
Je t'en dis trop, hélas !
FLAVIE.
Mais vous ne dites rien ?
FAUSTE.
Après ce nom fatal que ma douleur attire,
Soûpirer & me taire, est-ce ne te rien dire ?
Et puis-je expliquer mieux qu'en secret trop charmé,
Si Sevére m'aima, Severe fut aimé ?
Dans l'estime où pour luy je surprenois mon ame,
Maximian mon Pére autorisa sa flame,
Et je n'eus pas de peine à céder au pouvoir
Qui d'un penchant si doux me faisoit un devoir.
Ainsi ce pur amour dont j'ay tû la naissance
Eclata sur l'appuy de mon obéïssance,
Et contrainte à des vœux qui n'osoient s'exprimer,
Je vis avec plaisir qu'on m'ordonnât d'aimer.
Mais las ! cette douceur me fut bien-tôt amére,
Quand pour dompter la Gaule on fit choix de Sevére;
Général de l'armée il adore un employ
Où son bras le rendra moins indigne de moy,
De ma main en partant il reçoit l'asseurance.
Voy par-là quels malheurs ont suivi son absence.
Constantin à me voir trouve un charme pressant,
Il m'offre place au Trône, & mon Pére y consent ;
J'oppose en vain ma foy par son ordre donnée,
Son pouvoir me condamne à ce triste hymenée.
J'obéïs, il s'achéve, on trahit mon amour ;
Cependant aujourd'hui Severe est de retour,
Et pour comble de maux ma gloire m'intéresse
A conseiller pour luy l'hymen de la Princesse.
Mais Dieux !
FLAVIE.
Il vient ici, Madame, songez bien.
FAUSTE.
Hélas quand on perd tout, peut-on songer à rien ?

H iij

SCENE VI.

FAUSTE, SEVERE, FLAVIE.

FAUSTE.

Quel deſſein vous engage à rechercher ma vûë ?
Eſt-ce trop peu pour moy du tourment qui me
 tuë,
Et quant à ſa rigueur je n'ay pû m'arracher,
Venez-vous pour m'en plaindre, ou me le reprocher ?

SEVERE.

Madame, pour commettre une telle injuſtice,
Je dois trop de reſpect à mon Impératrice.
Elle eſt digne du choix qui la rend ce qu'elle eſt,
Je le ſuis de la mort dont j'ay reçû l'arreſt,
Et ſi de mes regards la langueur indiſcrete
Luy fait de ma diſgrace une plainte ſecrete,
Le preſſant deſeſpoir qu'ici je viens aigrir
Ne luy laiſſera pas long-temps à la ſouffrir.

FAUSTE.

Que Severe m'offenſe, & que malgré ſon zéle
La plainte qu'il étouffe en eſt une cruelle !
Ne la contraignez point, & pour vous ſoulager,
Dites que pour un Trône il eſt beau de changer.
Dites que ſon éclat m'ayant l'ame charmée,
Vôtre perte à ce prix ne m'a point alarmée,
Que j'ay couru moy-même à l'infidelité,
Le reproche eſt bien juſte ; & j'ay tout mérité.

SEVERE.

Quand le Ciel vous éléve au rang le plus inſigne,
Eſt-ce vous offenſer que vous en trouver digne ?
Je l'ay dit, & les Dieux me ſont ici témoins
Si j'ay crû que pour vous ils puſſent faire moins :
Mais les tranſports affreux où ſans ceſſe m'expoſe
Des honneurs qu'on vous rend la déplorable cauſe,
Sont des maux que peut-être, adorant vos appas,

Pour prix de mon amour je ne méritois pas.
Mon cœur ne peut s'offrir cette funeste image
Sans en trembler d'horreur, sans en frémir de rage.
J'aime, on veut que j'espére, & par un coup fatal
Je vois tout ce que j'aime au pouvoir d'un Rival;
Mon malheur fait sa gloire, il triomphe; ah Madame,
Avez-vous bien conçû ce tourment dont mon ame,
Et si son triste excez semble vous étonner,
L'avez-vous pû comprendre, & m'y voir condamner?

FAUSTE.

Oüi, je l'ay pû, Severe, & préte à m'y contraindre,
J'ay vû ces maux affreux qui vous rendent à plaindre,
De vôtre amour trahi j'ay vû le desespoir,
J'en ay vû tout l'excez, mais j'ay vû mon devoir,
Et quelques durs malheurs où ce devoir me livre,
Je n'ay pû balancer un moment à le suivre.
Non qu'à ses tristes loix on m'ait vûë obéïr,
Qu'il n'en ait à mon cœur coûté plus d'un soûpir.
Comme vous en teniez la conquête assez chére,
Il en fit vôtre bien par l'ordre de mon Pére,
Et peut-être jamais il ne l'eût retiré
Si pour vous l'arracher il ne l'eût déchiré.
Vous en voyez l'effet dans ce desordre d'ame
Qui suit le souvenir d'une si belle flame,
Et le trouble où je suis est un aveu secret,
Que réduit à vous perdre, il vous perd à regret.

SEVERE.

Triste soûlagement dans un mal sans reméde!
Vôtre cœur est un bien que mon amour possede,
Et quand il me tient lieu de cent Trônes offerts,
On me l'ôte à regret, mais enfin je le perds.
Accablé du devoir qui veut qu'on le retire,
Qu'importe qu'il se rende, ou bien qu'on le déchire?
La violence est-elle une plus douce loy,
Et pour me l'arracher en est-il plus à moy?
Non, non, de vos bontez ces preuves obligeantes
Ne font que rendre encor mes douleurs plus pressantes,
Plus vôtre amour me tient ses charmes découverts,
Plus ma rage s'augmente à voir ce que je perds.

H iiij

Au lieu de me montrer qu'en un fort ſi contraire,
Je dois tous mes malheurs au ſeul ordre d'un Pére,
Qu'à cet ordre à regret vous avez obéi,
Dites-moy, s'il ſe peut, que vous m'avez trahi.
Vous montrant inſenſible à tout ce que j'endure,
Prêtez à ma raiſon le ſecours du murmure,
Affectez' des mépris dont l'outrageant aveu
Affoibliſſant ma perte en conſole mon feu ;
Et puiſque le devoir a bien ſçû vous apprendre
A m'arracher ce cœur où j'eus droit de prétendre,
Par tout ce que la haine a de plus obſtiné,
Arrachez-moy l'amour que vous m'avez donné.
Mais que dis-je ? Les maux à qui ma vertu céde,
Egalent-ils l'horreur d'un ſi cruel reméde ?
Puiſquenfin vôtre cœur en daigne ſoûpirer,
Laiſſez-les moy, ces maux, je veux les adorer.
Au repos le plus doux j'en préfere la peine ;
Si pour la voir finir il me faut vôtre haine ;
Vos mépris combleroient les rigueurs de mon ſort.
Madame, pardonnez à ce confus tranſport,
Je céde, & me dérobe à l'erreur qui m'abuſe,
Je veux, & ne veux pas, je demande & refuſe,
Je trouve un nouveau mal où je croy voir un bien :
Mais helas ! en eſt-il pour qui n'eſpére rien ?

FAUSTE.

Oüi, Severe, il en eſt, & quoi qu'en apparence
Vous puiſſiez dans vos maux garder peu d'eſpérance,
Le temps & la raiſon où l'on doit recourir,
Sçauront vous aſſeurer les moyens d'en guérir.

SEVERE.

Ainſi cette raiſon à vôtre aide appellée
D'un ſi beau feu trahi vous aura conſolée,
Et ce qu'en vôtre cœur l'amour avoit tracé,
N'a plus rien que déja le temps n'ait effacé.

FAUSTE.

C'eſt ce qu'ils ont dû faire, & quoiqu'ils me propo-
ſent,
Si mes ſens revoltez à leur ſecours s'oppoſent ;
Mon cœur ſe contraindra ſi bien à le cacher,

Qu'à peine aurai-je droit de me le reprocher.

SEVERE.

Quoi, si de mes malheurs quelque fois il soûpire,
M'envier la douceur de vous l'entendre dire ?
Pourquoi me refuser cet innocent aveu ?
Vous coûteroit-il tant pour me donner si peu ?

FAUSTE.

Trop, puis qu'il n'est pas tel que vous le voulez
    croire.

SEVERE.

Qu'a t'il de condamnable ?

FAUSTE.

               Il bazarde ma gloire;

SEVERE.

Par ce feu, ce beau feu qu'honora vôtre foy.

FAUSTE.

Je l'étouffe pour elle, étouffez-le pour moy.

SEVERE.

C'est à quoi sans efforts vous sçavez vous contraindre.

FAUSTE.

Mon devoir l'alluma, mon devoir sçait l'éteindre.

SEVERE.

Qu'il l'éteint bien plutôt qu'il ne fut allumé !
Et vous direz encor que vous m'avez aimé.

FAUSTE.

Adieu, Severe, adieu, quelque effort que je fasse,
Je sens que malgré moy ma vertu s'embarasse,
Non que de la victoire elle ait lieu de douter,
Mais c'est l'acheter trop que de la disputer.

SEVERE.

Quoi, vous m'abandonnez ? Ah ! divine Princesse;
Avec tant de vertu craignez-vous ma foiblesse?
Craignez-vous un amour dont le triste entretien
Dans tout son desespoir ne vous impute rien ?
Constantin eut pour soy l'autorité d'un Pére,
Vous avez obéï, vous avez dû le faire ;
Quelque reste d'amour semble vous alarmer,
Je n'y résiste point, il faut cesser d'aimer,
N'aimez plus, j'y consens, mais souffrez qu'à ma rage

H ij

Vos regards ...
FAUSTE.
Je ne puis écouter davantage,
Vos plaintes sur mon cœur prennent trop de pouvoir,
Et plus je vous entens , moins je sçai mon devoir.

Fin du premier Acte.

ACTE II.

SCENE PREMIERE.

CONSTANTIN, MAXIME.

CONSTANTIN.

E l'avois bien prévû , que cette résis-
　　tance
Venoit d'un feu secret qui plaît trop à
　　Constance,
Sans mon ordre en son cœur ce feu s'est
allumé ,
Et si Licine l'aime , il n'est pas moins aimé ;
Je viens de luy parler , & l'ay trop sçû connoître.
MAXIME.
Sa passion toûjours affectoit de paroître,
Mais jusqu'ici , Seigneur, rien n'avoit fait juger
Que pour luy la Princesse eût voulu s'engager,
Et s'il faut qu'en secret Licine ait pû luy plaire ,
De l'espoir de sa main on flate en vain Severe.
L'Amour soutient long-temps la gloire de son choix.
CONSTANTIN.
Mais je suis dans le Trône , & j'en connois les droits,

MAXIME.

N'en croyez point l'aigreur qui vous parle contr'elle,
Licine est un Sujet grand, illustre, fidelle,
Et je ne vois enfin Severe à préferer,
Que par l'auguste rang qu'on luy fait espérer.

CONSTANTIN.

Du titre de Cesar je fais sa recompense ;
Mais sçais-tu que pour luy je fais moins qu'on ne
     pense,
Et que l'éclat du rang où ma faveur le met
De mon ingratitude est le honteux effet ?
Jaloux de la vertu dont le charme l'inspire,
Pour m'ôter un Rival je partage l'Empire,
Et m'empresserois moins à le faire régner,
Si je n'en acquerois le droit de l'éloigner.
Il soupiroit pour Fauste, & jamais l'esperance
N'avoit d'un plus beau feu soutenu la constance,
Quand la guerre allumée armant pour moy son bras,
Le plonge en des malheurs qu'il ne prévoyoit pas.
Tandis que sa valeur soûtient mon Diadême,
Mon hymen resolu luy vole ce qu'il aime ;
Fauste céde, mais las ! son chagrin fait trop voir
Que son obéïssance est dûë à son devoir.
Quelque effort, quelques soins que mon adresse em-
     ploye,
La Couronne est trop peu pour luy rendre sa joye.
Par-là juge à quel point s'alarme mon amour
Quand je vois aujourd'huy Severe de retour.
Non que ce feu secret qu'il a peine à contraindre,
Offre à ma jalousie aucun sujet de craindre.
Quelque trouble en son cœur qu'il ait droit de jetter ;
Fauste a trop de vertu pour m'en inquiéter,
Elle en triomphera ; mais enfin je prens garde
Que ce cœur est un bien que ce trouble hazarde,
Et qu'à le voir souvent, quoy que puisse sa foy,
Il est bien mal-aisé qu'il n'en soit moins à moy.
Tu sçais que je l'adore, & que son hymenée
Tenoit de tous mes vœux l'avidité bornée ;
Mais je ne puis souffrir que dans des nœuds si doux ;

L'Amant n'ait point de part au bonheur de l'Epoux.
Sans cesse à mon repos ce dur chagrin s'oppose,
La douceur de l'effet se corrompt par sa cause,
Et mon cœur que confond ce juste desespoir,
En faveur de l'amour est jaloux du devoir.
Ne t'étonne donc plus du choix que j'ay sçû faire,
Et couronnant ma Sœur il engage Sevére,
Et par ce prompt hymen l'oblige d'étouffer
Un amour dont luy seul a droit de triompher.
Outre qu'avecque luy partageant ma puissance,
Je l'éloigne des lieux où je crains sa présence,
Et le faisant régner où je ne serai pas,
J'empéche... Mais Constance adresse ici ses pas ;
Sçachons ses sentimens.

SCENE II.

CONSTANTIN, CONSTANCE,
MAXIME, LUCIE.

CONSTANTIN.

MA Sœur, j'ay peine à croire
Un bruit sourd que l'envie oppose à vôtre gloire:
Quand par ce que je dois aux tendresses du sang
Je veux vous élever à l'éclat de mon rang,
J'apprens que vous souffrant un indiscret murmure,
Ces marques de bonté vous tiennent lieu d'injure,
Et que vous dédaignez dans le choix d'un Epoux,
Celui que l'amitié m'a fait faire pour vous.
Severe aura peut être assez de déference
Pour forcer par respect ses desirs au silence,
Mais si trop de fierté tient les vôtres séduits,
Sçachant ce que je veux, craignez ce que je puis.

CONSTANCE.

Ces soins de m'élever à la grandeur suprême
Sont sans doute l'effet d'une tendresse extrême,

Et les profonds respects qui vous marquent ma foy
Ne sçauroient m'acquitter de ce que je vous doy ;
Mais de quelque fierté que je sois soupçonnée,
Je répons mal, Seigneur, au sang dont je suis née,
Si je ne tiens le Trône un bonheur imparfait
Quand la menace est jointe à l'offre qu'on m'en fait.
Quelque éclatant qu'il soit, forcer d'y prendre place,
C'est imposer un joug, & non pas faire grace,
Et pour m'y donner part, l'hymen qu'on me prescrit
Me l'asservit bien moins qu'il ne m'assujetit.
Dans les droits que pour luy l'on veut que j'aban-
  donne,
Bien loin qu'il soit à moy, c'est à luy qu'on me donne,
Et mon ambition s'en laisse en vain flater
Si mon cœur est le prix dont je dois l'acheter.

CONSTATIN

Ce prix est-il si haut, que tout couvert de gloire,
Tout brillant de l'éclat d'une illustre victoire,
Severe à trop d'orgueil semble s'abandonner,
S'il en reçoit l'espoir que je luy fais donner ?

CONSTANCE.

Severe a des vertus dignes de sa naissance ;
Mais mon cœur est jaloux de son indépendance,
Et quoy que mon devoir ait d'empire sur luy,
Il dédaigne d'aimer par les ordres d'autruy.

CONSTANTIN.

Dites, dites plutôt que ce cœur téméraire
Pour se donner ailleurs se refuse à Severe,
Et qu'à des feux secrets prêtant trop de soutien,
Vôtre choix pour aimer a prévenu le mien.
Elcine vous adore, & l'ardeur qui l'enflame
N'a pû fraper vos yeux sans pénétrer vôtre ame ;
Mais flatant des soupirs sans mon ordre écoutez,
Avez-vous oublié de quel sang vous sortez ?
Celles de vôtre rang à qui la gloire est chére,
Hors le bien de l'Etat n'ont point de choix à faire,
Et quelque passion qui les puisse aveugler,
Un si noble intérêt la doit toûjours régler.

CONSTANCE

Je ſçai que plus le rang approche des Couronnes,
Plus ſa fiere grandeur aſſervit nos perſonnes,
Mais je ne ſçay pas moins quel injuſte attentat
Font ſouvent ſur nos cœurs ces maximes d'Etat ;
Non que vous devant tout le mien les examine,
C'eſt ſans aveuglement que j'eſtime Licine,
Et ſon amour n'a rien qui me puiſſe ébranler,
Si-tôt qu'à vôtre gloire il faudra l'immoler.
Mais je puis à vos vœux me rendre un peu contraire,
Quand vôtre ſeul deſſein eſt d'élever Severe,
Et je ne dois point tant aux ſoins de ſa grandeur...

CONSTANTIN.

Et bien, pour cet hymen je fais voir trop d'ardeur,
L'Etat en peut tenir les droits illégitimes,
Mais ce n'eſt pas à vous d'en régler les maximes ;
Et quoi que vôtre orgueil ait peine à ſe trahir,
Qui ne ſçait point aimer doit ſçavoir obéïr.
Qu'à ſon gré d'un Sujet vôtre mépris décide,
Il ſuffit qu'à ce choix ma volonté préſide,
Et pour ôter tout lieu d'obſtacles ſuperflus,
Licine me ſera garand de vos refus.
C'eſt luy dont l'intérêt trop puiſſant ſur vôtre ame
A la rebellion engage vôtre flame ;
C'eſt luy qui contre moy vous la fait ſoûtenir,
Et c'eſt luy ſeul auſſi que j'en ſçauray punir.
Il eſt en vôtre choix d'arrêter ma colére ;
Mais tremblez pour ſa tête, ou ſongez à me plaire,
Je vous laiſſe en réſoudre, adieu.

SCENE III.

CONSTANCE, LUCIE.

CONSTANCE.

Qui l'eût penſe,

Qu'à tant de tyrannie il se fut dispensé,
Qu'il eût prêté la main au coup qui m'assassine ?

LUCIE.

J'en soûpire pour vous, & tremble pour Licine,
Et si de ce revers vôtre cœur combatu
N'en trouvoit le reméde en sa propre vertu...

CONSTANCE.

Quel reméde, Lucie, & qu'il a d'amertume
Quand l'amour est un feu que le mérite allume,
Et que le cœur atteint d'un si charmant poison
Obtient pour luy céder l'appui de la raison !
Non qu'enfin la vertu n'en soit toûjours maîtresse,
Mais quand à l'étouffer le devoir l'intéresse,
C'est un combat affreux dont la triste rigueur
Du malheur du vaincu fait gémir le vainqueur,
Timide à triompher, puni par sa victoire,
Il soupire du coup qui l'immole à sa gloire,
Et tirant malgré luy de ses plus chers souhaits,
S'il osoit ne pas vaincre, il ne vaincroit jamais.

LUCIE.

J'ose encor me flater d'un succez plus propice,
S'il est vray que Severe aime l'Impératrice ;
L'Empereur s'en alarme, & sur un tel souci,
S'armant contre Licine, on dit... Mais le voici.

SCENE IV.

CONSTANCE, LICINE, LUCIE.

LICINE.

DAns l'état déplorable où me réduit l'envie,
Madame, qu'avez-vous résolu de ma vie ?
Tout conspire à ma perte, & je voy l'Empereur
Du coup le plus cruel me préparer l'horreur ;
Mais quoi que de mon sort puisse ordonner sa haine,
Vous en êtes toûjours arbitre Souveraine,
Et toute la rigueur des desseins irritez

Ne peut rien contre moy, ſi vous n'y conſentez.

CONSTANCE.

Si pour vous en ſecret mon cœur toûjours propice,
Suffit de leur couroux à rompre l'injuſtice,
Quelques maux qui ſur vous ſemblent prêts d'éclater,
Vous me connoiſſez trop pour en rien redouter.
N'attendez rien de plus j'ay crû pouvoir ſans crime
Vous ſouffrir d'aſpirer à toute mon eſtime,
Et n'ay point balancé d'approuver un amour
Qu'aux yeux de l'Empereur vous oſiez mettre au
    jour.
L'éclat qu'il luy ſouffroit flatant vôtre eſpérance,
Contre un doute importun me ſervoit d'aſſeurance,
Et mes deſirs trop prompts aidant à me trahir,
Je crus que vous aimer ce n'étoit qu'obéïr ;
Mais enfin aujourd'hui que cette erreur bannie
Laiſſe de mon devoir agir la tyrannie,
Contrainte à m'y ſoûmettre en de pareils ennuis
Faire des vœux pour vous c'eſt tout ce que je puis.
Je ſçay que vôtre amour qu'un cruel ordre alarme,
D'un ſi foible ſecours dédaignera le charme,
Mais ſi c'eſt peu pour luy, dans ce que je me doy
Peut-être avoüerez-vous que c'eſt beaucoup pour
    moy.

LICINE.

Oüi, c'eſt beaucoup, Madame, & d'un ſort ſi funeſte
Le coup doit m'être doux ſi cet eſpoir me reſte.
Quel remède à des maux ſi rudes, ſi preſſans,
Que de les ſoulager par des vœux impuiſſans !
Non, non, puiſque je voy vôtre amour trop crédule
D'un pareil ſentiment ſe former un ſcrupule,
Qu'il s'abandonne entier à ce cruel devoir
Qui cherche à triompher de tout mon deſeſpoir,
Ne vous reprochez point d'avoir été facile
Juſques à m'accorder un ſouhait inutile,
Conſentez à ma perte, & purgez vôtre foy
De l'indigne pitié qui vous parle pour moy.
Ce cœur dont vôtre amour faiſoit toute la gloire
Ne vaut pas qu'un ſoupir ſoüille vôtre victoire,

Et vous laisseriez voir un courage abatu
Si vous n'étiez cruelle à force de vertu.

CONSTANCE.

J'excuse des transports qui trop prompts à paroître,
Suivent l'aveuglement du feu qui les fait naître ;
Mais si par la raison il se laisse éclairer,
Vous n'aurez pas long-temps sujet de murmurer.
Voyez ce que je suis, & ce que l'on m'ordonne ;
Au choix qu'on me prescrit ma gloire m'abandonne ;
Contre vous, contre moy, tout conspire à s'armer.
Dans ces extremitez que puis-je faire ?

LICINE.

Aimer.
Que sans cesse on oppose obstacles sur obstacles ;
L'Amour pour les braver est fertile en miracles,
Des plus rudes assauts sans peine il vient à bout,
Et pourvu que l'on aime, on triomphe de tout.

CONSTANCE.

Quoi que vous en croyiez, tout ce que je puis faire
C'est d'oser expliquer ma contrainte à Severe,
D'obtenir son refus pour prétexte du mien,
Mais après cet effort ne me demandez rien.

LICINE.

Quoi, si l'ambition l'oblige à se défendre
De céder à ma foy ce qu'elle osoit attendre,
Cette fiére vertu que vous mettez au jour,
Fera de vôtre cœur le prix de son amour ?

CONSTANCE.

Jugez-en par mon rang qui vous force à le croire ;
Plus il est élevé, plus je dois à ma gloire ;
Et je souffrirai moins à la laisser agir,
Qu'à joüir d'un bonheur dont j'aurois à rougir.

LICINE.

Ainsi vous l'aimerez si le devoir l'ordonne ?
A quels cruels tourmens cet aveu m'abandonne !
Ce seroit donc trop peu pour remplir ce devoir
Que vous fissiez alors effort à le vouloir :
Il faut pousser plus loin vôtre rigueur extrême,
Et pour luy contre moy répondre de vous-même.

Non , non , n'oppofez plus à mon ennui fecret
Le charme injurieux de me perdre à regret.
Quand la vertu demande un fi dur facrifice,
On peut bien fouhaiter que le cœur obéïffe,
S'efforcer d'en bannir ce qui pût l'enflamer,
Mais qui croit le pouvoir n'a fçû jamais aimer.
Ce prompt dégagement un peu trop volontaire,
Du vrai , du vif amour dément le caractére ;
Et c'eft aimer bien peu , qu'être fûr d'un fecours
Qui nous mette en pouvoir de n'aimer pas toujours.

CONSTANCE.

Quoi que le trop de zéle où pour vous je m'engage,
D'un reproche pareil dût m'épargner l'outrage,
Je ne déguife point qu'en cette extremité
Il me feroit bien doux de l'avoir merité.
A ma trifte raifon mon ame plus foumife
De mes fens revoltez préviendroit la furprife,
Et leur rebellion par un indigne éclat,
Ne me couteroit pas la honte du combat.

LICINE.

Que de vertu , Madame , & que je fuis à plaindre ;
Puifqu'à tant d'injuftice elle peut vous contraindre,
Qu'il faille me haïr jufqu'à vous oppofer
Au regret de la mort que vous m'allez caufer !
Pour moy , qu'un fang plus bas , & ma trifte difgrace
Semblent autorifer d'avoir l'ame plus baffe,
Je ne me défens point de tous les mouvemens
Qu'une aveugle fureur met au cœur des Amans ;
N'ayant qu'elle en mon mal à choifir pour reméde,
Il n'eft rien que je n'ofe avant que je vous céde,
Et j'aurai lieu peut-être en ce revers fatal
De rendre mon malheur funefte à mon Rival.
Mais je le vois , Madame , agréez ma retraite,
Sa préfence fait peine à mon ame inquiéte ,
Et je craindrois enfin de ne pouvoir calmer
Les tranfports violens qu'elle a droit d'animer.

SCENE V.

CONSTANCE, SEVERE, LUCIE.

CONSTANCE.

J'Afpirois à vous voir, Severe, & ce mérite
Dont le brillant éclat pour vous me follicite,
M'oblige à prendre part aux furprenans exploits
Qui du Trône aujourd'huy vous acquiérent les droits,
Pour payer ce qu'on doit à vôtre grand courage,
L'Empereur avec vous en refout le partage.
Il fait plus, & c'eft peu que de vous couronner,
Si ma main n'eft un prix qu'il me force à donner,
J'obéïrai fans doute, & quoi qu'il en arrive,
Mon fier devoir tiendra ma volonté captive;
Mais s'il faut, pour répondre à cet ordre inhumain,
Joindre le don du cœur à celui de la main,
Comme je me connois hors d'état de le faire,
Je vous eftime trop pour vouloir vous le taire.
C'eft à vous là-deffus à régler vos deffeins,
Mon bonheur, mon repos, tout eft entre vos mains,
Peut-étre qu'il feroit d'une ame magnanime
De ne pas abufer d'un devoir qui m'opprime;
Mais vous vous connoiffez, & jamais on n'eut droit
D'exciter un grand cœur à faire ce qu'il doit.

SEVERE.

Madame...

CONSTANCE

Adieu, c'eft trop, Maximian s'avance,
Je vous ay répondu de mon obéïffance,
Et feur à vôtre choix du nom de mon Epoux,
Vous m'apprendrez vous même à bien juger de vous,

SCENE VI.

MAXIMIAN, SEVERE.

MAXIMIAN.

QUoi, pouſſer des ſoûpirs en quittant la Princeſſe?
SEVERE.

Ah, Seigneur, épargnez la douleur qui me preſſe,
Je ne vous parle point en Amant outragé
De l'abîme de maux où vous m'avez plongé,
C'étoit à mon orgueil un attentat inſigne
D'écouter un eſpoir dont je n'étois pas digne.
Le rang d'Impératrice, & l'éclat qui le ſuit,
Valent bien la diſgrace où je me voisréduit;
Mais ſi quelque pitié pour moy vous intéreſſe,
Sauvez-moy d'un refus honteux à la Princeſſe,
Prévenez un éclat où je ſuis réſolu.
J'aime, Seigneur; helas! vous l'avez bien voulu,
Et quoi que ſans eſpoir l'amour ſoit un ſupplice,
Puiſque c'eſt mon ſeul bien, ſouffrez que j'en joüiſſe.
Par un hymen illuſtre on tente en vain ma foy,
En vain on veut qu'un Trône ait des charmes pour
    moy ;
C'eſt un ſurcroît de rage à ma douleur extrême,
Je ne veux que mourir aux yeux de ce que j'aime,
Luy ſoûmettre mes jours, & les abandonner
A la triſte langueur qui les doît terminer.
MAXIMIAN.

Quoi, Severe, il ſe peut que le ſort qui t'outrage
Te faſſe des malheurs plus grands que ton courage?
Apprens, apprens les miens, & pour ſortir d'erreur
Voy comme la fortune accable un Empereur.
Si j'oſai la braver, en dédaignant l'Empire,
A ſon tour contre moy je voy qu'elle conſpire.
En vain auprés d'un Fils des Romains adoré
Je crois joüir du calme où j'avois aſpiré ;

Redoutant mes conseils, ce Fils, l'ingrat Maxence,
Par mon éloignement affermit sa puissance ;
On me bannit de Rome, & tel est mon destin,
Qu'il me faut rechercher l'appui de Constantin.
Contre sa tyrannie il m'offre un seur azile,
Et quand auprés de luy je me croy tout facile,
Loin d'obtenir pour toy l'aveu de ton amour,
J'apprens quel intérêt t'éloigne de sa Cour.
Devenu ton Rival, il veut que ton absence
Laisse dans ses projets agir sa violence,
Et tout ce qu'à ton feu l'honneur me fait dévoir
Est forcé de céder à son lâche pouvoir.
Ainsi plus le Tyran que l'Epoux de ma Fille,
Il usurpe mes droits jusques sur ma Famille,
Et mes vœux par contrainte à ses ordres soumis
Sont l'effet du repos que je m'étois promis.

SEVERE.

C'est trop, Seigneur, c'est trop, tant de bonté m'accable.
    cable.
Le Destin a rendu ma perte irreparable ;
Mais l'intérêt de Fauste étant à préférer,
Quand il la met au Trône, en dois-je murmurer ?
Non ; il luy fait justice, & pourvû qu'on s'oppose
A l'hymen où pour moy l'Empereur se dispose,
Qu'on ne me force point à l'éclatant refus.....

MAXIMIAN.

Et si je te disois que je veux faire plus ?
J'ay besoin seulement de trouver dans Severe
Cette fermeté d'ame aux Héros ordinaires ;
Elle aide à repousser le sort le plus affreux,
Et si tu l'as enfin, tu n'és plus malheureux.

SEVERE.

Ah, Seigneur, pour guérir le mal qui me possede,
La grandeur de courage est un foible reméde ;
Contre un si rude assaut il n'est point de vertu,
Et qui sçait bien aimer...

MAXIMIAN.

            Mais enfin aimes-tu ?
Sous un indigne joug Constantin me fait vivre,

Aux plus crüels ennuis ſa lâcheté te livre,
Sur tous deux ſa rigueur aime à ſe découvrir,
Je ſuis las d'être eſclave, és-tu las de ſouffrir ?

SEVERE.

Seigneur.

MAXIMIAN.

Explique-toy ſans que rien te retienne,
Ton choix ſeul peut réſoudre ou ſa perte ou la mienne,
Et dans ce que m'inſpire une juſte fureur,
C'eſt à toy d'ordonner des jours d'un Empereur.
Dans l'ardeur du repos où ſans ceſſe j'aſpire,
Il m'eſt dur de ſonger à reprendre l'Empire,
Mais j'ay le cœur trop haut pour oſer me trahir
Juſques à me ſoûmettre à l'affront d'obéïr.
Ma Fille étoit à toy, je t'en donnay parole,
Le lâche Conſtantin malgré moy te la vole,
Sa tyrannie eſt prête à luy coûter le jour,
J'ay conſulté mon cœur, conſulte ton amour.

SEVERE.

L'écouter ſur un crime...

MAXIMIAN.

Et quoi, tu t'embaraſſes ?
Le crimes ne ſont faits que pour les ames baſſes,
Qui de leur fermeté s'oſent trop défier,
Pour ſe croire en pouvoir de les juſtifier.
Sur ce ſcrupule en vain tu trembles à réſoudre.
Il n'eſt rien de honteux pour qui s'en peut abſoudre,
Et quoi qu'on puiſſe oſer, c'eſt aux foibles eſprits
A rougir d'un forfait dont le Trône eſt le prix.
Non que les mouvemens que je te fais paroître
Demandent que ton bras s'arme contre ton Maître,
Pour te laiſſer ta gloire, & contenter tes vœux,
Le ſecret de ta part eſt tout ce que je veux.
Je feindrai comme toy d'ignorer l'entrepriſe,
Et pourvû qu'en effet ton aveu l'autoriſe,
Me laiſſant ſans obſtacle agir dans le Palais,
Je n'en voy guere à craindre au deſſein que je fais.
Tu peux tout ſur l'Armée, & c'eſt aſſez te dire
Qu'en vain ſans ton appui par mon ordre on conſpire,

Si pour Faufte à l'amour ton cœur craint d'obéïr,
Je verray fans regret que tu m'ofes trahir.
Mon fort dépend de toy, mais j'ay cet avantage
Qu'au moins je me vois fûr de fortir d'efclavage,
Puifque, quelque fuccez qui fuive mon effort,
Il affeure à mes vœux ou le Trône, ou la mort.

SEVERE.

Le defordre où me jette une telle entreprife
Ne fouffre point, Seigneur, que je vous le déguife;
Il éclate à vos yeux, & je confeffe enfin
Que la pitié me force à plaindre Conftantin.
Mais qu'en vous trahifant, j'expofe vôtre vie
A tout ce qui rendroit fa vangeance affouvie;
Connoiffez mieux Severe, & croyez que ma foy
Sçait trop ce qu'il faut rendre à qui fait tout pour
    moy.

MAXIMIAN.

O genereux Amy que touche ma difgrace !
Viens dans mon cabinet fçavoir ce qui fe paffe,
Confulter Martian, & refoudre avec luy
Si de quelque autre bras il faut chercher l'appuy;

Fin du Second Acte.

ACTE III.

SCENE PREMIERE.

FAUSTE, SEVERE.

FAUSTE.

Non, c'est vous abuser que de l'ofer prétendre,
Il n'eft rien que de vous je puiffe encor entendre,
Et dans l'étroit fcrupule où m'engage ma foy,
Un fecond entretien eft un crime pour moy.

SEVERE.

Quoy, vous jugez fi mal de l'ardeur qui m'anime,
Qu'elle puiffe à vos yeux offrir l'ombre d'un crime!
Si ce fcrupule a droit de vous inquiéter,
Pour en fortir, Madame, il me faut écouter.
Je ne viens point furprendre un refte de tendreffe
Qu'à vous faire étouffer le devoir s'intéreffe.
Je viens aux dures loix de cet affreux devoir
Immoler ce qu'on cherche à me rendre d'efpoir;
Trop content, fi je puis vous faire affez connoître
Que n'étant point heureux j'étois digne de l'être,
Et que dans ce grand cœur trop juftement charmé
Jamais un fi beau feu ne s'étoit allumé.

FAUSTE.

Ah! fi ce charme a fait le bonheur de ma vie,
C'est-là ce qu'aujourd'hui l'honneur veut que j'oublie
Autrefois, je l'avoüe, il eût pû m'être doux,

Mais

Mais devant tout mon cœur à l'amour d'un Epoux....

SEVERE.

Je sçai qu'à l'Empereur les droits de l'hyménée
En acquierent la part que vous m'aviez donnée,
Qu'à luy seul le devoir vous fait l'assujettir,
Mais l'Empereur n'est plus si j'y veux consentir,

FAUSTE.

On en veut à ses jours ?

SEVERE.

Oüi, Madame, on conspire,
On cherche à luy ravir & le jour & l'Empire,
Et si je tiens secret l'attentat entrepris,
Sans avoir part au crime on me répond du prix.
L'image de sa mort à vôtre esprit offerte
Ne me montrera point complice de sa perte,
Et dans le coup fatal qu'on veut faire éclater
Vous plaindrez son malheur sans me rien imputer.
Pour changer de fortune, il ne faut que me taire,
Tous mes maux sont finis, on me vange, & j'espere ;
Mais mon cœur succombant à des projets si bas,
Pour les cacher à tous ne me les cache pas.
Si jusqu'au plus haut point ma disgrace est montée,
Du moins je veux mourir sans l'avoir méritée,
Et j'aurai l'avantage en ce funeste jour
D'emporter vôtre estime en perdant vôtre amour,

FAUSTE.

En vain à vous l'ôter on voudroit me contraindre ;
Mais je n'ay rien à dire où je voy tout à craindre,
Et dans ce qu'à mes yeux le crime offre d'horreur,
Tout l'effort de mes soins se doit à l'Empereur.
Montrez-moy promptement la main qui l'assassine,
Parlez, est-ce un effet de l'amour de Licine ?
Il murmure, il s'emporte, & dans son desespoir...

SEVERE.

Non, Madame, Licine est ferme en son devoir,
Il ignore le crime, & loin qu'il l'autorise,
C'est de luy seul qu'on craint obstacle à l'entreprise,
Il est Chef de la Garde, & peut tout au Palais,
Et comme on en prévoit de dangereux effets,

Ceux qu'à les prévenir la trahiſon engage,
Pour le rendre ſuſpect, vont tout mettre en uſage.
C'eſt à vous d'empêcher qu'ils n'en viennent à bout,
S'ils font changer la Garde, ils ſont Maîtres de tout,
Et....

FAUSTE.

Mais à l'Empereur ont-ils pouvoir de nuire,
Si ſçachant l'attentat nous le pouvons détruire ?
Allons luy découvrir les noms des Conjurez.

SEVERE.

Le voudrez-vous, hélas ! lors que vous les ſçaurez ?
Juſqu'ici Martian a conduit l'entrepriſe,
Avec Pompilius Straton la favoriſe,
Lucile, Eutrope, Albin, s'en déclarent l'appuy,
Mais leur Chef....

FAUSTE.

Achevez.

SEVERE.

Le croirez-vous de luy ?
Contre un lâche Aſſaſſin armez vôtre colére,
Mais, Madame, tremblez au nom de vôtre Pére.
Pour remonter au Trône, & changer de deſtin,
Maximian...

FAUSTE.

O Dieux !

SEVERE.

Veut perdre Conſtantin.

FAUSTE.

Quoi, c'eſt luy qui conſpire ?

SEVERE.

Et ce qui doit ſurprendre,
C'eſt par Martian ſeul qu'il a fait entreprendre,
Sans que les Conjurez, dont il eſt le ſoûtien,
Sçachent dans ce projet ni ſon nom ni le mien.

FAUSTE.

On vous trompe, Severe, & pour noircir ſa gloire
L'impoſture a ſongé ce qu'on vous a fait croire.
Maximian ne peut,..

SEVERE

        Hélas! que n'est-il vray!
Mais de luy seul enfin je tiens ce que je sçay.
Feignant qu'un fol espoir avoit pû me seduire,
De tout par Martian je me suis fait instruire.
Un Pére ambitieux veut perdre vôtre Epoux,
Et je viens pour agir prendre l'ordre de vous.

FAUSTE.

Ah, si ma gloire encor vous avoit été chere,
C'est sans m'en consulter que vous le deviez faire,
Et ne me pas réduire à l'affreux déplaisir
D'être forcée au choix, & de n'oser choisir.
Quel conseil vous donner, à quel parti me rendre,
Sans exposer des jours que je devrois défendre,
Sans qu'aux traits du Destin les voulant arracher
Il n'en coûte à mon cœur ce qu'il a de plus cher?
Si j'ose pour un Pére écouter la Nature;
Mon devoir outragé souffre, tremble, murmure,
Et lors qu'en sa faveur je me laisse émouvoir,
La Nature à son tour frémit de mon devoir.
Ainsi mon innocence est par tout poursuivie,
Je deviens sacrilege à moins que d'être impie,
Et de quelque côté que penchent mes souhaits,
J'y découvre aussi-tôt le plus noir des forfaits.
J'ay beau haïr les noms d'ingrate & de perfide,
Je ne m'en puis sauver que par un parricide,
Et de mes tristes maux l'excez monte à tel point
Que je commets un crime à n'en commettre point.
Je hazarde un Epoux si je respecte un Pere,
Il faut me déclarer, on m'y force. Ah, Severe!
Si dans quelques ennuis j'ay pû vous engager,
Est-ce ainsi qu'un grand cœur se plaît à se vanger?

SEVERE.

Continuéz, Madame, & par cette injustice
D'un amour qui perd tout augmentez le supplice.
Si d'un espoir honteux il eût pû se flater,
Ma vangeance étoit seure à vouloir l'accepter.
La mort qu'à l'Empereur la trahison apprête,
Faisoit cesser l'horreur de vous voir sa conquête.

                      I ij

Et me vangeoit bien mieux que le preſſant ennuy
D'avoir à vous réſoudre, ou pour, ou contre luy ;
Mais j'aurois trop par-là racheté ma diſgrace,
Et vous n'euſſiez rien ſçû du coup qui le menace,
Si prêt à faire éclat, j'euſſe pû l'arréter,
Sans expoſer un ſang que je dois reſpecter.
C'eſt la ſource du vôtre, & pour me voir ſans peine
Vous épargner un choix dont la rigueur vous gêne,
Vous n'avez qu'à ſouffrir que j'oſe me cacher
Ce qu'exige de vous un interêt ſi cher.

FAUSTE.

Non, ſi mes triſtes vœux n'oſent rien ſe permettre,
Ce choix n'eſt pas un droit qu'ils puiſſent vous remet-
  tre.
C'eſt à moy d'eſſayer ſi j'auray le pouvoir
D'accorder la nature avecque mon devoir.
Pour ſortir de l'horreur où mon eſprit s'abîme,
Détournons le péril ſans découvrir le crime.
Quelque preſſante ardeur qui force d'attenter,
On n'entreprendra rien ſans vous en conſulter,
Et d'un ſi noir complot par vous toûjours inſtruite,
Je ne perds pas l'eſpoir d'en prévenir la ſuite.
Mon cœur aux droits du ſang doit garder ce reſpect ;
Mais ne me parlez plus de peur d'être ſuſpect.
A moins que l'avis preſſe, & qu'il ſoit d'importance,
Un billet ſuffira pour nôtre intelligence.
Voïez, obſervez tout, & ſi les Conjurez
A faire un prompt éclat ſe trouvent préparez,
Alors contre le coup que leur rage médite....

SEVERE.

Maximian paroît, ſouffrez que je vous quitte,
Vos ordres que j'attens en régleront le ſort.

SCENE II.

MAXIMIAN, FAUSTE, SEVERE.

MAXIMIAN.

QUoi, Severe, prend soin d'éviter mon abord,
Il me fuit, & pour luy ma vûë est un supplice ?

SEVERE.

Ma présence, Seigneur, blesse l'Imperatrice,
Et voyant ce qu'elle est, je sçai trop mon devoir
Pour la vouloir contraindre à l'ennuï de me voir.

Severe sort.

MAXIMIAN.

Quelque austere vertu dont la rigueur vous porte
A traiter aujourd'hui Severe de la sorte,
Madame, vous pourriez par maxime d'Etat
A sa dure fierté permettre moins d'éclat.
La douleur de vous perdre excite assez sa rage
Sans l'irriter encor par un nouvel outrage.
Il est des Mécontens, vous le poussez à bout,
Et qui n'espere rien est capable de tout.

FAUSTE.

Ah, Seigneur, jugez mieux de ce qu'il en faut croire;
Soupçonnez sa douleur, mais épargnez sa gloire,
Et quelque desespoir dont il soit combatu,
Craignez-le pour sa vie, & non pour sa vertu.

MAXIMIAN.

J'en craindrois moins l'effet si l'hymen de Constance
Luy souffroit d'en calmer la juste violence,
Mais pour comble de maux je vois que l'Empereur
S'attache obstinément à luy donner sa Sœur.
Sa rage impatiente en va jusqu'à l'extrême,
Et dans l'âpre douleur de perdre ce qu'il aime,
C'est engager sa flame aux derniers attentats
Que vouloir l'asservir à ce qu'il n'aime pas.

I iij

Par mon ordre un des miens doit l'obſerver ſans ceſſe ;
Mais Licine d'ailleurs adore la Princeſſe,
Et ce qu'en ſon pouvoir ſon feu trouve d'appuy,
Nous montre en ſa fureur tout à craindre de luy.
Du Palais à ſon gré c'eſt luy ſeul qui diſpoſe,
La Garde aveuglement ſuit les loix qu'il impoſe,
Et jaloux d'un eſpoir qu'on le force à quitter,
Quoi qu'il vueille entreprendre, il peut l'éxecuter.
Je ne déguiſe point que ce péril m'étonne,
J'eſtime l'Empereur, & crains pour ſa perſonne,
Et la Garde changée eſt l'unique ſecours
Qui nous puiſſe aujourd'hui répondre de ſes jours.
C'eſt ce qu'il faut de luy que vos conſeils obtiennent,
Tous périls ſont legers pour ceux qui les préviennent,
Et dans le moindre lieu de craindre un attentat,
Le trop de confiance eſt un crime d'Etat.

FAUSTE.

Je ſçay que pour me mettre à couvert de ces crimes
Je ne puis faire mieux que ſuivre vos maximes,
Et que l'eſſay du Trône a ſçû vous enſeigner
Tout ce qu'a de plus ſûr le grand art de régner.
Auſſi, comme il n'eſt rien qu'aprés vous j'éxamine,
Je veux bien me contraindre à ſoupçonner Licine,
Mais afin que l'affront l'en faſſe moins rougir,
C'eſt ſans aucun éclat que je prétens agir.
Pour avoir ſeureté que rien ne ſe hazarde,
Je ferai qu'en ſecret on obſerve la Garde,
Et vois trop quels périls s'offrent à redouter
Pour laiſſer les moyens de rien éxecuter.

MAXIMIAN.

Mais malgré tous vos ſoins, ſi la Garde eſt la même,
L'Empereur eſt toûjours dans un péril extrême,
Et ceux dont vous aurez le zéle pour appuy,
Sans empêcher ſa mort périront avec luy.
Non, non, jamais l'éclat ne fut plus néceſſaire ;
Licine eſt trop ſuſpect pour ſonger à le taire,
Le voici ; remarquez comme tout interdit
Dans ſes tranſports ſecrets luy-même il ſe trahit.

SCENE III.

MAXIMIAN, FAUSTE, LICINE.

LICINE.

VOus a-t'on averti de tout ce qui se passe,
Seigneur, j'ignore encor quel destin vous me-
   nace,
Mais mille bruits confus courent de tous côtez.
Eutrope & Saturnin viennent d'être arrêtez,
De Felix, de Lucile, on dit la même chose,
Chacun diversement en soupçonne la cause,
On parle d'entreprise, on murmure, on se plaint,
Et quoi qu'on craigne tout, on ne sçait ce qu'on
   craint.

FAUSTE.

Et l'Empereur, Licine?

LICINE.

        Il fait effort, Madame,
Pour ne pas découvrir le trouble de son ame,
Mais sur divers avis qui sembloient l'alarmer,
Seul avecque Straton on l'a vû s'enfermer.
Il a mandé Maxime, & c'est-là qu'on soupçonne
Que Maxime a reçû tous les ordres qu'il donne.
Vous sçavez ceux déja qu'il a fait arrêter,
Et le reste sans doute est tout prêt d'éclater.

FAUSTE.

Seigneur, quelle surprise!

LICINE.

        Elle est telle qu'à peine
Je puis me dérober à tout ce qui me gêne,
Par cent motifs divers ma frayeur se soûtient,
Et si pour Constantin... Mais le voici qui vient.

SCENE IV.

CONSTANTIN, MAXIMIAN,
FAUSTE, LICINE, Suite.

CONSTANTIN.

L'Auriez-vous crû, Madame ? Un Traître, un
   Parricide
S'abandonne aux transports dont la fureur le guide,
Et ma vie immolée est le titre éclatant
Qui luy répond du Trône où son orgueil prétend.

FAUSTE.

On conspire, Seigneur ?

MAXIMIAN.

        Seigneur, est-il possible
Qu'à l'éclat des vertus on soit si peu sensible,
Que sur un lâche espoir...

CONSTANTIN.

        Non, non, Seigneur, jamais
Un Souverain n'agit au gré de ses Sujets.
Du vray discernement leurs armes incapables
Ne veulent voir en luy que des vertus coupables,
Et ces soins d'un pouvoir qu'il cherche à maintenir
Sont des crimes secrets qu'ils ont droit de punir.
Ce Ciel en ma faveur s'oppose à cette envie,
Aux fureurs d'un ingrat il dérobe ma vie,
Et de Straton séduit le noble repentir
M'apprenant l'entreprise a sçû m'en garantir ;
Mais quoy que son rapport m'ait pû donner d'indices,
J'en ignore l'Auteur, si j'en sçai les Complices,
Et je voy contre moy cent lâches déclarez,
Sans que son nom encor soit sçû des Conjurez.

MAXIMIAN.

Quoi, Straton ne sçait pas qui les fait entreprendre ?

CONSTANTIN.

Voici par qui, Seigneur, nous allons tout apprendre,

D'un complot si hardi ce traître est le soutien.

SCENE V.

CONSTANTIN, MAXIMIAN, FAUSTE, LICINE, MARTIAN, MAXIME, Suite.

CONSTANTIN.

Viens, méchant, & sur tout ne nous déguise rien.
On en veut à ma vie, & par tes artifices
Un projet si coupable a trouvé des complices.
Toy seul en sçais l'Auteur ; parle, & nous fais sçav
   voir
Quels charmes dans ma perte ont flaté ton espoir.

MARTIAN.

Seigneur, le Ciel est juste, & j'apprens de Maxime
Qu'en vain je tâcherois à déguiser mon crime ;
Straton vous a tout dit, & de ma trahison
La plus affreuse mort vous doit faire raison.
Je sçaurois la souffrir, sans parler, sans me plaindre,
Sans qu'à rien déclarer elle pût me contraindre,
Si d'un pressant remords l'indispensable loy
Ne m'arrachoit un nom qui n'est sçû que de moy.
Pour un Ambitieux qui se cache à tout autre,
La mort que je rencontre est le prix de la vôtre,
Pour luy je l'ay jurée, & sans le découvrir,
Si j'étois arrêté, j'ay promis de périr.
Sur cette confiance il ose encor paroître,
Asseuré d'un secret dont seul je suis le maître ;
Mais le moins que je puisse après ma lâcheté,
C'est de donner sa vie à vôtre seureté.

MAXIMIAN.

Dy tout, traître, il est temps que ta rage s'explique.

MARTIAN à *Maximian*.

Seigneur, que vôtre haine à ma perte s'applique.

I v

Si déja mon forfait éclate aux yeux de tous,
Ce que j'en tiens caché ne regarde que vous.
Du sang de l'Empereur mon lâche cœur avide
Formoit le noir dessein d'un second parricide,
Et la même fureur qui sçût armer mon bras
Vous mettoit hors d'état de vanger son trépas.

CONSTANTIN.

Quoi, sur Maximian ton insolente rage
Resolvoit lâchement d'achever son ouvrage ?
Seigneur, à mon injure il ne faut plus songer,
C'est la vôtre, c'est vous que l'Etat doit vanger.
Il n'auroit rien perdu, si dans un si grand crime
J'eusse à la trahison servi seul de victime ;
Mais privé de défense en perdant vôtre appuy,
Le fruit de vos travaux périssoit avec luy.

FAUSTE.

Juste Ciel !

CONSTANTIN.

Dy le reste, & sçachons qui conspire.

MARTIAN.

Licine peut parler, je n'ay plus rien à dire.

LICINE.

Quoi, méchant ?

MARTIAN.

Malgré moy l'on a tout découvert,
Et Straton me contraint de perdre qui me perd.

LICINE.

Moy, j'ay pris quelque part aux projets d'un infame ?
J'ay sçû ta trahison ?

MAXIMIAN à *Fauste.*

Vous le voyez, Madame,
Lorsqu'à tant de murmure il s'est abandonné,
Si c'étoit sans raison que je l'ay soupçonné.

LICINE à *Maximian.*

Ah, Seigneur, contre moy croyez-vous l'imposture ?

CONSTANTIN.

C'est donc là cette foy, pleine, sincére, pure,
Et l'hymen de ma Sœur contraire à tes souhaits,
Te fait ainsi sans peine oublier mes bienfaits !

C'est peu du rang illustre où ma faveur t'éleve
Si l'ayant commencé ton crime ne l'acheve,
Et si par l'attentat dans le Trône placé
Tu n'y vois de sa main ton feu recompensé.
Le Ciel ne l'a souffert que pour mieux te confondre.

LICINE

La surprise, Seigneur, m'empêche de répondre ;
Et de pareils malheurs permettent rarement
Que les sens étonnez agissent librement.
Si c'est crime d'aimer un Objet adorable,
De tous les criminels je suis le plus coupable,
Et comme à mon amour l'espoir est défendu,
La mort est le seul bien où j'avois prétendu,
M'en avancer le coup c'est finir mon supplice ;
Mais à ma gloire au moins rendez quelque justice,
Et pour être à couvert de tous déguisemens,
Faites parler ce Traître au milieu des tourmens.
Pour tous les Conjurez imaginez des gênes,
Que moy-même on me livre aux plus cruelles peines,
Et dans cette rigueur forcez-vous à chercher
L'aveu des veritez qu'on aime à vous cacher.

CONSTANTIN.

En vain tu crois t'absoudre en bravant les supplices,
Tu n'as point d'intérêt au rapport des Complices.
Ignorant ton secret qu'ont-ils à déposer ?

MAXIMIAN.

Cesse en te déguisant, cesse de t'abuser.
Déja de mon esprit ton attentat s'efface,
Pourvû que l'Empereur daigne te faire grace ;
Mais avoüe, & du moins par ta sincerité,
Merite qu'il écoute un reste de bonté.
L'espoir de le fléchir sur l'hymen de Constance
T'obligeoit à tenir l'entreprise en balance,
Et toûjours à la rompre au befoin préparé,
C'est à Martian seul que tu t'és declaré.
Du succez de ton feu tu la faisois dépendre,
Par tes emportemens je l'ay trop sçû comprendre.
Tu ne m'as point caché que dans ton desespoir
Tu ne connoîtrois plus ni raison ni devoir,

Et puis que Martian...

LICINE.

Quoi , par ſa calomnie

L'on ſouffrira qù'ainſi ma gloire ſoit ternie ?

Non, non, Seigneur , qu'il parle, & d'un coup ſi fatal,

MARTIAN.

Quoi qu'on vueille en juger , mon deſtin eſt égal.

Qu'on vous croye innocent, qu'on vous tienne coupable ,

Je vois toûjours pour moy la mort inévitable,

Et ſi le crime un jour au Trône vous fait ſeoir ,

Il ſuffit qu'en mourant j'aurai fait mon devoir.

LICINE.

Tu fais ton devoir , Traître ?

CONSTANTIN.

On vous rendra juſtice,

LICINE.

D'un ſi lâche Impoſteur redoutez l'artifice ,

Seigneur il vous perdra ſi vous vous aſſeurez...

CONSTANTIN.

Qu'on les tienne en lieu ſeur , & qu'ils ſoient ſe-
parez ,

C'eſt trop les écouter.

LICINE.

De grace...

CONSTANTIN.

Allez , Maxime,

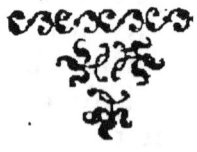

SCENE VI.

CONSTANTIN, MAXIMIAN, FAUSTE.

CONTANTIN.

Madame, on ne peut trop s'étonner de leur crime;
Mais à l'éxaminer, ce qui plus me surprend,
C'est que vous le voyez d'un œil indifferent.
Il semble qu'insensible au coup qui me menace
De Licine en secret vous plaigniez la disgrace.
J'observe vôtre trouble, il m'accable, & j'y voy
Plus de pitié pour luy que de crainte pour moy.

FAUSTE.

Seigneur, il m'est bien dur que ma foy soupçonnée
Redouble les malheurs où je suis destinée.
Mon silence, il est vray renferme dans mon cœur
Ce que leur triste excez a pour moy de rigueur;
Mais dans un mal qui porte & l'horreur & la crainte,
Qui sçait bien s'expliquer en ressent peu l'atteinte;
Et peut-être jamais de si pressans ennuis
N'avoient autorisé le desordre où je suis.

CONSTANTIN.

Ah, si j'étois aimé vous n'auriez pû vous taire;
Le crime eût contre un lâche armé vôtre colére,
Et du traître Licine apprenant l'attentat,
Pleine d'un vif transport, vous auriez fait éclat.
Depuis le triste jour que mon amour extrême
Vous a par mon hymen fait part du Diadême,
Toujours d'un noir chagrin vôtre esprit obsedé
M'a fait voir la contrainte où vous avez cedé,
La rigueur du devoir éteignoit une flame
Qu'un funeste retour rallume dans vôtre ame,
Vous avez vû Severe, & dans l'appas flateur
Où cette chére vûë entretient vôtre cœur;
D'autres présumeroient qu'à luy seul attachée;

Le malheur de ma mort vous auroit peu touchée,
Et que ce feu ſecret qu'on ne peut ébranler,
Eût trouvé les moyens de vous en conſoler ;
Mais...

MAXIMIAN.

Contr'elle, Seigneur, trop d'aigreur vous engagez
Au ſang dont elle ſort ce ſoupçon fait outrage,
Et d'un feu criminel luy reprocher l'ardeur,
C'eſt juſques dans ſa ſource en ſoüiller la ſplendeur.

CONSTANTIN.

En l'état où je ſuis je ne ſçai que vous dire.
Dans mes honteux ſoupçons moy-même je m'admire,
Mais à les repouſſer je fais un vain effort,
Tout mon cœur s'abandonne à mon jaloux tranſport,
Et dans les ſentimens qui viennent me ſurprendre,
Je voy mon injuſtice, & ne puis m'en défendre.
Auſſi pour m'en punir ma vie eſt en danger,
On conſpire, on me hait, je veux tout négliger.
Prenez ſoin de la vôtre, & puis qu'on vous menace,
Seigneur, à vôtre choix, faites juſtice ou grace,
Puniſſez, pardonnez, je n'éxamine rien.

MAXIMIAN.

Non, non, vôtre intérêt l'emporte ſur le mien,
Et comme tout l'Etat en vous ſeul ſe hazarde,
Le ſoin le plus preſſant c'eſt de changer la Garde.
Licine l'a choiſie, & ſa lâche fureur...

FAUSTE.

Seigneur, je prendrai ſoin des jours de l'Empereur,
J'en connois le péril.

CONSTANTIN.

Ordonnez-en, Madame,
Vôtre empire eſt toûjours abſolu ſur mon ame,
Et quoi que m'offre à craindre un deſeſpoir jaloux,
Venant de vôtre main tout me ſemblera doux.

MAXIMIAN *arrêtant Fauſte.*

Madame, l'Empereur trompé par vôtre zéle,
Loin de fuir...

FAUSTE.

Son malheur auprés de luy m'appelle,

Seigneur, & du forfait quoi qu'on veuille espérer,
Le Ciel pour rompre tout daignera m'inspirer.

Fin du Troisième Acte.

╬╬╬╬╬╬╬╬╬╬╬╬╬╬╬╬╬╬╬╬╬╬╬╬╬╬╬╬

ACTE IV.

SCENE PREMIERE.

MAXIMIAN, CONSTANCE.

CONSTANCE.

 U o y, n'avoir point encor par l'effroy
     des supplices
Cherché la verité dans le sein des Com-
     plices,
Et souffrir si long-temps sans les faire
     parler
Tout ce que Martian a voulu reveler !
Que son rapport soit vray, que ce soit imposture,
Il faut punir Licine, ou vanger son injure,
Et l'on ne peut trop tôt dans ces obscuritez
Faire effort à trouver de fidelles clartez.

MAXIMIAN.

Madame, en ce forfait quoi que l'on examine,
Il est bon d'épargner la gloire de Licine,
Et ne pénetrer pas avec tant de rigueur
Quels intérêts cachez ont séduit son grand cœur.
Constantin y consent ; qu'on punisse, pardonne,
Avec l'Impératrice il veut que j'en ordonne,
Et sans vouloir entendre aucun des Conjurez,

Sur l'ardeur de nos soins tient ses jours asseurez.
Je sçay ce que je dois ; mais pourvû que Licine
A ne rien avoüer jusques au bout s'obstine,
Peut-être il suffira pour sa punition
D'ôter tout lieu de nuire à son ambition,
Et prévenant par là tout ce qu'on appréhende . . .

CONSTANCE.

Ah , Seigneur, ce n'est pas ce que je vous demande.
Et Licine est d'un rang à ne pouvoir souffrir
L'outrageante pitié que vous semblez m'offrir.
J'ay pour luy de l'estime , & je l'ay fait paroître ;
Mais l'éclat de sa gloire est ce qui la fit naître,
Il la surprit par elle , & s'il la pû ternir,
C'est un double attentat dont il le faut punir.
Ainsi pour vous, pour moy , soyez juge sevére,
Point de grace pour luy s'il osa trop me plaire,
Et si d'un faux brillant les indignes appas
Luy gagnérent un prix qu'il ne méritoit pas.

MAXIMIAN.

Jusqu'à cette rigueur contre luy vous contraindre ?

CONSTANCE.

A dire vrai, Seigneur , je n'ay pas tout à craindre ;
L'attentat m'est suspect , & pour vôtre intérêt
Du lâche Martian il faut presser l'arrêt.
Si de l'Auteur du crime il a seul connoissance ,
La vertu de Licine en prouve l'innocence ,
Et tout ce qu'il a fait semble être un sûr garand
Du peu qu'il a de part dans ce qu'on entreprend.
Son nom qui n'est connu d'aucun autre Complice
Sous un si grand secret cache quelque artifice ;
Et si Martian parle , afin de moins douter,
C'est dans les seuls tourmens qu'il le faut écouter.
Comme la verité par là se peut connoître ,
J'ay pressé l'Empereur de condamner ce Traître,
Il vous en laisse arbitre , & dans ce plein pouvoir ,
Punissant Martian , vous pourrez tout sçavoir.

MAXIMIAN.

Il est juste , & dans peu par les plus rudes génes
On m'en verra tirer des lumiéres certaines,

Je craignois pour Licine à trop éxaminer,
Mais s'il est innocent, qui peut-on soupçonner ?

CONSTANCE.

Seigneur, une belle ame incapable de crime
Ne croit former jamais de soupçon légitime,
Et le mien ne sçachant où pouvoir s'arrêter,
Vous laisse là-dessus Severe à consulter.

SCENE II.

MAXIMIAN, SEVERE.

MAXIMIAN.

Viens, il faut de nouveau résoudre l'entreprise.
La prison de Licine en vain la favorise,
En vain par cet obstacle à nos desseins ôté,
D'un sûr & prompt succez mon espoir s'est flaté ;
Toûjours l'Impératrice à cet espoir contraire
Détruit par ses conseils tout ce que je croi faire,
Et n'agiroit pas mieux si dans ce qu'on résout,
Pour en rompre l'effet on l'instruisoit de tout.
D'ailleurs de Constantin le procedé m'étonne ;
A cent jaloux transports sans cesse il s'abandonne,
Il croit qu'avecque vous Fauste toûjours d'accord
Pour vous garder sa foy fait des vœux pour sa mort,
Et lorsqu'à ce soupçon son trop d'amour le livre,
Quoi qu'elle luy conseille, il se plaît à le suivre.
C'est par ses seuls avis que sans y rien changer
De sa Garde suspecte il brave le danger.
En vain les Conjurez luy veulent tout apprendre,
Elle ne peut souffrir qu'il songe à les entendre,
Et rompt ce que par eux, les faisant écouter,
Nous pouvions être seurs de voir éxecuter.

SEVERE.

Cet obstacle, Seigneur, a droit de vous surprendre,
Mais vous teniez trop sûr ce moyen d'entreprendre,
Le coup précipité m'en sembloit hazardeux.

MAXIMIAN.

Non, non, il n'offroit rien à craindre que pour eux ;
Et si leur mort sur l'heure eût terminé leur peine,
Celle de l'Empereur étoit toûjours certaine.
Les armes qu'en secret je leur faisois donner
N'avoient rien contre moy que l'on pût soupçonner ;
Et lors qu'en l'abordant, l'ardeur qui les anime
Eût cherché dans son sang le pardon de leur crime,
Par ce hardi projet maître de tout l'Etat,
Nous n'aurions pas eu peine à cacher l'attentat.

SEVERE.

Craignez de trop céder à l'espoir qui vous flate,
Quand le secours du Ciel pour l'Empereur éclate.
Le coup que de sa tête il aime à détourner,
Est peut-être un avis de tout abandonner,
Et quoiqu'un plein pouvoir que luy-même autorise,
Vous laisse en liberté d'étouffer l'entreprise,
Redoutez un projet dont le succez douteux,
S'il tourne contre vous, n'a rien que de honteux.

MAXIMIAN.

Et soûmis au destin dont la rigueur me brave,
Tu ne crois point de honte à demeurer esclave,
A craindre le pouvoir qu'il m'a plû de céder,
Et me voir obéïr où j'ay pû commander ?
Non, non, plutôt sur moy tombe cent fois la foudre ;
Qu'on m'oblige à changer ce que j'osay résoudre.
J'arracherois ce cœur, s'il s'étoit démenti ;
C'est assez qu'une fois je me sois repenti,
Il m'en coûte l'Empire, & si pour le reprendre
Du seul secours du crime il nous faut tout attendre,
La gloire du succez que je prens pour objet,
Aura droit d'effacer la honte du projet.
Ainsi, quelques périls où j'expose ma tête...

SCENE III.

CONSTANTIN, MAXIMIAN, SEVERE Suite.

CONSTANTIN.

AH, Seigneur, que de maux le Destin nous apprête,
Et qu'on m'eût épargné de peines à souffrir
Si sans me rien apprendre on m'eût laissé périr !
Vous ne conceviez point sur quels secrets indices
Fauste me détournoit d'entendre les Complices,
Et malgré vos conseils m'a forcé d'ordonner
Qu'un autre prît le soin de les éxaminer.
Elle vous l'a remis, & n'a pas craint qu'un Pére
Par l'intérêt du sang refusât de se taire,
Et pour sa gloire au moins n'aidât à déguiser
Ce que les Conjurez auroient dû déposer.

MAXIMIAN.

Que dites-vous, Seigneur ?

CONSTANTIN.

Que la rage & l'envie
Par son seul ordre, hélas ! attentent sur ma vie,
Et que d'un prémier feu le souvenir trop doux
Luy fait tremper les mains dans le sang d'un Epoux.

MAXIMIAN.

Ah, Seigneur, de ma Fille épargnez l'innocence,
Je vous l'ay déja dit, ce sentiment m'offense,
Et quoique l'imposture ait osé publier,
Le Sang dont elle sort la doit justifier.

CONSTANTIN.

Il le devroit, mais las !

SEVERE.

Quoi, Seigneur, il peut être
Que d'aveugles soupçons tombent...

CONSTANTIN.

Ne dy rien, traître.

C'eſt toy de qui l'amour dans ſon cœur enflamé
A verſé la fureur dont il eſt animé.
En vain tu fais paroître une ſurpriſe extrême,
S'il te faut des témoins je ne veux que toy-même.
Lâche, dans ce billet reconnois-tu ta main?

SEVERE.

O Ciel!

CONSTANTIN donnant le billet à Maximian.

Voyez, Seigneur, s'il a part au deſſein.

MAXIMIAN lit.

Quoi que de l'attentat on ait donné d'indices,
Peut-être dés ce ſoir vous n'aurez plus d'Epoux.
Agiſſez promptement, tout eſt perdu pour nous
Si vous ne l'empêchez d'écouter les Complices.

Il le faut avouër, ce coup de foudre eſt grand,
Mais ſans doute, Seigneur, Severe vous ſurprend.
L'ingrat pour ſe vanger de ſa foy mépriſée
A vos reſſentimens la veut voir expoſée,
Et par ce faux Billet qu'il vous fait ſuppoſer,
Il s'accuſe luy-même afin de l'accuſer.
L'ardeur de la noircir...

CONSTANTIN.

Pouvez-vous la défendre,
Si moy-même en ſes mains je viens de le ſuprendre?
Entré ſans l'avertir dans ſon appartement,
J'ay ſoupçonné ſon crime à ſon étonnement.
Je l'ay vûë inquiéte, & comme toute émûë
Dérober avec ſoin ce Billet à ma vûë,
Et confus de ſon trouble, au point de luy parler,
Vôtre abord m'a contraint de tout diſſimuler.
Vous avez vû, Seigneur, avec quels artifices
Elle a ſçû ſe ſouſtraire au rapport des Complices.
J'ay voulu devant vous luy laiſſer ſon ſecret,
Et lors que reſté ſeul j'ay parlé du Billet,
Ses refus ont ſi loin porté ma défiance,
Qu'à la priére enfin j'ay joint la violence.
On va vous l'amener afin que ſa fureur
Vous oblige avec moy d'en partager l'horreur,

MAXIMIAN.

Dans l'affreux defefpoir où me plonge fon crime,
Pardonnez le defordre où ma raifon s'abîme.
Quoi qu'à vôtre péril le mien fût attaché,
Jufqu'ici l'attentat ne m'avoit point touché ;
J'eftime peu la vie, & la main qui confpire
M'affeuroit par la mort le repos où j'afpire ;
Mais voir que fur le Trône après m'être vaincu
J'aye à ma gloire encor malgré moy furvécu,
Tout mon fang que noircit un fi honteux outrage
En frémit de colére, en boüillonne de rage,
Et dans l'accablement de mes triftes ennuis,
Je me perds, je m'égare, & ne fçay qui je fuis.

CONSTANTIN.

Ah, fi vous l'ignorez, puis-je encor me connoître ?
L'Amour de tous mes vœux s'eft rendu le feul Maître;
Je ne vis que pour Faufte, & la foif de mon fang
Eft le prix du beau feu qui l'éleve à mon rang.

SEVERE.

Et vous pouvez fouffrir qu'une aveugle injuftice
Etende fa rigueur jufqu'à l'Impératrice ?
Par fa haute vertu vos foupçons repouffez
N'ont rien...

CONSTANTIN.

Quoi, ce Billet ne m'en dit pas affez,
Traître, & ton fol efpoir veut que je me déguife
Qu'ainfi qu'elle avant moy tu fçavois l'entreprife ?

SEVERE.

Non, fi de ce forfait mon fang vous doit raifon,
Condamnez, puniffez, j'ay fçû la trahifon,
Mais quoi que la rigueur de vos dures maximes
De mes triftes malheurs me faffe autant de crimes,
Le favorable arrêt qui fçaura les finir,
Par la mort que j'attens n'aura rien à punir.

CONSTANTIN.

Oüï, tu mourras, perfide, & ta lâche Complice
Dans ta peine du moins trouvera fon fupplice,
Et puifque mon amour par un tendre intérêt...

SEVERE.

Ah , contr'elle , Seigneur , suspendez vôtre arrêt.
Quoi que vous fasse croire une indigne apparence.
Jamais tant de vertu ne soutint l'innocence ,
Et j'atteste les Dieux. .

MAXIMIAN

Cesse de t'obstiner ,
Si tu n'as pour témoins que les Dieux à donner.
Tes sermens dont l'audace attire encor leur foudre ,
Quand ta main te convainc , te peuvent-ils absoudre ?
Et crois-tu que le Ciel voulût favoriser. . .

SEVERE.

Quoi , vous-même , Seigneur, vous pouvez l'accuser
Vous à qui sa vertu par des clartez secrettes ,
Pour montrer ce qu'elle est , offre ce que vous êtes , . .
Et pour braver un sort de sa gloire jaloux ,
Prend pour elle en vous-même un témoin contre
vous ?

MAXIMIAN.

J'en aurois crû ce sang , qu'avant un coup si lâche
J'avois pris tant de soin de conserver sans tache ;
Mais contre un fol amour que rien n'a pû bannir
Il n'est point de vertu qu'il puisse soûtenir.
Sous l'horreur surprenante où l'attentat me jette ,
La nature étouffée a droit d'être muette ,
Et saisi tout à coup & de trouble & d'effroy ,
Je n'entens qu'une voix qui parle contre toy.
C'est luy , Seigneur, c'est luy dont l'ardeur criminelle
Force l'Impératrice à vous être infidelle ,
Il m'en coûte ma gloire , & pour vanger mon rang..

SEVERE.

Et bien , à cette gloire abandonnez mon sang ,
Mais songez , si l'amour me la rendoit moins chére,
Que je pourrois parler où je cherche à me taire.
Comme c'est le seul crime où j'ay sçû m'engager ,
L'Impératrice seule a droit de m'en purger.
Par de honteux soupçons qui noirciffent son zéle
Ne me contraignez point à m'expliquer pour elle ,
Son intérêt me touche , & pour le maintenir ,

CONSTANTIN.

Et c'est dequoi je sçaurai te punir,
Lâche, fais gloire encor de ta coupable flame,
On vient te seconder.

SCENE IV.

CONSTANTIN, MAXIMIAN, FAUSTE, SEVERE, MAXIME, Suite.

CONSTANTIN.

Parler, parlez, Madame;
Et par le noble éclat d'un généreux amour
Faites-nous voir Severe innocent à son tour.
Comme avec tant de zele il prend vôtre défense
Vous devez quelque chose à la reconnoissance,
Et ce sera pour vous un reproche éternel
Si lors qu'il vous absout il reste criminel.

FAUSTE.

Seigneur, n'attendez point qu'en faveur de Severe
Je cherche à déguiser ce qu'on ne peut plus taire.
Ce Billet nous accuse, & ce qu'il vous apprend
De nôtre intelligence est un trop sûr garand.
Nous avons crû tous deux devoir suivre un beau zéle,
Je l'ay rendu coupable, il me rend criminelle,
Mais quoi que l'un & l'autre en soit moins innocent,
C'est un crime loüable où la vertu consent.
Dans les divers malheurs où le Destin m'engage
Il ne m'est pas permis d'en dire davantage.
Des Conjurez saisis le dangéreux appas
Découvre l'entreprise, & ne la détruit pas.
Vous voyez de nouveau le péril où vous êtes,
Appréhendez par tout des pratiques secrettes,
Et pour conseil utile en de si lâches coups,

Si vous les voulez fuir, n'en prenez que de vous.

CONSTANTIN.

Ah, que de ce conseil j'ay sujet de me plaindre !
Pour confondre mes soins il m'oblige à tout craindre,
Et le péril par tout qu'il m'offre à redouter,
Force mon desespoir de m'y précipiter.
Vous serez satisfaite, & puisqu'à vôtre crime
La vertu peut prêter un appui légitime,
De mes jours odieux le sacrifice offert
Rendra le coup facile à la main qui me perd.
Vous aurez la douceur d'immoler à Severe
Cet Epoux qu'à sa flame il trouva si contraire,
Et malgré les trasports de mon juste couroux
J'ay pour vous trop d'amour pour me garder de vous.
Mais quoy que de vos vœux je me rende Complice,
J'empêcherai du moins que l'ingrat n'en jouïsse,
Et si ma mort a droit d'adoucir vos malheurs,
La sienne auparavant vous coûtera des pleurs.

FAUSTE

J'auray lieu d'en donner au malheur qui l'accable
Puisque c'est malgré luy qu'il s'est rendu coupable,
Et qu'à mes intérêts s'osant sacrifier...

MAXIMIAN.

Cherchez, cherchez, Madame, à le justifier,
Et quelque affront par là qui sur mon sang s'imprime,
Pour le faire innocent chargez-vous de son crime.
L'horreur du fol amour dont vos sens sont blessez
Sans ce honteux aveu n'éclate pas assez,
Il faut par une audace, & lâche, & téméraire...

SEVERE

Seigneur, encor un coup souffrez-moy de me taire,
Et de l'Impératrice épargnant la vertu,
Laissez-moy le pouvoir...

CONSTANTIN.

Lâche, que dirois-tu ?

MAXIMIAN.

Seigneur, il faut qu'il parle, & qu'il nous fasse entendre

Jusqu'

Jusqu'à quelle fureur le crime a pû s'étendre.
Dequoi qu'en l'écoutant nous puissions être instruits,
Je n'ay plus rien à craindre en l'état où je suis.
En vain la vertu seule attira tout mon zéle,
Plus de gloire pour moy quand Fauste est criminelle,
Son forfait dont l'image à mes yeux vient s'offrir...

SEVERE.

Enfin, Madame, enfin je n'en puis plus souffrir,
Et quelque fort respect qui m'oblige au silence,
C'est trop voir l'injustice opprimer l'innocence.
Seigneur, le Criminel n'a plus à se cacher,
C'est dans Maximian qu'il vous le faut chercher,
Luy seul fait conspirer, & Chef de l'entreprise...

CONSTANTIN.

Traître, Maximian ?

MAXIMIAN.

J'avoüerai ma surprise,
A ce coup imprévû je ne sçay qu'opposer ;
Mais je m'accuserois en voulant m'excuser,
Et ne puis faire mieux, pour confondre l'Envie,
Que laisser ma défense à l'éclat de ma vie.

CONSTANTIN à *Severe.*

Ah, lâche, c'est donc là cet important secret
Que ta jalouse rage abandonne à régret,
Et d'un crime odieux que l'enfer te suggere,
Tu crois sauver la Fille en accusant le Pére ?
Mais au moins apprens-nous quel pressant intérée
L'a contraint de ma mort à prononcer l'arrêt.
Quand par un noble effort que l'Univers admire,
Pour régner sur soi-même il a quitté l'Empire,
Veux-tu que par un crime aussi noir que honteux
L'objet de son mépris soit celui de ses vœux ?

SEVERE.

A quoi qu'en sa faveur un tel mépris vous force,
L'éclat d'une Couronne est une douce amorce,
Et quiconque du Trône a goûté les appas,
En conçoit mieux le prix quand il n'en joüit pas.
A son ambition vous serviez de victime,
Il m'a dit son secret, & c'est-là tout mon crime.

J'ay vû l'Impératrice, & crû que ses avis
Pour rompre l'attentat devoient être suivis.
Ce Billet prévenant de lâches artifices
Dérobe vôtre sang aux fureurs des Complices,
Qui par Maximian secrettement armez
A l'envi contre vous se fussent animez.
Vôtre perte étoit seure à les vouloir entendre,
Leur crime découvert le pressoit d'entreprendre,
Il voyoit tout facile, & Licine arrêté
Faisoit de ses desseins l'entiére seureté.
C'est à vous là-dessus d'être Juge équitable,
Licine est innocent, vous voyez le Coupable,
Et j'expose à vos yeux, sans plus rien vous cacher,
Tout ce que dans son crime on peut me reprocher.

CONSTANTIN.

Mais si par ce Billet ta trahison connuë
Ne t'en eût pas fait voir la rage prévenuë,
Sans nommer ce Coupable, & me rien découvrir,
Ton jaloux desespoir m'auroit laissé périr?

SEVERE.

Pour l'arracher au crime où le Trône l'engage,
J'aurois mis en secret toute chose en usage,
Et si tous mes efforts n'eussent pû l'émouvoir,
Le péril redoublant je sçavois mon devoir.

MAXIMIAN.

Ah, puisque ce devoir étoit inébranlable,
Tu devois m'accuser quand tu me sçus coupable,
Et ne t'exposer pas à te voir condamné
Par le honteux silence où tu t'és obstiné.
La gloire de Licine indignement ternie
Demandoit ton secours contre la calomnie;
Mais à ta lâcheté mon déplaisir consent,
Je suis seul criminel, Licine est innocent.
Je ne demande point qu'à force de supplices
On tire un juste arrêt de l'aveu des Complices;
Loin de vouloir par eux justifier ma foy,
Je t'offre dans ma Fille un témoin contre moy.
Il est temps qu'elle parle, & qu'aidant l'imposture
Ce nouveau parricide accable la Nature,

Le sang contre l'Amour s'explique vainement,
Et ce n'est rien qu'un Pére, où l'on sauve un Amant.

F A U S T E.

Dans les cruels soupçons que mon malheur m'attire,
Aprés ce que j'ay dit je n'ay plus rien à dire.
C'est à l'Empereur seul à bien examiner
Ce qu'il a droit d'absoudre, ou droit de condamner :
Ou plutôt, le péril étant toûjours extrême,
Il doit pour s'en sauver ne croire que soi-même,
Se défier sans cesse, & pour sa seureté
Voir & craindre par tout de l'infidelité.

C O N S T A N T I N.

Helas ! pour mon repos ainsi que pour ma gloire
Je ne connois que trop ce qu'il faut craindre &
        croire,
Et d'un feu criminel l'espoir trop écouté,
Pour voir tous mes malheurs m'offre assez de clarté.
Il périra, le traître, & ma rage secrette
Du moins par son trépas se verra satisfaite ;
Non que dans l'attentat il puisse être accusé
Que d'avoir sçû le crime, & l'avoir déguisé.
Vous seule avec Licine aviez juré ma perte,
Il trouve à son retour l'occasion offerte,
Et ne peut refuser de prêter quelque appuy
Aux indignes complots qu'on a formé sans luy ;
Mais ce que ma douleur à punir s'interesse,
C'est qu'il m'ait lâchement volé vôtre tendresse,
Et que de mon amour osant braver l'ardeur,
Quand j'obtiens vôtre main, il garde vôtre cœur.
C'est-là ce qui vers moy noircit son innocence,
C'est le seul attentat dont je me dois vangeance,
Et pour voir jusqu'au bout ma haine s'enflamer,
Le crime est assez grand de s'être fait aimer.
Qu'on le tienne en lieu seur. Dans un sort si funeste,
Seigneur, c'est à vous seul à disposer du reste.
Pour moy, quelques ennuis où mon cœur soit plongé,
Si Severe est puni, je suis assez vangé.

SCENE V.

MAXIMIAN, FAUSTE.

FAUSTE.

AH, Seigneur, si jamais la pitié sur vôtre ame
Par un juste pouvoir...

MAXIMIAN.

    Nous sommes seuls, Madame;
Et pour vous épargner des efforts superflus,
Je veux bien avec vous m'expliquer là-dessus.
C'est par mon ordre seul que Martian conspire,
La mort de Constantin me doit rendre l'Empire,
Et mon cœur insensible à toutes vos douleurs
Verra couler son sang de même que vos pleurs.

FAUSTE.

Quoi ? l'aveugle transport que vous prenez pour
  guide
L'emporte sur l'horreur d'un si noir parricide,
Et par luy vôtre cœur au crime abandonné
N'épargne point l'Epoux que vous m'avez donné ?

MAXIMIAN.

Ce titre de ma haine auroit dû le défendre,
Mais il est Empereur aussi-bien que mon Gendre;
Et l'inquiete ardeur dont je me sens brûler,
Ne l'a fait vôtre Epoux que pour me l'immoler.

FAUSTE.

S'il n'est point de fureur qu'un nom si doux n'éteigne,
Sur quel crime assez grand...

MAXIMIAN.

    Il est au Trône, il regne;
Et dans l'abaissement du rang où je me voy,
Quiconque est au dessus est coupable vers moy.

FAUSTE.

Peut-il l'être vers vous d'un Trône héréditaire !
Vôtre place à remplir y fit monter son Pére,

Et lorsque la vertu vous l'a fait dédaigner ,
Eft-ce un crime pour luy que le droit de régner ?

MAXIMIAN.

Si des projets fi bas furprirent ma foibleffe ,
A m'en faire raifon ma gloire s'intéreffe ,
Et pour les reparer dans l'éclat qu'ils ont eu ,
Je dois un crime illuftre à ma lâche vertu.

FAUSTE.

Quoi ! réduite au devoir & de Fille & de Femme ,
Ce déplorable état...

MAXIMIAN.

C'eft perdre temps, Madame,
Les larmes dans vos maux font un foible fecours ,
Et le Trône vaut bien les forfaits où je cours.

FAUSTE.

Et bien , Pére cruel, il faut être cruelle ,
Vôtre infidélité me va rendre infidelle ,
Et contre la Nature un jufte defefpoir
Fait déja dans mon cœur revolter mon devoir.
Pour fauver mon Epoux , j'accuferay mon Pére ,
Et...

MAXIMIAN.

Vous craindrai-je plus que je n'ay fait Severe ?
Aprés que fon rapport n'a pû trouver de foy ,
Pour empécher fa perte agiffez contre moy ,
Déclarez mes deffeins , accufez qui l'opprime.
Malgré vous je me vois le maître de mon crime ,
Et fa mort me va mettre en état de joüir
De la pleine douceur d'avoir ofé trahir.
Mais enfin de fa peine il eft temps qu'on ordonne ,
Vous fçavez le pouvoir que l'Empereur me donne ,
J'en fçaurai bien ufer.

FAUSTE.

Helas !

MAXIMIAN.

Dans un moment
Vous recevrez mon ordre en vôtre appartement.

Fin du quatriéme Acte.

K iij

ACTE V.

SCENE PREMIERE.

CONSTANTIN , CONSTANCE.

CONSTANTIN.

Uoi, ma Sœur, c'est par vous que sa
prison ouverte...

CONSTANCE.

Seigneur, je vous voyois au point de
vôtre perte.

Déja des Revoltez l'aveugle emportement
Assiégeant le Palais s'expliquoit fiérement,
Tout le Peuple poussé d'un zéle téméraire
Demandoit à hauts cris & Licine & Severe,
Et sans aucun respect pour le nom d'Empereur,
Sembloit jusques sur vous étendre sa fureur.
Dans un mal violent à qui tout secours céde,
Souvent tout hazarder en est le seul reméde,
Et c'est par-là, Seigneur, qu'un mouvement secret
A sçu m'autoriser à tout ce que j'ay fait.
J'ay delivré Licine, & l'arrêt qu'il peut craindre
A quitter sa prison n'auroit pû le contraindre,
S'il n'eût vû que luy seul avoit droit d'appaiser
De lâches Factieux qui pouvoient tout oser.
Vous en voyez l'effet ; par sa seule présence
Il a calmé soudain leur plus fiére insolence,
Et si dans ce qu'elle ose il leur doit quelque appuy,
Je le connois assez pour répondre de luy.

CONSTANTIN.

Je n'en suis point en peine, & ce qui m'inquiéte

C'eſt le ſecret remords où la raiſon me jette.
J'aime , & l'Amour enfin éclairant ma fureur,
De mes jaloux tranſports me découvre l'erreur.
Leur rigueur contre Fauſte étoit peu légitime,
Sa vertu ſuffiſoit pour la croire ſans crime,
Et pour en voir ſoudain le ſoupçon rejetté,
Mon cœur n'avoit beſoin d'aucune autre clarté.

CONSTANCE.

L'attentat eſt ſi noir , qu'avec trop d'injuſtice
Du coup qui vous perdoit vous la croyiez complice :
Mais je ne vous dis pas , Seigneur, ce que je crains,
Voyant que Martian n'eſt plus entre vos mains.
On l'a fait évader , & ſa fuite m'étonne ;
Un Traître qui ſe cache en veut à la Couronne,
Et connu de luy ſeul , quoi qu'il veüille tenter,
Ne l'en pouvant convaincre il eſt à redouter.

CONSTANTIN.

Sa fuite n'a pas eu le ſuccez que l'on penſe,
Et s'il peut mériter encor quelque croyance,
L'ingrat Maximian doit ſeul être accuſé
Du forfait qu'à Licine il avoit ſuppoſé.
Le perfide alarmé du rapport de Severe,
Pour le faire évader s'eſt ſervi de Valere,
Qui craignant d'avoir part à ſes lâches deſſeins,
Me l'a ſecrettement réniis entre les mains.
Maximian l'ignore , & le bruit de ſa ſuite
L'autoriſant toûjours à la même conduite,
De ſes déguiſemens le bruit myſtérieux,
Aprés ce que je ſçai , ſe découvrira mieux.

CONSTANCE.

Et Martian ?

CONSTANTIN.

D'abord il a voulu ſe taire ;
Mais reſté ſans ſecours , & trahi par Valere,
Dans l'effroi des tourmens qui l'auroient fait parler ;
Il s'eſt vû hors d'état de plus diſſimuler.
Avec tant de fureur Maximian conſpire,
Que dans l'avidité de reprendre l'Empire,
La nuit favoriſant ce qu'il veut hazarder,

Jufques dans mon lit même il doit me poignarder.
C'eſt dequoi, ſur l'eſpoir d'un obſtiné ſilence,
Il avoit ſçû déja luy donner l'aſſeurance,
Et craignant des Mutins le murmure indiſcret,
Il a cru par ſa fuite aſſeurer ſon ſecret.

CONSTANCE.

Quelle rage, Seigneur ?

CONSTANTIN.

Ce qui me deſeſpére,
C'eſt le contraint aveu que m'en a fait Severe,
Qui ſçachant le ſecret du lâche qui me perd,
Si Straton n'eût parlé, ne m'eût rien découvert.
Maxime nous l'amene, afin qu'en ſa préſence
Fauſte puiſſe...

CONSTANCE.

Seigneur, la voici qui s'avance.

SCENE II.

CONSTANTIN, FAUSTE. CONSTANCE.

CONSTANTIN

Dans le confus deſordre où mon malheur me met,
Madame, oublierez vous l'affront qu'on vous
a fait ?
Dans vôtre appartement l'ordre cruel d'un Pére
Sans en être avoüé vous tenoit priſonniére,
L'outrage m'eſt ſenſible, & pour le reparer,
Il n'eſt rien que de moy l'on n'ait droit d'eſpérer.

FAUSTE.

Ah, Seigneur, il n'eſt point de peine aſſez cruelle
Pour punir mon forfait ſi je ſuis criminelle,
Mais ce ſoupçon peut-être un peu trop écouté
Vous livre ſans obſtacle à l'infidélité :
De ſon aveuglement on ne peut trop vous plaindre,
C'eſt luy ſeul contre vous que vous ayez à craindre.

Je ne combattrai point un rigoureux arrêt,
Severe doit mourir puisque sa mort vous plaît ;
Mais quand la trahison vous cherche pour victime,
Qui paroît innocent peut n'être pas sans crime,
Par tout d'un noir destin vos jours sont menacez,
Et ne rien dire plus c'est vous en dire assez.

CONSTANTIN.

Oüi, c'est m'en dire assez, & le soin de ma gloire
Suffisoit à forcer mon amour à vous croire,
Mais je ne vois que trop par ce revers fatal
Qu'un feu qui brule trop souvent éclaire mal.
Ses flames dévorant tout ce qui le fait naître,
Rendent faux les objets qu'elles font trop paroître,
Et si l'erreur qu'en vain j'ay voulu prévenir,
M'a de Maximian... Mais je le voy venir.

SCENE III.

CONSTANTIN, MAXIMIAN, FAUSTE, CONSTANCE.

MAXIMIAN.

ET bien, après l'éclat que le Peuple autorise,
Douterez-vous, Seigneur, des Chefs de l'entreprise ?
Par sa rebellion il est aisé de voir
Qu'en secret son appui soutenoit leur espoir.
De tant de Factieux la criminelle audace,
S'ils étoient arrêtez, répondoit de leur grace,
Par là leur fermeté bravoit vôtre couroux,
Et seurs d'une révolte ils n'ont rien craint de vous.

CONSTANTIN.

S'ils n'ont rien craint de moy, je voy beaucoup à craindre,
Et l'on ne connoît pas combien je suis à-plaindre.
Non que du Criminel je puisse encor douter,
Les motifs du secret ont sçû trop éclater,

K v

Le Traître m'est connu, mais ce qui fait ma peine;
L'amour peut sur mon cœur encor plus que la haine,
Et dans ce que de moy Fauste a droit d'obtenir,
C'est mal sçavoir aimer que songer à punir.

MAXIMIAN.

Quoi, Seigneur, à l'Etat, à vous-même perfide;
Vous pourriez épargner un lâche Parricide,
Et cet amour que Fauste a si peu mérité,
Contre vos intérêts est encor écouté ?
Quand pour vous affranchir de tout ce qu'on hazarde,
Je vous ay conseillé de changer vôtre Garde,
Vous voyez, au forfait qu'on luy peut reprocher,
Par quelle politique elle a sçû l'empêcher.
Cette Garde à Licine aveuglément soûmise
La flatoît du succez de sa noire entreprise,
Et je vous vois toûjours dans le même danger
Si vous vous obstinez à ne la point changer.
Non qu'à ces seuretez mon zéle vous convie
Par l'effroy du péril qui menace ma vie,
Bien loin de me souffrir un si bas sentiment,
Je passerai la nuit dans vôtre appartement,
Et si le Trône enfin n'offre rien que respecte
L'insolente fureur d'une Garde suspecte,
Du moins mon sang versé, s'il ne peut l'émouvoir,
Justifiera l'avis que j'ay crû vous devoir.

FAUSTE.

De tout ce que j'entens interdite & confuse,
Je n'ose murmurer quand mon Pére m'accuse,
Mais aprés mon silence il m'est bien dur de voir
Que sur luy la Nature ait si peu de pouvoir.

MAXIMIAN.

Moy, je l'écouterois quand je voy que Licine
Avec vous de l'Etat a juré la ruïne ?
Voyez ce que pour luy les Mutins ont osé.

CONSTANCE.

Il doit être suspect puis qu'il est accusé;
Mais je doute, Seigneur, si ce seroit un crime
D'avoir encor pour luy quelque reste d'estime,
Et de se hazarder à juger un peu mieux

Du secret intérêt qu'il prend aux Factieux.
MAXIMIAN.
En vain vôtre pitié veut être son refuge.
Qui se trouve innocent n'a jamais craint son Juge ;
Et suspect d'une lâche & noire trahison,
Luy-même il se condamne en quittant sa prison.
C'est peu si Martian ne seconde sa fuite,
Martian qui du crime eut l'entiére conduite,
Et garda le secret, & qui seul aujourd'huy
Auroit pû nous servir de témoin contre luy.
Pour qui doit recourir à sa seule innocence,
Touver lieu d'évader c'est trop d'intelligence.
Seigneur, encor un coup craignez-en les effets,
Il peut tout sur le Peuple, il peut tout au Palais,
Il excite à son choix & calme la tempête,
Et quand sa perfidie en veut à vôtre tête,
En prévenir la rage avec tant de langueur,
C'est pousser le poignard qui vous perce le cœur.
CONSTANTIN.
Ainsi tout prêt à voir l'entreprise détruite,
De Martian Licine a pratiqué la fuite ?
C'est par luy que ce Traître est hors de mon pouvoir?
MAXIMIAN.
Luy-même par la sienne il vous le fait trop voir.
Ne craignant rien d'ailleurs dans l'horreur des sup-
          plices,
Il laisse entre vos mains tous les autres Complices.
Martian aux remords avoit déja cedé,
Luy seul l'eût convaincu, luy seul est évadé.
CONSTANTIN.
D'autres témoins peut-être auront peine à se taire ;
Voici Maxime.

SCENE IV.

CONSTANTIN, MAXIMIAN, FAUSTE,
CONSTANCE, MAXIME.

CONSTANTIN.

Et bien, amene-t'on Severe ?

MAXIME.

Seigneur, le triste état où la perte du sang
Que trois coups de poignard ont tiré de son flanc...

CONSTANTIN.

Quoi, Severe est blessé !

MAXIMIAN.

Seigneur, quelle surprise !
Mais s'il n'est que mourant le Ciel me favorise.
Comme il a sur moy seul jetté la trahison,
Pour recouvrer ma gloire allons dans sa prison,
Il parlera sans doute, & voudra se dédire.

MAXIME.

A peine y suis-je entré qu'on l'entend qui soûpire,
Et nous voyant saisis d'épouvante & d'horreur,
Qu'on me porte, a-t-il dit, *aux pieds de l'Empereur,*
J'ay beaucoup à luy dire. Il n'acheve qu'à peine,
Et sa voix... Mais, Seigneur, le voici qu'on améne.

SCENE V.

CONSTANTIN, MAXIMIAN, FAUSTE, CONSTANCE, SEVERE, MAXIME Suite.

CONSTANTIN.

AH, Severe!

SEVERE.

Ah, Seigneur.

MAXIMIAN.

Hâte-toy de parler,
Quelle main à sa rage a voulu t'immoler ?

SEVERE.

Où la faut-il chercher qu'en celle qui conspire ?

FAUSTE.

Dieux !

SEVERE à *Maximian:*

Je ne dirai rien que vous n'eussiez pû dire,
à Constantin.
Seigneur, Maximian par moy seul découvert
M'a crû devoir punir d'un rapport qui le perd,
Mais le Ciel malgré luy contraire à son envie.
Pour l'accuser encor me laisse assez de vie,
Luy seul des Conjurez engage la fureur.

MAXIMIAN.

Quoi, Traître, les forfaits te font si peu d'horreur ?
Que pour plaire à l'amour, ton indigne imposture...

SEVERE.

Ce que je viens de dire est la verité pure.
Dans le funeste état, Seigneur, où je me voy,
La crainte ni l'espoir ne peuvent rien sur moy,
Je vay mourir, je meurs, mais à l'Impératrice
Les Dieux auparavant veulent rendre justice.
D'un sentiment jaloux vôtre cœur combattu
A fait outrage en elle à la même vertu,

Et comme les soupçons que l'on a vû paroître
Sont tombez par moy seul dans l'esprit de mon Maître,
Je verray sans regret tout mon sang répandu
Si par là le repos luy peut être rendu.
Vivez, régnez, aimez, Seigneur ; & vous, Madame,
Songez que tout mon crime est l'excez de ma flame,
Et que malgré le sort à ma perte animé,
Je serois innocent si j'avois moins aimé.
C'en est fait, & déja ..

CONSTANTIN.

Prenez-en soin, Maxime.

SCENE VI.

CONSTANTIN, MAXIMIAN, FAUSTE, CONTANCE, Suite.

MAXIMIAN.

J'Ay voulu jusqu'au bout luy voir pousser son cri-
me ,
Il meurt en m'accusant ; laissez couler vos pleurs,
Vous les devez , Madame, à ses tristes malheurs.
Un Amant qui pour vous a fait amas de crimes
Doit rendre par sa mort vos larmes légitimes ,
Et leur seule tendresse a droit de mériter
Ceux que sur moy sa rage a voulu rejetter.

FAUSTE à *Maximian.*

Vous le sçavez, Seigneur, quoi que m'impute un Père,
Le respect , le devoir m'ont appris à me taire ,
Heureuse dans un mal qui veut un prompt secours,
S'il peut m'être permis de me taire toûjours.

CONSTANTIN à *Maximian.*

Dans ce que d'un Mourant le Ciel nous fait entendre ;
C'est trop que d'accuser , songez à vous défendre.
Severe est mort , à qui le doit-on imputer ?

MAXIMIAN.

Quoi, parce qu'il m'accuse on voudroit en douter ?

Pour en craindre l'effet l'imposture est trop claire ;
Qui fait fuir Martian a fait périr Severe,
Licine seul …

CONSTANTIN.

Seigneur, sur quoi l'en soupçonner ?

MAXIMIAN.

Sur l'excez d'un orgueil qui se veut couronner ;
Puis qu'enfin de deux Chefs que l'ambition presse,
L'un à détruire l'autre à l'envi s'intéresse,
Et dans l'ennui secret de souffrir un égal,
Met son heur le plus grand à perdre son Rival.
Voilà sur quels motifs le coupable Licine …

CONSTANTIN.

Mais dans sa trahison voyons-nous qu'il s'obstine ?
Si le Peuple s'emporte, il sçait le retenir.

MAXIMIAN.

Et c'est un crime encor dont il le faut punir.
Ce que sur les Mutins il s'est acquis d'empire
Fait voir à quoi par eux son lâche orgueil aspire.
Sous les fausses couleurs d'un respect affecté
Son cœur de ses desseins cache l'indignité.
Feignant d'agir pour vous il agit pour luy-même ;
Courons de cet affront vanger le Diadéme.
Aussi-bien pour sa gloire il faut un Souverain.
Avec des Revoltez parle la foudre en main ;
Ils ont beau s'arracher aux intérêts d'un Traître,
Pour faire avorter tout je ne veux que paroître,
Et quoiqu'à se garder Licine ait pris de soin,
L'arrachant de leurs mains …

SCENE VII.

CONSTANTIN, MAXIMIAN, FAUSTE,
CONSTANCE, LICINE, Suite.

LICINE.

IL n'en est pas besoin.
Seigneur, il vient se rendre, & dérober sa gloire
A ce qu'un Imposteur a donné lieu de croire.
La fuite où m'a forcé le seul bien de l'Etat
Eût de la calomnie autorisé l'éclat.
Dans sa rebellion le Peuple étoit à craindre,
Le feu m'a paru grand, j'ay tâché de l'éteindre,
Et comme à l'innocence on doit se confier,
Je reviens, ou mourir ou me justifier.
      CONSTANCE à *Constantin*.
Vous le voyez, Seigneur, si j'ay dû vous répondre,
Que bravant l'imposture il sçauroit la confondre;
Son retour à sa gloire asseure assez d'éclat.
      CONSTANTIN à *Maximian*.
Luy voudrez-vous encor imputer l'attentat ?
Vous paroissez surpris ?
      MAXIMIAN.
             Je n'ay plus rien à dire,
Pour justifier Fauste on veut que je conspire,
J'y consens, croyez tout, l'indice est trop pressant,
Licine vient s'offrir ; il doit être innocent.
Mais que hazarde-t'il ? un grand Peuple rebelle,
Si vous le condamnez, va prendre sa quérelle,
Et sûr de son secours, il doit peu redouter
La rigueur d'un arrêt qu'on n'ose executer.
      LICINE.
J'avois de vous, Seigneur, attendu plus d'estime,
Mais l'Empereur sans doute éclaircira le crime,
Et l'imposture en vain l'aura sur moy jetté,

Si contre Martian Severe est écouté.

CONSTANTIN à *Licine*.

Bien loin de te flater d'un si foible avantage,
Tremble, Severe est mort, on l'impute à ta rage;
Purge-toy, si tu peux, de l'avoir fait perir.

LICINE.

Severe ne vit plus ! & bien, il faut mourir.
J'aurois beau repousser un crime détestable,
Puisque Severe est mort, on veut me voir coupable;
Et quoique l'imposture invente contre moy,
Le Traître Martian sera digne de foy.

MAXIMIAN.

Feins de le craindre encor, quand par tes artifices
Sa fuite l'a soustrait aux plus affreux supplices.
Tu l'as fait évader, & réviens sans effroy,
N'ayant plus de témoin qui parle contre toy.
Nie encor, & par-là prouve ton innocence.

LICINE.

Moy, qu'avec Martian je sois d'intelligence ?
Ay-je quelque intérêt à le faire évader,
Quand de l'Auteur du crime il peut seul décider ?
Si m'étant confronté je ne le fais dédire,
Je demeure coupable; & c'est moy qui conspire.
Qu'attens-je de sa fuite, & quel est mon espoir ?

MAXIMIAN.

Par ces fausses clartez tâche à nous décevoir.
Pour te justifier c'est peu que l'apparence.

CONSTANTIN.

Elle fait encor plus pour luy que l'on ne pense,
Et pour tout dire enfin, il me seroit bien doux
Qu'avec autant de force elle parlât pour vous.
Severe a soutenu que pour vous on conspire,
Et sa mort l'a puni de ce qu'il a sçû dire;
Vôtre intérêt ailleurs se trouve conservé,
Martian n'a rien dit, Martian est sauvé.

MAXIMIAN.

Enfin, je suis coupable, & l'éclat de ma gloire
Est trop peu pour régler ce que vous devez croire;
Mais si j'avois encor Martian pour témoin...

CONSTANTIN.

Et bien, s'il vous le faut, Martian n'eſt pas loin.
Voulez-vous qu'on l'améne, & que Valere enſuite
Vienne vous expliquer ce qu'il ſçait de ſa fuite ?
Voulez-vous ſçavoir d'eux d'où j'ay pû deviner
Que juſque dans mon lit on doit m'aſſaſſiner,
Et que dés cette nuit pour cet excez de rage
Par vôtre appartement on trouve au mien paſſage ?
Qu'on les faſſe venir. Pour peu qu'ils ſoient preſſez...

MAXIMIAN.

Arrête, Conſtantin, tu m'en as dit aſſez.
Je voy que tu ſçais tout, & qu'inſtruit par Valere
De mes déguiſemens tu perces le myſtére.
Martian dont la fuite aſſeuroit mes deſſeins,
Quand je le croy ſauvé ſe trouve entre tes mains ;
Il t'a tout découvert, & dans la défiance
Où de mes vœux trahis te met la connoiſſance,
Me voyant hors d'eſpoir d'en obtenir l'effet,
Je n'ay plus d'intérêt à cacher mon forfait.
Quand en n'avoüant rien je pourrois te réduire
A douter ſi c'eſt moy qui cherche à te détruire ;
Obſervé dans ta Cour, haï de toutes parts,
J'aurois beau vers le Trône élever mes regards.
On ne me laiſſeroit aucun lieu d'entreprendre,
Et puiſque je connois qu'il n'y faut plus prétendre ;
J'aime mieux, te preſſant de ne pas m'épargner,
Mourir dans cet orgueil, que vivre ſans régner.
Peut-être à déguiſer ce qu'on t'a fait connoître,
De tes jours malgré toy j'aurois pû me voir maître ;
Et ſoulager du moins la peine où je me voy
Par la fauſſe douceur de te perdre avec moy ;
Mais comme à l'attentat le Trône ſeul m'anime,
Lors que j'en perds l'eſpoir, je perds l'ardeur du crime,
Et dans l'avide ſoif de reprendre ton rang,
Ne pouvant te l'ôter, je dédaigne ton ſang.
Prononce, Martian n'a plus rien à te dire.

CONSTANTIN.

Qu'au Trône par ma mort Maximian aſpire !
Luy qui dans mes Etats plus Souverain que moy !

Puisqu'il vouloit régner, pouvoit donner la loy !

FAUSTE.

Seigneur, n'écoutez pas toute vôtre colére,
Et s'il est criminel, songez qu'il est mon Pére.
Non que d'un attentat qu'on ne peut trop punir,
Je vueïlle vous ôter le fatal souvenir,
Mais qu'il vive, & s'il faut qu'enfin le sang efface..

MAXIMIAN.

Moy vivre ! moy de luy daigner recevoir grace !
Regnez, regnez, Madame, & cessez de penser
Qu'au rang de vos Sujets je puisse m'abaisser ;
Et pour vous & pour moy je sçai ce qu'il faut faire.
Toy, Constantin, joüis de la mort de Severe.
C'est à moy que tu dois le bon-heur sans égal
De n'avoir plus enfin à craindre de Rival.
Son sang à ma vangeance a servi de victime,
Et loin de démentir la fierté de mon crime,
Je veux te faire voir, qu'indigne d'obéïr,
Je sçay braver les Dieux qui m'ont osé trahir.
Pour rentrer dans ce Trône où tu remplis ma place,
J'eusse aux plus noirs forfaits élevé mon audace,
Et comme dans l'ardeur de te le dérober
J'avois songé d'abord à t'en faire tomber,
Voilà pour me punir d'avoir manqué ta chute,
Et comme je prononce, & comme j'éxecûte.

Il tire un poignard dont il se tuë.

Qu'on m'emporte.

FAUSTE *suivant, Maximian.*

Ah, Seigneur.

CONSTANTIN.

Courons la seconder.

Son intérêt ici doit seul se regarder ;
Et quand un peu de calme aprés ce grand orage
M'aura tiré du trouble où ce revers m'engage,
Licine aura sujet d'oublier son malheur,
Par le sang de Severe, & l'hymen de ma Sœur.

Fin du cinquiéme & dernier Acte.

PYRRHUS
ROY D'EPIRE,
TRAGEDIE.

ACTEURS.

NEOPTOLEMUS, Roy d'Epire.

PYRRHUS, Fils d'Æacidés Roy d'Epire, crû
        Hippias.

HIPPIAS, Fils d'Androclide, crû Pyrrhus.

ANTIGONE, Fille de Neoptolemus.

DEIDAMIE, Sœur de Pyrrhus.

ANDROCLIDE, Favori du Roy.

GELON, Confident du Roy.

NERE'E, Confidente de Deidamie.

CAMILE, Confidente d'Antigone.

PYRRHUS,
TRAGEDIE.

ACTE I.

SCENE PREMIERE,

ANTIGONE, CAMILE.

ANTIGONE.

Ui, Camile, il est vray, par ce grand
hymenée
Tous nos maux sont finis, la guerre ter-
minée,
Et l'illustre Pyrrhus en me donnant la
main
M'asseure de nouveau le peuvoir souverain.
Que du Peuple autrefois la criminelle audace
Chassant Æacidés nous ait mis en sa place,
C'est un crime du sort qu'il faut mettre en oubli,
S'il l'osa détrôner, son Fils est rétabli,
Et mon Pére avec luy partageant sa puissance
Confond les droits du sang dans ceux de l'alliance.
Chacun voit avec joye éclater le grand jour

Où le don de ma foy va payer son amour ;
Cette heureuse union charme toute l'Epire,
Dans ce bonheur public moy seule je soupire
Et j'en sens mes ennuis d'autant plus redoubler
Qu'il faut taire les maux qui me vont accabler.

CAMILE.

Ces maux que vous craignez me font peine à comprendre
Dans le plus doux accord que vous puissiez attendre,
De Pyrrhus pour régner le droit est si certain,
Que le Trône pour vous dépendoit de sa main,
Bien plus que vôtre rang son hymen vous l'asseure;
Et si parler pour luy n'est point vous faire injure,
Il joint tant de mérite à la splendeur du sang...

ANTIGONE.

La vertu passe en luy l'avantage du rang.
De mille exploits fameux le brillant témoignage
Signale sa prudence ainsi que son courage,
Son grand cœur pour la gloire avec plaisir s'émeut,
Je le sçay ; mais, Camile, aime-t'on quand on veut,
Et quelque fier devoir dont on suive l'Empire,
L'Amour est-il un Dieu qui n'ose l'en dédire ?

CAMILE.

Je croy que le temps seul fait connoître aux Amans
De la vraye union les nœuds les plus charmans,
Mais c'est toûjours beaucoup pour un cœur magnanime
Qu'une haute vertu le prépare à l'estime,
Et que sur ce panchant il se fasse une loy...

ANTIGONE.

Peut-être est-ce beaucoup pour un cœur tout à soy ;
Mais comme, quelque effort où ce cœur se dispense,
Aimer quand on le veut passe nôtre puissance,
Par un contraire effet qui brave tous nos soins
On aime bien souvent quand on le veut le moins,

CAMILE.

Dieux, qu'apprens-je ?

ANTIGONE.

Un malheur qui n'a point de semblables.
Que

Que mille qualitez rendent Pyrrhus aimable,
Que j'en voy tout le prix, mais que pour m'enflamer
Il faudroit que mon cœur n'eût sçû jamais aimer.
Hippias...

CAMILE.

Si quelqu'un dût prétendre à vous plaire,
Hippias seul l'a pû sans être téméraire,
Il descend de nos Rois; mais que sert un beau feu
Dont le bien de l'Etat ne souffre point l'aveu?
Ce que vous luy devez...

ANTIGONE.

Va, quoi que j'en soûpire,
Sans cesse je me dis ce que tu me veux dire,
Qu'au rang où je suis née un cœur comme le mien
Au repos de l'Etat doit immoler le sien,
Qu'arbitre de la paix il y va de ma gloire
De triompher d'un feu que j'ay trop osé croire,
Que qui peut balancer est indigne du jour;
Mais sont-ce des raisons pour consoler l'Amour?
Ajoûte à ce tourment la douleur sans égale,
De craindre le bonheur d'une aimable Rivale.
Deïdamie, hélas! si j'en sçai bien juger,
A l'amour d'Hippias s'est laissée engager.

CAMILE.

Quoi, la Sœur de Pyrrhus! que dites-vous, Madame?

ANTIGONE.

J'ay de bons yeux, Camile, & j'ay lû dans son ame
Hippias n'a rien fait de grand, de glorieux,
Que la joye aussi-tôt n'ait brillé dans ses yeux.
Dans ces occasions je l'ay vûë interdite
Mandier mon suffrage à vanter son mérite,
S'y montrer empressée, & cet empressement
Etoit tel qu'une Amante en a pour un Amant.
Tant d'ardeur va plus loin que l'estime ordinaire.

CAMILE.

C'étoit pour s'acquérir Androclide son Pére.
C'est luy dont les conseils après tant de refus
Ont obtenu du Roy de rétablir Pyrrhus,

T. Corn. III. Part.　　　　　L

Et comme il pouvoit tout fur l'eſprit de ſon Maître,
En flattant Hippias... Mais je le vois paroître.

SCENE II.

ANTIGONE, PYRRHUS ſe croyant Hippias, CAMILE.

ANTIGONE.

QUoi, me revoir encor ! Ah Prince, oubliez-
vous,
Que Pyrrhus aujourd'hui doit être mon Epoux ?
Déja de mon hymen la triſte pompe éclate,
Et quand l'eſpoir enfin n'a plus rien qui me flate,
C'eſt me traiter fans doute avec trop de rigueur
Que venir augmenter le trouble de mon cœur.

PYRRHUS.

Dans les maux que pour moy chaque moment re-
double
Pouvez-vous m'envier la douceur de ce trouble,
Et voir avec regret qu'outré de mille ennuis
Je régne en vôtre cœur autant que je le puis ?
Puiſqu'on va me l'ôter ; laiſſez-y-moy de grace
Juſqu'à ce dur moment occuper quelque place.
Ce portrait que l'Amour y peut avoir tracé
En ſera, s'il le faut, aſſez-tôt effacé.
Contre ce que ſes traits auront pour vous d'amorces
Vôtre fiére vertu trouvera trop de forces,
N'avancez point l'effet d'un ſi cruel devoir,
Et ſouffrez juſque-là que je vous puiſſe voir,
Qu'à vos yeux de mon feu toute l'ardeur s'exprime
Tandis qu'il peut encor être écouté ſans crime,
Que d'un cœur tout à vous ce feu ſoit le garand,
Que cent fois je le jure, & meure en le jurant.

ANTIGONE.

Si le Ciel me laiſſoit diſpoſer de moy-même,
Il ſuffiroit pour vous que je ſçai comme on aime,

Mais vous n'ignorez pas ce qu'en ce triste état
Peut une ame asservie aux maximes d'Etat.
Esclave d'un devoir...

PYRRHUS.

Et c'est ce qui m'accable
Que vôtre seul devoir me soit inéxorable,
Et que malgré l'excez de tout mon desespoir
Je sois encor forcé d'approuver ce devoir.
Si le Ciel pour un autre avoit touché vôtre ame,
Je me consolerois du mépris de ma flame,
Et de l'espoir jamais n'ayant eu le soutien,
Mes vœux en le perdant croiroient ne perdre rien ;
Mais d'un même panchant le charme nous attire,
J'aime, vous l'agréez, & je puis vous le dire,
Et quand un feu si beau voudroit paroître au jour
Le Destin ose seul en démentir l'Amour.
Dieux ! n'avoit-il uni mon triste cœur au vôtre
Qu'afin que je vous visse entre les bras d'un autre,
Et l'espoir de ce bien à mes desirs si cher,
Ne me l'a-t'il souffert que pour me l'arracher ?

ANTIGONE.

Les plaintes servent peu dans un malheur extrême,
Songez plûtôt...

PYRRHUS.

Helas ! songez que je vous aime,
Et qu'un Amant que presse un revers si fatal,
Confus, desesperé, ne songe qu'à son mal.

ANTIGONE.

Réduit à l'oublier il doit en faire gloire.

PYRRHUS.

Dites qu'il doit sans cesse en garder la mémoire,
Sans cesse penetrer l'excez de son malheur,
Le voir, le bien connoître, & mourir de douleur.

ANTIGONE.

Si ma main est un bien que le Destin vous vole,
Il ne tiendra qu'à vous qu'il ne vous en console.
Deidamie...

PYRRHUS.

O Dieux ! vous pouvez présumer...

PYRRHUS,

ANTIGONE.

Qu'il n'eſt pas mal-aiſé de vous en faire aimer,
Et que ſi de Pyrrhus l'hymen vous deſeſpére,
La Sœur peut reparer l'injuſtice du Frére.

PYRRHUS.

Ah , ſi quelque malheur aux miens peut être joint,
Comblez-en mon amour , mais ne l'outragez point.
Pour moy Deidamie a conçû quelque eſtime,
Mais loin qu'un feu ſecret la ſoutienne ou l'anime ,
C'eſt elle dont les ſoins par un ordre aſſez doux
Ont enhardi mes vœux à s'expliquèr pour vous.
Mon cœur ſur ſes conſeils...

ANTIGONE.

                    Et c'eſt par cette adreſſe
Qu'elle a crû découvrir quel ſentiment vous preſſe,
Je n'en ay que trop vû.

PYRRHUS.

                    Plût au Ciel que ma foy
N'eût à craindre aujourd'hui que ce qu'on craint de
    moy ;
Que le bonheur du Frére eût pour toute apparence
Ce qu'impute à la Sœur vôtre injuſte croyance ;
Mais las ! il vous épouſe , & je touche au moment
Où va ſon dur triomphe accabler vôtre Amant.
Au moins, puiſqu'à mon feu c'eſt le ſeul bien qui reſte,
Montrez moy de l'horreur pour cet hymen funeſte.
Dites-moy que l'amour de mes malheurs confus
N'aura jamais de part au bonheur de Pyrrhus,
Que ſi ſans vous montrer de la gloire ennemie
Vous pouviez...

ANTIGONE.

            Prince , adieu, je vois Deidamie ,
Et ce que je crains d'elle en de ſi rudes coups
Vous fait connoître aſſez ce que je ſens pour vous,

SCENE III.

PYRRHUS *se croyant Hippias*, DEIDAMIE, NERE'E.

PYRRHUS.

Madame, si de vous le Ciel a fait dépendre
Ce qu'à mon feu cent fois vous avez fait at-
  tendre,
A quand reservez-vous ces moyens asseurez
De m'arracher aux maux qui me sont préparez ?
Malgré le peu d'espoir que je gardois dans l'ame,
Vous m'avez répondu du succez de ma flame.
En vain l'heureux Pyrrhus faisoit trembler ma foy,
Vous deviez l'empêcher de triompher de moy ;
Quand j'ay craint son hymen, ma crainte étoit fri-
  vole,
Cependant....

DEIDAMIE.

    Prince, allez, je vous tiendrai parole,
Vous vous alarmez trop.

PYRRHUS.

       Vous la tiendrez ? helas !
Est-il temps qu'on promette, & qu'on n'agisse pas ?
Encor quelques momens, & tout me desespére.
Un péril si pressant souffre-t'il qu'on differe ?
Madame, au nom des Dieux...

DEIDAMIE.

       Prince, encor une fois
Laissez-moy m'acquiter de ce que je vous dois.
Suffit que j'ay promis, & que je m'en souvienne.

PYRRHUS.

Vous voulez que par-là ma rage se retienne,
Mais je vois trop pour moy qu'il n'est rien de certain ;
Que ce que me promet le secours de ma main.

SCENE IV.

DEIDAMIE, NERE'E.

NERE'E.

Dans la joye où vous met l'heureux destin d'un
Frére
Tout à vos sens charmez paroît facile à faire,
Mais je ne vois pas bien sur quoi vous vous flatez
Quand vous pensez tenir ce que vous promettez.
Romprez-vous un hymen où l'Etat s'intéresse ?

DEIDAMIE.

Non, il faut que Pyrrhus épouse la Princesse,
Cet hymen pour le rompre a pour moy trop d'appas.

NERE'E.

Que pouvez-vous donc faire en faveur d'Hippias ?

DEIDAMIE.

Changer tous ses malheurs en un bon-heur extréme
S'il suffit à ses vœux d'épouser ce qu'il aime.

NERE'E.

Je vous entens si peu qu'enfin vous me forcez...

DEIDAMIE.

Te souvient-il encor de nos malheurs passez ?

NERE'E

Oüi, je ne sçai que trop qu'un Peuple témeraire
Trahit si lâchement le feu Roy vôtre Pére,
Que par ses Ennemis les Factieux émus
Donnerent sa Couronne à Neoptolemus,
Que ce Prince affligé périt pour sa défense,
Et que du nouveau Roy redoutant la puissance
On sçût agir si bien, qu'au berceau conservé,
Chez le Roy Glaucias Pyrrhus fut enlevé.
Chacun sçait qu'Androclide, à vos desseins contraire,
Au milieu de sa fuite arrêta vôtre Mére,
Qu'aux loix du nouveau Maître il la fit obéïr ;
Mais si par cet outrage il osa la trahir,

Ses soins à ménager l'hymen de la Princesse
Font trop voir pour Pyrrhus quel zéle l'interesse,
Puisque c'est par luy seul que l'accord terminé
Le rétablit au Trône où ce Prince étoit né.

DEIDAMIE.

Pour estimer ce zéle, apprens à le connoître
Tel qu'en son cœur la gloire a sçû le faire naître.
 Le Roy mort, & la Reine étant grosse de moy,
Le sort du seul Pyrrus luy donne de l'effroy.
Il n'avoit que six mois, & le sage Androclide
Rasseurant en secret son ame trop timide,
Par un échange offert, pour ne hazarder rien,
Consent à faire fuir son Fils au lieu du sien.
On l'accepte, & Pyrrhus, pour qui le Ciel conspire,
Comme Fils d'Androclide est nourri dans l'Epire,
Tandis que sous son nom chez le Roy Glausias
Au péril de ses jours on enleve Hippias.

NERE'E.

Quoi, Madame, Hippias...

DEIDAMIE.

                    Est Pyrrhus, est mon Frére.

NERE'E.

Juste Ciel! & Pyrrhus?

DEIDAMIE.

                    Androclide est son Pére,
Qui pour mieux déguiser ce qu'entreprit sa foy,
Arréte, & livre enfin la Reine au nouveau Roy.
Luy qu'avec tout l'Etat ce changement abuse,
Fait demander Pyrrhus, Glaucias le refuse.
C'est par-là qu'entre nous la guerre a commencé,
Et l'horreur qui la suit n'auroit jamais cessé,
Si Neoptolemus qui pressoit Androclide
N'eût pris de ses conseils la prudence pour guide.
Par l'hymen de sa Fille il rend mon Frére heureux,
Et c'est à quoi la Reine avoit borné ses vœux.
 Voilà ce qu'en secret elle daigna m'apprendre,
Quand la mort tout à coup ayant sçû la surprendre,
Appellant Androclide, à peine elle eut le temps
De m'ouvrir devant luy ces secrets importans.

NERE'E.

Ainſi dans leur deſtin que broüille un tel mélange
Hippias & Pyrrhus ignorent cet échange ?

DEIDAMIE.

Oüi , mais pour éclaircir un ſort ſi partagé
D'un billet de la Reine Androclide eſt chargé ,
Et ſi du faux Pyrrhus la yertu m'a ſçû plaire,
J'éxecute par-là les ordres de ma Mére,
Qui prête d'expirer , par un droit ſouverain
En faveur d'Hippias diſpoſa de ma main.

NERE'E

Mais pourquoi ſi long-temps luy laiſſer l'eſpérance
Dont l'a toujours flaté l'erreur de la naiſſance ?

DEIDAMIE.

Du zéle le plus pur voy le dernier effort.
C'étoit peu que deux Rois euſſent ſigné l'Accord ,
Malgré les ſeuretez qu'un tel Accord fait naître ,
Androclide toûjours a craint pour ſon vray Maître ,
Et n'a voulu par-là , de peur d'être ſurpris ,
Juſqu'au jour de l'hymen hazarder que ſon Fils.
Ce jour paroît enfin , & rien n'eſt plus à taire ;
Mais je le vois , ce Fils qui croit être mon Frére.
Retire toy , Nerée , & me laiſſe éprouver
De quel œil il verra ce qui doit arriver.

SCENE V.

DEIDAMIE , HIPPIAS ſe croyant *Pyrrhus.*

HIPPIAS.

MA Sœur , c'eſt tout de bon qu'enfin le Roy s'ex-
plique.
Nommez ce qui l'engage amour , ou politique ,
Qu'il cherche à s'affermir , ou vous aime en effet,
Dans vôtre ſeul hymen il trouve un bien parfait ;
Je vous l'ay déja dit , & pour toucher vôtre ame,

Il me fait de nouveau vous parler de sa flame.
Il est temps de répondre & de vous déclarer.

DEIDAMIE.

Le Roy n'ignore pas ce qu'il doit espérer.
La mort d'Æacidés, sa Couronne usurpée
M'ont pendant vôtre exil si mal préoccupée,
Que quoi qu'à vous la rendre il se force aujourd'hui,
Le temps seul peut m'aider à me vaincre pour luy.
C'est tout ce que de moy sa flame a lieu d'attendre,
Hors ce secours du temps il n'a rien à prétendre,
Il l'a sçû de moy-même, & dois s'en contenter.

HIPPIAS.

L'espoir est en amour toûjours prompt à flater.
Malgré tous vos refus, le Roy s'obstine a croire
Qu'un Trône à partager vous offre quelque gloire;
Et que sur cet appas son bonheur est certain,
Si je veux vous porter à luy donner la main.
Il fait plus; en faveur de l'amour qui l'inspire,
Je puis sur vous, dit-il, user de quelque empire,
Il m'en prie, il m'en presse, & de ses vœux con-
        fus...

DEIDAMIE.

Sur mes seuls sentimens j'ay reglé mes refus;
Mais, Seigneur, mon devoir me fait assez connoître,
Si j'aime un Frére en vous, que j'y dois craindre un
        Maître,
Et s'il faut pour vous plaire immoler tout mon cœur,
Sur vos ordres soudain..

HIPPIAS.

                    Que dites-vous, ma Sœur,
Moy, des ordres pour vous! Si vous voulez me plaire,
Ne craignez point de Maître où vous aimez un Frére.
Loin d'accepter des droits qui pussent vous trahir,
Ma principale gloire est de vous obéïr.
Demandez-en, ma Sœur, quelque marque sensible;
Dés que vous parlerez tout me sera possible,
Proposez, souhaitez, je ne reserve rien.

DEIDAMIE.

L'heur de vôtre destin fait la douceur du mien,
                    L v

Et si ce zéle ardént...

HIPPIAS.

Que n'ose-t'il paroître
Tel que pour vous en moy l'amitié le fait naître!

DEIDAMIE.

Ah, ne me cachez point ce qui doit me charmer,

HIPPIAS.

Je crains...

DEIDAMIE.

Que craignez-vous?

HIPPIAS.

De vous parler d'aimer,
Et qu'en vous expliquant ce que mon cœur m'inspire:
Je ne dise pas bien ce que je devrois dire.

DEIDAMIE.

M'aimeriez-vous si peu qu'il vous fût malaisé...

HIPPIAS.

Ah, ce n'est pas dequoi je crains d'être accusé:
Depuis que d'Androclide, & de Gelon suivie.
Vous vîntes commencer le bonheur de ma vie,
Et qu'en ce lieu choisi pour traiter de la Paix,
Vos soins à l'arrêter comblerent nos souhaits,
Vôtre entretien dés lors eut pour moy tant de char-
    mes,
Qu'en me livrant au Roy je restay sans alarmes,
Et quoi qu'il m'arrivât, je crûs mon sort bien doux,
Puis qu'il m'étoit permis de m'approcher de vous.
Tous les jours je vous voy, mais malgré cette joye
Je n'ay point de repos que je ne vous revoye,
Ce bonheur est le seul dònt mon cœur soit jaloux,
Avec vous tout me plaît, tout me déplaît sans vous.
Sans cesse je voudrois vous dire, je vous aime,
Sans cesse vous oüir me le dire de même,
Qu'à l'envi l'un de l'autre un aimable transport
De l'amitié sans cesse accrût en nous l'effort,
Que tout ce qu'a de tendre... helas! faites-moy taire,
Ma Sœur, j'en dirois trop sans doute pour un Frére,
Et si vous moins aimer n'est pas en mon pouvoir,
J'ay tort de dire plus que l'on ne doit sçavoir.

DEIDAMIE.

Je ne puis trop connoître une amitié si chére:
Sa tendresse a pour moy tout ce qui peut me plaire,
Et plus cette tendresse en étreindra les nœuds...

HIPPIAS.

Ah ! s'il étoit ainsi que je serois heureux !
Que vôtre ame à la mienne étroitement unie...
Mais encor une fois je sens que je m'oublie,
Daignez n'y point songer, ma Sœur, & dites-moy
Ce que de vôtre part je dois répondre au Roy.

DEIDAMIE.

Au seul secours du temps ayant sçû le remettre,
S'il doit plus espérer, c'est à vous à promettre.
Vous seul...

HIPPIAS.

À quelque espoir qu'il s'ose abandonner,
Son bonheur est mal sûr si j'en dois ordonner.
Sur vous pour son hymen loin d'user de contrainte,
D'une secrette horreur je m'en sens l'ame atteinte,
Et par un mouvement que je ne comprens pas,
Je ne puis sans trembler vous voir entre ses bras.
Vous l'avoüerai-je encor ? Telle est mon injustice,
Que le don de ma main me tient lieu de supplice.
La Princesse Antigone a droit de tout chármer,
Je le sçay, je le vois, & ne la puis aimer.
Le sceptre est à ce prix un fardeau qui m'étonne,
Et lors que je pressois l'accord qui me le donne,
Je sens bien que mon cœur songeoit plus à gagner
La douceur de vous voir, que celle de régner.

DEIDAMIE.

C'est par tant de bontez rendre ma gloire extrême;
Mais s'il falloit pour moy quitter le Diadême...

HIPPIAS.

Qu'aisément l'amitié m'y feroit consentir !

DEIDAMIE.

Gardez de trop promettre, & de vous repentir.

HIPPIAS.

Quoi, ma Sœur, vous croiriez mes promesses frivoles?

DEIDAMIE.
Je puis vous demander l'effet de vos paroles,
Et lors qu'à la Couronne il faudroit renoncer ?
HIPPIAS.
Ah, n'apprehendez point de me voir balancer.
Je dis plus, & bien loin d'aimer le Diadême ?
Ce Pyrrhus qui vous voit, ce Pyrrhus qui vous aime,
Voudroit par un destin digne même d'un Dieu,
N'être pas né Pyrrhus pour n'être point... Adieu,
Je m'égare sans cesse, & d'ailleurs Androclide...
DEIDAMIE.
Allez, j'ay des secrets dont il faut qu'il décide.

SCENE VI.

DEIDAMIE, ANDROCLIDE.

DEIDAMIE.
LE destin de Pyrrhus peut enfin éclater.
Vôtre Fils l'apprendra sans trop s'en emporter,
Je viens sur ce revers d'essayer son courage.
ANDROCLIDE.
Sa modération m'est d'un heureux présage ;
Mais, Madame, voyez tous nos soins superflus
Si vous voulez si-tôt qu'on connoisse Pyrrhus.
De Glaucias encor l'Armée est toute prête,
Et Neoptolemus qui craint cette tempête,
Achevant son hymen va remplir le Traité,
Mais qui nous répondra de sa sincerité ?
Comme il l'a poursuivi cent fois à force ouverte,
Dés qu'il ne craindra plus il peut vouloir sa perte,
Et dans tant de sujets de tout apprehender,
C'est mon Fils seul encor qu'il nous faut hazarder.
DEIDAMIE.
Quoi, vous luy laisserez épouser la Princesse ?
ANDROCLIDE.
Cet hymen politique autant que vous me blesse ;

Et je vois à regret que le destin jaloux
Luy dérobe l'honneur de se voir vôtre Epoux.
Ce fut l'ordre en mourant que laissa vôtre Mere,
Mais mon Prince est le seul que ma foy considére,
Et pour la seureté des jours qu'on m'a commis,
Je dois peu regarder le bonheur de mon Fils.

DEIDAMIE.
Et quand prétendez-vous éclaircir sa naissance ?

ANDROCLIDE.
Quand de l'esprit du Roy nous aurons asseurance,
Et que ce qui suivra nous aura fait juger
Que Pyrrhus découvert ne court aucun danger.

DEIDAMIE
Vous croyez donc qu'alors le Roy verra sans peine
La Princesse par vous hors d'espoir d'être Reine ?
Femme de vôtre Fils pourra-t'elle régner ?

ANDROCLIDE.
Cette crainte est un mal que je veux m'épargner.
Comme le temps peut tout, j'espére...

DEIDAMIE.
                              Point d'excuse,
Ce zéle va trop loin pour souffrir qu'il m'abuse.
Allons sans differer montrer Pyrrhus au Roy,
C'est mon Frére, & j'en prend tout le péril sur moy.

ANDROCLIDE.
Vous pouvez luy montrer le vrai Roy de l'Epire,
J'y consens, mais pour moy je n'ay rien à luy dire,

DEIDAMIE.
Quoi si pour s'éclaircir il luy faut vôtre aveu...

ANDROCLIDE.
Pourvû qu'il vous en croye il vous importe peu,
Allez, Madame, allez.

DEIDAMIE.
                      Que faut-il que je pense ?

ANDROCLIDE.
Que je vois pour mon Fils le Trône en ma puissance,
Que mon orgueil s'en flate, & qu'il n'est rien pour
   moy
Qui vaille la douceur de faire ce Fils Roy.

DEIDAMIE.

Faire un Roy de ton Fils ! Que me fait-on connoître ?
Androclide est un lâche, Androclide est un traître !
J'ay crû qu'au seul Pyrrhus son zéle étoit acquis,
Et le fourbe agissoit pour couronner son Fils.

ANDROCLIDE.

Les périls dés l'enfance où j'exposai sa tête
Ont fait pour luy du Sceptre une juste conquête,
Et c'est trahir ses droits que de luy disputer
Ce qu'au prix de son sang on luy fit acheter.
Pyrrhus avec son nom luy céda l'avantage
Qu'un Monarque en naissant eut toûjours pour par-
        tage,
De ce grand caractére il a rempli l'effort,
Et ce n'est pas à moy d'en démentir le Sort.

DEIDAMIE.

C'est donc ce qu'à Pyrrhus...

ANDROCLIDE.

                    Pouvez-vous vous en plaindre ?
Sous le nom de mon Fils Pyrrhus n'eut rien à craindre,
Et sans luy faire tort, je puis m'intéresser
A ce Trône où pour vivre on le fit renoncer.

DEIDAMIE.

La Couronne à tes yeux peut-elle être si belle,
Que du plus noir forfait...

ANDROCLIDE.

                    Rien n'est honteux pour elle,
La noble ambition veut le dernier effort.

DEIDAMIE.

Ta vertu qu'elle soüille en est-elle d'accord ?

ANDROCLIDE.

Si j'ay moins de vertu, comme vous voulez croire,
Mon Fils assis au Trône en aura plus de gloire,
Et c'est pour me charmer, que le voir revêtu
De tout ce qu'à sa gloire immole ma vertu.

DEIDAMIE.

Mais si l'ambition touche si fort mon ame,
Qui sçaura que ton Fils...

ANDROCLIDE.

Je le sçaurai, Madame,
Et joüirai sans cesse, à le voir dans ce rang,
Des secrettes douceurs du triomphe du sang.
Si pour moy vers un Fils l'obéïssance est dure,
Pyrrhus du même sort partagera l'injure,
Et le nom de Sujet me fera moins d'effroy,
Quand je verrai son Maître à ses pieds comme moy.

DEIDAMIE.

Je l'empêcherai bien, ce projet détestable,
Je vay faire éclater ce qui te rend coupable,
Et découvrant au Roy...

ANDROCLIDE.

Vous avanceriez peu
Quand même à ce rapport je joindrois mon aveu.
Il le faut de la Reine, & comme, quoi qu'on fasse,
Son billet seul au Trône à Pyrrhus donne place,
Avant qu'aucun effort me le puisse arracher...

DEIDAMIE.

Quoi, lâche, il n'est donc rien qui te puisse toucher?
Ni la crainte des Dieux qui pour te mettre en poudre...

ANDROCLIDE.

La Couronne vaut bien la menace du foudre.
Attirez-le sur moy; tandis qu'il descendra
Je le craindrai, Madame, & mon Fils regnera.

DEIDAMIE.

Tu l'esperes en vain; du moins je sçaurai faire
Que l'on n'ose choisir ni ton Fils ni mon Frère,
Et que de leur destin le Roy mal asseuré...

ANDROCLIDE.

A tout ce grand éclat je me suis préparé;
Mais toute vôtre adresse aura peine à détruire
L'heureuse & longue erreur qui l'a trop sçû séduite;
Je vous laisse y rêver.

DEIDAMIE.

Déclare-t'en l'appui,
Traître, le Ciel est juste, & j'attens tout de luy.

Fin du prémier Acte.

ACTE II.

SCENE PREMIERE.

NEOPTOLEMUS, GELON.

NEOPTOLEMUS.

CEsse de condamner les transports de ma
flame.
Leur triste excez sans doute aveugle trop
mon ame,
Mais, Gelon, je suis Roy, je me vois né-
gliger,
Et l'amour qu'on outrage aspire à se vanger.
Si ce que je résous traine quelque infamie,
Elle est bien moins pour moy que pour Deidamie,
Qui par le fier dédain qu'elle oppose à mes vœux,
Force mon desespoir à plus que je ne veux.
A quoi qu'il se prépare, il est en sa puissance
D'en calmer d'un seul mot toute la violence,
Et quand tu crains les maux qu'il est prêt de causer,
C'est sa seule rigueur qu'il en faut accuser.

GELON.

Je sçai que rejettant l'hymen qu'elle refuse,
Des bontez de son Roy Deidamie abuse,
Que l'amour est sensible aux mépris de ingrats,
Mais songez qu'il se donne, & ne s'arrache pas.
Un cœur dont la conquête offre une douce amorce,
Aime à se rendre au temps, & non pas à la force,
C'est par-là seulement qu'il se laisse attendrir,

Et qui veut être animé doit attendre, & fouffrir.

NEOPTOLEMUS.

A me foûmettre encor ton zéle en vain m'anime.
Je n'ay que trop fuivi cette injufte maxime,
Et ce Roy qu'à fouffrir tes confeils ont forcé,
Seroit peut-être heureux s'il avoit menacé.
Par toy jufques ici, pour trop faire l'efclave,
Je me fuis attiré le mépris qui me brave.
Traité d'Ufurpateur, pour fléchir fa fierté,
Je fais ce que peut-être on n'a jamais tenté.
Aux traits d'un Ennemi mon deftin s'abandonne;
Je rétablis Pyrrhus, partage ma Couronne,
Et ce noble attentat fur mon ambition
Laiffe en elle pour moy la même averfion.
Il eft temps d'éclater, il eft temps qu'elle fçache...

GELON.

Seigneur, à vôtre nom n'imprimez point de tache,
Par la mort de Pyrrhus violer le Traité
C'eft joindre un parride à l'infidelité.
Qui jamais avec vous voudra faire alliance
Si pour luy vôtre foy n'offre aucune affeurance?
Plaignez-vous d'un refus où la Princeffe a tort,
Accufez, condamnez, mais refpectez l'Accord.
Plus Pyrrhus vous devra de puiffance & de gloire,
Plus fon zéle à vos feux répond de la victoire,
Ce favorable appui vous rendra tout aifé.

NEOPTOLEMUS.

Va, ne m'en promets rien, j'en fuis defabufé.
J'ay voulu, comme toy, flater mon efpérance
De quelque heureux effet de fa reconnoiffance,
Encor tout de nouveau mon cœur, mon lâche cœur
Vient d'employer Pyrrhus pour m'acquerir fa Sœur;
Mais c'eft pour mon amour une peine nouvelle
Qu'il n'en obtienne rien lors qu'il peut tout fur elle,
Et qu'un zéle fi froid aime à me laiffer voir
Qu'il dédaigne pour moy d'ufer de fon pouvoir,
Non, non, à quelque rang que ma bonté l'éleve,
Ma flame eft fans efpoir fi fon hymen s'acheve;
C'eft à Deidamie à décider fon fort

Par le choix de ma main, ou l'arrêt de sa mort,
Dût se perdre l'Etat, quoi qu'elle puisse faire,
Ce n'est qu'en m'épousant qu'elle sauve son Frère ;
Elle peut en résoudre.

GELON.

Avoüez-le, Seigneur,
Qu'en le rétablissant vous forcez vôtre cœur ;
Qu'à le voir Fils d'un Roy dont vous tenez la place,
Vous croyez que par luy le destin vous menace,
Et que malgré l'amour qui vous peut rendre heureux,
Sa mort plus que l'hymen est l'objet de vos vœux ?

NEOPTOLEMUS.

Si ma flame à la Sœur eût cherché moins à plaire,
Rien n'eût pû me réduire à rétablir le Frère,
Je ne m'en défens point ; mais ne crains rien de moy ;
Si tu la vois sensible aux offres de ma foy.
Ce n'est pas qu'en effet la saine politique
Sur ce que j'entreprens contre moy ne s'explique ;
D'un Roy chassé du Trône, y remettre le Fils,
C'est moy-même à me perdre aider mes Ennemis.
Outre que dans Pyrrhus je ne sçai quoi me gêne,
Il semble qu'à l'Accord il consente avec peine,
Qu'il dédaigne ma Fille, & que le nom de Roy
Soit un affront pour luy s'il l'accepte de moy.

GELON.

De ces impressions qui troublent trop vôtre ame
Androclide sur moy va rejetter le blâme.
Le haut rang où par vous je me vois affermi
Le fait me regarder comme son Ennemy,
Et quoi qu'un zéle égal à tous deux ait fait croire
Que Pyrrhus établi combleroit vôtre gloire,
Comme Pyrrhus vers luy panche plus que vers moy,
Cette ombre de faveur m'aura saisi d'effroy.
Il voudra que jaloux de cette préference.
J'aye osé pour luy nuire armer vôtre vangeance,
Qu'immolant à ma haine un Prince infortuné,
Mes conseils...

NEOPTOLEMUS.

Ne crains point d'en être soupçonné.

Voici Deidamie, & c'est de sa réponse
Que dépendra l'arrêt qu'il faut que je prononce.

SCENE II.

NEOPTOLEMUS, DEIDAMIE, GELON.

DEIDAMIE.

Seigneur, tout de nouveau Pyrrhus m'a fait sça-
 voir
Ce que pour moy sur vous l'amour a de pouvoir,
Que toûjours même ardeur pour mon hymen vous
 presse ;
Mais avant qu'achever celui de la Princesse,
Si cet amour est tel qu'il vient de m'asseurer,
Quelle marque de vous pourrai-je en espérer ?
L'obtiendrois-je aisément d'un peu de confiance ?

NEOPTOLEMUS.

Sur de nouveaux sermens prenez-en l'assurance,
Pourvû qu'à vôtre tour sensible à ce beau feu
Vous luy daigniez enfin accorder vôtre aveu.

DEIDAMIE.

Des mouvemens du cœur le temps seul est le maître
Lors qu'il s'ouvre à l'Amour c'est luy qui l'y fait
 naître,
Et ce que précipite un pouvoir trop pressant,
N'est qu'un Monstre sans forme, & qui meurt en
 naissant,
Je vous l'ai dit, Seigneur.

NEOPTOLEMUS.

     A vous parler sans feinte,
Ce grand pouvoir du temps affoiblit peu ma crainte ;
Non que sur le secours que vous m'en promettez
Mes vœux de quelque espoir ne soient encor flatez ;
Mais s'il se peut qu'enfin ma main vous doive plaire
Jusque-là pour Pyrrhus il est bon qu'on diffère,

Et qu'en un même jour l'Epire ait la douceur
De voir monter au Trône , & le Frére, & la Sœur.
DEIDAMIE.
Quoi , vous reculeriez ce glorieux partage ,
Où la foy des Traitez , où l'honneur vous engage ?
Que diroit Glaucias qui forcé d'éclater...
NEOPTOLEMUS.
C'est un trop foible éclat pour en rien redouter.
Qu'a-t'il pû contre nous par cette longue guerre
Dont cent fois le malheur a desolé sa terre ?
Il m'a livré Pyrrhus, je le tiens , je suis Roy,
Et du reste , mon cœur n'en doit compte qu'à moy.
DEIDAMIE.
Donc en traitant la Paix vous voulez qu'on soup-
    çonne
Que mon ambition s'asseuroit la Couronne ,
Et qu'aux loix de Pyrrhus honteuse d'obéïr,
Je n'ay pris cet emploi qu'afin de le trahir ?
Que sçachant qu'en vos mains il avoit tout à craindre,
Exprès à se livrer j'ay voulu le contraindre ?
Que tout ce grand espoir dont j'osai le flater...
NEOPTOLEMUS.
Pourquoi craindre un soupçon que l'on peut éviter ?
Qu'aujourd'hui vôtre main à mon amour se donne,
Et Pyrrhus aussi-tôt partage ma Couronne.
C'est à vous seule à rompre , ou tenir le Traité.
DEIDAMIE.
C'est donc là cette foy , cette sincerité ?
NEOPTOLEMUS.
Que tout vôtre couroux contre moy se déploye,
Pour tirer vôtre aveu je n'ay que cette voye,
Et mes respects en vain croiroient vous l'arracher,
Si l'interêt d'un Frére a peine à vous toucher.
Vos outrageans refus n'ont plus lieu de paroître,
Vous me nommiez Tyran , & j'ay cessé de l'être,
Le sang d'Æacidés par moy ne régnoit plus ,
J'en usurpois le Trône , & j'y remets Pyrrhus.
Après ce grand effort je vous entens, Madame,
Quand au secours du temps vous remettez ma flame,

Et connois trop qu'en vain j'ay crû voir quelque jour
A me rendre par là digne de vôtre amour.
Auffi mon trifte efpoir n'a plus rien à réfoudre,
Vôtre réponfe encor fufpend l'éclat du foudre,
Vous pouvez l'arréter, mais quels qu'en foient les
    coups,
S'ils accablent Pyrrhus, n'en accufez que vous.

DEIDAMIE.

Va, lâche, ne croy pas pour rétablir ce Frére
Etre digne du bien que ton amour efpére.
Si le nom de Tyran t'a donné quelque effroy,
Tu ne l'és plus pour luy, mais l'és-tu moins pour
    moy?
Ce cœur que ton pouvoir s'efforce de furprendre
N'eft pas d'un moindre prix qu'un Sceptre qu'il faut
    rendre.
Ainfi toûjours Tyran, toûjours Ufurpateur...

NEOPTOLEMUS.

La tyrannie eft noble à s'acquerir un cœur.
C'eft ce prix éclatant que je connois au vôtre
Qui m'en fait préferer la conquête à toute autre,
Celle du Monde entier m'offriroit moins d'appas,
Et pour m'expliquer mieux fi l'on ne m'entend pas,
Il ne vous refte plus que ce feul choix à faire,
Ou recevoir ma main, ou voir périr un Frére.
Prononcez, vos refus font l'arrêt de fa mort.

DEIDAMIE.

Dieux, à quelles rigueurs referviez-vous fon fort?
C'étoit peu qu'un Tyran luy volât fa Couronne,
Il faut que de fon fang le Parricide ordonne,
Et qu'en le répandant il faffe foupçonner...

NEOPTOLEMUS.

Par ces noms odieux cherchez à m'étonner.
Si l'ardeur de mon feu, fi l'excez de ma peine
Doit n'obtenir de vous que mépris & que haine,
Par tout ce que produit une jufte fureur,
Il m'importera peu d'en mériter l'horreur.

DEIDAMIE.

Et bien, mérite-la cette horreur qui fans ceffe

Te va donner à craindre une main vangereſſe,
Ou pour t'en épargner l'importune frayeur,
Au Frère que tu perds oſe joindre la Sœur.
Après des ſentimens ſi lâches, ſi barbares,
Je puis me déclarer comme tu te déclares,
Et laiſſer tout périr plutôt que me forcer
A l'hymen que tes feux s'obſtinent à preſſer.
Sus donc, parjure, immole à ta jalouſe rage
Ce qui reſte d'un ſang à qui tu dois hommage,
Et tâche à mériter par ce ſanglant effet
L'abominable honneur d'être un Tyran parfait.
Je n'y mets point d'obſtacle, & s'il faut te le dire,
Ce Frère contre qui ta trahiſon conſpire,
Redoutera bien moins le plus affreux trépas
Que la ſecrette horreur de me voir dans tes bras.
Prononce là-deſſus, tu vois toute mon ame.

NEOPTOLEMUS.

Ah, je l'avois bien cru qu'on trahiſſoit ma flame,
Et que l'ingrat Pyrrhus qu'intéreſſoit ma foy,
Quand je fais tout pour luy, ne faiſoit rien pour moy.
Il faut vous ſatisfaire, & puis qu'enfin ſans ceſſe
Vôtre haine avec ſoin repouſſe ma tendreſſe,
J'atteſte tous les Dieux qu'avant la fin du jour
Son ſang achevera d'éteindre mon amour.
Hola, Gardes, à moy.

GELON.

      Seigneur, qu'allez-vous faire?
Songez...

NEOPTOLEMUS.

    Ne me dy rien ſi tu crains ma colére,
Il mourra, c'en eſt fait, l'arrêt eſt prononcé.

SCENE III.

NEOPTOLEMUS, DEIDAMIE, ANDROCLIDE, GELON,
Suite.

ANDROCLIDE.

SEigneur, d'un vif couroûx je vous trouve preſſé,
Puis-je vous demander quel ſujet le fait naître ?

NEOPTOLEMUS.

Le refus d'une Ingrate, & le mépris d'un Traître,
Mais enfin il eſt temps que je n'en ſouffre plus,
Allez, Pelopidas, qu'on arrête Pyrrhus.

ANDROCLIDE.

Pyrrhus ?

NEOPTOLEMUS.

Allez, vous dis-je, & que l'on m'en réponde.

ANDROCLIDE.

Seigneur, ſi l'équité dans un grand Prince abonde,
Vous pardonnerez vous l'injurieux éclat
Que va faire par tout un pareil attentat ?
Violer un Traité dont vôtre foy reçûë...

NEOPTOLEMUS.

Ton zéle pour ma gloire en craint en vain l'iſſuë,
Aux loix de ce Traité je ſuis prêt d'obéïr,
Et préviens ſeulement qui cherche à me trahir.

ANDROCLIDE.

Seigneur, qu'a fait Pyrrhus dont la ſecrette audace
D'un ordre ſi cruel mérite la diſgrace ?
Quels ſont les attentats qu'il oſe mettre au jour ?

NEOPTOLEMUS.

Il eſt trop criminel s'il nuit à mon amour.
Ces longs & fiers mépris qui m'ont trop ſçû con-
    fondre,
Sont autant de forfaits dont il me doit répondre,
En vain Deidamie en dédaigne l'ardeur,

Pour prix de ma Couronne il me devoit son cœur,
Enloin d'user des droits où le sang l'autorise,
Il aime à luy souffrir l'orgueil qui me méprise,
Et ces ingrats refus qui font mon desespoir,
Suivent l'ordre secret qu'il a crû luy devoir.

ANDROCLIDE.

Quoi, Seigneur, vous croiriez...

NEOPTOLEMUS.

Cesse tes remontrances;

Je croy ce que je vois, & non ce que tu penses.
Ton zéle à ma vangeance aura beau s'opposer,
Pour luy sauver la vie il me faut épouser,
Je la mets à ce prix, & de nouveau j'en jure
Tout ce qu'ont de plus saint le Ciel & la Nature.
Si cet arrêt te semble un excez de rigueur,
Je suis en le donnant l'exemple de sa Sœur,
Et je n'ay pas ici plus de scrupule à faire
De perdre un Ennemi qu'elle de perdre un Frére.
Vois-tu comme intrepide, & sans s'en émouvoir
Elle entend, elle voit le foudre prêt à choir ?
Pour le sort de Pyrrhus voy si rien l'intimide.

DEIDAMIE.

Je puis m'en reposer sur les soins d'Androclide.
C'est luy qui pour Pyrrhus garantit le Traité,
Et puis qu'il en répond tout est en sûreté.

NEOPTOLEMUS.

Cherchez jusques au bout à braver ma colére,
Pour en vanger l'affront je sçai ce qu'il faut faire.
Vous l'apprendrez, Madame, adieu.

ANDROCLIDE.

Prêt à punir,

Seigneur, considerez...

NEOPTOLEMUS.

Ne croy rien obtenir.

Si la mort de Pyrrhus inquiéte ton zéle,
Affin de l'empêcher je te laisse avec elle
Change sa dureté, presse, mais sois certain
Que cette mort suivra le refus de sa main.

SCENE

SCENE IV.

DEIDAMIE, ANDROCLIDE.

DEIDAMIE.

TU vois que les effets à tes deffeins répondent.
Telle en eft l'équité que les Dieux te fecondent,
Et ne dédaignent pas d'affeurer à ton Fils
Ce Trône dont fur luy Pyrrhus s'étoit démis.
Si pour toy vers ce Fils l'obéïffance eft dure,
Le triomphe du fang confole la Nature,
Et tu dois peu rougir d'en recevoir la loy
Lors que tu vois fon Maître à fes pieds comme toy.
Goûte, goûte à loifir ces fecrets témoignages
Si propres à charmer les plus nobles courages.
Joüis de tout l'orgueil qu'ils fçavent infpirer.

ANDROCLIDE.

Le Ciel felon vos vœux femble fe déclarer,
La menace du Roy me tient l'ame interdite;
Mais, Madame, peut-être il n'ira pas fi vîte,
Et la mort de mon Fils qui flate fon couroux,
N'eft pas une vangeance encor feure pour vous.

DEIDAMIE.

Dans un Roy qu'on méprife & qui veut qu'on le
craigne,
L'amour n'eft pas un feu qu'aifément l'on éteigne;
Tes efforts, Androclide, y feront fuperflus.

ANDROCLIDE.

Et bien, Madame, & bien, il connoîtra Pyrrhus.
Son fecret revelé le livre à fa vangeance,
Et du Trône par-là fi je perds l'efperance,
J'ay l'avantage au moins que d'un fi digne fort,
Pyrrhus n'aura les droits qu'au moment de fa mort.

DEIDAMIE.

Va, va le découvrir; pour garantir fa tête,
Dés qu'il fera connu, ma main eft toute prête,

Et c'eſt ce qui me charme , après ta trahiſon ,
Qu'il faille que ſoudain tu m'en faſſes raiſon ,
Et que le juſte Ciel t'ait rendu neceſſaire
De voir périr ton Fils , où voir régner mon Frére.
Choiſy , lâche.

ANDROCLIDE.

Ce choix me doit remplir d'eſſroy
Quand ſa rigueur vous aide à triompher de moy ;
Mais de quoy qu'il vous flate en l'état où vous étes ,
Ce triomphe n'eſt pas ſi doux que vous le faites,
Et ſon charme à vos maux offre un triſte ſecours ,
S'il doit vous en coûter le repos de vos jours.
Pour dérober ce Frére au foudre qui s'apprête ,
Il faut que d'un Tyran vous ſoyiez la conquête ,
Qu'aux douceurs d'un beau feu vôtre cœur arraché
Sente à jamais l'horreur de s'en voir détaché ;
Que l'ennui que ſans ceſſe elle y fera renaître ,
Comble....

DEIDAMIE.

Si tu le crois , tu m'as ſçû mal connoître.
Quand le Ciel pour mon Frére aura rempli mes vœux,
La gloire d'être Reine eſt tout ce que je veux.
Par l'ordre de ma Mére , en mourant , abaſée ,
En faveur de ton Fils je l'aurois mépriſée ,
L'honneur d'avoir porté le grand nom de ſon Roy ,
L'avoit déja ſçû rendre aſſez digne de moy ,
Crû ce qu'il n'étoit pas , il méritoit de l'être ,
Il en a les vertus , mais il eſt Fils d'un Traître.
Par ce titre odieux ſa gloire ſe détruit ,
Et telle eſt à mes yeux la honte qui le ſuit ,
Qu'épouſer un Tyran , m'unir à ſa Famille ,
Me plaît mieux que l'affront de devenir ſa Fille.
Après ce franc aveu , délibere & réſous.

ANDROCLIDE.

Chacun a ſes revers , il en ſera pour vous ,
Et peut-être à mon tour je ſçaurai vous contraindre....

DEIDAMIE.

Malgré l'amour du Roy cherche à me faire craindre

Si cet espoir te plaît, sans m'en inquiéter
Je te laisse Antigone avec qui t'en flater.

SCENE V.

ANTIGONE, ANDROCLIDE.

ANTIGONE.

DE quel honteux revers vois-je la paix suivie ?
On arrête Pyrrhus, on menace sa vie,
Et quand de cet orage on préparoit l'éclat,
On me faisoit servir à ce noir attentat.
Sur l'offre de ma main que suit le Diadème,
On l'a fait consentir à se livrer soy-même,
Et je pourrai souffrir qu'il me soit imputé
D'avoir eu quelque part à cette lâcheté ?
D'avoir d'un faux accord soûtenu l'artifice ?

ANDROCLIDE.

Madame, on ne peut trop blâmer cette injustice,
Les plus augustes droits par-là sont renversez,
Mais....

ANTIGONE.

Vous êtes content, & ce doit être assez,
Quand le crime vous sert, il est beau qu'on l'excuse.

ANDROCLIDE.

Quoi, de ce qui s'est fait c'est moy que l'on accuse ?

ANTIGONE.

Ne dissimulez point, j'ay trop, j'ay trop sçû voir
Ce que l'ambition a sur vous de pouvoir.
Pour le sang de Pyrrhus la Couronne est certaine ;
Et comme par sa mort Deidamie est Reine,
Et qu'elle ne hait pas les soins de vôtre Fils,
L'espoir de le voir Roy vous a semblé permis ?
Non que pour se placer au Trône de mon Pére
Ma perte auparavant ne leur soit nécessaire,
Qu'il ne faille à son sang ajoûter tout le mien ;
Mais les plus noirs forfaits pour régner ne sont rien.

M ij

Un Sceptre est toûjours beau, quelque prix qu'il nous
coûte.

ANDROCLIDE.

Ah, si vous m'enviez le repos que je goûte,
Que vous connoissez peu, dans mes tristes ennuis,
Le déplorable état où mes jours sont réduits !

ANTIGONE.

Ces ennuis cachent mal ce qu'en vain on veut taire.
Jamais Sœur à la mort n'osa livrer son Frere,
Et quand Deidamie abandonne le sien,
L'amour doit tout pouvoir où le sang ne peut rien.
Elle aime vôtre Fils, & croit....

ANDROCLIDE.

Et bien, Madame,
Il vous faut la-dessus ouvrir toute mon ame,
Et laisser voir enfin si j'ay part aux refus
Dont l'audace à la mort semble livrer Pyrrhus.
Du motif qui la pousse à tant d'ingratitude
Vous avez le soupçon, j'en ay la certitude.
Oüi, ce feu dans son cœur n'est que trop allumé,
Elle adore mon Fils, mon Fils en est charmé.
L'ardeur de s'asseurer les droits de la Couronne.
Luy cache l'infamie où l'amour l'abandonne,
Et l'accord que ses soins on eu l'art d'arréter,
Préparoit les malheurs qui viennent d'éclater.
Si la mort de Pyrrhus flate son arrogance,
Ses jours chez Glaucias étoient en asseurance,
En ces lieux, pour l'y perdre, il falloit l'attirer.
Et c'est ce que la paix luy laissoit esperer.
J'avois prévû ce mal, & si j'ose le dire,
Dans le cœur de mon Fils ma crainte avoit sçû lire,
Et tâché, mais en vain, d'étouffer un amour
Qui luy pouvoit coûter, & sa gloire, & le jour.
Hors d'espoir de m'en faire appuyer l'injustice,
Il a gagné Gelon, il l'a fait son Complice ;
Quelque division qui nous laisse ennemis,
Vous voïez qu'il s'attache à ce coupable Fils,
Par luy seul de Pyrrhus la perte est résoluë.

ANTIGONE.
Quoy, Gelon....

ANDROCLIDE.
Oüi, le Roy par luy seul l'a concluë.
Quand tout saisi d'horreur à ce funeste arrêt,
J'ay du Prince à ses yeux embrassé l'interêt,
Qu'avec tant de chaleur parlant pour sa défense,
De cette mort au Roy j'ay fait voir l'importance,
Gelon, qu'un même zele avoit droit d'étonner,
Sans rien dire pour luy l'a laissé condamner.

ANTIGONE.
Ah, quoi que de ce Fils le crime vous accable,
Vers nous ainsi que luy vous en êtes coupable.
C'est peu d'avoir blâmé ce qu'il mettoit au jour,
Il falloit, il falloit empêcher son amour,
Repousser une ardeur....

ANDROCLIDE.
Hélas! qu'ay-je pû faire
Que n'ait pour l'étouffer employé ma colere?
Vous avouërai-je plus? Après tout ce couroux
J'osay porter son cœur à soupirer pour vous.
Pour l'arracher aux loix d'un trop injuste Empire,
D'un succez glorieux je flatay son martyre,
Il vous rendit des soins, il vous offrit des vœux,
Cent fois ses feints transports me l'ont fait croire heu-
Cent fois il m'a juré qu'aimé de sa Princesse, [reux,
De la Sœur de Pyrrhus il plaignoit la foiblesse,
Qu'elle n'avoit sur luy qu'un pouvoir usurpé.
Cependant je voy trop que l'Ingrat m'a trompé,
Que pour Deidamie il est de tout capable.
Jugez par-là, jugez d'un Pere déplorable.
Il faut sauver Pyrrhus, & c'est ce qu'on ne peut
Sans exposer un sang pour qui le mien s'émeut.
De l'amour de mon Fils la moindre connoissance
Sur luy du Roy soudain détourne la vangeance.
D'ailleurs, Deidamie oubliant son devoir,
Mon Fils, ce lâche Fils peut ne le plus sçavoir,
Si l'une ose trahir le destin de son Frére,
L'autre contre son Maître est en droit de tout faire,

M iij

Dans ces extrémitez, interdit & confus,
Je sçay que tous vos soins se doivent à Pyrrhus;
Mais à mes tristes vœux en secret favorable,
Sauvez-le, s'il se peut, sans perdre un Fils coupable,
Que par moy la Nature ait assez de pouvoir
Pour vous faire...

ANTIGONE.

Il suffit, je connoy mon devoir.

Fin du second Acte.

ACTE III.

SCENE PREMIERE.

ANTIGONE, PYRRHUS
se croyant Hippias.

ANTIGONE.

E changement n'a rien qui vous doive
  déplaire,
Pyrrhus à vos desseins se fût rendu contraire,
C'est vous avoir servy que l'avoir arrêté.

PYRRHUS.

Madame, pardonnez à ma stupidité.
L'outrage qu'on luy fait me tient l'ame gênée,
Tout mon Rival qu'il est je plains sa destinée,
Son malheur m'épouvante, & quoy qu'il me soit
  doux
Que ce revers l'arrache à l'espoir d'être à vous,

Quand je vois un grand Prince avec tant d'injustice
Trouver aux pieds du Trône un fatal précipice,
Tout mon cœur se révolte, & mon esprit confus...

ANTIGONE

Je croy que vous plaignez le destin de Pyrrhus,
Mais c'est pour adoucir assez ce qui vous gêne
Que voir Deidamie en état d'être Reine ;
Pour peu que vos desirs se daignent expliquer
Le Sceptre qui l'attend ne vous peut plus manquer.
Pour monter sur le Trône en vain le Roy la presse,
L'amour qu'elle a pour vous l'en veut rendre maî-
    tresse,
Asseurer à sa main le droit d'en disposer.
Elle a trop de vertu pour n'en pas bien user,
Et ce qu'elle vous doit pour ce zele sincere
Qui luy vaut la douceur de voir perir un Frére,
Joint à ce premier feu des sentimens trop doux
Pour souffrir que jamais elle regne sans vous.

PYRRHUS.

Quoi, pour un attentat si rempli d'infamie
Je suis d'intelligence avec Diademie ;
Et vous la soupçonnez d'assez de lâcheté...

ANTIGONE.

J'ay tort de condamner son illustre fierté.
Laisser perir Pyrrhus plûtôt que de se rendre,
C'est remplir tout l'orgueil qu'on en devoit attendre.
Le sang d'un Frere est peu pour ne le pas donner.

PYRRHUS.

Son refus à ce prix ne peut trop m'étonner,
Et l'espoir dont le charme à tant d'orgueil l'anime
Est un secret pour nous où la raison s'abime ;
Mais...

ANTIGONE.

Non, non, Hippias, des effets trop certains
Vous mettent hors d'etat de cacher vos desseins.
Où l'éclat qu'ils font parle, en vain on se veut taire,
Et comme enfin la cause en peut être moins claire,
Si quelque espoir vous reste encor de m'abuser,
C'est elle seulement qu'il vous faut déguiser.

Dites-moy qu'en preſſant cette Sœur trop injuſte
D'oſer honteuſement trahir un ſang auguſte,
Si vôtre effort au ſien s'y fait paroître égal,
C'eſt moins pour l'acquerir que pour perdre un Ri-
val ;
Que le preſſant ennui de me voir ſa conquête
Vous a fait de Pyrrhus ſacrifier la tête ;
Qu'infidelle Sujet pour être heureux Amant...

PYRRHUS.

D'un ſoupçon ſi honteux où va l'aveuglement ?
Ce que mes ſoins de vous ont mérité d'eſtime
Vous ſoûmet-il un cœur où puiſſe entrer le crime,
Et vous oſer aimer, eſt-ce un orgueil ſi bas
Qu'il reſte compatible avec les attentats ?
Madame, à cet orgueil rendez plus de juſtice.
Voir ſon Rival heureux eſt le dernier ſupplice,
Mais enfin un grand cœur, dans ces extrémitez,
Sçait faire agir ſa main, & non des lâchetez.

ANTIGONE.

Vous auriez quelque lieu de faire agir la vôtre
A voir Deidamie entre les bras d'un autre ;
Mais qui pour vous d'un Frere oſe livrer le ſang
Vous laiſſe aſſez d'eſpoir de partager ſon rang.

PYRRHUS.

Quoy, Madame...

ANTIGONE.

Soïez ingrat, lâche, perfide;
En corrompant Gelon abuſez Androclide ;
Je n'ay point d'interêt à découvrir au Roy
Tout ce qu'oſe aujourd'hui vôtre manque de foy.
Je le dédaigne même aſſez pour n'en rien croire,
Mais en le dédaignant j'auray ſoin de ma gloire,
Et pour la ſoûtenir, malgré tout vôtre effort,
J'arracherai Pyrrhus aux rigueurs ſon ſort.
Attiré ſur l'eſpoir où ma main le convie,
L'honneur veut que ma foy réponde de ſa vie,
Il s'en fait le garand, & ſi pour le ſauver
Le ſecret de ſa Sœur ne ſe peut réſerver,
Si ce noble interêt me défend de plus taire,

Qu'auprès d'elle un Amant l'emporte fur un Frére,
Quelque péril pour vous que j'en puiffe prévoir,
Etant ce que que je fuis, je feray mon devoir.

PYRRHUS.

Si vous mettez par-là fes jours en affeurance
Je crains peu le peril de cette confidence.
Parlez, montrez au Roy ce Rival orgueilleux
Qu'oppofent vos foupçons au fuccez de vos vœux,
Accufez-moy d'aimer ; loin de m'en ofer plaindre...

ANTIGONE.

Vos defleins font trop beaux pour en vouloir rien crain-
dre.
Bravez ce que contr'eux je puis faire éclater,
Le Roy vient, & peut-être il voudra m'écouter.

SCENE II.

NEOPTOLEMUS, PYRRHUS *fe croyant*
Hippias, ANTIGONE, GELON.

ANTIGONE.

Seigneur, fi le refpect que je dois à mon Père
Me permet de combattre un arrêt trop fevere,
Souffrez que pour Pyrrhus, dans des maux fi pref-
fans,
J'appelle à vos bontez des ennuis que je fens ;
Non que vôtre couroux n'ait une jufte caufe,
Mais enfin au Traité vous devez quelque chofe,
Et ce noble triomphe où vous porte ma foy,
Ne feroit pas peut-être indigne d'un grand Roy.

NEOPTOLEMUS.

Si je livre Pyrrhus aux traits de ma vangeance,
J'ay mes raifons, ma Fille, & j'en vois l'importance,
Et mettre en fa faveur ces fentimens au jour
C'eft peut-être en vouloir trop tôt croire l'amour.

ANTIGONE.

L'amour n'a rien pour luy que je ne pûffe croire,

M v

Sans blesser ma vertu, sans hazarder ma gloire.
Sur vos ordres, Seigneur, il a pû m'éblouïr,
Et si j'aime Pyrrhus je ne fais qu'obéïr ;
Mais ce n'est pas ce soin dont l'interêt me presse,
De ces impressions je dois être maitresse,
Et quand mon cœur pour luy cherche à vous émou-
    voir,
Je ne demande rien qui flate son espoir.
Je sçay trop qu'un Monarque incessamment s'appli-
    que
A suivre en tout l'exacte & saine Politique,
Et qu'aux loix de l'Accord vous voudriez ceder
Si le bien de l'Etat pouvoit vous l'accorder ;
Mais en les violant ne souffrez pas qu'on die
Que l'offre de ma main fut une perfidie,
Et que vous ayant fait le maître de son sort
C'est moy, c'est cet appas qui le livre à la mort.
Du Fils d'Æacidés rejettez l'alliance,
Mais que chez Glaucias il vive en asseurance,
Et qu'au moins ce revers qui presse mon secours
A son premier destin rende ses tristes jours.

NEOPTOLEMUS.

En vain à l'épargner vous croyez me contraindre.
Je respecte l'Accord, je rougis de l'enfraindre,
Mais je ne puis souffrir qu'avec impunité
Pyrrhus ose abuser de ma facilité.
Je luy donne ma Fille, & quand je puis prétendre
Qu'il flechisse sa Sœur, qu'il la force à se rendre,
Son orgueil dédaignant tout ce qu'il tient de moy,
A l'affront d'un refus abandonne ma foy.
Non, non, point de milieu, point d'autre choix à faire,
Ou la main de la Sœur, ou la tête du Frére,
J'attens ce qu'on resout.

ANTIGONE.

          Oserois-je à mon tour
Vous conjurer, Seigneur, d'en moins croire l'amour ?
Si souvent de nos cœurs malgré nous il dispose,
Cent fois l'aversion a fait la même chose.
Un principe secret d'aimer ou de haïr....

NEOPTOLEMUS.

Qui ne ſçait point aimer doit ſçavoir obéïr,
Et ſi pour moy Pyrrhus faiſoit ce qu'il doit faire...

ANTIGONE.

N'étant pas encor Roy, que peut-il comme Frere ?

NEOPTOLEMUS.

Tout, s'il s'intereſſoit à ſoûtenir ma foy ;
Au Trône, hors du Trône il eſt toûjours ſon Roy.

ANTIGONE.

Mais par où préſumer qu'il trompe vôtre attente,
Qu'au lieu de l'adoucir....

NEOPTOLEMUS.

Elle méme s'en vante,
Et luy fait fierement trouver un ſort plus doux
A me donner ſon ſang, qu'à me voir ſon Epoux.

ANTIGONE.

Cette fierté, Seigneur, à s'expliquer trop prompte
D'une autre paſſion nous peut cacher la honte,
Et ſon cœur au refus a droit de s'obſtiner
Si vous luy demandez ce qu'il ne peut donner.
C'eſt peut-être par-là qu'à vos deſſeins contraire
En faveur d'un Amant elle abandonne un Frere,
Qu'un invincible orgueil à vôtre eſpoir fatal....

NEOPTOLEMUS.

Ah, pour ſauver Pyrrhus nommez-moy ce Rival.
Ce ſecret déclaré, ma peine eſt terminée,
J'execute l'Accord, j'acheve l'hymenée,
Parlez ; vous laiſſez voir un viſage interdit ?
Pour ne pas achever vous en avez trop dit.

PYRRHUS.

D'un crime qui jamais ne trouveroit d'excuſe,
C'eſt moy, Seigneur, c'eſt moy que la Princeſſe ac-
cuſe ;
Mais j'auray peu de peine à prouver à mon Roy
Qu'un injuſte ſoupçon luy fait noircir ma foy
Sur une aveugle erreur dans ſon ame affermie...

NEOPTOLEMUS.

Quoi, Gelon, Hippias aime Deïdamie !

M vj

GELON.

Après ce zelé ardent qu'il fait voir pour son Roy,
Seigneur, sur un soupçon vous doutez de sa foy !

ANTIGONE.

Confident de son feu, de ses desseins complice,
En prenant son parti, Gelon luy fait justice.
Ennemi d'Androclide, il trouve un doux appas
A faire vanité de servir Hippias,
Comme il sçait son secret il vous en peut instruire.

GELON.

Moy, Madame ?

ANTIGONE.

　　　　A regret je me force à vous nuire,
Mais ce que ma vertu pourroit me reprocher
Ne souffre point qu'au Roy je puisse rien cacher.
Seigneur, Deidamie enfin vous est connuë,
Du plus ardent amour son ame est prévenuë,
Le vôtre a contre luy cet obstacle à lever,
Je n'ay plus rien à dire, & vous laisse achever.

SCENE III.

NEOPTOLEMUS, PYRRHUS
se croyant Hippias, GELON.

NEOPTOLEMUS.

QU'on la fasse venir. O Ciel ! est-il possible.
Qu'Hippias à mes vœux l'ait renduë insensible,
Que l'ingrat n'écoutant ni devoir, ni respect...

GELON.

Pour m'ôter tout credit on m'a rendu suspect ;
Mais encore une fois, Seigneur, j'ose vous dire
Que si Deidamie a sur luy quelque empire,
Loin que jusqu'à l'amour un espoir odieux
L'enhardisse...

NEOPTOLEMUS.

　　Ah, Gelon, enfin j'ouvre les yeux.

Pour dérober son Frere au malheur qui l'entraine
Elle n'a qu'à souffrir que je la fasse Reine ;
Et loin qu'un Trône offert pour elle ait quelque appas,
Pyrrhus prêt à perir ne l'intimide pas.
Il faut, il faut qu'elle aime, & j'en voy l'asseurance.
Le bonheur d'un Rival détruit mon esperance,
J'attaque en vain un cœur pour luy seul adouci.

à Pyrrhus.

Ingrat, que t'ay-je fait pour me traiter ainsi ?

PYRRHUS.

Déja ce dur reproche auroit sçû me confondre
Si mon sang de ma foy n'étoit prêt à répondre.
Vous croyez qu'elle m'aime, & pour le découvrir
Faites verser ce sang que j'aime à vous offrir.
Vous la verrez, Seigneur, pleine d'indifference
Laisser tomber sur moy toute vôtre vangeance,
Pour le Fils d'Androclide être sans interét,
Voir ma mort...

NEOPTOLEMUS.

Tu peux seul en empêcher l'arrêt,
Et si par toy sa main n'est le prix de ma flame...

PYRRHUS.

Que ne puis-je, Seigneur, toucher pour vous son
ame !
Sçachez-le de mon Pere, & s'il peut pour un Fils...

NEOPTOLEMUS.

Qu'il parle, le voici, tout luy sera permis.

SCENE IV.

NEOPTOLEMUS, PYRRHUS *se croyant*
Hippias, ANDROCLIDE, GELON.

NEOPTOLEMUS.

ET bien, Deidamie est toûjours inflexible ?
ANDROCLIDE.
Seigneur, c'est un orgueil qui paroît invincible,

Deux fois pour l'adoucir j'ay voulu la revoir,
Et deux fois tout mon zele a manqué de pouvoir.

NEOPTOLEMUS.

C'eſt aſſez, Androclide ; étant ce que vous êtes
Peu voudroient faire plus pour moy que vous ne faites.

ANDROCLIDE.

Quoi, vous me ſoupçonnez ?

PYRRHUS à Androclide.

Ah, Seigneur, aidez-moy
A détruire une erreur qui peut trop ſur le Roy,
Lors que Deidamie à ſes projets s'oppoſe,
Par un ſecret empire on veut que j'en ſois cauſe,
Et que nos cœurs unis l'empêchent d'accepter
Ce Trône où ſon amour la preſſe de monter.
Aſſeurez-le qu'à tort on m'impute une flame
Dont le ſoin, dont l'ardeur ne peut rien ſur mon ame,
Que je luy ſuis fidelle, & s'il faut faire plus ;
Je n'ay point de ſecrets qui ne vous ſoient connus.
Parlez, de trop d'orgueil faites-moy voir coupable
Plûtôt que....

NEOPTOLEMUS à Pyrrhus.

Son ſilence eſt aſſez excuſable,
Et qui craint de trop dire ou trop diſſimuler,
Peut montrer quelque trouble avant que de parler.

ANDROCLIDE.

D'un ſecret trop caché, ſi le mien eſt l'indice,
Avecque mon ſilence il eſt temps qu'il finiſſe,
Et qu'on ſçache qu'en moy, quel que ſoit ſon pou-
voir,
La Nature eſt muette où parle mon devoir.
Je l'ay déja fait taire auprés de la Princeſſe,
Et ſans rien découvrir du malheur qui me preſſe
Je voudrois que ſes ſoins euſſent pû détourner
L'impitoyable arrêt qu'on vous a vû donner ;
Mais puiſque de mon ſort tel eſt le dur caprice
Qu'il faut trahir mon Fils, ou que Pyrrhus periſſe,
Tout mon cœur déchiré par cette affreuſe loy,
Eſt peu pour mettre obſtacle à ce que je vous doy.
Oüi, Seigneur, pour ce Fils quoi que je doive craindre,

J'avoüerai que luy feul rend vôtre amour à plaindre,
Que pour luy contre vous l'orgueil s'eft confirmé,
Et qu'on vous aimeroit s'il n'étoit pas aimé.

PYRRHUS.

Que dites-vous, Seigneur? Moy..

ANDROCLIDE.

                                    Je n'ay rien à taire,
Et puifque l'on m'accufe...

PYRRHUS.

                        O Dieux! eft-ce mon Pére?
Eft-ce luy que j'entens...

ANDROCLIDE.

                            Non ingrat, & mon cœur
Ne connoît point de Fils en qui m'ôte l'honneur.
Voila, voila l'effet de cette aveugle flame
Dont les charmes fecrets ont trop flaté ton ame.
Combien, lâche, combien t'ay-je fait preffentir
Ce qu'un crime pareil traîne de repentir?
Combien ay-je voulu t'apprendre à te connoître,
A refpecter l'amour & le choix de ton Maître,
Sans que mon trifte cœur de ta gloire jaloux
Ait pû forcer le tien à vaincre fon couroux?
J'ay bien plus fait, Seigneur, je l'ay laiffé prétendre
A l'honneur éclatant de fe voir vôtre Gendre,
Et craint de vôtre haine un revers moins fatal
A l'orgueil d'un Sujet qu'à l'efpoir d'un Rival;
Mais ni l'appas flateur d'un fort fi plein de gloire,
Ni la menace...

NEOPTOLEMUS.

                    Helas, que n'a-t'il pû te croire!
Mon bon-heur eût bien-tôt ceffé d'être incertain
Si ma Fille n'eût eu qu'à luy donner la main.
Mais l'ingrat aime ailleurs, & du cœur où j'afpire...

PYRRHUS.

Androclide, Seigneur, a pouvoir de tout dire,
Et quoique fon aveu vous force à m'imputer,
C'eft mon Pére qui parle, & je dois l'écouter.
Mais le Ciel m'eft témoin que dequoi qu'on m'ac-
    cufe,

Ma temerité seule auroit besoin d'excuse ,
Si prêt de voir Pyrrhus à vôtre sang uni
Par cet affreux revers j'en étois moins puni.
La Princesse Antigone à ses desirs acquise
Est l'adorable objet dont mon ame est éprise ;
L'Amour pour elle seule a mon cœur enflamé ,
Point de mérite ailleurs qui m'ait jamais charmé ,
Qui m'ait jamais contraint à plus que de l'estime ,
Faites le châtiment , je vous ay dit le crime.

NEOPTOLEMUS.

Par ces déguisemens acheve de hâter
L'éclat de la vangeance où tu m'oses porter.
Dieux , quand le sang du Fils la pouvoit satisfaire ,
Pourquoi m'engagez-vous à devoir tant au Pére ?
Pourquoi...

ANDROCLIDE.

Non , non , Seigneur , c'est douter de ma foy
Meure cent fois ce Fils s'il peut nuire à mon Roy.
Que moy-méme...

GELON.

Seigneur , oubliriez-vous ce zele ?

NEOPTOLEMUS.

O Roy , vraiment heureux d'un Sujet si fidelle !
Trop mal-heureux pourtant de connoître aujour-
d'huy
Qu'il soit pere d'un Fils si peu digne de luy !

PYRRHUS.

Avant que contre moy l'erreur soit affermie ,
De grace , oyez , Seigneur , parler Deidamie ,
Et si par son aveu mon crime est confirmé...

NEOPTOLEMUS.

Qu'en pourrois-je obtenir contre un Amant aimé ?
Voudroit-elle trahir un secret qu'il déguise ?

ANDROCLIDE.

Du moins elle aura peine à cacher sa surprise ,
Et c'est par là d'abord que vous pourrez juger
D'un amour dont son cœur tremble à se dégager.
Non qu'avant qu'elle avouë un feu si témeraire
Il soit rien qu'à me nuire épargne sa colére ,

Pour voir ma foy suspecte, & mon zele noirci,
Tout ce qui peut tomber... Mais, Seigneur, la voici.

SCENE V.

NEOPTOLEMUS, PYRRHUS
se croyant Hippias, DEIDAMIE,
ANDROCLIDE, GELON.

NEOPTOLEMUS.

Madame, enfin j'ay sçû par quelle injuste au-
  dace
De mon couroux tantôt vous braviez la menace.
Le sang qu'à ma vangeance ont livré vos mépris,
Pour montrer moins d'orgueil étoit d'un foible prix,
   Il montre Pyrrhus.
Voici, voici pour qui vôtre ame plus sensible
Pourra craindre à son tour de me voir inflexible,
Vous le perdrez sans doute avec plus de regret.

DEIDAMIE.

Je ne demande point d'où l'on sçait son secret.
Androclide a tout dit ?

ANDROCLIDE.

    Oüi, j'ay parlé, Madame,
Dites que ces malheurs ne touchent point vôtre ame,
Que rien à son destin ne vous peut attacher.

DEIDAMIE.

En vain puisqu'on le sçait je voudrois le cacher.
   à Neoptolemus.
Mais, Seigneur, si pour luy ma constance timide...

PYRRHUS.

Que dites-vous, Madame ? O Ciel!

NEOPTOLEMUS *à Pyrrhus.*

     Et bien, perfide.

DEIDAMIE.

Cessez en l'outrageant de me percer le cœur.
Mes disgraces déja n'ont que trop de rigueur.

Ne les redoublez point , & si mes tristes larmes.
Aprés un long orgueil ont pour vous quelques char-
  mes ,
Voyez-moy toute en pleurs , quand vous vous em-
  portez ,
Pour ce malheureux Prince implorer vos bontez.
N'abusez point du sort qui me tient asservie
A vous promettre tout pour luy sauver la vie,
Et plûtôt qu'employer un si lâche moyen ,
S'il faut donner mon sang , prenez-le pour le sien,
Versez...

####### PYRRHUS *à Deidamie.*
Quel interest vous porte à luy déplaire ?
Suis-je digne...

####### DEIDAMIE.
Pour vous , hélas ! puis-je moins faire ?
####### NEOPTOLEMUS.
Non , mais pour arrêter ce discours odieux
Je n'écoute plus rien qu'en presence des Dieux.
Là , s'il faut que mes vœux cessent d'être frivoles ,
J'en croirai vôtre main , & non pas vos paroles.
  Allez , Gelon , allez. Qu'on mette en liberté
Ce Prince injustement par mon ordre arrêté.
Cependant contre un feu que je ne puis éteindre
Quand mon espoir confus n'a que ce lâche à crain-
  dre.

####### *montrant Pyrrhus.*
Si l'arrêt de sa mort vous semble un sort plus doux,
Je luy donne le temps d'en résoudre avec vous.
Qu'on les laisse ici seuls. Vous , suivez Androclide.

SCENE IV.

PYRRHUS *se croïant Hippias*,
DEIDAMIE.

PYRRHUS.

C'Est donc vôtre amour seul qui de mon sort décide,
Madame ? mais ô Dieux ! qui l'auroit presumé
Que de vous en secret Hippias fût aimé ?
Que pour luy vôtre cœur...

DEIDAMIE.

Gardez de vous en plaindre,
Son mérite luy seul auroit dû m'y contraindre,
Quand ce cœur qu'un Tyran me force de trahir,
Aux ordres de ma Mére auroit craint d'obéïr.
Par elle je l'aimay même sans le connoître,
Mais enfin de mon feu mon devoir est le Maître,
Et quand vos jours par moy se peuvent conserver,
Je consens à me perdre afin de vous sauver.

PYRRHUS.

Quoi, vous épouseriez...

DEIDAMIE.

Telle est ma destinée.
J'en vivrai sans repos, toujours infortunée,
Mais à vos intérêts je dois tout immoler.

PYRRHUS.

Ma raison se confond à vous oüir parler,
Vous qui loin que jamais vous m'ayez fait entendre...

DEIDAMIE.

La Reine expressement me l'avoit sçû défendre,
De peur que trop d'ardeur échauffant vos esprits,
Ne trahît le secret que je vous eusse appris.

PYRRHUS.

L'ayant tû jusqu'ici, quelle injuste espérance
Vous en fait aujourd'hui donner la connoissance ?

DEIDAMIE.

Plaignez-vous d'Androclide, il a tout découvert.

PYRRHUS.

Mais c'est vôtre aveu seul qui me nuit, & vous perd.

DEIDAMIE.

Du billet de la Reine étant dépositaire,
Il prouve malgré moy que vous êtes mon Frére.
Est-il en mon pouvoir de démentir sa main ?

PYRRHUS.

Moy vôtre Frére, moy !

DEIDAMIE.

C'est s'étonner en vain

PYRRHUS.

Moy, Pyrrhus ?

DEIDAMIE.

Doutez-vous du rapport d'Androclide?

PYRRHUS.

Je ne suis pas son Fils ?

DEIDAMIE.

Vous, le Fils d'un perfide ?
Non, non, mon Frére.

PYRRHUS.

Hélas ! sortez d'aveuglement
Androclide me fait passer pour vôtre Amant ;
Comme Rival du Roy j'éprouve sa colére.

DEIDAMIE.

Il vous fait mon Amant ! Ah, c'est trop vous le taire
Ce Pyrrhus qu'à périr exposoit mes refus
Est le Fils d'Androclide, & vous êtes Pyrrhus,
Non nous entendions mal.

PYRRHUS.

Androclide est son Pére?

DEIDAMIE.

L'aurois-je abandonné s'il eût été mon Frére ?
Un échange secret abusant Glaucias
Le fait croire Pyrrhus, vous fait croire Hippias.
C'est-là, pour vous remettre où le Ciel vous fit naître
Ce qu'Androclide au Roy devoit faire connoître,
Et par où j'asseurois qu'en vain dans ce grand jour

Le bonheur de Pyrrhus alarmoit vôtre amour ;
Mais le Traître à son Fils assurant la Couronne
Le maintient dans le rang que vôtre nom luy donne,
Et quand il craint pour luy, son lâche emportement
Ose feindre qu'en vous j'ay fait choix d'un Amant.
Allons, mon Frére, allons malgré son imposture
Renverser ses desseins, confondre la Nature,
Vous placer dans ce Trône...

PYRRHUS.

      Ah, pour vous en flater
Androclide, ma Sœur, est trop à redouter.
Ce feu que m'imputoit son adroite colére
Ne me convainc que trop que je suis vôtre Frére ;
Mais quoi qu'ait pû le Sort afin de m'épargner,
C'est à moy de mourir, à son Fils de régner.

DEIDAMIE.

Quoi, ma main...

PYRRHUS.

    - Vôtre main par le Roy poursuivie,
Malgré cet Imposteur me peut sauver la vie,
Mais justifiera-t'elle, après ce qu'il soutient,
Qu'il fait prendre à son Fils un nom qui m'appartient?
Non, non, il n'est plus temps de l'en vouloir dédire.

DEIDAMIE.

Quoi, contre vous moy-même il faut que je conspire,
Que de moy, d'une Sœur vous paroissiez aimé ?

PYRRHUS.

Androclide l'a dit, vous l'avez confirmé.

DEIDAMIE.

Je parlois d'un secret qui vous faisoit connoître.

PYRRHUS.

Il parloit de l'amour que vous m'aviez fait naître,
Et l'on croiroit toûjours qu'un pareil changement
Sous le faux nom du Frére épargneroit l'Amant.
D'un amour plus aveugle il porteroit la tache.
Qu'à braver nos Tyrans tout vôtre soin s'attache,
En sans me découvrir ny donner vôtre foy ;
Embarassez ensemble Androclide & le Roy.

DEIDAMIE.

A ne la donner pas vôtre perte est certaine.

PYRRHUS.

Vous, épouser pour moy l'objet de vôtre haine!
Ah plutôt...

DEIDAMIE.

S'il faut voir vôtre Couronne ailleurs,
Du moins vos jours sauvez flateront mes malheurs,
Pour suivre mon devoir il n'est rien qui m'étonne.

PYRRHUS.

Vivez pour Hippias, c'est moy qui vous l'ordonne;
On me croit vôtre Amant, j'en dois garder le nom.

DEIDAMIE.

Laisser à la Princesse un si cruel soupçon!

PYRRHUS.

Le temps pour l'éclaircir n'aura que trop de force.

DEIDAMIE.

Mon cœur ne goûte point cette honteuse amorce,
Et loin...

PYRRHUS.

C'est trop, ma Sœur, je vay trouver le Roy

DEIDAMIE.

Mais que luy direz-vous enfin?

PYRRHUS.

Ce que je doy.

Fin du Troisiéme Acte.

ACTE IV.

SCENE PREMIERE.

DEIDAMIE, HIPPIAS se croyant Pyrrhus.

HIPPIAS.

Ne cherchez point, ma Sœur, d'où mon
    chagrin peut naître.
Ma raison se confond à le vouloir con-
    noître.
Et vos soupçons en vain le font être en
    effet
Du vif ressentiment de l'affront qu'on m'a fait.
Je le regarde encor avec des yeux d'envie,
On m'ôtoit la Couronne, on menaçoit ma vie;
Mais dans tout ce péril d'un revers éclatant,
Etois-je malheureux puisque j'étois content?
Non, non, les tristes biens que le sort me redonne
Ne valent point celui qu'il faut que j'abandonne,
Et la mort que l'on m'ôte en étoit un plus grand
Que cette liberté que mon malheur me rend.

DEIDAMIE.

Quel que fût ce péril où vous trouviez des charmes,
Si j'ay paru pour vous en prendre peu d'alarmes,
J'avois quelques raisons d'appuyer un refus...

HIPPIAS.

Et ce sont ces raisons qui ne m'en laissent plus.
Je vous l'ay déja dit, mais pour flater ma peine
Souffrez que de nouveau ma douleur vous l'apprenne,
Et que ce triste cœur qu'abuse un faux appas

Tâche à vous expliquer ce qu'il ne comprend pas,
Quand mes soins ont du Roy favorisé la flame,
Combatu, déchiré, j'en ay frémi dans l'ame,
Et jamais à mes vœux rien ne parut si doux
Que de voir vos refus m'attirer son couroux.
Pour luy ravir l'espoir ma prison m'étoit chére,
La mort même à ce prix n'auroit pû me déplaire,
Et cependant, helas, cette ombre de bonheur
N'a fait qu'accroître un mal qui m'arrache le cœur,
Que plonger ma raison dans un plus noir abime.

DEIDAMIE.

L'hymen où je m'apprête en expiera le crime,
Et quand je hay le Roy, l'accepter pour Epoux...

HIPPIAS.

Ah, sans rien éclaircir que ne l'épousiez-vous !
Si toûjours ma disgrace en eût été mortelle,
Vous m'auriez épargné du moins la plus cruelle,
Et j'aurois eu la joye, en renonçant au jour,
De croire vôtre cœur insensible à l'amour.
Mais pour comble de maux on me force à connoître
Qu'Hyppias de ce cœur a sçû se rendre Maître,
Que l'hymen dont l'horreur faisoit trembler vos
    vœux,
Quand vous craignez pour luy n'a rien pour vous
    d'affreux,
Qu'à quelque excez d'ennuis...

DEIDAMIE.

                    Vous avez lieu de croire
Que le sang a dû seul intéresser ma gloire,
Qu'avoir livré le vôtre à ce brûlant couroux...

HIPPIAS.

Non, ce n'est point par là que je me plains de vous,
Contre moy du Tyran rallumez la colére,
Pour vivre tout à vous laissez périr un Frére,
Abandonnez ce sang qu'il vouloit s'immoler ;
Pour vous avec plaisir je le verray couler.
Mais pour remettre un peu ma constance abatuë
N'aimez point, s'il se peut ; c'est là ce qui me tuë,
C'est de là que pour moy d'impétueux transports
                                                Pour

Pour une feule mort font naître mille morts ;
Non que j'en croye affez l'emportement extrême
Pour ofer fouhaiter d'être aimé comme j'aime.
Peut-être que pour vous mes vœux trop empreffez
Me rendent trop faciles où vous l'êtes affez ;
Mais enfin je voudrois qu'aucun n'eût droit d'attendre
Ce que de vôtre cœur je renonce a prétendre ,
Et que ce cœur jamais , quoiqu'il fçût tout charmer ,
N'aimât rien au delà de ce qu'il peut m'aimer.
Vous donnez vôtre main. Helas ! quel coup de foudre
Quand je fonge au motif qui vous y fait réfoudre ,
Et que je vois l'Amour...

DEIDAMIE.

Ne vous contraignez pas.
Dites qu'il me féduit en faveur d'Hippias.
Comme Fils d'Androclide il mérite ma haine ,
Mais je céde en l'aimant à l'ordre de la Reine,
Et vous-même fans doute , à n'y pas obéïr ,
Auriez blâmé l'orgueuil qui me l'eût fait trahir.

HIPPIAS.

Ah , ma Sœur , s'il faut , qu'il régne fur l'Empire ,
Mais que de vôtre cœur il vous laiffe l'Empire.
Ce droit feul refervé foûlage mon ennuy ,
Pourvû qu'il foit à vous , tout le refte eft à luy ,
J'y confens , & mes vœux...

DEIDAMIE.

N'en formez point , de grace ,
Un fi foible bonheur ne vaut pas qu'on en faffe ;
Mais quoi que vous craigniez de mon cœur enflamé ,
Vous feriez moins heureux s'il étoit moins aimé,
Vous êtes Hippias.

HIPPIAS.

Androclide eft mon Pére ?

DEIDAMIE.

Oüi , vous êtes fon Fils , & fon Fils eft mon Frére.

HIPPIAS.

Et vous croyez par-là foûlager mon tourment !
Non , il n'eft que trop vray , fon Fils eft vôtre Amant,
Luy-même il en fait gloire , & fier de fa difgrace

Du Roy, comme Rival il brave la menace,
J'en viens d'être témoin, & c'est mon desespoir.

DEIDAMIE.

D'une vertu sublime admirez le pouvoir.
Pour m'épargner l'horreur d'un hymen qui m'accable
Il cherche, comme Amant, à se montrer coupable,
Et consent à mourir plutôt que voir le Roy
M'arracher une main que vous gardoit ma foy ;
Mais encor une fois, quoi qu'on vous ait pû taire,
Vous êtes Hippias, Hippias est mon Frére.
Du bisarre destin qui fait ce changement
Ne me demandez point d'autre éclaircissement.
De tout ce grand secret Androclide est le maître,
Et quand sa trahison ose tout méconnoître,
Si vous pouvez douter du rapport d'une Sœur,
Croyez-en...

HIPPIAS.

Ah, Madame, il suffit de mon cœur
C'est luy seul que j'écoute, & ce qu'il m'ose dire,
Pour ne l'en croire pas a sur moy trop d'empire.
Je ne m'étonne plus des mouvemens jaloux
Qu'aveugle en mes desirs j'osois prendre pour vous.
L'Amour que ma disgrace engageoit au murmure
Prenoit pour s'expliquer la voye de la Nature,
Et le sang favorable à son aveuglement
Prêtoit le nom du Frére aux transports de l'Amant.
Mais las ! qu'un nom si doux console peu ma flame,
S'il faut que du Tyran vous deveniez la Femme !
Vous, sa Femme ? Ah plutôt...

DEIDAMIE.

Mais enfin, voulez-vous
Que j'abandonne un Frére à son lâche couroux ?

HIPPIAS.

Quelques transports en luy que ce couroux anime,
Il n'en veut qu'au Rival dont l'amour fait le crime,
Et coupable vers luy d'un si noble attentat,
C'est sur moy seulement qu'en doit tomber l'éclat.
Mon amour déclaré, Pyrrhus n'a rien à craindre.

DEIDAMIE.

Pyrrhus est son Rival, du moins il l'a sçû feindre,
Et ce titre d'Amant qui vous paroît si doux
Est plus croyable en luy qu'il ne peut l'être en vous.
Tout ce que vous diriez pour n'être plus mon Frere
Ne feroit contre vous qu'irriter sa colére,
Et sans rompre l'hymen où j'ose m'apprêter...

HIPPIAS.

Non, non, je le rompray, laissez-moy l'irriter.
L'Amour qui cherche à vaincre un destin effroyable
Sçait trop bien s'exprimer pour n'être pas croyable.
Si le mien par ma mort se doit justifier,
Est-ce une gloire, helas! qu'il faille m'envier?
Quand d'abord le Tyran a menacé ma tête,
Sans rien craindre pour moy, vous voyiez la tempête,
Vous ne relâchiez rien de vos justes mépris.

DEIDAMIE.

Je sçavois qu'Androclide agiroit pour son Fils,
Qu'il sçauroit dérober vos jours à sa vangeance.

HIPPIAS.

N'avez-vous pas encor cette même assurance?
Des intérêts d'un Fils sera-t'il moins jaloux?

DEIDAMIE.

Mais le Tyran alors ne menaçoit que vous.
Le destin a rendu mon malheur invincible,
Pour les jours de Pyrrhus j'ay paru trop sensible,
Et quoique vôtre amour employe à l'irriter,
C'est toûjours par ma main qu'il les faut racheter.
Vôtre sang hazardé change-t'il ma disgrace?

HIPPIAS.

Madame, nous n'avons encor que la menace,
S'il s'apprête aux effets, pour rompre son dessein,
J'y consens, il le faut, donnez-luy vôtre main;
Mais dans le noble éclat où l'Amour me convie
Ne luy promettez rien s'il ne veut que ma vie.
Sûre au besoin toûjours de pouvoir l'adoucir,
Continuez...

DEIDAMIE.

Et bien, il faut tout éclaircir,

De l'hymen qu'il pourſuit ſuſpendre l'aſſeurance,
Reprendre tout l'orgueil qui bravoit ſa vangeance,
Mais prête ſur Pyrrhus à la voir éclater,
C'eſt mon Frére, & mon cœur n'a point à conſulter.

SCENE II.

DEIDAMIE, ANDROCLIDE, HYPPIAS.

HIPPIAS à *Androclide.*

Seigneur, à nos ennuis donnez quelque relâche;
C'eſt trop tenir caché ce qu'il faut que l'on ſçache;
Faites, faites enfin paroître aux yeux de tous
Ce qu'un zéle...

ANDROCLIDE.

Seigneur, de quoi me parlez-vous?
Eſt-il quelque ſecret...

HIPPIAS.

Il n'eſt plus temps de taire
Que je ſuis Hippias, que vous êtes mon Pére.

ANDROCLIDE à *Deidamie.*

Madame, quel deſtin me fait changer de Fils?
Que fait-on croire au Prince, ou qu'avez-vous ap-
    pris?
L'oſe-t'on abuſer? ſuis-je abuſé moy-même?

DEIDAMIE.

Toûjours d'un impoſteur l'impudence eſt extrème,
Pour couvrir tes forfaits, tu dois tout ignorer.

ANDROCLIDE.

Pour mon indigne Fils c'eſt trop vous déclarer.
L'aveu de ſon amour m'attire vôtre haine,
J'ay trahi vos ſecrets, & c'en eſt là la peine.
Mais, Seigneur, ſon rapport doit peu vous alarmer;
    à *Hippias.*
La feinte eſt pardonnable à qui ſçait bien aimer,

Pour sauver un Amant il n'est rien qu'on ne tente.

HIPPIAS.

Non, non, de vos projets je vois l'injuste attente,
Mais d'un frivole appas vôtre espoir se nourrit,
Pour ne douter de rien son rapport me suffit,
Hippias est Pyrrhus, vous n'êtes point son Père.

ANDROCLIDE.

Quoi, Seigneur, vous voulez qu'Hippias soit son
   Frére,
Luy qui par un orgueil qui n'eut jamais d'égal
De son Maître à vos yeux s'est déclaré Rival,
Luy qui du nom d'Amant fait sa plus haute gloire?

HIPPIAS.

On sçait par quel motif & ce qu'il en faut croire,
Ce Rival, dont l'aveu flate en luy vôtre espoir,
C'est en moy seulement que le Roy le peut voir.
J'adore la Princesse, &...

ANDROCLIDE.

       Dieux, qu'osez-vous dire?
Vous Amant d'une Sœur qui vous vole un Empire!
Qui coupable déja d'avoir livré vos jours...

HIPPIAS.

L'erreur où j'ay vécu vous offre un vain secours.
Après ce que le Ciel m'a daigné faire entendre
Je connois trop Pyrrhus pour m'y pouvoir mé-
   prendre.
Hippias est son Frére, & je suis vôtre Fils.

ANDROCLIDE.

Quel invincible charme aveugle vos esprits?
Vous ne voyez donc pas que l'amour qui la presse
Pour sauver Hippias a recours à l'adresse,
Qu'en l'avoüant pour Frére, elle veut lâchement
Faire tomber sur vous le péril d'un Amant,
Vous perdre sous son nom, & par cet artifice...

HIPPIAS.

Je voy ce qu'il faut voir pour luy rendre justice,
Et si vous vous flatez de l'espoir d'un grand bien
A prendre une Couronne où je ne prétens rien,
Que vôtre ambition cesse d'en rien attendre;

Quand je l'accepterois, ce seroit pour la rendre,
Et faire voir à tous qu'au point où je me voy,
Qui peut la dédaigner méritoit d'être Roy.

ANDROCLIDE.

Si l'éclat n'en peut plaire à vôtre ame déçûë
Vous la pouvez céder quand vous l'aurez reçûë,
Et j'aimerai l'erreur à qui Pyrrhus soumis,
Sans qu'on m'impute rien, fera régner mon Fils.

SCENE III.

NEOPTOLEMUS, DEIDAMIE, GELON, ANDROCLIDE, HIPPIAS, Suite.

ANDROCLIDE à *Neoptolemus*.

D'Hippias pour vos vœux ne craignez plus l'obstacle,
Seigneur, l'Amour pour luy vient de faire un miracle,
Et par des nouveautez dont vous serez surpris,
Vous changez de Rival, & je change de Fils.
Deidamie a sçû qu'une indigne espérance
M'a fait du vray Pyrrhus dérober la naissance,
D'un échange secret j'ose appuyer l'abus,
Hippias est son Frére, & mon Fils est Pyrrhus,
Elle en a l'asseurance, & je suis un perfide.

NEOPTOLEMUS.

Quoi, Madame, Hippias n'est point Fils d'Androclide,
Et quand vous craignez tout de mon ressentiment,
Il devient vôtre Frére, & n'est plus vôtre Amant ?

DEIDAMIE.

Sur l'aveu dont tantôt devant toy j'ay fait gloire,
Tu l'as crû mon Amant, & tu pouvois le croire ;
Mais du lâche Androclide en vain le faux rapport
D'un amour supposé m'a fait tomber d'accord.
Pour conserver son Fils je croyois que le Traître,

Touché de son péril, t'avoit tout fait connoître,
Et que du vrai Pyrrhus le secret déclaré
M'obligeoit à l'aveu qu'on a de moy tiré.
Voilà par quelle erreur à moy même contraire
J'avoüois un Amant croyant parler d'un Frére,
Mais enfin c'est à toy d'en éclaircir l'abus,
Hippias est mon Frére, Hippias est Pyrrhus.
Pour transmettre à son sang la grandeur souveraine
Androclide supprime un billet de la Reine ;
Examine, & resous, je ne te dis plus rien.

ANDROCLIDE.

Seigneur, sur son rapport on peut douter du mien.
Attendant qu'à loisir le crime s'éclaircisse,
Je me rens prisonnier, vous vous ferez justice,
Et si quelque soupçon vous peut autoriser...

NEOPTOLEMUS.

Va, sa feinte n'a rien qui me puisse abuser.
L'artifice n'en sert qu'à me rendre plus claire
La honte d'un amour qui me livroit son Frére,
Et cherche de nouveau par ce déguisement
A détourner sur luy le péril d'un Amant.
Ah, Gelon, qui l'eût crû ?

GELON.

Seigneur, le Ciel est juste.
Il veille sur les Rois, prend soin d'un sang auguste,
Et sans qu'il vous demeure aucun soupçon d'abus,
Si vous voulez qu'il régne, il montrera Pyrrhus.

NEOPTOLEMUS.

Il m'est assez connu ; mais quand on me dédaigne,
Ne sçachant si je veux qu'il périsse ou qu'il régne,
Je sçay bien seulement qu'un desespoir fatal
Ne me laisse songer qu'à punir mon Rival.

HIPPIAS.

Si sur un Rival seul doit tomber vôtre haine,
Vous le voyez en moy, resolvez de ma peine.
J'aime Deidamie, & mon cœur enflamé
Dérobe à vos desirs la douceur d'être aimé.

NEOPTOLEMUS.

Quoi, c'est peu qu'à mes vœux vôtre fierté contraire

Ait dédaigné pour moy d'ufer des droits de Frére ;
Si j'attaque un Rival je vous vois lâchement,
Pour braver ma vangeance affecter d'être Amant ?

HIPPIAS.

Non, non, c'eft un fecret qu'il ne faut plus vous taire ;
Hippias eft Pyrrhus, je ne fuis point fon Frére,
Et quand j'aime en effet, c'eft fans rien affecter
Qu'une fi belle ardeur fait gloire d'éclater.
Jamais ni feu plus pur, ni paffion plus tendre...

NEOPTOLEMUS.

Qu'aux feintes de fa Sœur Pyrrhus fe puiffe rendre,
Qu'il foit prêt à céder un Trône fur fa foy !

HIPPIAS.

L'Amour eft mon Oracle, & c'eft luy que j'en croy ;
L'heureux titre d'Amant qu'il permet à ma flame,
Malgré ce que je pers, remplit toute mon ame.
Je céde une Couronne, & dois la dédaigner
Quand je vois qu'Hippias a droit feul de régner,
Affez & trop long-temps mon fort luy fait injure.

NEOPTOLEMUS.

Il falloit avec luy concerter l'impofture,
Et de Pyrrhus peut-être on m'auroit fait douter,
S'il en eût pris le nom quand vous l'ofez quitter.
Mais convaincu d'amour par la Princeffe même,
Toûjours Fils d'Androclide il confeffe qu'il aime,
Et fon feu l'attachant au deftin d'Hippias,
Quand vous prenez fon nom, ne vous le céde pas.

DEIDAMIE.

Tu vois jufqu'où pour moy leur vertu les engage.
Pour contraindre mon cœur tu mets tout en ufage,
Et tous deux aiment mieux, afin de m'épargner,
Etre Amans pour mourir, que Fréres pour régner.
Ta tyrannie en eux trouve de foibles armes.

NEOPTOLEMUS.

L'Amour pour les Tyrans doit avoir peu de charmes,
Et puifqu'il le faut être, il eft temps que mon cœur,
Preffé de fe vanger, chaffe toute autre ardeur
Sus donc, que vôtre choix regle ce qui m'anime ;
Ce Tyran fait par vous demande une victime.

Prononcez, & voyons par vôtre jugement,
Qui l'emporte sur vous, du Frére ou de l'Amant.

HIPPIAS.

Le choix que vous pressez sera facile à faire,
L'Amant sans balancer s'immole aux jours du Frére.
Comme à perdre un Rival vous avez intérêt,
Voici vôtre victime, ordonnez, je suis prêt.
C'est moy seul, c'est mon sang qu'elle offre à vôtre
haine.

NEOPTOLEMUS.

Qu'on le tienne éloigné dans la chambre prochaine,
Il attendra mon ordre.

à Deidamie.

Et vous, enfin parlez.
Je ne m'oppose plus au feu dont vous brûlez,
A toute ma vangeance un des deux peut suffire,
Choisissez.

DEIDAMIE.

Je t'ay dit ce que j'avois à dire.
Un Frére a tous mes vœux s'il faut craindre sa mort:
Hippias est ce Frére, ordonne de son sort.
Je ne puis empêcher qu'une indigne imposture
N'attribuë à l'Amour ce que fait la Nature?
Non que ce même Amant qu'il faut t'abandonner
Par son triste destin n'ait dequoi m'étonner,
Mais pour sauver ses jours, le Traître qui t'abuse

montrant Androclide.

Luy prêtera l'appui que ma main luy refuse.
Crains pour l'un Androclide, & pour l'autre mon bras,
Et sans m'en consulter choisy qui tu voudras.
Adieu.

SCENE IV.

NEOPTOLEMUS, ANDROCLIDE, GELON.

NEOPTOLEMUS.

Vit-on jamais une parelle audace ?
C'en est fait, dans mon cœur l'amour n'a plus de place,
L'ingrate en est indigne , & sa dure fierté
Du mépris de mes vœux a trop fait vanité.
Plus d'ardeur , plus de pente à ce lâche himenée
Qui devoit à mon sort unir sa destinée.
Si mon amour s'en fit un bonheur souverain,
J'en voulois à son cœur en poursuivant sa main.
C'étoit pour le toucher qu'il aimoit à s'accroître,
Et lors que je connois qu'un autre en est le Maître,
Que pour luy dans son ame un feu trop allumé
M'arrache tout espoir d'être jamais aimé ;
Quand de ma violence appréhendant la suite
A m'épouser enfin je la verrois réduite,
Sçachant sur ses desirs ce que peut Hippias,
Les miens trop rebutez n'y consentiroient pas.
C'est peu qu'il l'ait forcée à trahir la Nature,
Sa lâcheté pour luy va jusqu'à l'imposture ,
Luy seul a tout son cœur, luy seul a tous ses vœux,
Sans Androclide hélas ! que je serois heureux !

ANDROCLIDE.

Moy ? j'empéche, Seigneur, que son orgueil ne change ?

NEOPTOLEMUS.

Tous malheurs sont legers pourvû que l'on se vange.
La mort de mon Rival puniroit ses mépris,
Et prêt à l'ordonner , je voy qu'il est ton Fils.

ANDROCLIDE.

Souffrir que mon repos au vôtre se préfere ?
J'étois Sujet , Seigneur , avant que d'être Pére,

Et quoi que la nature en frémiſſe d'effroy,
Je ne balance point ſur ce que je vous doy.
Puiſqu'un Rival luy ſeul cauſe vôtre diſgrace,
Sans voir qu'il eſt mon Fils puniſſez ſon audace,
Et vangé par ſa mort de tant de fiers refus,
Mettez-vous en état de rétablir Pyrrhus
Par cet illuſtre effort couronnez vôtre gloire.

NEOPTOLEMUS.

Dieux !

GELON.

Pourriez-vous, Seigneur, vous réſoudre à
l'en croire,
Et ce zéle ſi pur, ſi parfait, ſi ſoûmis,
Ne mérite-t'il point la grace de ſon Fils ?
Sa vertu par le ſang vainement combatuë,
Toûjours ferme pour vous...

NEOPTOLEMUS,

C'eſt-là ce qui me tuë.
Je ſçai que pour ce Fils il doit tout obtenir,
Mais connoître un Rival, & ne le point punir !

ANDROCLIDE.

Puniſſez-le, Seigneur, ce Rival téméraire.
Quoi qu'oppoſe Gelon, crôiez l'en moins qu'un Pére,
Et n'examinons point ce qui l'attache plus
Au parti de mon Fils qu'à celui de Pyrrhus.

GELON. à *Androclide.*

A ce Fils malheureux j'ay crû devoir ce zéle,
Mais ſi c'eſt pour Pyrrhus paroître moins fidelle,
Les effets feront voir s'il peut auprès du Roy
Attendre pour régner plus de vous que de moy.

NEOPTOLEMUS à *Gelon.*

Va, ne t'en flate point, ſa perte eſt réſoluë,
Les mépris de ſa Sœur malgré moy l'ont concluë,
Et mon Trône avec luy n'eſt plus à partager,
Quand il luy peut fournir un bras à la vanger.
Du moins pour vivre heureux après ma flame éteinte,
Par la mort de Pyrrhus je dois régner ſans crainte,
Et ſon ſang...

ANDROCLIDE.

Ah, Seigneur, daignez-y mieux songer,
Vôtre cœur d'une ingrate aspire à se vanger,
Mais quand l'Amour par elle au devoir se préfere,
Sera ce la punir que d'immoler son Frére,
Ce Frére que tantôt, le voyant condamner,
Elle n'a point rougi de vous abandonner ?
C'est sur son Amant seul qu'il faut que vôtre haîne...

NEOPTOLEMUS.

L'Amant comme le Frére aura part à la peine,
Et demain...

GELON.

Quoi, Seigneur, vous les perdrez tous deux ?

NEOPTOLEMUS montrant Androclide.

Non, il faut épargner un Pére malheureux,
Pyrrhus périra seul, mais de peur que l'ingrate
De quelque espoir encor lâchement ne se flate,
Je veux que son Amant, quand il perdra le jour,
En épousant ma Fille accable son amour.
Cet hymen à leurs vœux par tant de droits contraire,
En me vangeant du Fils, m'acquitte vers le Pére,
Et je ne voy...

ANDROCLIDE.

Seigneur, Pyrrhus est condamné,
Et mon Fils...

NEPOTOLEMUS.

Tu perds temps, l'arrêt en est donné.
Où ta vertu pour moy re fait trop entreprendre,
Ce n'est pas ton conseil que la mienne doit prendre.
Suy-moy, Gelon.

ANDROCLIDE seul.

O Dieux de mon bonheur jaloux,
Par ce projet funeste où me réduisez-vous ?

Fin du Quatriéme Acte.

ACTE V.

SCENE PREMIERE.

NEOPTOLEMUS, DEIDAMIE.

NEOPTOLEMUS.

Onfeffez-le, Madame, il vous eft doux
    d'apprendre
Qu'un Peuple revolté m'ofe choifir un
    Gendre ?
Si fa rebellion par un éclat foudain
De ma Fille à Pyrrhus veut affurer la
    main,
Pour rompre une hymenée à vôtre amour funefte
L'efpoir de ce tumulte eft le feul qui vous refte,
Et vous croyez déja qu'un pareil remuëment,
Renverfant mes projets, vous rendra vôtre Amant ;
Mais avant que changer ce qu'on m'a vû réfoudre,
Tombe plutôt fur moy, tombe cent fois la foudre.
Non que mon cœur ençor de vos charmes épris
Cherche par la menace à vaincre vos mépris.
De vos lâches refus la coupable arrogance
L'a laiffé tout entier ouvert à la vangeance ;
Et telle en eft l'ardeur qu'avec tous fes appas
L'offre de vôtre main ne l'ébranleroit pas.
J'immolerai Pyrrhus à ma fecrette haine,
Et fi fon fang verfé vous donne peu de peine,
Hippias à vos vœux par ma Fille enlevé
Sera pour vous peut-être un fupplice achevé.
La douleur de le voir entre les bras d'un autre...

DEIDAMIE.

Je vous l'ay déja dit, mon souhait est le vôtre:
Par l'hymen d'Hippias cherchez à me punir,
Seigneur, c'est le seul bien que je vueille obtenir,
Et quoi qu'un tel Amant me dût faire entreprendre,
Mes vœux sont satisfaits s'il devient vôtre Gendre;
Mais gardez de former des projets superflus.
Les Mutins sont à craindre, ils demandent Pyrrhus,
Et c'est pour ce Pyrrhus que l'ardeur qui me presse
Auroit peine à souffrir l'hymen de la Princesse.
Nommez ce sentiment adresse, feinte, abus,
Voilà mes intérêts, n'attendez rien de plus:
Pourvû qu'Hippias régne, il ne m'importe guére
Qu'il soit crû mon Amant, ou connu pour mon Frére,
C'est assez que du Trône on le fasse joüir.

NEOPTOLEMUS.

Tous ces déguisemens ne peuvent m'éblouïr.
Vôtre amour, des Mutins voyant agir l'audace,
De l'hymen d'Hippias ne craint plus la menace,
Et se porte aisément à feindre d'approuver
Ce qu'ils empêcheront que je n'ose achever;
Mais puisque Pyrrhus seul excite la tempête,
Il faut sur eux enfin faire voler sa tête,
Et rendre ainsi sur l'heure à ce Peuple sans foy
Celui qu'à force ouverte il demande pour Roy.
Luy mort, tout ce grand feu qui paroît tant à crain-
        dre,
N'ayant plus où se prendre, aura lieu de s'éteindre,
Et nous verrons alors si dans de tels malheurs
Hippias couronné pourra secher vos pleurs.

DEIDAMIE.

Cette mort me seroit un funeste spectacle;
Mais, Seigneur, Androclide y pourra mettre obstacle,
Et j'ay lieu d'en attendre un assez fort secours
Pour ne craindre...

SCENE II.

NEOPTOLEMUS, DEIDAMIE, CAMILE.

CAMILE.

AH, Seigneur, on en veut à vos jours.
Un nombre d'Assassins par une aveugle rage
Cherche jusques à vous à se faire passage,
Et fait en combattant oüir des cris confus
De, Perisse le Roy, plus de Roy que Pyrrhus.
Dans le trouble imprévû que ce complot leur donne
De vos Gardes surpris le courage s'étonne.
La Princesse intrépide en ce pressant danger.
Tâche par sa présence à les encourager.
Telle qu'une Amazone, elle anime leur zéle,
Mais que ne doit-on craindre & pour vous & pour elle.
Contre tant d'Ennemis tout à coup déclarez.

DEIDAMIE.

Androclide sans doute est Chef de Conjûrez ?

CAMILE.

Dans l'effroi qu'en mon cœur leur fûreur a fait naître,
Les sens tous interdits, j'ay vû sans rien connoître,
En quittant la Princesse...

NEOPTOLEMUS.

Allons la secourir,
Et périr noblement s'il faut enfin périr.
Et rappellant Pyrrhus, j'ay dû prévoir ses brigues.

DEIDAMIE.

Pyrrhus n'a point de part à de si noires ligues,
Seigneur, & si du Ciel le couroux satisfait...
Mais, ô Dieux ! la Princesse...

SCENE III.

NEOPTOLEMUS , ANTIGONE.
DEIDAMIE, CAMILE.

NEOPTOLEMUS.

ET bien , en eſt- ce fait ?
Faut-il offrir ma tête aux coups d'un Parricide?
ANTIGONE.
Le Ciel vous a vangé du parjure Androclide.
NEOPTOLEMUS.
D'Androclide ?
ANTIGONE.
　　　　Seigneur , c'eſt dequoi s'étonner ;
Mais enfin tout mourant on va vous l'amener,
Il vous pourra luy même inſtruire de ſon crime.
NEOPTOLEMUS.
Qu'à conſpirer ma mort tant de fureur l'anime !
Mais quel heureux ſecours...
ANTIGONE.
　　　　　　Vous en ſerez ſurpris.
Les Dieux contre le Pére ont employé le Fils ,
Au moins ſi d'Hippias Androclide eſt le Pére.
DEIDAMIE.
La ſuite éclaircira ſi Pyrrhus eſt mon Frére ,
Jugez de luy , Seigneur , par ce commencement.
ANTIGONE.
J'étois à peine entrée en vôtre appartement ,
Qu'au haut de l'eſcalier mille cris font entendre ,
Qu'en faveur de Pyrrhus on veut tout entreprendre.
Le bruit du fer ſuccéde, on s'avance , & je voy
Vos Gardes étonnez reculer juſqu'à moy.
Contre ce lâche éclat d'une fureur rebelle
Je tâche d'affermir leur devoir qui chancelle,
Mais inégaux en nombre , & ſurpris & troublez ,

Ils cedoient au deſtin qui les eût accablez,
Quand l'appui d'Hippias, que ce grand bruit améne,
Rend à leurs Ennemis la victoire incertaine.
Par des coups ſi hardis il ſçait ſe ſignaler,
Qu'interdits à leur tour il les fait reculer.
A voir couler le ſang qu'ils luy laiſſent répandre,
Il ſemble par reſpect qu'ils n'oſent ſe défendre.
D'un revers ſi fâcheux Androclide ſurpris,
Quoi, lâche, leur dit-il, *vous épargnez mon Fils ?*
Frapez, c'eſt cet ingrat qu'une ardeur légitime
Doit par vous à Pyrrhus pour prémiére victime ;
Recevez-en l'éxemple. Il tâche à s'avancer,
Mais par un rude obſtacle il ſe voit traverſer.
Des Amis de Gelon une troupe fidelle
Du vaillant Hippias vient ſeconder le zéle,
Et Gelon à leur tête enflamé de couroux
Sur ces lâches Mutins portent les prémiers coups.
Ce grand ſecours détruit le ſuccçz qu'ils attendent,
Dans l'effroi qui les trouble à peine ils ſe défendent,
Sous le fer d'Hippias ils tombent ſans effort,
Le moindre de ſes coups eſt une ſûre mort ;
Mais quelque fier couroux dont la chaleur le guide
Qu'on épargne, dit il, *qu'on épargne Androclide.*
Il a beau s'écrier ; le deſordre eſt ſi grand
Qu'il voit tomber enfin Androclide mourant.
Sa chute à tous les ſiens fait perdre le courage,
Leur frayeur à la fuite auſſi-tôt les engage,
Et tandis que Gelon les combat, les pourſuit,
Au ſecours d'Androclide Hippias eſt réduit.
La crainte qu'il ne meure avant qu'on vous l'améne,
Dans le ſoin qu'il en prend fait ſa plus rude peine,
Il arrête ſon ſang, & veut... mais le voici.

DEIDAMIE à *Antigone.*

Madame, eſpérons tout, le Ciel eſt adouci.

SCENE IV.

NEOPTOLEMUS, PYRRHUS, DEIDAMIE, ANTIGONE, CAMILE Suite.

NEOPTOLEMUS à *Pyrrhus*.

Viens, heureux protecteur du Trône de l'Epire,
C'est à toy que je dois le jour que je respire;
Un lâche triomphoit, sans toy j'étois perdu.

PYRRHUS.

Contre sa trahison j'ay fait ce que j'ay dû,
Seigneur, mais quand le Ciel en a puni l'audace,
Puis-je de vos bontez esperer une grace?

NEOPTOLEMUS.

Parle, m'ayant sauvé, tu peux ce que tu veux.

PYRRHUS.

Je partage le sort d'un Prince malheureux.
Tandis qu'à me flater la Fortune s'employe,
Hippias prisonnier...

NEOPTOLEMUS.

        Que veux-tu que je croye?
N'es-tu pas Hippias?

PYRRHUS.

        Non, Seigneur, & les Dieux
Ont honoré mes jours d'un sort plus glorieux.
Deidamie en moy connoît enfin son Frére.

NEOPTOLEMUS.

Quoi, te rens-tu si-tôt à toy-même contraire,
Toy, qui du nom d'Amant si vivement charmé,
Avec tant de chaleur voulois paroître aimé?

PYRRHUS.

Que ce titre d'Amant cesse de vous surprendre.
Je l'ay pris quand l'honneur m'a forcé de le prendre.
Mais quand mon mauvais sort tombe sur Hippias,
Je trahis cet honneur à ne le quitter pas.

C'eſt ſous ſon nom, Seigneur, qu'aimant en teme-
raire,
Mon orgueil de mon Roy mérita la colére.
Quelque inégal deſtin qui condamnât mes feux,
La Princeſſe Antigone emporta tous mes vœux.
Si la mort de Pyrrhus vous ſemble légitime,
Ordonnez, je ſuis prêt à mourir pour ce crime,
A donner tout mon ſang pour reparer l'abus...

NEOPTOLEMUS.

Que le Fils d'Androclide en effet ſoit Pyrrhus !

DEIDAMIE.

Si de ces veritez vous avez quelque ombrage,
De ce lâche Androclide éxaminez la rage,
Et quand d'amour pour moy ce Prince eſt accuſé,

montrant Pyrrhus.

Voyez par qui, Seigneur, ce crime eſt ſuppoſé.
Vous l'apprenez d'un Traître, à qui le nom de Pére
Dût rendre pour ſon Fils le ſecret neceſſaire,
D'un perfide aſſaſſin qui réſout ſans effroy
D'immoler à Pyrrhus & ce Fils & ſon Roy
N'en croyez que luy ſeul ; à l'horreur de ce crime
Eſt-ce en effet Pyrrhus, eſt-ce un Fils qui l'anime ?
Ce zéle ſurprenant ſoûtenu juſqu'au bout...

NEOPTOLEMUS.

Le voici qu'on aménc, il nous apprendra tout.

SCENE V.

NEOPTOLEMUS. PYRRHUS, DEIDAMIE, ANTIGONE, ANDROCLIDE, CAMILE, Suite.

NEOPTOLEMUS.

ENfin le juſte Ciel a trompé ton attente,
Traître.

ANDROCLIDE *mourant.*

Je n'ay rien fait dont mon cœur ſe repente.

Sujet d'Æacidés avant qu'être le rien ,
L'intérêt de son sang a fait toûjours le mien.
C'est par là qu'ayant crû par l'hymen de ta Fille
Remettre innocemment le Trône en sa famille ,
Par un heureux accord je domptois malgré toy
Ce qu'en ton lâche cœur son Fils jettoit d'effroy.
Que dis-je ? à cet effroi faisant servir ta flame
Tu signois un Accord que tu rompois dans l'ame ,
Ce feu que pour prétexte ont choisi tes forfaits ,
A fait voir qu'un Tyran ne se dément jamais.
Pour trouver à le perdre un moyen favorable
Des mépris de sa Sœur tu l'as fait responsable.
Et quoi qu'à ta vangeance ait opposé l'Accord
Tu n'as pû balancer à résoudre sa mort.
Cet arrêt flétrissant & ta gloire & la mienne ,
Pour en vanger l'affront j'avois juré la tienne.
Par l'obstacle du Sort mon bras est retenu ,
Mais où manque l'effet mon dessein est connu ,
Et ce cœur qui cherchoit à t'offrir pour victime
Ne perd pas sa vertu pour te laisser ton crime.

NEOPTOLEMUS.

C'est un point qui peut êtreen tout temps débatu ,
Si ma mort résoluë étoit crime ou vertu.
Cependant quel Pyrrhus faut-il que je redoute ?
Ton Fils a pris ce nom.

ANDROCLIDE.

     Un Tyran seul en doute.
Celui qu'entre tes mains Glaucias a remis
Est Pyrrhus , est ton Maître , & ce lâche est mon Fils

montrant Pyrrhus.

DEIDAMIE.

Quoy , jusques en mourant ta trahison te flate ?

ANDROCLIDE.

Madame , je rougis que vôtre honte éclate ,
Et que de ma vertu vous ne puissiez tirer
L'exemple que mon zéle a dû vous inspirer.
Pour conserver Pyrrhus j'ay cessé d'être Père ,
Pour sauver vôtre Amant vous trahissez un Frére ,
Et l'Amour lâchement peut plus sur vôtre foy

Que le fang pour mon Fils n'a pû jamais fur moy.

NEOPTOLEMUS.

Ceſſe de nous vanter la grandeur de ton zéle.
Qui meurt en trahiſſant n'a pû vivre fidelle,
Je doute de Pyrrhus, & quand deux à la fois...

ANDROCLIDE.

J'ay fait ce que j'ay dû, tu fais ce que tu dois.
Doute, il m'importe peu que tu vueille connoître
Si Pyrrhus eſt mon Fils, ſi Pyrrhus eſt ton Maître,
Fay périr, fay régner qui tu pouras des deux,
J'ay dit la verité, trompe-toy ſi tu veux.
Crois-en plus une Sœur qui t'a livré ſon Frére,
Que les derniers ſoupirs d'un miferable Pére.
Crois-en...

DEIDAMIE.

N'és-tu point las de cauſer mes malheurs,
Et peux-tu...

ANDROCLIDE.

J'ay parlé, j'ay tout dit, & je meurs.

DEIDAMIE.

Quoi tu meurs ſans remords, & peux en faire gloire,
Lâche ?

ANDROCLIDE *montrant Pyrrhus.*
Voilà mon Fils.

NEOPTOLEMUS.

Et bien je t'en veux croire.
Hippias contre moy n'a jamais rien commis,
C'eſt ton Fils, tu le veux, je pardonne à ton Fils.
Pyrrhus ſeul, ce Pyrrhus dont l'intérêt t'anime
Va porter à tes yeux la peine de ton crime.
Qu'on l'améne, il mourra.

ANDROCLIDE.

Va, je n'ay rien tenté
Sans mettre auparavant ſa vie en ſureté.
J'ay rompu ſa priſon, il eſt libre, & peut-être
Auras-tu lieu bien-tôt de craindre en luy ton Maître,
Tandis qu'aux mains du Peuple il ne craint rien de toy,
Je voulois par ta mort luy ſignaler ma foy,
Le mettre hors d'état de partager l'Epire,

L'en voir feul poffeffeur, & luy rendre...
NEOPTOLEMUS.
                                        Il expire,
Et le Traître emportant le fecret de Pyrrhus,
Laiffe à mes Ennemis l'erreur que je n'ay plus.
Que me fert d'en fortir, fi fon lâche filence
Jette fur Hippias les droits de fa naiffance.
Je voy que pour Pyrrhus c'eft fon Fils qu'il me rend,
Mais en feray-je crû s'il le nie en mourant ?
Ce Fils dont les Mutins vont appuyer l'audace,
Souffrira-t'il qu'au Trône un autre prenne place ?
Armé d'un nom illuftre à qui ce Trône eft dû,
Eft-il efpoir fi haut qui luy foit défendu ?
En vain le vrai Pyrrhus fe fait ici connoître,
Malgré nous de fon nom Hippias eft le maître,
Et fort d'un Peuple émû qui s'en laiffe abufer,
Pour régner fans obftacle il n'a qu'à tout ofer.
DEIDAMIE.
Quelque aveugle fureur que ce peuple ait pour guide,
Il pourra s'étonner par la mort d'Androclide,
Et fi fon lâche orgueil n'en eft point abbatu,
Je connois Hippias, il a de la vertu.
Il voudra moins, Seigneur, qu'il ne peut entrepren-
  dre.
NEOPTOLEMUS.
Ah, de cette vertu ceffez de rien attendre.
Quand de l'efpoir du Trône un cœur fe peut flater,
Eft-il d'autre vertu que celle d'y monter ?
Non, non, quoi que j'oppofe à fon indigne audace...

SCENE VI.

NEOPTOLEMUS, PYRRHUS, DEIDAMIE, ANTIGONE, HIPPIAS, CAMILE GELON.

GELON.

SEigneur, vôtre fortune enfin change de face.
Si contre nous le Peuple étoit prêt d'oser tout,

montrant Hippias.

Voici de sa fureur par qui venir à bout.
Voïez ce Prisonnier que le Ciel vous ramene.

NEOPTOLEMUS.

Saisi d'étonnement, j'en croy mes yeux à peine.
Quel favorable Dieu l'enleve aux Factieux ?

HIPPIAS.

L'ardeur de rétablir le calme dans ces lieux.
Si pour me faire Roy tout vôtre Peuple en armes
Met le Trône en balance, & l'Epire en alarmes,
Si dans cette fureur vos jours courent hazard,
Ce sont crimes, Seigneur, où je n'ay point de part.
Mon retour vous fait voir si j'ay pû les permettre,
On m'ouvre ma prison, & je viens m'y remettre,
Ou si mon bras offert calmoit vôtre couroux,
Détruire la révolte, où perir avec vous.

NEOPTOLEMUS à *Deidamie.*

O vertu dont l'éclat ne peut que me confondre !
Madame, je le voy, vous en pouviez répondre.

à *Hippias.*

Mais dans le doute obscur qui suspend vôtre sort,
A qui dois-je imputer ce genereux effort ?
Vois-je en vous, ou Pyrrhus, ou le Fils d'Andro-
clide ?

HIPPIAS.

Permettez qu'à vos yeux mon hommage en décide.

à Pyrrhus.

Recevez-le, Seigneur, & si d'un long abus...

NEOPTOLEMUS.

Mais tout l'Etat en vous veut connoître Pyrrhus,
Qu'avez-vous pour combattre une erreur affermie?

HIPPIAS.

Ce cœur qui ne vit plus que pour Deidamie,
Ces tendres mouvemens, cette brûlante ardeur,
Ce feu trop violent pour n'aimer qu'une Sœur.
Seigneur, voilà mon titre, elle dira le reste.

NEOPTOLEMUS.

Cependant prendrez-vous le peril de l'inceste,
Et connus sous les noms & de Frere & de Sœur,
L'hymen à vôtre amour ne fait-il point d'horreur?

DEIDAMIE.

J'ay pour l'en garantir le rapport de la Reine;
Mais ce n'est pas Seigneur, ce qui me met en peine.
Mettez mon Frere au Trône, & quand il sera Roy,
Les Dieux ordonneront d'Hippias & de moy.
L'hymen de la Princesse est promis à sa flame,
Et c'est en l'achevant....

NEOPTOLEMUS.

Et le puis-je, Madame,
Sans faire présumer que par un lâche abus
Je couronne Hippias aux dépens de Pyrrhus?
Androclide étant mort sans nous laisser des marques,
Qui fassent voir en luy le sang de nos Monarques,
Pensez-vous que le Peuple, aveugle dans son sort,
Pour souffrir cet hymen en crût vôtre rapport?
Glaucias qui d'ailleurs prendra part à l'injure
Nommera cet échange artifice, imposture,
Et d'un Prince qu'il aime embrassant l'interest,
Le croira ce qu'il fut, & non pas ce qu'il est.
Ainsi je voy la guerre en état de renaître,
Je paroîtray Tyran quand je cesse de l'être,
Et parmi nos Mutins cent soupçons differens
Me feront usurper le Trône que je rens.

GELON.

Si Pyrrhus à trouver vous donne quelque peine.

L'échange

L'échange est vrai, Seigneur, je le sçay de la Reine,

DEIDAMIE.

Quoi, ma Mére, Gelon....

GELON.

Elle m'a tout appris,
Je sçai d'elle en secret qu'Hippias est son Fils,
Que c'est luy seul qu'au Trône appelle sa naissance.

NEOPTOLEMUS.

La Reine, nous dis-tu, t'en a fait confidence?
Qui la fit s'expliquer?

GELON.

La crainte qu'à son Roy
Quelque jour Androclide osât manquer de foy.
Pour asseurer un Sort dont il eût été maître
Elle me confia ce que je fais connoître,
Et crût, nous ayant vûs de tout temps ennemis,
Mettre en de seures mains le secret de son Fils.
Par ses ordres, Seigneur, vous m'avez vû sans cesse
Vous conseiller pour luy l'hymen de la Princesse.
On arrêta la paix, Pyrrhus vous fut rendu,
Cependant le secret demeura suspendu.
Je vis, malgré l'Accord, vôtre ame irresoluë
A vouloir partager la puissance absoluë.
Ayant cent fois pour luy sondé vos sentimens,
J'ay craint de vôtre amour les vifs emportemens.
Et jusques à l'hymen resolu de me taire,
Je laissois Androclide en pouvoir de tout faire,
Quand Pyrrhus en péril sous un nom emprunté
M'a fait de ce silence une necessité,
Ce nom rejettant tout sur le Fils d'Androclide
A porté sa fureur au plus noir parricide.
Il a voulu vous perdre, & sans le vrai Pyrrhus...

NEOPTOLEMUS.

Que pourra ce rapport si tu n'as rien de plus?
Celuy de la Princesse est aussi favorable,
C'est le témoin pour nous le plus irréprochable,
Mais si mes Ennemis s'en veulent défier,
Que sert de sçavoir tout sans rien justifier?

GELON

Par un billet semblable à celuy d'Androclide
Suffira t'il, Seigneur, que la Reine en décide?
Voyez, sans qu'il l'ait sçû, ce qu'elle m'a laissé.

ANTIGONE.

Daigne achever le Ciel ce qu'il a commencé.

NEOPTOLEMUS *lit.*

Fidelles Protecteurs du vray sang de l'Epire,
Si jamais à Pyrrhus on veut rendre l'Empire,
Sous le nom d'Hippias il respire en ces lieux.
Celuy que sous son nom Glaucias fait connoître
Est le Fils que le Ciel d'Androclide fit naitre,
Et si le mien remonte au rang de ses Ayeux,
Je veux, pour rendre enfin sa vertu couronnée,
Que ma Fille du sien accepte l'hymenée.

PHTIA

Prince, c'est à vous seul que l'Epire...

PYRRHUS.

Ah, Seigneur,
Laissez-la sous vos loix joüir de son bonheur.

montrant Antigone.

Ce prix où vos bontez permettent que j'aspire
A plus d'attraits pour moy que le plus vaste Empire
Et si pour Hippias l'amitié qui nous joint...

NEOPTOLEMUS.

La Reine a prononcé, je n'en murmure point.
De mes jaloux transports qui pressoient son sup-
plice,
Ce qu'il ose pour moy me fait voir l'injustice,
Et la reconnoissance acheve d'étouffer
Un feu dont ma raison cherchoit à triompher.
Si je fus son Rival, je cesse enfin de l'être.

HIPPIAS.

Quel excez de bonté me faites-vous paroître!
Seigneur, ce que je gagne est un prix si charmant
Que le Frère est ravy de ceder à l'Amant.

à Deidamie.

Madame, se peut-il...

NEOPTOLEMUS.

Si tout nous eſt propice,
Au zele de Gelon il faut rendre juſtice,
C'eſt à luy qu'on doit tout.

GELON.

Seigneur, que n'ay-je pû...

NEOPTOLEMUS.

C'eſt aſſez que ton Roy ſçache ce qui t'eſt dû.
Cependant délivrez des attentats d'un Traître,
Allons aux Factieux faire voir leur vrai Maître,
Et rendre grace au Ciel dont l'infaillible voix,
Quand il faut qu'elle éclate, eſt toûjours pour les
    Rois.

Fin du cinquième & dernier Acte.

PERSÉE

ET

DEMETRIUS.

TRAGEDIE.

ACTEURS.

PHILIPPE, Roy de Macedoine.

PERSE'E,

DEMETRIUS, } Fils de Philippe.

ERIXENE, Princesse de Thrace.

PHENICE, Confidente d'Erixene.

DIDAS, Favori de Philippe.

ANTIGONUS, Confident de Philippe.

ONOMASTE, Confident de Persée.

PERSÉE

ET

DEMETRIUS,

TRAGEDIE.

ACTE I.

SCENE PREMIERE,

PERSE'E, DIDAS, ONOMASTE.

PERSE'E.

N vain jufques ici refolu de me taire,
Je me fuis déguifé les attentats d'un Frére.
En vain, quoi que ma mort fût l'objet de
    fes vœux ,
Du fang qui nous unit j'ay refpecté les
    nœuds ,
Sa haine chaque jour en devient plus ardente,
Plus je la diffimule, & plus elle s'augmente,

O iiij

Et ne me plaindre pas de tout ce que je voy
C'eſt redoubler l'aigreur qui l'arme contre moy.
Demetrius jaloux du Trône de mon Pére
Ne peut voir ſans fureur que l'âge m'y préfere,
Et le titre d'Aîné que m'acquiert ſes Etats,
Eſt un crime trop grand pour ne m'en punir pas.
Dés hier, dans ce Spectacle où l'on voit chaque année
Du parti du Vainqueur l'adreſſe couronnée,
Si le mien n'eût cedé, ſon tranſport violent
D'un Combat de plaiſir en eût fait un ſanglant.
Dans le Feſtin qu'en ſuite en triomphe il ordonne,
M'y croyant attirer, il veut qu'on m'empoiſonne,
Et ſûr par mes refus qu'on m'a de tout inſtruit,
Enfin à force ouverte il vient chez moy de nuit.

D I D A S.

Seigneur, je connoy trop avec quelle contrainte
Vous laiſſez contre un Frére échaper vôtre plainte,
Et lors qu'en mon ſecours vous cherchez quelque ap-
    puy,
Je ne refuſe point de parler contre luy.
Mon zele ſeroit faux s'il craignoit de paroître
Pour celuy que les Dieux me deſtinent pour Maître,
Et toûjours prêt pour vous à ſignaler ma foy,
Puiſque vous l'ordonnez, j'irai trouver le Roy;
Mais dans les mouvemens & de haine & de rage
Où l'ardeur de régner pouſſe un jeune courage,
Quoi que Demetrius vous force à redouter,
Examinez la ſuite avant que d'éclater.
Il n'eſt plus de milieu s'il faut qu'on ſe déclare;
Chacun n'écoutera qu'une fureur barbare,
Et le ſang qui vous joint ne ſervant qu'à l'aigrir,
Si vous ne le perdez il vous faudra périr.
De ces inimitiez la rage trop avide
Vole ſans s'étonner au plus noir parricide,
Et pour en aſſouvir la brûlante fureur,
Les plus ſanglans effets n'ont point aſſez d'horreur.

P E R S E' E.

Je le ſçay, cher Didas, & voudrois encor feindre
Si ſes emportemens ne m'offroient tout à craindre.

Tant que sa jalousie a respecté mes jours,
J'ay traité de mépris ses insolens discours,
J'ay vû sans m'émouvoir qu'il ait avec audace
Publié que par luy le Senat nous fit grace,
Et qu'à la Macedoine à son choix malgré moy
Rome peut-être un jour sçaura donner un Roy.
Mais enfin aujourd'hui qu'une fureur ouverte
Le fait obstinément s'attacher à ma perte,
Pour en rompre le cours, c'est le moins que je puis
Que d'avertir le Roy du péril où je suis ;
Et de peur que l'ennui dont mon ame est atteinte
Ne me force à mêler trop d'aigreur à ma plainte,
Respectant des devoirs où je le voy manquer,
J'emprunte vôtre bouche afin de l'expliquer.
Vôtre propre interêt à parler vous convie ;
Le rang que vous tenez hazarde vôtre vie,
Et le Prince ne peut achever ses desseins
Qu'il ne punisse en vous l'Ennemi des Romains.
Vos genereux conseils à sortir d'esclavage
Pour ces chers Favoris luy donnent de l'ombrage,
Et sans doute il vous hait d'oser trop soûtenir
Un Trône que sans eux il ne peut obtenir.

DIDAS.

Contre leur fier orgueil tant qu'on me voudra croire,
De ce Trône, Seigneur, je soûtiendrai la gloire,
Et ne les verrai point s'établir à leur choix
Arbitres souverains des differens des Rois.
Il est temps après tout qu'une éclatante guerre,
Nous fasse enfin braver ces Tyrans de la terre,
Et que nous acceptions d'un esprit moins soumis
L'avantage honteux qui nous rend leurs amis.

PERSE'E.

Ce glorieux projet charme tout mon courage,
Mais le Prince pour nous leur sert toûjours d'ôtage,
Et leur intelligence est trop à redouter
Pour nous croire en pouvoir de rien executer.

DIDAS.

Si j'en sçai bien juger, Seigneur, le Roy n'aspire
Qu'à secouër le joug d'un si fâcheux empire,

O v

Et se lasse de voir les droits abandonnez.
Qu'usurpe le Senat sur les fronts couronnez.
Ces ordres absolus dont la fierté le chasse.
De ce qu'il a conquis aux Côtes de la Thrace.,
Semblent l'aigrir assez pour ne balancer pas.
A repousser un jour de pareils attentats.
C'est à quoi je le porte., & si par mon adresse
J'apprens jusqu'où le Prince engage sa tendresse.,
Si ses vrais sentimens pour luy me sont connus,
L'obstacle que je crains ne m'arrêtera plus.
J'en vay tenter l'épreuve, & vous en rendrai compte

PERSE'E.

Vous voyez mon malheur connoissant nôtre honte.,
Parlez, & de vos soins à l'Etat importans
Mon cœur croira tenir le Trône que j'attens.

SCENE II.

PERSE'E, ONOMASTE.

PERSE'E.

A Insi pour prévenir l'ambition d'un Frere.,
Le secours de Didas nous étoit nécessaire,
Le Roy l'écoutant seul, on n'eût pû rien sans luy.

ONOMASTE.

Je n'ose encor pour vous m'en promettre l'appuy ;
Il semble à s'expliquer, Seigneur, qu'il ait eu peine,

PERSE'E.

Mais il est ennemi de la Grandeur Romaine.,
Et son faste insolent luy blesse trop les yeux.

ONOMASTE.

Il faut pourtant songer à vous l'acquerir mieux,
Quoi qu'il vous ait promis, toute sa Politique
A sa seule grandeur sans relâche s'applique,
Et prêt des deux Partis à se joindre au plus fort.,
Il attend que quelque autre en décide le sort.
Avec l'appui du Peuple à ses vœux favorable.,

Demetrius, Seigneur, luy paroît redoutable,
Et sans doute il craindra d'attirer son couroux
S'il ne voit que le Roy se déclare pour vous.
Cherchez donc à l'aigrir par tout ce que là plainte
Peut jetter dans son ame & d'horreur & de crainte,
D'un parricide affreux montrez-luy le projet,
Que sa tête & la vôtre en sont l'indigne objet,
Et songez que le droit d'un Trône hereditaire
Ne vous demeure sûr qu'en perdant vôtre Frere.
L'occasion est belle, & l'audace des siens
A vos ressentimens en offre les moyens.
Tout ce qui se fit hier prouve sa violence,
Et ce qui doit sur tout servir vôtre vangeance,
Vous sçavez que de Rome on attend aujourd'huy
Ceux qu'envoya le Roy pour s'informer de luy.
Sous couleur d'Ambassade & d'affaires publiques,
Ils alloient épier ses secrettes pratiques,
Et fût-il innocent, ils noirciront sa foy,
De tout ce qui la peut rendre suspecte au Roy.
C'est-là ce qu'en partant vous leur fîtes promettre,
Et si par le secours de quelque fausse lettre,
Il faut pour le convaincre étendre le forfait,
Le seing de Quintius se verra contrefait.

PERSE'E.

Ne balançons donc plus une juste entreprise,
Où m'engage le Trône, où l'amour m'autorise.
Perdons ce Frere ingrat dont l'insolent pouvoir
Fait pour l'un & pour l'autre obstacle à mon espoir.
La Princesse de Thrace en vain m'est destinée,
En vain le Roy m'en veut asseurer l'hymenée,
De mes tristes soupirs l'hommage dédaigné
Enorgueillit un cœur que le Prince a gagné,
Ses soins qu'à préferer on voit qu'elle s'apprête,
Dérobent à mes vœux cette illustre conquête,
Et par ce fier Rival sans cesse traversé,
Je fremis de sa perte, & m'y trouve forcé.

ONOMASTE.

Ce refus n'est-il pas une marque asseurée
Qu'avec luy la Princesse a la vôtre jurée?

La Thrace dés long-temps unie à nos Etats.
La doit laisser Sujette à ne vous choisir pas,
Et dans l'ambition dont on la voit capable,
Croiriez-vous à ses yeux Demetrius aimable,
Si l'appui des Romains n'avoit sçû l'asseurer
Qu'au Trône malgré vous il a droit d'aspirer ?
En seroit-il aimé s'il ne la faisoit Reine ?

PERSE'E.

Non, Onomaste, non, & c'est ce qui me gêne
Que de son cœur en vain je tâche à l'éloigner,
Si sa mort ne me laisse asseuré de régner.

ONOMASTE.

Quoi, Seigneur, en effet vous cherchez à luy plaire ?

PERSE'E.

D'abord je n'eus dessein que de nuire à ce Frere,
Ayant sçû son amour par un decret fatal,
Sans me sentir Amant je me fis son Rival ;
Mais las ! je n'appris pas long-temps à la connoître
Qu'en secret je devins ce que je feignis d'être.
Son merite à mes yeux vivement exposé
Me fit naître un vrai mal d'un tourment supposé,
Et mon cœur qu'aux soupirs forçoit un peu d'é-
  tude
Ne s'en fit que trop tôt une douce habitude.

ONOMASTE.

Seigneur, s'il est ainsi, j'imagine un dessein
Dont le succez pour vous ne peut être incertain,
Vous asseurez vos droits, ou gagnez la Princesse.
Contre Demetrius faisons agir l'adresse,
Tant que le Roy craignant ses secrets attentats.
Le force d'épouser la Fille de Didas.
Pour s'asseurer de luy le prétexte est plausible ;
Didas garde pour Rome une haine invincible,
Et contre les projets dont s'alarme le Roy,
Le Prince étant son Gendre, il répond de sa foy.

PERSE'E.

Mais sa brigue par-là se rendroit plus puissante ?

ONOMASTE.

Seigneur, à cet hymen vous croyez qu'il consente,

Luy qui pour la Princesse ardemment enflamé
Prétend n'aimer qu'autant qu'il se connoît aimé ?
Non, non, je n'en mets point le refus en balance,
Il sçaura de Didas rejetter l'alliance,
Et d'un pareil mépris Didas trop indigné
Contre luy par nos soin sera bien-tôt gagné.
Jugez pour s'en vanger ce qu'il doit entreprendre.

PERSE'E.

Mais si par politique il s'en veut faire Gendre,
Didas que flateront ses orgueilleux desseins
Se peut mettre avec luy du parti des Romains ?

ONOMASTE.

Alors si jusque-là son courage s'abaisse,
Son infidelité vous acquiert la Princesse,
Qui dans les vifs transports de son juste couroux
Ne peut mieux le punir qu'en se donnant à vous.
Quant au Trône, Seigneur, quoi que Didas pût
    faire,
Le Ciel qui vous y place en exclud vôtre Frére,
Et pour vous maintenir dans ce rang glorieux,
Nous sçaurons, s'il le faut, prêter secours aux Dieux.

PERSE'E.

J'aurois tort de combattre un avis si fidelle,
Et m'abandonne entier à l'ardeur de ton zéle.
La Princesse paroît, adieu, retire-toy,
Tu peux sur ce dessein sonder l'esprit du Roy.

SCENE III.

PERSE'E, ERIXENE, PHENICE.

PERSE'E.

ET bien, Madame, enfin un orgueil infléxible
Vous rendra-t'il toujours à mes maux insensible,
Et d'un feu si constant l'infatigable ardeur
N'aura-t'elle aucun droit de toucher vôtre cœur ?

E R I X E N E.

Si le Ciel laiſſe en nous cette ardeur volontaire,
On doit n'aimer, Seigneur, qu'autant qu'elle peut
　　　plaire,
Et s'il contraint nos cœurs, ne m'accuſez de rien ;
Comme il force le vôtre, il peut forcer le mien.

P E R S E' E.

Ah, n'autoriſez point ce mépris de ma flame
Par ce que prend le Ciel d'empire ſur une ame.
Je ſçay bien que l'Amour à vaincre intereſſé,
Quand il occupe un cœur, n'en peut être chaſſé ;
Mais bien loin que d'enhaut l'ordre nous violente,
Il ne le ſurprend point que ce cœur n'y conſente.
C'eſt par ſon ſeul aveu qu'on ſe laiſſe enflamer,
Et l'on eſt toûjours libre à commencer d'aimer.

E R I X E N E.

S'il eſt ainſi, Seigneur, que vous le voulez croire ;
De cette liberté ne m'ôtez pas la gloire,
Et ſouffrez qu'à mon choix on me voye ordonner
Du ſeul bien que les Dieux ſemblent m'abandonner ;
La Thrace où je nâquis par vos armes conquiſe,
Rend ma triſte fortune à cet Etat ſoûmiſe,
Et dans un ſort ſi dur, ce m'eſt quelque douceur
Que je puiſſe du moins diſpoſer de mon cœur.

P E R S E' E.

Diſpoſez-en, Madame, & refuſez de croire,
Que mon hymen ſur vous pût jetter cette gloire ;
Ne voyez point qu'un Trône offert par cet accord
Vous auroit fait raiſon des outrages du Sort.
Ce Frére dont l'audace à vôtre amour aſpire
Vaut bien...

E R I X E N E.

　　　J'entens, Seigneur, ce que vous voulez dire ;
De ſa flame à mon cœur les ſeuls charmes ſont doux ;
Mais ſi vous le croyez, que me demandez-vous ?

P E R S E' E.

Non, non, Madame, non, & malgré ma foibleſſe
Je ſçay trop bien juger d'une illuſtre Princeſſe,
Pour croire que l'orgueil qui la doit animer

Borne son plus doux charme à la gloire d'aimer.
Un cœur qui pour le Trône a merité de naître,
Quand il prend de l'amour, s'en rend toûjours le
    maître.
De ses vastes desirs l'insatiable ardeur
L'asservit en esclave au soin de sa grandeur.
Sa flame s'accommode aux desseins qu'il acheve,
Il ne la laisse agir qu'autant qu'elle l'éleve,
Et ne céde aux transports qui forment de doux nœux
Que quand l'ambition a rempli tous ses vœux.
C'est ainsi qu'à l'Amour vôtre cœur s'abandonne,
Son orgueil en secret accepte la Couronne,
De sa possession il se fait une loy,
Mais il l'attend plutôt d'un Frére que de moy.
Vous voyez trop d'ardeur suivre son entreprise
Pour douter d'un projet où Rome l'autorise,
Et s'il y faut mon sang, c'est aux esprits mal faits,
A craindre pour régner le remords des forfaits.

ERIXENE.

Certes, je dois beaucoup à cette haute estime
Qui dans Demetrius me fait presser un crime,
Et ne me rend sensible aux offres de sa foy
Qu'afin qu'un parricide en puisse faire un Roy:
Sans respecter en moy la Grandeur Souveraine,
Jugez, Prince, jugez au gré de vôtre haine;
Pour vanger cet affront, quoi que je vueille oser,
Tout l'éclat de la mienne est trop à mépriser.

PERSE'E.

Qu'elle éclate, Madame; aussi bien, quoi qu'elle ose,
Qui souffre vos mépris peut souffrir toute chose.
Je ne vous dirai plus qu'un amour si parfait
N'avoit point merité l'outrage qu'on luy fait.
Du moins en l'étouffant asseuré de vous plaire,
Je veux, s'il n'y consent, le forcer à se taire,
Et que vôtre fierté n'ait plus à s'indigner
De l'offre d'un hymen qui vous feroit régner.
J'en vai presser le Roy, mais dans ce sacrifice,
Je voi ce qu'à mon rang vous faites d'injustice,
Et si pour vous encor le respect me retient,

Je suis senfible , & sçai d'où l'injure me vient.
Adieu, Madame.

SCENE IV.

ERIXENE, FENICE.

ERIXENE.

AH Ciel! où me vois-je réduite?
PHENICE.
De ce jaloux tranfport il faut craindre la fuite,
Perfée eft violent , & dans fon defefpoir
Le fang pour l'arrêter aura peu de pouvoir.
De fes vœux rebutez l'impatient outrage
Contre Demetrius animera fa rage ,
Et vos dédains pour luy hautement confirmez
La vont rendre funefte à ce que vous aimez.
ERIXENE.
Quel confeil prendre, helas! dans ce defordre ex-
trême ?
PHENICE.
Vous devez accepter l'offre d'un Diadême.
Si pour Demetrius c'eft montrer peu d'amour,
La conftance n'eft pas une vertu de Cour ,
Et le cœur le plus ferme aifément fe pardonne
Une infidelité qui vaut une Couronne.
ERIXENE.
Ah , fi pour moy ton zéle a quelque droit d'agir ,
Ne me confeille rien qui m'oblige à rougir.
Contre Demetrius follicitant ma flame ,
Les défauts de Perfée ont-ils frapé ton ame,
Et pourrois-tu fouffrir qu'au mépris de ma foy
L'orgueil qui l'accompagne eût des charmes pour
moy ?
PHENICE.
Si dans un rang fi haut l'orgueil eft condamnable,

Demetrius, Madame, en eft-il incapable,
Et quand vous eftimez les devoirs qu'il vous rend,
Sçavez-vous quelle part l'ambition y prend ?
On dit qu'il veut régner, & dans cette penſée,
S'il ne peut arracher la Couronne à Perſée,
C'eſt un eſpoir en luy facile à penetrer
Que les droits de la Thrace où vous pouvez rentrer;

ERIXENE.

Ces bruits d'ambition dont on ternit ſa gloire
Découvrent dans Perſée une ame baſſe & noire ;
C'eſt par là qu'il prétend le punir aujourd'huy
D'avoir oſé montrer plus de vertu que luy.
Sa haine dangereuſe autant qu'elle eſt couverte
Fait naître ces ſoupçons pour avancer ſa perte,
On m'a de tout inſtruite, & ſi juſques ici
Demetrius n'a pas...

PHENICE.

Madame, le voici.

SCENE V.

ERIXENE, DEMETRIUS, PHENICE.

ERIXENE.

AH, Prince, il n'eſt plus temps d'oppoſer à l'orage
L'illuſtre fermeté d'un généreux courage,
Dans le preſſant péril qu'il force à redouter
Ce n'eſt qu'en luy cédant qu'on le peut éviter.
Perſée au deſeſpoir de cette préférence,
Qu'emportent vos vertus ſur l'heur de ſa naiſſance;
Bleſſé de leur éclat, s'en forme contre vous
Tout ce qui peut aigrir l'eſprit le plus jaloux.
Le Peuple ici vous aime, & Rome vous eſtime.
Si c'eſt gloire pour vous ce n'eſt pas moins un crime ;
Et ce crime eſt de ceux dont par la trahiſon
Un lâche ambitieux ſe peut faire raiſon.

DEMETRIUS.

Madame, je sçai trop jusqu'où la jalousie
Porte l'indigne ardeur dont son ame est saisie,
Et que pour me noircir il répand en tous lieux
Ce que la calomnie a de plus odieux ;
Mais qui d'un noir dessein se connoît incapable,
Dans un autre jamais ne le trouve croyable,
Et si mon Frére...

ERIXENE.

En vain vous voulez vous flater,
Sa haine avecque moy vient encor d'éclater.
De ses vœux mal reçûs l'injurieuse audace
En a poussé l'aigreur jusques à la menace,
Et pour porter le coup prêt à lever le bras,
J'ay découvert qu'il cherche à corrompre Didas.
Tous ceux en qui le Roy semble avoir confiance
Sont déja contre vous de son intelligence,
Didas seul l'embarasse, & s'il peut le gagner,
Le sang n'aura plus rien qu'on luy voye épargner.

DEMETRIUS.

Didas auprés du Roy plus que tous est à craindre,
Mais, Madame, à trembler voulez-vous me contraindre,
Evitai-je par là le péril que je cours ?

ERIXENE.

Du moins l'éloignement vous offre du secours.
Fuyez, Prince, fuyez, la foudre est toute prête,
A son indigne éclat dérobez vôtre tête.
Rome où presque en naissant vous fûtes élevé,
Par elle avec plaisir vous verra conservé ;
L'azile est sûr pour vous.

DEMETRIUS.

Quel outrage à ma flame !
Moy fuir ! moy vous quitter !

ERIXENE.

Il le faut.

DEMETRIUS.

Ah, Madame,
Ay-je rien à prévoir dont les funestes coups

Approchent de l'horreur de m'éloigner de vous ?
Si vous l'avez pû croire, est-ce ainsi que l'on aime ?

ERIXENE.

En vous le conseillant j'agis contre moy-même,
Mais quoique vôtre vuë ait dequoi me charmer,
Qui se cherche en aimant n'est pas digne d'aimer.

DEMETRIUS.

Helas, Madame, helas ! quand le sort nous accable,
Est-ce aimer comme il faut qu'être si raisonnable ?
Pour moy, dans le revers dont je suis combatu,
Je ne me pique point d'avoir tant de vertu.
Vous voir est le seul bien qui peut flater ma flame ;
Avant que j'y renonce on m'arrachera l'ame,
Et quoi qu'on entreprenne, il me sera plus doux
De mourir à vos yeux que vivre loin de vous.

ERIXENE.

Ne vous aveuglez point quand le mal est extrême.

DEMETRIUS.

Mais, Madame, songez que mon Frére vous aime,
Et que dans la douleur de se voir dédaigner,
Pour agir sans obstacle, il tâche à m'éloigner.
Quoi que de ses transports vôtre crainte soupçonne,
Ils sont pour vôtre cœur plus que pour la Couronne,
Et cherchent, en mettant ses menaces au jour,
A chasser un Rival qui nuit à son amour.

ERIXENE.

Si cet amour vous gêne, il me blesse, il m'irrite ;
Mais lors qu'en sa faveur le Roy me sollicite,
Mon cœur au plein mépris ne s'ose abandonner,
Tant que vôtre peril a dequoi m'étonner.
Fuyez donc, & par là dissipant la tempête
Laissez libre l'éclat où ma haine s'apprête.
Il verra de quel air j'en soûtiendrai le cours,
Quand je n'aurai plus rien à craindre pour vos jours.

DEMETRIUS.

Qu'à l'envi contre moy la Terre au Ciel s'unisse,
Il me peut être aisé d'en braver l'injustice.
M'aimez-vous ?

ERIXENE.

Quand mon cœur se voudroit démentir,
Ce soupir échapé n'y pourroit consentir.
Mais encor une fois, Prince...

DEMETRIUS.

Mon heur suprême
C'est de voir, c'est d'oüir que ma Princesse m'aime,
Et comme pour ma flame il n'est point d'autre bien,
Après ce doux aveu, je n'écoute plus rien.

Fin du premier Acte.

ACTE II.

SCENE PREMIERE.

PHILIPPE, ANTIGONUS.

PHILIPPE.

Non, non, Antigonus, la grandeur de l'injure
N'étouffe point en moy la voix de la Nature,
Et mon cœur t'expliquant ce qui le fait souffrir,
Cherche à se soulager, & non pas à s'aigrir.
Quoique dans ses projets Demetrius espére,
Je garde encor pour luy les sentimens de Pére,
Et toute la fureur de son ambition
N'excite qu'en secret mon indignation.
Je le voy, sur l'appuy que le Senat luy donne,

Contre moy, contre un Frére, usurper la Couronne,
Et mes lâches Sujets à l'hommage contraints
Accepter pour leur Roy l'esclave des Romains.
Dans les emportemens qu'il ne peut plus contraindre
Je connois que Persée a raison de se plaindre,
Mais de peur d'un desordre à tous les deux fatal,
Sans prendre aucun parti je veux paroître égal.
Par là j'empêcheray que fort de ma colére
Persée injustement n'ose accuser son Frére,
Et ma bonté peut-être aura quelque pouvoir
Pour rendre un Fils rebelle aux loix de son devoir,
Quoi qu'assez rarement un ambitieux céde,
Il faut avant la force essayer ce reméde,
Et voir si la douceur ne sçauroit obtenir
Le remord d'un forfait que je crains de punir.

ANTIGONUS.

Seigneur, on ne peut trop loüer cette prudence
Qui tient entre deux Fils la Nature en balance;
Mais gardez qu'en secret la pente où je vous voy
Contre Demetrius ne séduise un grand Roy.
Peut-il trouver en vous un Juge favorable
Si déja sans l'oüir vous le croyez coupable?
Je sçay que vos soupçons condamnent justement
Ce que pour les Romains il a d'attachement;
Mais c'est pousser trop loin la fierté qui le guide
Que de la faire aller jusques au parricide.
Il est aimé du Peuple, & peut-être en ces lieux
Qui s'en peut faire aimer fait bien des envieux.

PHILIPPE.

Quoi? tu ne veux pas voir qu'une ardeur criminelle
L'engage de ce Peuple à corrompre le zéle,
Et luy fait publier que rompant mes desseins
Luy seul l'a garanti des armes des Romains?
Sur ce bruit qu'à semer son orgueil se hazarde
Pour son Liberateur je voy qu'on le regarde,
On le suit, on l'honore, & depuis son retour
A mes yeux à l'envi chacun luy fait sa cour;
Mais à ce charme en vain ils aiment à se rendre,
La guerre leur fait peur, & je veux l'entreprendre;

C'eſt trop, c'eſt trop rougir du joug imperieux
Qu'impoſe aux Souverains un Peuple ambitieux.
Il eſt temps de réſoudre, & de parler en Maître,
Un Röy qui peut céder n'eſt point digne de l'être,
Et prêt à ſouffrir tout des plus fiers Ennemis,
Le Trône a plus d'éclat renverſé que ſoûmis.

ANTIGONUS.

Ces ſentimens ſont grands, mais ſi comme l'on penſe
Demetrius à Rome a de l'intelligence,
Doutez-vous que par luy le Senat averti...

PHILIPPE.

Nous forcerons l'Ingrat à prendre enfin parti.
Il faut ſur un hymen à l'Etat neceſſaire
Qu'il renonce aux Romains, ou s'arme contre un Père,
Et ſi par ſon refus il s'y montre attaché,
Nous n'aurons plus du moins un Ennemi caché.

SCENE II.

PHILIPPE, ANTIGONUS, ONOMASTE.

PHILIPPE.

L Es Princes viennent-ils ?

ONOMASTE.

Ils ne font plus qu'attendre,
Seigneur, dans l'antichambre ils ſont venus ſe rendre
Où pour vous avertir je viens de les quitter.

PHILIPPE.

Qu'ils entrent, Onomaſte, il les faut écouter.
Demeure, Antigonus, je veux qu'en ta préſence
Deux Fréres ennemis obtiennent audiance ;
Déja de l'un des deux m'expliquant le ſouci
Sur ce qui ſe fit hier, Didas... mais les voici.

SCENE III.

PHILIPPE, PERSE'E, DEMETRIUS,
ANTIGONUS, ONOMASTE.

PERSE'E.

SEigneur, si je pouvois sans m'en rendre complice..a
PHILIPPE.
Prenez place tous deux, je vous ferai justice.
Voici le jour fatal où le Ciel contre nous
Semble avoir reservé son plus âpre coutoux.
La plainte ouverte enfin succedant au murmure
A la pleine revolte enhardit la Nature,
J'en vois les droits par tout honteusement trahis,
Il m'en faut être Juge, & c'est entre mes Fils.
Pere trop malheureux qui, quoi que je me cache,
D'un crime dans mon sang ne sçaurois fuir la tache !
Un Frere accuse l'autre, & le crime est douteux,
Mais l'effet m'en doit être également honteux.
Qu'il soit faux, qu'il soit vrai, la haine qui les guide
En fait pour moy toûjours un lâche parricide.
Ou l'un d'eux aujourd'hui cherche à l'executer,
Ou l'autre le commet en l'osant inventer,
Et ma gloire ne peut qu'elle ne soit ternie,
Ou par son attentat, ou par sa calomnie.
Voilà ce que j'ay craint de ces dissensions
Dont l'aigreur soûtenoit toutes vos actions ;
Mais comme il en est peu que le temps n'adoucisse,
J'ay crû qu'au sang enfin vous rendriez justice,
Et qu'après les avis que je vous ay donnez,
Vous n'oublierez jamais ce que vous êtes nez.
Combien de fois, helas ! vous ay-je fait comprendre
Quels biens de la concorde on a sujet d'attendre ?
C'est par là que deux Rois avecque tant d'éclat
De Sparte si long-temps ont gouverné l'Etat,
Que d'un zéle pareil la conduite admirable,

A ſes plus fiers Voiſins l'a rendu redoutable,
Et que ce même Etat n'a pû ſe maintenir
Dès que l'ambition a ſçû les deſunir.
Combien ay-je tâché de prévenir vos haines
Par l'exemple fameux & d'Attale & d'Eumenes,
Que la concorde ſeule où tous deux je les voy,
A faits auſſi puiſſans qu'Antiochus, ou moy?
Honteux du nom de Rois qu'à peine ils vouloient
　　　prendre
Il ont droit aujourd'hui d'oſer tout entreprendre,
Et s'il faut mêler Rome aux autres Nations,
Voyez les Quintius, voyez les Scipions.
Dans l'éclat immortel qui ſuivra leur mémoire
De leur noble union voyez briller la gloire;
Au lieu que des forfaits la plus preſſante horreur
Toûjours de la diſcorde a ſuivi la fureur.
Ni le crime des uns, ni la vertu des autres
Sur les grands ſentimens n'ont pû regler les vôtres.
D'une coupable ardeur l'indigne emportement
Vous fait de vôtre rage aimer l'aveuglement.
Vous voulez que je vive, & ſouffrez que je régne
Tant que vous n'ayez plus d'obſtacle qu'elle craigne
Et que par l'attentat l'un de l'autre défait
Puiſſe en m'ôtant le jour joüir de ſon forfait.
Il n'eſt droit ſi ſacré que vôtre orgueil revere,
Vous haïſſez les noms & de Pére, & de Frére,
Et du ſang à l'envi briſant les plus doûx nœuds,
Le Trône eſt le Dieu ſeul qui mérite vos vœux.
Sus donc immolez-luy de ſi chéres victimes.
Et me faites trembler par l'horreur de vos crimes,
Attendant que le fer en régle les effets
Faites en ma préſence un combat de forfaits.
Dites tout ce que peut, pour trahir la Nature,
Ou reſoudre la rage, ou forger l'impoſture,
J'écoute; & je crains bien pour reproche éternel
De n'avoir à juger que du moins criminel.

　　　　P E R S E' E.
Seigneur, j'ay dû ſans doute abandonner ma tête
A l'éclat imprévu d'une affreuſe tempête,

　　　　　　　　　　　　　Puiſque

Puisque les attentats dont encor je fremis
Ne sçauroient être crûs s'ils n'ont été commis.
Ce n'est pas sans raison qu'un Peuple témeraire
Ne veut pour vôtre Fils connoître que mon Frére.
Si chez vous comme luy j'en obtenois le rang,
Vous trembleriez d'oüir qu'on veut verser mon sang,
Et ne voudriez pas qu'un reproche semblable
Confondît l'Innocent avecque le Coupable.
Ayant à craindre tout, si sans rien découvrir
Vous voulez que je meure, & bien, il faut mourir,
J'y consens, & croirai mon sort digne d'envie
Si ma mort avancée asseure vôtre vie,
Et si l'indigne ardeur de ses transports jaloux
Peut s'enteindre en mon sang sans aller jusqu'à vous;
Mais si dans ce peril la plainte m'est permise,
Voyez-le contre moy s'aimer avec surprise,
Et l'éclat de sa haine osant tout aujourd'huy,
Souffrez pour l'arrêter que je m'adresse à luy.
Qu'esperez-vous, mon Frére, & sur quelles maximes
Courez-vous en aveugle au plus affreux des crimes?
Dans l'orgueil de compter tant de Rois pour Ayeux,
L'avidité du Trône entraîne tous vos vœux,
Comme eux il faut régner, & cette noble envie
Pour remplir tout leur sort veut se voir assouvie;
Mais si ce que je suis tient le vôtre borné
Prenez-vous-en aux Dieux qui m'ont fait vôtre Aîné.
L'usage ici reçû, le jugement d'un Pere
Pour régner après luy veulent qu'on me préfere,
Et vôtre bras armé pour répandre mon sang
Vous peut seul donner droit de monter à son rang.
Le Ciel dont l'équité sur nos desseins préside
N'a pû souffrir encor un si noir parricide.
Hier dans ce faux Combat que j'osay hazarder
Pour éviter ma perte il m'apprit à ceder.
C'est luy qui s'opposant à l'espoir qui vous reste
Me fit fuir un Festin qui m'eût été funeste,
Et le crime par tout noircissant vôtre foy,
J'aurois dû cette nuit vous recevoir chez moy?
    Seigneur, sans mes refus nez d'une juste crainte,

I. Cor. III. Part.   P

Vous pleureriez ma mort où vous oyez ma plainte,
Et ce qu'entre deux Fils vous avez à juger,
Ne vous auroit laissé que ma perte à vanger.
Détestez maintenant l'ardeur insatiable
Où la soif de régner plonge une ame coupable,
Mais en la détestant daignez vous souvenir
Que vous avez à plaindre aussi bien qu'à punir.
Que celuy dont la rage aspire à perdre un Frere
Sente à jamais des Dieux l'implacable colere,
Mais qu'au moins l'opprimé, pour s'en mettre à cou-
         vert,
Dans l'appui de son Roy trouve un azile ouvert.
Contre la trahison c'est le seul que j'espere,
Je n'ay pour m'en sauver que les Dieux & mon Pere,
S'il me faut fuir ici de secrets attentats,
Je n'ay point de Romains qui me tendent les bras.
Leur haine de ma mort se fait un heur suprême
Parce que je soutiens l'honneur du Diadême,
Et ne leur laisse voir aucuns moyens offerts
De mettre, moy vivant, la Macedoine aux fers.
La plainte cependant, le murmure, l'outrage,
Sont le prix d'affranchir vos Sujets d'esclavage.
Vous l'avez vû, Seigneur, dans ces lâches Soldats
Qui hier même à vos yeux chercherent mon trépas.
   Que diray-je des Grands dont la molle foiblesse
A flater les Romains à l'envi s'interesse,
Et qui sur un espoir & vil & hazardeux
N'adorent que celuy qui peut tout auprés d'eux ?
Ce n'est pas à moy seul qu'il voit qu'on le préfere,
Il l'emporte en secret sur son Roy, sur son Pere.
C'est luy qui dans l'orage où vous étiez compris
Des foudres du Senat sauva vos cheveux gris.
Si vos Peuples sans guerre ont la douceur de vivre,
Des armes des Romains c'est luy qui les délivre,
Et tandis qu'en vous seul je fonde mon appuy,
Vos Peuples, les Romains, tout enfin est pour luy.
   A quoi présumez-vous que Quintius aspire
Par tout ce qu'il se plaît sans cesse à vous écrire,
Quand pour entretenir l'amitié du Senat

Il vous fait envoyer les premiers de l'État ?
Demetrius a part à cette Politique,
Ses conseils sont sa régle en tout ce qu'il pratique,
Et dans ces Envoyez qu'ils ont l'art de gagner,
Ils cherchent du secours pour le faire régner.
Ceux qu'un pur interêt, ceux qu'un vrai zele y mene
N'en reviennent jamais qu'avec l'ame Romaine,
Le seul Demetrius est maître de leur foy,
Et déja, vous régnant, ils l'appellent leur Roy.
Si l'indignation m'arrache quelque plainte,
De l'ardeur de régner j'ay soudain l'ame atteinte,
Chacun veut que ce crime ait pour moy des appas,
Et vous-même, Seigneur, ne m'en exemptez pas.
Mais à quoy cette ardeur & basse & criminelle,
Puisqu'au Trône après vous ma naissance m'appelle ?
Vouloir pour y monter confondre tous les droits,
Renverser la Nature, aneantir les Loix,
Se faire une vertu d'un Frére qu'on opprime,
C'est-là, Seigneur, c'est-là ce qui s'appelle crime,
Et j'atteste les Dieux, si j'en prens quelque effroy,
Que je le crains pour vous beaucoup plus que pour
       moy.
Négligez le péril où ma vie est réduite,
Détournez-en les yeux, mais voyez-en la suite,
Et songez, qu'où du sang on a brisé les nœuds,
Qui fait un parricide en peut commettre deux.

DEMETRIUS.

Si je parois surpris, Seigneur, j'ay pour excuse
Et le genre du crime, & celuy qui m'accuse.
Pour m'ôter tous moyens de vaincre mon malheur,
Il veut auprés de vous corrompre ma douleur,
Et de ses feints soupirs l'injurieuse amorce
Tâche en la prévenant d'en détruire la force.
Sur vous d'un faux peril il fait tomber l'effroy,
Pour faire agir par vous sa rage contre moy.
Quoi que fort du secours de ma seule innocence,
Pour moy du Monde entier il arme la puissance,
Et d'aziles par tout il aime à se priver,
Pour empêcher qu'en vous je n'en puisse trouver.

Dieux, qu'il prend pour témoins des motifs de sa
    crainte,
Aidez ceux qu'il abuse à pénétrer leur feinte,
Et puisqu'à m'en purger je me trouve réduit,
Eclairez ce grand crime où j'ay choisi la nuit.
    Il l'expose à vos yeux l'ame encor toute émûë,
Comme s'il ne formoit qu'une plainte imprévûë,
Et que ces noirs complots dont il souille ma foy
Ne fussent pas des traits préparez contre moy.
    Prince, si dés long-temps formant brigues sur bri-
    gues,
Je fais contre l'Etat de criminelles ligues,
Il falloit m'accuser de cette trahison
Avant qu'elle employât le fer & le poison.
Déja pour m'en punir j'étois assez coupable
Sans que de cette nuit on y joignît la fable,
Mais pour mieux voir quel fruit j'en pourrois esperer
Vous voulez tout confondre, il faut tout séparer.
    Le grand titre d'Aîné, le jugement d'un Pére,
Le droit des Nations, tout veut qu'on vous préfere,
Et pour en démentir l'aveugle choix du Sort,
Ma lâche ambition a juré vôtre mort.
Pourquoi donc m'imputer la coupable esperance
Dont l'appui des Romains flate mon arrogance ?
Si jusqu'à faire un Roy vous portez leur crédit,
Qu'est-il besoin de crime où leur secours suffit ?
Est-ce afin que le Trône ait plus dequoi me plaire,
Si j'en voy les degrez teints du sang de mon Frere ?
Est-ce afin qu'auprés d'eux ce noir crime commis
M'ôte ce peu d'estime où la vertu m'a mis ?
Quintius qu'on me voit prendre par tout pour guide,
M'aura-t'il conseillé cet affreux parricide,
Luy qui cherit son Frere, & laisse à nos Neveux
De l'union parfaite un exemple fameux ?
Pour m'élever au Trône où mon orgueil aspire,
Vous voulez qu'à l'envy tout le monde conspire,
Et comme sans appui, pour unique recours :
Vous me faites du crime emprunter le secours.
Voyons-le tel qu'il est, ou qu'on le fait paroître,

Ce crime qu'entre nous un Pere doit connoître.
On divise l'Armée, & d'une égale ardeur
Nous disputons le prix qu'on destine au Vainqueur.
Tous deux Chefs de parti nous cherchons la victoire.
Et quand sur vous enfin j'en emporte la gloire,
Ma haine, dites-vous, si l'on ne m'eût cedé,
Par un combat sanglant en auroit décidé.
Quelle plainte, grands Dieux, & qu'elle a de foiblesse!
Vous fûtes le témoin de ce Combat d'adresse,
Seigneur, & vous sçavez ce qu'on me vit tenter,
Qui marque la fureur qu'il ose m'imputer;
Mais la sienne, qu'anime une haine implacable,
Ne veut rien épargner pour me rendre coupable.
Dans la Fête qu'en suite on me voit ordonner
Je l'invite au Festin, c'est pour l'empoisonner.
Sans nommer les témoins d'une trame si noire,
J'en suis trop convaincu parce qu'il la veut croire.
Le fer enfin succede, on me fait tout oser.
    Prince, m'accuser trop, ce n'est pas m'accuser.
Pour rendre contre moy vos plaintes legitimes,
Un seul jour me pouvoit amasser moins de crimes;
Je vay chez vous de nuit, & l'on doit soupçonner
Que j'y vay seulement pour vous assassiner?
Puisque de ce forfait vous ayez des indices,
J'étois accompagné, je livre mes Complices,
Qu'ils viennent, & par eux faites connoître à tous
L'ordre d'un attentat qu'ils apprendront de vous.
Mais que sert contre moy d'inventer cette fable?
De tant de crimes faux passons au veritable.
Que ne me dites-vous, puisqu'il faut l'exprimer,
Pourquoi, Demetrius, t'es-tu fait estimer?
Pourquoi de ta vertu la Macedoine éprise
Me voit-elle à regret une Couronne acquise,
Et quand de ma conduite on la voit s'indigner,
Pourquoi luy parois-tu plus digne de régner?
Quelques déguisemens qui cachent sa pensée,
C'est-là, Seigneur, c'est-là ce qui blesse Persée,
Et l'on s'empresseroit bien moins à me trahir,
Si par mes lâchetez je me faisois haïr;

Mais comme avec le sang la vertu m'intereffe
A luy ceder un Trône acquis au droit d'Aîneffe,
Ce méme fang m'apprend à me montrer jaloux
De meriter l'honneur d'être forti de vous.

 Quant aux Romains, Seigneur, dont il veut pren-
  dre ombrage,
M'a-t'on vû demander à leur fervir d'Otage,
Et fi vers le Senat vous m'avez député,
Ay- je de cet emploi brigué la dignité ?
Dans l'un & l'autre temps ma foy toûjours fincere
N'a choifi pour objet que la gloire d'un Pére,
Et par vos ordres feuls ayant pris droit d'agir,
Ni pour vous ni pour moy je n'ay point à rougir.
Tant qu'avec eux la paix nous défendra les armes
Leur alliance offerte aura pour moy des charmes,
Mais fi vous en rompez le nœud mal affermi
Ils trouveront en moy leur plus fier Ennemi.
De leur protection il n'eft rien que j'attende ;
Qu'ils ne me nuifent point, c'eft ce que je demande
Et qu'un Frere trop prompt à foupçonner ma foy
Ne prenne point chez eux des armes contre moy.
Si vous me condamniez, quelle que fût l'offence,
Ce feroit à luy feul à prendre ma défence,
Et c'eft luy que je voy fur de faux attentats
Vouloir vous arracher l'arrêt de mon trépas.
Appellé fans fçavoir que j'euffe à me défendre,
Je n'ay pour y fonger que le temps de l'entendre,
Tandis qu'à me noircir, & qu'à me déchirer
Sa haine induftrieufe a fçû fe préparer.
Hélas ! dans ce malheur où feroit mon refuge,
Si tout autre que vous devoit être mon Juge ?
Contre un Frére cruel qui veut trancher mes jours,
C'eft un Fils qui d'un Pere implore le fecours.
Dans l'excez où fa rage a pû déja paroître,
Que n'en craindray-je point quand il fera mon Maî-
 tre,
Et que fert qu'aujourd'hui l'on m'ofe fecourir,
Si par luy tôt ou tard j'ay toûjours à perir ?

PERSE'E.
Seigneur, si ce qu'il craint...

PHILIPPE.

Bornez-là vôtre plainte,
L'aigreur qui la soutient autorise sa crainte,
Et trop de pente à prendre un esprit soupçonneux,
Ebloüit vôtre haine, & vous trompe tous deux.
J'ay compris les raisons & de l'un & de l'autre,
Sans prendre son parti, ni m'attacher au vôtre,
Et comme entre deux Fils j'aime à me partager,
C'est sur l'avenir seul que je prétens juger.
Vivez, & s'il se peut, qu'une amitié sincere
Du sang qui vous unit marque le caractere,
Et par ses plus doux nœuds épargne à mon couroux
La douleur de chercher un coupable entre vous.
La Nature l'ordonne, & je vous le demande.

DEMETRIUS.

Vous plaire est le seul bien, Seigneur, où je prétende,
Et de cette union le charme m'est si doux
Que j'aurois fait pour moy ce que je fais pour vous.

PHILIPPE.

L'asseurance m'en plaît, mais pour l'avoir entiere,
Contre vous à l'envie ôtons toute matiere.
Etouffons un soupçon qui dans tous vos desseins
Vous fait d'intelligence avecque les Romains.
De ces Tyrans des Rois la fiere Politique
Fait révolter Didas contre leur République,
Epousez-en la Fille, & pour vous & pour moy
Faites leur Ennemi garand de vôtre foy.

DEMETRIUS.

Je vous l'ay dit, Seigneur, lors que la paix rompuë...

PHILIPPE.

Faut-il vous l'ordonner de puissance absoluë ?
Ne me resistez point ; au Prince, au Peuple, à tous,
Cet hymen seul a droit de répondre de vous.
Vôtre gloire sans luy par le crime est flétrie,
Je vous voy lâchement trahir vôtre Patrie,
Et par le sang d'un Frére acheter des Romains
Les fers injurieux où vous tendez les mains.

PERSE'E.

Daignez moins exiger de la foy qu'il vous jure:
Pour luy de cet hymen la contrainte est trop dure,
Seigneur, & vous devez par des ordres plus doux
Essayer le respect qu'il veut avoir pour vous.

DEMETRIUS.

J'aurois peut-être lieu d'admirer par quel zele
Qui veut me voir périr craint de me voir rebelle ;
Mais pour mes interêts cessez de vous trahir,
Un Pere a commandé, je ne sçai qu'obéïr.

PHILLIPE.

Puissay-je ainsi revoir le calme en ma Famille.

SCENE IV.

PHILIPPE, PERSE'E, DEMETRIUS, DIDAS, ANTIGONUS, ONOMASTE.

PHILIPPE.

Didas, rens grace au Prince, il épouse ta Fille,
Et cet honneur sur toy justement répandu
Asseure à tes travaux le prix qui leur est dû.

DIDAS.

Seigneur...

PHILIPPE.

S'il est plus grand que tu n'osois le croire,
Rens luy ce que de toy demande tant de gloire,
Je te laisse avec luy. Vous, Prince, suivez-moy.

SCENE V.

DEMETRIUS, DIDAS.

DIDAS.

SEigneur, fans trop d'orgueil puis-je croire le Roy,
Et fe peut-il qu'un Prince & grand & magnanime
Pour le fang d'un Sujet conçoive tant d'eftime,
Que d'un choix où jamais il n'auroit prétendu…

DEMETRIUS.

Obéïffant au Roy, j'ay fait ce que j'ay dû ;
Mais je croy qu'imitant cet effort par un autre,
Si j'ay fait mon devoir, vous fongerez au vôtre,
Et n'en croirez pas tant des vœux trop élevez,
Qu'on vous voye oublier ce que vous me devez.

DIDAS.

Le refpect qui pour vous accompagne mon zele
Ne marquera jamais une ame plus fidelle,
Et je fçai trop, Seigneur, ce que vous doit ma foy.

DEMETRIUS.

Puifque vous le fçavez, allez trouvez le Roy,
Et m'épargnant l'éclat où je fçai qu'on afpire,
Sauvez-moy de l'hymen qu'on luy fait me prefcrire.
Je voy d'où m'en vient l'ordre, & qu'un Frére ja-
        loux
Prétend par mes refus accroître fon couroux.
Sçachant que j'aime ailleurs, par cette loy cruelle
Il a crû me contraindre à me montrer rebelle,
Mais j'ay lieu d'efperer que de fa haine inftruit
Vous ne fouffrirez pas qu'il en cueille le fruit.
Rompez donc un Accord dont l'amour qui m'engage
Par eftime pour vous ne veut pas voir l'outrage,
Et refpectant les traits dont mon cœur eft bleffé,
Chargez-vous d'un refus où je ferois forcé.

DIDAS.

Quelque honneur où le Roy m'autorife à prétendre,

P v

Vous pouvez arrêter l'espoir qu'il m'en fait prendre,
Mais vouloir qu'affectant un refus criminel
Moy-même...

DEMETRIUS.

　　　Je vous plains d'un effort si cruel,
Mais il faut empêcher que l'on ne vous soupçonne
D'avoir eu quelque part à l'ordre qu'on me donne,
Et si vous m'en croyez, vous obtiendrez du Roy
Qu'il me laisse à mon choix disposer de ma foy.

DIDAS.

Le Roy sçait ce qu'il fait, & s'il cherche ma gloire,
Croïez, Seigneur...

DEMETRIUS.

　　　　　Laissons ce que j'ay lieu de croire.
S'il vous fait malgré vous prendre un espoir trop
　　haut,
Détournez-en l'effet, je croirai ce qu'il faut.

DIDAS.

Seigneur, vous pourriez mieux...

DEMETRIUS.

　　　　　　Oüi, je pourrois luy dire
Que s'il songe au neant dont sa faveur vous tire,
Il sçaura qu'à sa gloire il est injurieux
D'unir un sang trop bas au plus pur sang des Dieux ;
Qu'un Roy, quoy que jaloux d'élever ce qu'il aime,
Doit à sa dignité beaucoup plus qu'à soy-même,
Et qu'il faut préferer dans le moindre projet
La majesté du Trône à l'orgueil d'un Sujet.
Pour luy faire éviter la honte qu'il se cache,
Ou par vous ou par moy c'est ce qu'il faut qu'il sça-
　　che,
Mais l'aigreur de l'avis ne regardant que vous,
Vous sçaurez le donner en des termes plus doux,
Et pour vos interêts ma patience extrême
Veut bien pour l'expliquer s'en remettre à vous-mê-
　　me.
Si c'est vous dire trop, accusez-en des vœux.
Dont l'audace me force à plus que je ne veux.

DIDAS.

Dans le peu que je suis, du moins....

DEMETRIUS.

Brisons, de grace,

Malgré mes Envieux je sçai ce qui se passe,
Et qu'aprés cette plainte où le sang m'a trahi,
L'on devoit m'arrêter si je n'eusse obéï.
C'étoit pour m'y contraindre une méchante voïe
Si je n'eusse à mon Frere envié cette joïe ;
Mais si vôtre insolence à me persecuter
Sur ce honteux hymen me force d'éclater,
Malgré tout ce que peut l'injuste appui d'un Pere,
Peut-être aurez-vous lieu de craindre ma colere.
C'est à vous d'y penser.

DIDAS.

Vous serez satisfait,

Seigneur, & cet hymen n'aura jamais d'effet.

Fin du second Acte.

ACTE III.

SCENE PREMIERE.

ERIXENE, PHENICE.

ERIXENE.

OUY, je le sçay, Phenice, en de pareils outrages
Le moindre emportement sied mal aux grands courages,
Et j'ay lieu de rougir d'avoir peine à calmer
L'impatient couroux qui cherche à m'animer ;
Mais plus je voy son crime, & moins de ma foiblesse
Malgré tout mon orgueil je puis être maîtresse.
Dieux ! peut-il être vrai que l'infidelité
De tant de vœux offerts soüille la pureté ?
Incapable jamais de trahir ce que j'aime
Je dédaigne pour luy l'éclat du Diadéme,
Et sur un lâche espoir dont il goûte l'appas,
Il m'ose préferer la Fille de Didas ?
Tu l'avois bien jugé ; quoy qu'il en ait pû dire,
Aprés le Trône seul le parjure soûpire,
Et croit en voir pour luy les droits moins incertains,
Gendre d'un Favori qu'il acquiert aux Romains.
Qu'il régne, que par eux sa puissance affermie
D'un si honteux hymen répare l'infamie,
Quelque éclat qu'elle asseure à ses vœux insensez ;
Par sa gloire flétrie il s'en punit assez.

PHENICE.

Son infidelité ne vous peut trop surprendre,
Mais d'abord sans aigreur vous avez pû l'apprendre,
Vôtre esprit sembloit calme, & plus de fermeté...

ERIXENE.

Te le dirai-je, helas ! d'abord j'en ay douté;
D'abord pour cet ingrat ma flame intéressée
A veu dans Onomaste un Agent de Persée ;
Mais quand Antigonus par mon ordre amené
M'a confirmé l'avis qu'on m'en avoit donné,
Que luy-même excusant sa lâche obéïssance
De cet hymen pour luy m'a montré l'importance,
Tout ce qu'a de pressant la plus jalouse ardeur
Aux plus âpres transports a livré tout mon cœur.
Mille sermens trahis par l'espoir qui l'anime
Pour aigrir ma colère ont redoublé son crime ;
Et leur image offerte à mon ressentiment
Des plus noires couleurs m'a peint son changement.
S'il en eût craint l'affront, c'est par son seul silence
Qu'il auroit fait juger de son obéïssance,
Et sa flame aussi-tôt venant s'en plaindre à moy,
Eût démenti la honte où l'eût forcé le Roy ;
Mais pour gagner Didas, sa lâche politique
Veut que sa trahison aux yeux de tous s'explique,
Et qu'un indigne aveu luy fasse mériter
L'appui dont pour le Trône il se laisse flater.
Tandis qu'à soûpirer ma fierté se ravale,
Il est, il est, Phenice, auprés de ma Rivale,
Et rit du vain couroux qu'il voudra présumer
Que son crime en mon cœur ait eu lieu d'allumer.

PHENICE.

Montrer si peu de force à braver cet outrage,
C'est luy donner, Madame, un peu trop d'avantage,
Et ces ressentimens...

ERIXENE.

Daignes-en mieux juger.
Avec toy ma douleur aime à se soulager,
Mais ailleurs, les transports qu'irritent son offense,
N'armeront contre luy que mon indifférence,

Et du moins mon orgueil n'en pouvant triompher;
Sous l'éclat du mépris fçaura les étouffer.

PHENICE.

Vous promettez beaucoup, mais comme, quoi qu'on
faffe,
Il n'eft rien qu'un remords dans un grand cœur n'efface
Si de Demetrius...

ERIXENE.

Ah, pour fléchir le mien
Ne croy pas que jamais le remords puiffe rien.
Plus l'Amant nous fut cher, plus fon ingratitude
Rend le coup qui nous bleffe & furprenant & rude,
Et fa peine attirant nos plus ardents fouhaits,
Si l'amour n'en meurt point, il n'en guérit jamais.
Je te dirai bien plus, quand par une foibleffe,
Dont le fang qui m'anime éxempte une Princeffe,
Tout mon cœur contre moy lâchement révolté
En faveur d'un ingrat trahiroit ma fierté,
Quand en le puniffant du mépris de ma flame
Je me verrois forcée à l'adorer dans l'ame,
A quelque dur malheur que me livrât le fien,
Je mourrois mille fois plutôt qu'il en fçût rien,
Et mes derniers foupirs par ma fauffe victoire
D'un triomphe effectif luy voleroient la gloire.
Qu'il fe repente ou non, il m'a manqué de foy,
Et je me fouviendrai de ce que je me doy.
Pour plaire à mon couroux, en remplir l'arrogance,
Il faut que mon amour tremble fous ma vangeance,
Qu'aux dépens d'un repos qui luy fembla fi doux...

PHENICE.

Le Roy peut vous entendre, il s'avance vers nous.

SCENE II.

PHILIPPE, ERIXENE, PHENICE.
Suite du Roy.

PHILIPPE.

MAdame, enfin du Ciel la bonté Souveraine
De deux Fréres jaloux semble étouffer la haine,
Et j'ay lieu d'esperer qu'un plus heureux destin
A leurs divisions va mettre quelque fin.
Contre Demetrius sur de vaines maximes
Le défiant Persée a trop cru de faux crimes,
Et le seul dont j'ay vû la suite à redouter,
C'est l'appui qu'aux Romains on luy faisoit prêter;
Mais l'hymen où contre eux un vrai zéle l'engage,
De sa fidelité me doit être un sûr gage,
Et de cette union les favorables nœuds
Par la foy de Didas m'assûrent tous ses vœux.
Ainsi loin qu'il me reste à craindre un Fils rebelle...

ERIXENE.

Seigneur, j'ay déja sçû cette grande nouvelle,
Et c'est avec plaisir qu'aprés tant de souhaits,
Où le trouble a regné, je vois régner la paix.

PHILIPPE.

Pour n'en revoir jamais la douceur en balance,
Achevez aujourd'hui ce que le Ciel commence;
Et daignant de Persée autoriser l'espoir,
Du Sceptre qui l'attend partagez le pouvoir.
Rome par cet hymen, à quoi qu'elle s'apprête,
Perdra l'injuste droit de régler ma conquête,
Et se verra forcée aprés tant de débats,
De voir la Thrace entiére unie à mes Etats.

ERIXENE.

Quoi que du sort jaloux l'injuste violence
En ait soumis l'Empire à vôtre obéïssance,
Rendant ce que je dois à l'éclat de son sang,

J'ay crû pouvoir garder tout l'orgueil de mon rang.
C'eſt ſur ce noble orgueil que tant de fois preſſée,
D'accepter & le cœur & la main de Perſée,
D'un œil indifférent j'ay ſemblé toujours voir
La gloire qui par là s'offroit à mon eſpoir.
Jalouſe de l'éclat du Trône où je ſuis née,
Je voulois y rentrer avant cet hymenée,
Et qu'on ne pût penſer que le don de ma foy
Eût moins ſuivi mon choix que les ordres d'un Roy.
Si de tels ſentimens ſont d'une ame trop vaine,
Peut-être ſont-ils beaux dans celle d'une Reine,
Et leur fierté n'a rien qu'on me vît démentir.
Si vos diſſentions m'y laiſſoient conſentir ;
Mais enfin dans le trouble où Rome vous expoſe
J'en hai trop les effets pour en nourrir la cauſe,
Et vouloir que par moy, ſur des droits incertains,
Les ordres du Senat traverſent vos deſſeins.
C'eſt de là que j'ay vû par des motifs contraires
La diſcorde à vos yeux ouverte entre deux Fréres,
Et mon cœur, quand leur haine eſt préte à s'appaiſer
Pour ſeconder vos ſoins n'a rien à refuſer.

PHILIPPE.

Que Perſée eſt heureux , & qu'après tant d'alarmes
Un aveu ſi propice aura pour luy de charmes !
Mais comme un prompt ſuccez dans de ſi grands deſ-
    ſeins
Met un plus ſûr obſtacle aux malheurs que je crains,
Pour voir plutôt le calme éloigner la tempéte,
Quoi que vos ordres ſeuls...

ERIXENE.

                    Ma main eſt toute préte,
Seigneur, & dés demain il ne tiendra qu'à vous
Qu'un hymen glorieux n'en faſſe mon Époux.
Je voy vos intérêts, & de quelle importance
De Didas contre Rome eſt pour vous l'alliance,
Et ſi par politique, ou par legereté,
Demetrius oſoit en rompre le Traité,
Aprés ce que de moy Perſée a voulu croire
Je veux être en état qu'on reſpecte ma gloire,

Et que ce changement ne se puisse imputer
A l'espoir dont ma main auroit pû le flater.

PHILIPPE.

O d'un charmant espoir agréable surprise !

SCENE III.

PHILIPPE, ERIXENE, DIDAS, PHENICE, Suite.

PHILIPPE.

ENfin, Didas, enfin le Ciel me favorise,
Et nous verrons demain éclater le grand jour
Qui contre la discorde intéresse l'amour.
C'est peu qu'au plus haut rang ta Fille soit placée,
La Princesse consent à l'hymen de Persée,
Et dans l'heureux succez dont je me sens charmer,
Mon cœur ne conçoit plus de souhaits à former.

DIDAS.

Pour rompre les malheurs dont le péril vous presse,
Il est beau que Persée épouse la Princesse,
L'Etat à cet hymen se doit intéresser,
Mais pour Demetrius, il n'y faut point penser.
Loin d'accepter la gloire où pour moy l'on s'apprête,
Je viens, Seigneur, je viens vous apporter ma tête.
Dans le peu que je suis c'est le moins que je doy
A l'insolent refus des bontez de mon Roy.

PHILIPPE.

De quel trouble nouveau reçois-je la menace ?
De ce Fils téméraire explique moy l'audace.
Se voudroit-il dédire, & dégager sa foy
Par le refus forcé qu'il exige detoy ?

DIDAS.

Non, Seigneur, & c'est-là ce qui me rend coupable,
Le Prince à vos desirs s'est montré favorable,
Et sur ce grand hymen dont vous m'aviez flaté,
Je l'ay vû de mes vœux enhardir la fierté ;

Mais son sang dont par là la splendeur se ravale
Ne souffre point du mien l'union inégale,
Et quoi que vôtre aveu semble l'autoriser,
Je me rens criminel si j'ose en abuser.
C'est ce qu'avec respect, pour vous le faire entendre,
J'ay crû devoir tâcher de luy faire comprendre,
Mais malgré tous mes soins, mon zéle & mon respect
N'ont eu rien que soudain il n'ait trouvé suspect,
Et sur un vain soupçon dont son ame est blessée
Me croyant contre luy du parti de Persée,
Plus d'accord, plus d'hymen ; loin d'en souffrir le
    nœuds
Ma perte desormais est l'objet de ses vœux.
Quoi que tente, Seigneur, son aveugle colere,
J'aurai tout merité si j'ay sçu vous déplaire,
Et si mon sang au vôtre indigne de s'unir
Est un crime qu'en moy vous trouviez à punir.

          PHILIPPE.

Quoi, c'est peu que l'appui de toute ma puissance
Pour suppléer l'éclat qui manque à ta naissance,
Et ma faveur pour toy n'offre rien dont l'effort
Suffise à réparer l'injustice du Sort ?

          DIDAS.

Trop, Seigneur, mais enfin si j'ose vous le dire,
La gloire des grandeurs n'est pas celle où j'aspire,
Et mes desirs jamais ne prendront pour objet
Que l'honneur éclatant de vivre bon Sujet.

          PHILIPPE.

Dans ce nouveau degré de gloire & de puissance,
De l'ardeur de ton zéle ay-je moins d'assurance,
Et ta foy...

          DIDAS.

      Je serai toujours ferme, soumis ;
Mais je crains l'apparence, & j'ay des Ennemis.

          PHILIPPE.

Que peut-on contre toy, si quoi qu'on puisse faire
Toujours sur tes avis...

          DIDAS.

        Souffrez-moy de me taire,

Seigneur, & ne voyez que ma témerité
Quand je refuse un bien que j'ay peu merité.

PHILIPPE.

Non, non, explique toy.

DIDAS.

Que puis-je vous apprendre
Que ce qu'un bruit commun vous a pû faire entendre ?
Seigneur, jusques ici, pour ne vous aigrir pas,
J'ay de Demetrius caché les attentats.
Par mes soins redoublez veillant sur sa conduite
Je me suis contenté d'en prévenir la suite,
Et s'il souffre l'hymen que luy prescrit son Roy,
C'est qu'il cherche une voye à s'assurer de moy ;
Car enfin ce n'est pas sans raison qu'on soupçonne
Que son ambition en veut à la Couronne,
Ses brigues dont par moy l'effet s'est vû détruit,
De l'orgueil de ses vœux ne m'ont que trop instruit,
Le Senat avec luy toûjours d'intelligence
Par un appuy secret en soutient l'arrogance,
Et pour voir jusqu'ici Rome donner la loy,
Quintius a juré de le couronner Roy.
Peut-être que déja malgré ma vigilance
Le péril de l'orage est plus prés qu'on ne pense,
Et que ceux où je mets nôtre plus ferme appuy,
Gagnez par son adresse, oseront tout pour luy.
Si devenu mon Gendre il attente, il s'oublie,
Qu'est-ce que l'imposture aussi-tôt ne publie,
Et qui ne croira point que d'un si noir forfait,
Pour voir régner mon sang, j'aurai pressé l'effet ?
Non, non, pour ce refus s'il faut donner ma tête,
J'y consens, ordonnez, la voilà toute prête.
J'auray la joye au moins de voir par là ma foy
Jusqu'au dernier soupir vous répondre de moy.

PHILIPPE.

Dieux quand vôtre couroux contre moy se déploye,
N'a-t'il pour me punir que cette seule voye,
Et si Rome en secret me fait des Ennemis,
Les verrai-je toûjours à craindre dans un Fils ?
Didas, ton trop de zéle a trahi ta prudence,

I. falloit de ce Fils gagner la confiance,
Et tirer de l'hymen que j'avois arrêté
Le droit de voir son crime avec plus de clarté.
Si sa lâche fureur par toy n'eût pû s'éteindre,
Du moins j'aurois connû ce qu'il m'eût falu craindre,
Au lieu que mes soupçons, qu'en vain j'ay crû bannis,
Ayant à craindre tout, n'ont rien à prévenir.
Mais pardonnez, Madame, à l'ennui qui me presse,
J'abuse des bontez d'une illustre Princesse,
Et ce n'est pas ici qu'il faut voir quel secours
Peut forcer le péril qui menace mes jours.

E R I X E N E.

La part que m'y fait prendre une auguste alliance.

S C E N E　　I V.

P H I L I P P E, E R I X E N E, D I D A S, O N O M A S T E, P H E N I C E, Suite.

O N O M A S T E.

Seigneur, vos Envoyez demandent audiance,
Ils arrivent de Rome.

P H I L I P P E.

　　　　　　　Allons les écouter,
Nous pourrons sçavoir d'eux ce qu'il faut redouter,
Cependant trouvez bon qu'un heureux hymenée
M'assurant dès demain...

E R I X E N E.

　　　　　　　Ma parole est donnée,
Seigneur, & s'il vous peut rendre le sort plus doux,
Disposez de ma main, j'attens l'ordre de vous.

※

SCENE V.

ERIXENE, PHENICE.

ERIXENE.

JE triomphe, Phenice, & ma vangeance est sûre,
D'un infidelle Amant je puis braver l'injure,
Sans joüir de son crime il me verra régner.

PHENICE.

Le Ciel pour le punir ne veut rien épargner ;
Mais enfin je voudrois qu'à dédaigner sa flame
La seule ambition eût pû forcer vôtre ame,
Et que ce grand hymen qui rend Persée heuréux
Par l'ardeur d'être Reine attirât tous vos vœux.

ERIXENE.

Quoi, si pour cet hymen je me fais violence
Est-ce un bien si commun qu'une pleine vangeance,
Que quoi qu'à mon amour elle doive coûter,
Tu penses que jamais il pût trop l'acheter ?
Non, non, quelques malheurs dont ce projet m'accable,
Il suffit que je vois Demetrius coupable.
Ce seul objet m'arrête, & dans son peu de foy
Tout ce qui le punit a des charmes pour moy.
Si pour une vangeance où la gloire autorise,
On court même à des maux qu'aucun art ne déguise,
Juge de sa douceur quand on fait présumer
Que ce qui nous l'assure a dequoi nous charmer ;
Demetrius par là verra croître sa peine,
J'oserai m'applaudir d'un vain titre de Reine,
Et porterai si haut l'éclat de ce revers
Qu'il ne pourra sçavoir qu'à regret je le pers.

PHENICE.

Cette douceur pour vous doit avoir bien des charmes ;
Mais si j'ose expliquer mes secretes alarmes,
Cet hymen qui du Roy vous soumet les Etats ;

Me femble un peu bien prompt pour ne vous gên
    pas.
Vous haïffez Perfée, & comme de la haine
Vers un panchant plus doux le temps feul nous ramen
C'eft hazarder beaucoup, de ne prendre qu'un jour
Pour vous accoutumer à fouffrir fon amour.

ERIXENE.

Moy, par l'indigne crainte où ton zéle te jette,
Confentir à laiffer ma vangeance imparfaite !
Ce cœur dont tu veux voir le repos affermi
Etoit d'intelligence avec mon Ennemi.
Par de fauffes clartez dont je fuis ébloüie,
Pour me le faire aimer c'eft luy qui m'a trahie,
Et fous un choix funefte accablant mon amour,
Je veux pour m'en vanger le trahir à mon tour.
Il faut qu'il foit puni d'avoir fçû mal connoître
Qu'aimant Demetrius il bruloit pour un traître,
Que d'un dehors trompeur l'injurieux éclat...

PHENICE.

Ce grand triomphe eft beau, mais craignez le combat
Demetrius paroît.

SCENE VI.

ERIXENE, DEMETRIUS
PHENICE.

DEMETRIUS.

QUe m'apprend-on, Madame ?
On vous fait de Perfée autorifer la flame,
Et fi je puis fans crime en croire un bruit confus,
Dés demain fon bonheur doit vaincre vos refus.

ERIXENE.

J'admire que ce bruit ait dequoi vous furprendre
Dans le peu d'interêt que vous y devez prendre.
Du Gendre de Didas les deffeins mal cachez...

DEMETRIUS.

Ah, Madame, est-ce vous qui me le reprochez,
Et le déguisement dont j'ay puni ce Traître,
Peut-il abuser ceux qui me doivent connoître ?
Réduit à m'en servir contre un destin jaloux,
Ce qui l'est pour le Roy ne peut l'être pour vous.
Cependant quand ma foy croit être en assurance,
Didas... Ce nom fatal fait trembler ma constance,
Mon cœur s'en épouvante, & son espoir flotant
N'ose l'abandonner à tout ce qu'il entend.

ERIXENE.

J'ignore ce qu'il craint, mais je puis vous apprendre
Qu'il cherche à se flater dans ce qu'il doit entendre,
S'il doute que le mien ne ressente pour vous
Ce que l'indifference eut jamais de plus doux.
Dans cet heureux état qui me rend à moy-même,
Persée avec son cœur m'offre le Diadème,
Et nul éxemple encor n'a paru m'enseigner
A n'être point sensible à l'ardeur de régner.

DEMETRIUS.

Cachez mieux à mon cœur le mal qu'il appréhende,
J'entens peut-être plus qu'on ne veut qu'il entende,
Et vous vois malgré moy dans ce funeste jour
Mandier un prétexte à trahir mon amour.
Si quelque dur éclat marquoit vôtre colére,
Je croirois que ma feinte auroit pû vous déplaire,
Et qu'une injuste erreur vous auroit fait penser
Que jusques à Didas je voudrois m'abaisser ;
Mais l'air indifferent dont ma perte est concluë
Marque une ame à l'oubli dés long-temps résoluë,
Et je vois en secret la vôtre s'applaudir
D'avoir trouvé par où s'y pouvoir enhardir.
Des grandes passions c'est le cours ordinaire,
Que le cœur qui les change en prend une contraire ;
Et quand ses vœux trahis exigent ce retour,
S'il ne sent point de haine, il n'eut jamais d'amour.
Ne rejettez donc point sur ma fausse inconstance
Celle où l'ambition pousse vôtre vangeance.
Quelque crime qu'en moy vous ayez presumé,

Je ferois innocent fi vous m'aviez aimé.

E R I X E N E.

Ces grandes paffions qu'en fuit une contraire,
N'entrent point dans une ame au deffus du vulgaire;
Qui maîtreffe des vœux qu'il luy plaît de former,
De la feule vertu prend les ordres d'aimer.
Du tumulte des fens l'imperieufe amorce
Pour troubler fa raifon n'a point affez de force,
Et toûjours à fes loix jaloufe d'obéïr,
Ce qui la fit aimer, ne la fait point haïr.
Tant que vos vœux ont eû ce précieux fuffrage,
Je ne le cele point, j'en ay cheri l'hommage;
L'inconftance fur eux commence de régner
Je ne m'en fouviens plus que pour les dédaigner,
Et je me fens une ame & trop haute & trop vaine
Pour croire que l'outrage ait mérité ma haine.

D E M E T R I U S.

Quel outrage, grands Dieux! & quand contre Didas...

E R I X E N E.

Je le tiens fi leger qu'il ne m'ébranle pas.
Puis-je à vos feux naiffans rendre plus de juftice?
Vous aimerez ailleurs fans que je vous haïffe,
Et donnant vôtre cœur, ne ferez point gêné
D'en voir au moindre ennui le mien abandonné.

D E M E T R I U S.

Non, non, fi j'ay failli ma timide efpérance
Préfere vôtre haine à vôtre indifférence,
Et la foudre, & l'orage auront moins de rigueur,
Que le calme odieux qui regne en vôtre cœur.
Mais quel crime ay-je fait quand j'ay craint pour vous
    plaire
Le piége dangereux que me tendoit un Frere?
Mandé fur un hymen par Didas concerté,
Si je réfifte au Roy, je dois être arrêté,
Et...

E R I X E N E.

Ceft l'avoir fervi plus qu'on ne fçauroit croire
Que de cette injuftice avoir fauvé fa gloire,

El

Et consenty plûtôt à soüiller vôtre foy
Que de luy voir rien faire indigne d'un grand Roy.

DEMETRIUS.

Si son ordre d'abord ne m'a point vû rebelle,
Blâmez un malheureux plûtôt qu'un infidelle.
Contre cet ordre, hélas ! bien loin d'y déferer,
Par tout de mes Amis je viens de m'asseurer.
C'est pour gagner ce temps que d'un Roy, que d'un
    Pere
J'ay par un faux aveu suspendu la colere,
J'envoyois l'éclat prêt, & feignant d'obéïr....

ERIXENE.

Ah, qui sçait bien aimer ne feint point de trahir.
L'horreur que dans son ame imprime l'inconstance
Luy fait du plus noir crime en traiter l'apparence,
Et l'Amant qui s'en peut déguiser le forfait,
Cherche à se voir contraint de trahir en effet.

DEMETRIUS.

Quelque dur que me soit un reproche semblable,
Puisque vous m'accusez, je veux être coupable ;
Mais si mon innocence a pour vous quelque appas,
Pour me justifier faites parler Didas.
Qu'il dise de quel air ma juste impatience
De ses vœux arrogans a traité l'insolence,
Et quels ordres exprès il a reçûs de moy
Contre le fier espoir dont le flate le Roy.

ERIXENE.

Ces ordres, ces mépris doivent peu me surprendre
Quand sa fidelité vous dédaigne pour Gendre,
Et que vous n'avez pû me croire un cœur si bas
Que j'estimasse encor le rebut de Didas.
Pour cacher son refus avez-vous pû moins faire !

DEMETRIUS.

Quoi, Didas....

ERIXENE.

    Malgré vous Didas n'a pû se taire.
Mais quoi que son rapport merite assez de foy,
Je veux sur ce refus qu'il ait trompé le Roy.
Si le vôtre a puni l'audace qui l'entraîne,

Th. Cor. III. Part.   Q

Du remords des ingrats vous avez craint la gêne,
Et la honte attachée à des vœux inconstans
Ne vous a pu souffrir de me trahir long-temps ;
Mais quand du plus beau feu l'on s'est montré ca-
　　- pable,
Qui trahit un moment reste toûjours coupable,
Et ce moment qu'il donne à l'infidelité
Par le plus vif remords n'est jamais racheté.

DEMETRIUS.

Continuez, Madame, & sur cette maxime
De vôtre ambition faites-moy la victime ;
Quoi que vous m'imputiez, l'éclat d'un Trône of-
　　fert
Fait seul auprés de vous le crime qui me perd.
C'est luy qui pour prétexte offre à vôtre vangeance
L'irreparable affront d'un moment d'inconstance,
Et tâche, en noircissant & mon zele & ma foy,
D'autoriser en vous ce qu'il punit en moy.
Je ne demande plus par quel charme seduite
Avec tant de chaleur vous m'ordonniez la fuite.
Prête à m'ôter la vie en m'ôtant vôtre cœur,
Mes reproches pour vous avoient trop de rigueur.
Ce dur éloignement que pressoit vôtre crainte
D'un Amant outragé vous épargnoit la plainte ;
Mais n'en redoutez point le vif ressentiment,
Abandonné, trahi, je suis toûjours Amant.
Toûjours ma passion aussi noble que pure
A tout ce qui vous plaît sçait m'offrir sans mur-
　　mure,
Et quand ma triste mort a dequoi vous flater,
L'ordre est de ma Princesse, il faut le respecter.

ERIXENE.

Si sur un Trône offert vôtre lâche inconstance
Se veut croire permis d'en rejetter l'offense,
A la favoriser je prens tant d'interêt
Que je luy veux laisser une erreur qui luy plaît.
Adieu.

DEMETRIUS.

Quoi, me quitter ? eh de grace, Madame,

Daignez oüir... Hélas! rien ne touche son ame,
Et l'affreuse disgrace où le Ciel me fait choir,
Pour en finir l'horreur, n'a que mon desespoir.

Fin du troisiéme Acte.

ACTE IV.

SCENE PREMIERE.

ERIXENE, DEMETRIUS, PHENICE.

ERIXENE.

UOY, jusqu'à m'arrêter étendre vôtre
audace?

DEMETRIUS.

Madame, accordez-moy cette derniere
grace,
Et si sur le rapport qu'un Imposteur a fait
Vôtre ressentiment juge de mon forfait,
Songez qu'à penetrer l'offense est si facile...

ERIXENE.

C'est faire à l'adoucir un effort inutile;
Je vous l'ay déja dit, je la néglige au point
D'en voir toute l'injure, & ne m'en plaindre point.
La honte de mes vœux par ce calme effacée
Les abandonne entiers à l'hymen de Persée,
Et sa foy que pour vous ils osoient dédaigner,
M'assure dés demain la gloire de régner.

Q ij

DEMETRIUS.

Enfin elle vous charme, & dans le coup funeſte
Qui me doit arracher le ſeul bien qui me reſte,
Ce bien devient ſi foible à flater mon amour
Qu'il ne luy permet plus que l'eſpoir d'un ſeul jour.
Demain il m'eſt ôté, demain vôtre injuſtice
M'abandonne à l'horreur du plus affreux ſupplice,
Et vous vous répondez d'aſſez de dureté
Pour joüir ſans remords de cette cruauté ?
Ah, Madame, eſt-ce ainſi que vous faites connoî-
　　tre
Que la raiſon éteint le feu qu'elle fit naître,
Et ce cœur contre moy de vangeance animé,
Me perd-il ſans regret ſi vous m'avez aimé ?

E R I X E N E.

Quand j'affranchis ce cœur de ſa lâche tendreſſe,
Que ne puis-je avec vous douter de ma foibleſſe,
Ou du moins étouffer l'odieux ſouvenir
D'un amour que ma gloire aimoit à ſoûtenir !
Je ne rougirois point d'avoir été trop prompte
A ceder au penchant qui m'en cachoit la honte,
Et de n'avoir pû fuir l'indigne trahiſon
Que mes ſens ſubornez faiſoient à ma raiſon.
Ce reproche eſt le ſeul qui me tienne alarmée,
Si ma flame s'éteint, elle fut allumée,
Et pour voir tout mon cœur de regret conſumé,
C'eſt aſſez de ſonger qu'il ait jamais aimé.

DEMETRIUS.

Et bien, éteignez-la, cette innocente flame,
Dont l'ardeur ſi long-temps ſembla charmer vôtre
　　·ame,
De toute ſa tendreſſe étouffez les appas,
Perdez-moy ſans regret, mais ne vous perdez pas,
Et reculant l'hymen dont la gloire avancée
Des rigueurs de mon ſort fait triompher Perſée,
Ceſſez de luy promettre en un moment ſi doux,
Ce qui peut-être encor ne ſera pas à vous.
Si le cœur pour aimer ſe fait une habitude
De ce qu'en ſon eſtime il ſent d'inquietude,

Quelque fuite de temps qu'il faille à la former,
Il en faut beaucoup moins que pour cefler d'aimer,
On a beau fur ce cœur ufer de tyrannie,
Sa flame tout d'un coup ne peut être bannie,
Et l'effort violent qu'on fait pour l'amortir
Laiffe durer le mal qu'on croit ne plus fentir.
De cette guérifon le temps feul eft le maître,
Et fi vos fens aigris vous le font mal connoître,
Croyez-en un Amant dont les triftes avis,
Tout ingrat qu'on le croit, peuvent être fuivis.
Confentez à vous voir entre les bras d'un autre,
Mais faites fon bonheur fans renoncer au vôtre,
Et luy donnant ce cœur dont je m'étois flaté,
Soyez feure du moins de me l'avoir ôté.
Rendez-vous toute à vous avant qu'il vous obtienne.

ERIXENE.

Ce qui touche vôtre ame étonne peu la mienne,
Les Dieux en prendront foin.

DEMETRIUS.

Par tout ce que pour vous
L'empire de mon cœur eut jamais de plus doux,
Par ce profond refpect, par ce parfait hommage...

ERIXENE.

Prince, c'eft perdre temps qu'en parler davantage.
Si quelque efpoir encor s'obftine à vous flater,
Voici Perfée, oyez s'il vous en doit refter.

SCENE II.

ERIXENE, PERSE'E, DEMETRIUS, PHENICE.

ERIXENE.

SEigneur, quoi qu'il foit vrai qu'une fecrette flame
Ait pour Demetrius follicité mon ame,
Je vous eftime trop pour ofer préfumer
Que fa vûë ait ici dequoi vous alarmer:

La parole des Grands est toujours un sûr gage ;
Et s'il faut devant luy que la mienne s'engage,
J'autorise vos vœux à l'asseurer pour moy
Que demain je suis prête à vous donner ma foy.

SCENE III.

PERSÉE, DEMETRIUS.

DEMETRIUS.

AH, ne l'acceptez point cette foy qui m'est dûë,
Elle est encore à moy, je ne l'ay point renduë,
Et quoi qu'un fier couroux luy fasse imaginer,
Elle vous promet plus qu'elle ne peut donner.
Seigneur, elle se trompe, & vous trompe aprés elle.

PERSÉE.

Je n'attendois pas moins qu'un avis si fidelle,
Mais sa sincerité vous donne trop de jour
A finir une erreur qui plaît à mon amour.
Si sa foy, ce haut prix où le vôtre s'oppose,
Est tellement à vous qu'en vain elle en dispose,
Comme c'est le seul bien où je veuille aspirer,
Du moins jusqu'à demain laissez-moy l'esperer.
Le terme est assez court, & sûr, quoy que je tente,
De voir mes vœux trompez confondre mon attente,
Par pitié jusque-là vous pouvez me souffrir
La douceur d'un espoir qu'ils aiment à nourrir.

DEMETRIUS.

Bravez un malheureux, & pour aigrir ma rage
Faites que la Princesse ait part à cet outrage ;
Mais enfin cet hymen qui fait vôtre bonheur,
En vous donnant sa foy, vous donne-t'il son cœur ?
Ce cœur, le prix du mien, ce cœur dont j'ay pour
　　gage
Tout ce qui d'un beau feu peut rendre témoignage,
Helas, ce même cœur, quoy qu'ose son couroux,
Par tant de droits à moy, pourra-t'il être à vous ?

PERSE'E.

De tels soins touchent peu les têtes couronnées.
Le seul bien des Etats régle leurs hymenées,
Et sans voir quelle part l'amour y peut avoir,
Il suffit qu'un grand cœur sçait toujours son devoir.
Ainsi j'envierai peu le bien que je vous laisse
Quand ce devoir pour moy pressera la Princesse.
Content de cet appui, sans en être alarmé,
Je verrai qu'en secret vous vous croyiez aimé,
Et tandis que demain, au défaut de sa flame,
Sa foy m'asseurera l'empire de son ame,
J'abandonne sans peine à vos desirs jaloux
La douceur de penser que son cœur soit à vous.

DEMETRIUS.

Et bien, dédaignez-en la charmante conquête,
Mais quand un coup affreux menace nôtre tête,
Si la pitié par tout a des droits asseurez,
Prenez-en d'un Amant que vous desesperez,
D'un Amant qui se perd dans l'ennui qui le presse.
Seigneur, au nom des Dieux laissez-moy ma Prin-
      cesse,
De quelque aimable Objet cherchez ailleurs la foy,
Il en est tant pour vous; il n'en est plus pour moy.
Dans le fatal revers dont je voy la menace,
Jugez jusqu'où s'étend l'horreur de ma disgrace,
Puisque pour tout refuge en de si rudes coups
Elle peut me réduire à n'esperer qu'en vous,
En vous de qui la haine à ma perte animée
Du plus âpre couroux tient vôtre ame enflamée,
En vous dont le refus est tout prêt de combler
Le mortel desespoir qui me doit accabler.
Je le sçay, je le voy, mon cœur en sent l'outrage,
Il s'en émût de honte, il en frémit de rage,
Et toutefois ce cœur qu'il ne sçauroit céder,
Sûr de n'obtenir rien, s'obstine à demander.

PERSE'E.

Pendant vôtre triomphe on a vû ma constance
Faire un si long essay d'aimer sans esperance,
Qu'il vous sera moins dur de voir qu'à vôtre tour

Q iiij

Une vertu fi rare exerce vôtre amour ;
Mais pour le dérober au charme qui l'abufe
S'il ne faut qu'obtenir l'aveu qu'on vous refufe ,
J'employrai vers Didas...

DEMETRIUS.

Ah , c'eft trop m'outrager ,
Je voy ce que fur luy le Ciel m'offre à vanger.
Ce Miniftre infolent animant vôtre rage
Par fa lâche impofture en acheve l'ouvrage.
C'eft luy dont l'artifice à mon amour fatal
Va du bien qu'on me vole enrichir mon Rival ,
Mais je jure les Dieux qu'avant ce coup funefte
Mon bras....

PERSE'E.

Voici le Roy , vous luy direz le refte.

SCENE IV.

PHILIPPE, PERSE'E, DEMETRIUS, DIDAS.

PHILIPPE.

QUoi , toûjours quereller ! quelle nouvelle aigreur
De vos divifions réveille la fureur ?
Eft-ce là cette paix ?

PERSE'E.

Seigneur , je me retire.
Contre Demetrius je n'ay rien à vous dire ,
Et fufpeЄt , fi ma plainte implore vôtre appuy ,
Il ne m'eft plus permis de rien craindre de luy.
Je vous dois ce refpeЄt , & fçaurai vous le rendre.

SCENE V.

PHILIPPE, DEMETRIUS, DIDAS.

DEMETRIUS.

NOn , non , je n'ay parlé que pour me faire en-
 tendre ,
Et quoi que son faux zele aime à vous déguiser ,
S'il ne m'accuse pas je me veux accuser.
Abîmé dans la rage où son bonheur me jette
Je n'ay plus d'interêt à la tenir secrette ,
Il est temps qu'elle éclate , & que mon desespoir
Me vange aux yeux de tous de mon lâche devoir.
C'est luy qui m'a perdu , luy qui m'a sçû contraindre
D'affecter par respect la bassesse de feindre ;
Auprés de ma Princesse on s'en sert contre moy ,
On me vole son cœur , on me vole sa foy ;
Du Traître que je vois l'outrageante imposture
De mes propres refus tourne sur moy l'injure ;
Mais ses vœux , de ma perte ont beau s'être appla-
  dis ,
Je l'ay dit à Persée , & je vous le redis :
Ou le public aveu de sa coupable adresse
Justifiant ma foy me rendra ma Princesse ,
Ou de mes tristes jours par luy précipitez ,
Son sang , son lâche sang....

PHILIPPE.

   Insolent , arrêtez.
L'abus où pour un Fils aimé à tomber un Pére
Dérobe en vain le vôtre à ma juste colére ,
Si plus ma patience en suspend les effets ,
Plus je vous autorise à de nouveaux forfaits.
Leur charme vous emporte , jusqu'à la menace :
Vous laissez à mes yeux échaper vôtre audace ;
Mais puisque ni devoir ni respect écouté...

Q iij

DEMETRIUS.

Pour l'écouter encor il m'en a trop coûté
J'ay craint vôtre colére, & me forçois à feindre,
Mais qui vit sans espoir n'a plus lieu de la craindre ;
Après avoir perdu ce qui fut tout mon bien,
Perisse l'Univers, je ne craindrai plus rien.
Ma Princesse rendoit ma gloire sans seconde,
Son cœur me tenoit lieu de l'empire du monde,
Et sa seule conquête offroit à mes desirs
Dequoy remplir l'orgueil de mes plus fiers soupirs.
Cependant sur ma vaine & fausse obéïssance
Didas de ce refus établit l'insolence ;
Il feint qu'il me dédaigne ; & de sa trahison
Je pourrois balancer à me faire raison ?
Il sçaura l'Imposteur....

PHILIPPE.

Ah c'est trop me contraindre ;
Vous l'osez menacer, je vous le ferai craindre.
A moy, Gardes.

DIDAS.

Seigneur, où vous emportez-vous ?
Tout mon sang ne vaut pas l'éclat de ce courroux.
Le Prince est vôtre Fils, & ce vif caractére
Qu'en secret la Nature imprime au cœur d'un Pére....

PHILIPPE.

Ah, de quelques forts traits qu'il soit au mien tracé,
Par sa coupable audace il est trop effacé,
Je ne voy plus de Fils où la noirceur du crime...

DEMETRIUS.

Oüi, le mien contre moy vous rend tout legitime,
J'arrache vôtre gloire à l'indigne projet
D'unir un sang auguste au sang le plus abjet.
De ce mélange impur la honte repoussée
L'affranchit de l'affront où vous l'auriez forcée,
Et rompre un lâche hymen qui la devoit ternir.
C'est faire un attentat qu'on ne peut trop punir.
Si pourtant pour sauver l'honneur du Diadème,
Je puis vous conseiller ici contre moy-même,
Malgré vôtre courroux j'oserai vous porter.

A perdre le deſſein de me faire arrêter.
Peut-être que le Peuple indigné qa'on m'opprime
Voudra s'autoriſer à juger de mon crime,
Et de peur qu'avec vous il n'en fût pas d'accord,
Il vaut mieux qu'en ſecret vous reſolviez ma mort.
Mais ſi vous achevez un hymen qui me tuë,
Faites qu'elle ſoit prompte auſſi bien qu'imprévû ë;
Autrement de nouveau j'en jure tous les Dieux,
Ma rage immolera ce perfide à vos yeux,
Et ſçaura par ſa perte, à moins qu'on me prévienne,
Luy ravir la douceur de joüir de la mienne.
Voilà de mon amour ce que veut l'interêt,
Prononcez là-deſſus, j'attendrai vôtre arrêt.

S C E N E   VI.

PHILIPPE, DIDAS.

PHILIPPE.

OUi, je prononcerai malgré tout le murmure
Qu'en mon ame étonnée excite la Nature,
Et puiſque l'on m'y force, il doit m'être permis
De renoncer aux noms & de Pére & de Fils.
Dieux, a-t'on vû jamais pouſſer ſi loin l'audace?
De ma ſeule clemence il peut eſperer grace,
Et ſon coupable orgueil, bien loin de s'abaiſſer,
Porte encor ſa fureur juſques à menacer.

DIDAS.

Seigneur, puiſque ma mort eſt tout ce qu'il ſouhaite
Je ne merite pas que l'on s'en inquiete,
Et j'en vois naître en vous des tranſports ſuperflus.
Pourvû que vous n'ayez rien à craindre de plus.

PHILIPPE.

Rien a craindre de plus? & ſans que je m'étonne
Il ſe ſacrifiera l'appui de ma Couronne?
Mais je veux qu'en ta mort l'Etat ne perde rien,
Oubliant ton peril, oublieray-je le mien?

Q vj

Ce que Rome a de'part dans ces noires pratiques
Dont par nos Envoyez j'ay découvert les ligues,
Ce que sur ces projets Quintius luy répond...

DIDAS.

A dire vrai, Seigneur, tout cela me confond ;
Mais comme Quintius, appuyant son audace,
N'abandonne à ses vœux que le Trône de Thrace ;
La peur de luy déplaire, & d'aigrir le Senat,
De son ambition pourra borner l'éclat.

PHILIPPE.

Il faut donc voir toûjours que ce Senat me brave,
Qu'au milieu de ma Cour il me traite en esclave,
Et que son fier orgueil dont j'ay trop pris la loy
Me souffre par pitié le vain titre de Roy ?
C'est un joug dont la guerre a droit de me défendre ;
J'y porte tous mes vœux, mais puis-je l'entreprendre,
Tant que ce lâche Fils séduit par les Romains,
Pour les en mieux instruire, épiera mes desseins ? ,
Non, non, puisqu'à me craindre on ne peut le réduire,
Il faut le mettre enfin hors d'état de me nuire,
Il faut que l'arrétant....

DIDAS.

Seigneur, le pourrez-vous
Sans voir soudain pour luy le Peuple contre nous ?
Par ce qu'il vient de dire il en a l'asseurance,
Et comme il vous faudra forcer son insolence,
Gardez qu'en l'essayant vous ne hazardiez tout,
Si vous l'entreprenez sans en venir à bout.
Qui combat sa fureur l'irrite s'il luy céde.

PHILIPPE.

Dieux, mon mal est-il tel qu'il n'ait plus de remede ?

DIDAS.

Il en reste un, Seigneur, mais si dur, si fatal,
Qu'il vous seroit encor plus affreux que le mal ;
Moy-même j'en frémis quand je me le propose.

PHILIPPE.

Ah, pour vivre sans Maître il n'est rien que je n'ose.
C'est trop voir les Romains pousser les Rois à bout,

Fais-m'en braver l'empire, & je confens à tout.

DIDAS.

Ce noble & jufte orgueil n'offre qu'un choix à faire,
Pour être Roy, Seigneur, il faut n'être plus Pére.
La faine politique a pour feul fondement
L'inébranlable ardeur de régner furement,
Et qui craint dans un mal une fuite funefte,
Purge le mauvais fang qui corrompoit le refte.
Un Fils à la Nature a beau fervir d'objet,
Si-tôt qu'il eft coupable, il n'eft plus que Sujet,
Et quand contre l'Etat Demetrius confpire,
Sa mort feule... Mais quoi ? vôtre cœur en foûpire ?
Je vous l'avois bien dit, le remede eft affreux.

PHILIPPE.

Souffre cette foibleffe en un Roy malheureux.
D'abord pour braver Rome, un mouvement fevere
M'a fait voir comme à toy cette mort néceffaire,
Mais de tant de rigueurs tous mes fens indignez
Etouffant malgré moy...

DIDAS.

Servez donc, & craignez.
Pour conferver un Fils il faut fouffrir un Maître.

PHILIPPE.

Tombe plutôt ce Trône où le Ciel m'a fait naître,
Ce n'eft plus ton péril que j'aime à repouffer,
C'eft l'affront d'obéïr que je veux effacer.
Que me viens-tu donc dire, indifcrete Nature ?
Pour un indigne Fils fais ceffer ton murmure.
Pourquoi m'offrir des droits qu'il ne refpecte pas ?
C'en eft fait, j'ay donné l'arrêt de fon trépas,
Je me rens, il mourra, fa perte eft réfoluë.

DIDAS.

Tout autre dés long-temps l'auroit déja concluë,
Mais comme vôtre cœur eft moins dur que le fien,
Avant qu'en donner l'ordre, éxaminez-vous bien.
Qui peut craindre un remords s'apprête un fort bien
    rude,
Et quelque dure aux Rois que foit la fervitude,
C'eft à vous à juger s'il peut être permis.

D'en préférer la honte à la perte d'un Fils.

PHILIPPE.

Non, non, il faut régner, & que l'Ingrat périsse.
Je dois au nom de Roy ce triste sacrifice,
La Nature y consent, songeons à le hâter,
Mais nous avons toûjours le Peuple à redouter.

DIDAS.

Pour forcer sa prison, s'il peut tout entreprendre,
Quand il sçaura sa mort vous le verrez se rendre,
Etouffer un éclat qui seroit sans soutien.
Où l'on manque de Chef la revolte n'est rien.
Mais si de sa fureur vous craignez les menaces,
Il ne faut qu'en secret nous assurer des Places,
Tenir nos Amis prêts, les répandre en tous lieux.
Que pourront entreprendre alors les Factieux ?
Etonnez par sa chûte oserons-ils paroître ?

PHILIPPE.

De ce Peuple insolent va donc te rendre maître,
Et t'étant assuré de la Ville & du Fort,
Viens résoudre avec moy l'ordre de cette mort.
Le poison surprenant ce Fils trop téméraire,
Avecque moins d'éclat sçaura nous en defaire,
Mais le temps presse, va.

DIDAS.

C'est vouloir être Roy,
Seigneur, mais...

PHILIPPE.

Va, te dis-je, & ne crains rien de moy.

SCENE VII.

PHILIPPE.

ENfin, Senat superbe, il faut te satisfaire.
C'est peu pour ta fierté qu'un hommage ordinaire,
Et mon cœur pour remplir tes vœux ambitieux
Consent à te traiter comme il traite les Dieux,

Il tient de tes autels le culte legitime,
Mon Fils fut ton Esclave, il en fait ta Victime,
Et ce noir sacrifice à ton orgueil offert
Va faire voir à tous de quel zéle il te sert.
Mais où va contre luy la fureur qui me guide ?
Est-ce en le commettant qu'on vange un parricide ;
Et si les droits du sang ne peuvent l'ébranler,
Parce qu'il les trahit, dois-je les violer ?
Ah, Roy né pour servir, tu frémis, tu t'étonnes !
Veux-tu rougir toûjours des fers que tu te donnes ;
Et pour un peu de sang qu'il t'en pourra coûter,
As-tu le cœur si bas qu'il tremble à les quitter ?
Non, non, c'est trop gémir, bravons la tyrannie.

SCENE VIII.

PHILIPPE, ANTIGONUS.

ANTIGONUS.

Seigneur l'ordre est donné pour la cérémonie,
Le grand Prêtre demain en superbe appareil...

PHILIPPE. *sans écouter Antigonus.*

Ce seroit perdre temps qu'assembler mon Conseil,
Qu'il y consente ou non, la guerre est résoluë.

ANTIGONUS.

Seigneur.

PHILIPPE.

J'ay trop souffert sa puissance absoluë,
Il est temps qu'elle céde, & que ce fier Sénat
Perde l'injuste espoir que luy donne un Ingrat.
Par mes secrets trahis son orgueil se redouble,
Mais...

ANTIGONUS.

Il n'acheve point. Seigneur, d'où naît ce trouble ?
Vous semblez inquiet, & vos sens interdits...

PHILIPPE.

Peuvent-ils l'être moins ? j'ay condamné mon Fils.

Et l'arrêt de fa mort...
ANTIGONUS.
Seigneur, eft-il croyable ?
PHILIPPE.
Ah, ne l'excufe point, il n'eft que trop coupable,
Et tant de noirs complots dont j'aimois à douter,
Ne font plus des foupçons qu'on puiffe rejetter.
Dans Rome où tout confpire à nourrir fon audace,
Va de nos envoyez fçavoir ce qui fe paffe,
Et s'il t'en faut encor un témoin plus certain,
Ecoute Quintius, & reconnois fa main.

Rome à vous voir régner fe trouve intéreffée,
Pour le Throne de Thrace efperez fon appuy;
Mais elle hait le crime encor plus que Perfée,
Et vous n'en devez rien attendre contre luy.
QUINTIOS

Doute encor des forfaits de ce Traître,
Déments jufqu'à tes yeux qui te les font connoître;
N'en croy point Quintius.
ANTIGONUS.
J'y voy tant de fureur
Que le plus dur fupplice en punit mal l'horreur;
Mais fi le nom de Fils n'a rien qu'il confidére,
Pouvez-vous oublier que vous êtes fon Pére,
Et la Nature...
PHILIPPE.
Hélas ! tout coupable qu'il eft,
C'eft moy bien plus que luy que perdra fon arrêt.
Déja fa trifte mort à mille morts m'expofe,
Je fouffre de l'effet, je fouffre de la caufe,
Je voy par fes forfaits ma gloire fe tenir,
Leur peine me fait peur, mais il les faut punir.
ANTIGONUS.
Il eft jufte, Seigneur, & dans un fi grand crime
Pour en rompte l'effet fa mort eft légitime;
Mais pour les prévenir, n'eft-il rien de plus doux ?

PHILIPPE.

Le faisant arrêter tout sera contre nous.
Prétendre par l'exil punir son arrogance,
Au plus funeste éclat c'est porter sa vangeance.
Quelque ordre qu'il en ait, voudra-t'il obéïr ?

ANTIGONVS.

Oüi, si vous consentez que j'ose vous trahir
L'instruisant du péril où sa vie est réduite
Je puis par un billet le forcer à la fuite,
Et me feignant suspect si j'ose luy parler,
Luy montrer le poison tout prêt à l'immoler.
Attendra-t'il l'éclat, menacé de la foudre ?

PHILIPPE.

Dans le trouble où je suis je ne sçai que résoudre,
Par tout sous-même horreur tremblent mes vœux
     confus.
Ne d'y rien à Didas, & ne me quitte plus.

Fin du Quatriéme Acte.

ACTE V.

SCENE PREMIERE.

ERIXENE, PHENICE.

PHENICE.

Uoy, fans qu'à la pitié vous ayez pû
    vous rendre,
Vous avez de nouveau refufé de l'eux
    tendre,
Et je vois tout à coup chanceler tt
    courroux...

ERIXENE.

Souffre un peu de relâche à mon efprit jaloux;
De mes feux mal éteints ma raifon peu maitreffe
Eût peut-être à fes yeux expofé ma foibleffe.
Ses plaintes, fes foûpirs auroient pû m'émouvoir y
Et pour fuir ce péril, j'ay dû ne le plus voir;
Mais fi de ce dehors la trompeufe apparence
Du courroux qui m'anime était l'arrogance,
La fierté qui me livre à fes tranfports ardents,
Me peut-elle affranchir des troubles du dedans?
Comme pour un grand cœur il n'eft rien de fi rude
Qu'un beau feu lâchement payé d'ingratitude,
D'abord fans voir l'abîme où nous portons nos pas,
Tout ce qui nous en vange eft pour nous plein d'appas;
Mais cette vive ardeur dont nous goûtons l'amorce,
Au point d'éxecuter perd beaucoup de fa force,
L'Amour parle, & le cœur malgré tout fon dépit
Se fent toûjours forcé d'écouter ce qu'il dit;
Non qu'à mes yeux du Prince il dérobe le crime,

Je voy de son orgueil quelle fut la maxime,
Et qu'en vain de sa foy j'oserois me flater,
Si Didas pour sa Fille eût voulu l'accepter,
Ma gloire à l'en punir est trop intéressée,
Il le faut, je le dois; mais j'épouse Persée,
Et quelque trahison dont il se soit noirci,
C'est m'en vanger sur moy que le punir ainsi.

PHENICE.

J'ay prévû ce remords, mais dequoi qu'il vous flate,
Prête d'aller au Temple est-il temps qu'il éclate?
Dans ce Temple déja pour tout le monde ouvert,
Le grand Prêtre...

ERIXENE.

Ah, c'est-là que ma raison se perd,
Si je ne touchois pas à l'heure infortunée
Où se doit achever ce funeste hymenée,
J'en croirois de nouveau l'impatient couroux
Qui porta ma vangeance à choisir un Epoux.
Pour punir mon Ingrat du choix qu'il me préfere,
De nouveau je voudrois me promettre à son Frére,
Par cet affreux hymen combler son desespoir,
Au moins, Phenice, au moins je croirois le vouloir:
Mais quand le coup approche, & qu'il faut sans re-
mise
Donner aux yeux de tous la foy que j'ay promise,
Dans l'horreur qui s'oppose à ce don de ma foy,
Je ne répondrois pas de l'obtenir de moy.
Si ton zéle jamais parut pour ta Princesse,
Sauve-là du péril de montrer sa foiblesse,
Prens pitié de sa gloire, & sans trop m'engager,
Tire-moy de l'abîme où j'ay sçû me plonger.
Cherche Demetrius; si ma rigueur le pique,
Fay si bien qu'avec toy son desespoir s'explique.
S'il menace, il suffit pour ne rien achever
Tant qu'on ait prévenu ce qui peut arriver,
Quelque retardement paroîtra necessaire;
Et j'auray tout gagné pourvû que l'on differe.

PHENICE.

Mais, Madame, songez...

ERIXENE.

Je vois Antigonus,

Va, tu me donnerois des avis superflus.

SCENE II.

E R I X E N E, A N T I G O N U S.

E R I X E N E.

Que venez-vous m'apprendre ?

A N T I G O N U S.

Une étrange nouvelle

Les Dieux de l'innocence embraffent la querelle.

Déja par un fanglant & déplorable arrêt,

Contre Demetrius le poifon étoit prêt...

E R I X E N E.

Quoi, de tant de rigueur le Roy feroit capable ?

A N T I G O N U S.

J'ay détourné ce coup, quoi qu'il le crût coupable,

Et d'un fi trifte fort je l'ay fait confentir

Que par un faux billet je pourrois l'avertir,

C'eft ce que j'ay fçû faire, & par ce ftratagéme

Le Roy forçoit le Prince à fe bannir foy-même,

Et chercher dans la fuite un fecours affuré

Contre le noir poifon qu'il fe croit préparé.

E R I X E N E.

Ah, ne préfumez pas que cet avis fuffife.

Le Prince craindra peu cette lâche entreprife,

Et fans fonger à fuir...

A N T I G O N U S.

Le Ciel vient d'y pourvoir,

Apprenez ce qu'enfin il nous a fait fçavoir.

Ayant vû que le Roy dans toute fa colére

Pour ce Fils malheureux fe montroit encor Pére,

J'ay fçû fi bien agir que je l'ay difpofé

A revoir les Témoins qui l'avoient accufé.

Amenez en fecret, & preffez de répondre,

Leur surprise a suffi d'abord pour les confondre,
Et sur quelque scrupule heureusement offert,
Menacez de la géne, ils ont tout découvert,
Que Persée en partant avoit sçû les instruire
De ce qu'à leur retour ils diroient pour luy nuire;
Que Quintius en vain le chargeoit d'un forfait,
Que la Lettre étoit fausse, & son sein contrefait,
Et qu'avec les Romains ces bruits d'intelligence
Du Prince injustement accabloient l'innocence.

ERIXENE.

Dieux! & que dit Persée?

ANTIGONUS.

Il n'a rien encor sçû,
Mais enfin son espoir se va trouver déçû,
Puisque le Roy m'envoye avertir le grand Prêtre
Qu'en vain pour vôtre hymen...

ERIXENE.

Moy, l'Epouse d'un Traître!
Si ma main pour ses vœux est un espoir si doux...

ANTIGONUS.

Souffrez que je vous quitte, Il s'avance vers vous.

SCENE III.

PERSE'E, ERIXENE.

PERSE'E.

Près tant de soûpirs, tant de rudes alarmes,
Enfin voici ce jour pour moy si plein de char-
mes,
Où pour prix de ma flame obtenant vôtre foy,
Je vay me voir ensemble heureux Amant & Roy.
Attendant qu'en ces lieux j'obtienne une Couronne,
Il m'est doux que l'Amour par vos mains me la donne,
C'est ce que vôtre hymen va faire aux yeux de tous,
Pour son auguste pompe on n'attend plus que vous.
Allons, allons, Madame, & de l'heur que j'espére..

ERIXENE.

Seigneur, l'ordre du Roy m'est ici nécessaire.
C'est par luy que pour vous mon cœur s'est engagé,
Et puisqu'il tarde tant, il peut être changé.

PERSE'E.

Si ce seul changement pour ma flame est à craindre,
A ce scrupule en vain vous voulez vous contraindre.
Le Roy pour cet hymen s'interesse à tel point...

ERIXENE.

Allez l'en consulter, & ne m'en croyez point.
Non qu'enfin affectant un scrupule frivole
Je cherche à m'affranchir de luy tenir parole,
Mais je luy ferois tort si j'avois quelque effroy
Qu'il en prestât l'effet que pour le Fils d'un Roy.
J'ay promis pour un Prince & grand & magnanime,
Jaloux de la vertu, plein d'horreur pour le crime,
Digne de voir par moy ses hommages reçus
Je ne m'en dédis point, jugez-vous là dessus.

PERSE'E.

Ah, si d'un pur amour les pressans témoignages
Vous faisoient de mon cœur estimer les hommages,
Vous ne douteriez point si je puis mériter
Que vous vous abaissiez jusqu'à les accepter.
Vous trouveriez en moy ce Prince magnanime,
Jaloux de la vertu, plein d'horreur pour le crime,
Et cesseriez de dire en outrageant ma foy,
Que vous n'avez promis que pour le Fils d'un Roy.
Ne vous déguisez plus, & malgré vos promesses
Laissez, laissez agir vos prémieres tendresses.
Quand je touche au moment qui me doit rendre
     heureux,
Demetrius vaut bien un remords généreux.
D'un cœur que l'on rejette, il est beau qu'une Reine
Au refus de Didas daigne flater la peine,
Que d'un parjure Amant l'indigne trahison...

ERIXENE.

Je n'ay pas oublié que je m'en dois raison,
Mais la plus vive ardeur presse en vain ma vangeance,
Quand on le punit trop on luy rend l'innocence,

Et de Didas fur moy quoiqu'au pu le rapport,
Tout me devient fufpect fi-tôt qu'on veut fa mort.

PERSE'E.

Sa mort ! Qui vous fait prendre me frayeur fi vaine ?

ERIXENE.

Les crimes dont le charge une implacable haine ;
Non qu'on en puiffe trop punir l'indignité,
S'il a fçû les commettre, il a tout méri é ;
Mais puifque vous voulez qu'avec vous je m'explique,
On les croit un effet de vôtre politique,
Et dans vos Envoyez fi vôtre efpoir fut mis,
Ils vous ont mal tenu ce qu'ils vous ont promis.

PERSE'E.

Quoi, fi ce qu'ils ont dit à fes deffeins peut nuire,
Ils parlent par mon ordre, & j'ay fçû les féduire ?

ERIXENE.

Vous le fçaurez du Roy, je parle feulement
De ce qu'un bruit confus m'apprend obfcurement ;
Mais fur ce doute enfin je croy devoir attendre
A partager ce Trône où vous pouvez prétendre,
Et j'aime mieux plus tard avoir droit d'y monter,
Que me mettre en péril de le trop achéter.

PERSE'E.

Ah, ce feroit trop peu que borner vôtre haine
A differer l'effet d'un accord qui vous géne.
Sur l'exemple d'un Traître il vous fera plus doux
De vous montrer pour moy ce qu'on l'a vû pour vous,
Ne confiderez point fur ce grand hymenée
Ni mes vœux acceptez, ni vôtre foy donnée.
S'il ofa vous trahir en faveur de Didas,
Vous l'avez trop âimé pour ne l'imiter pas.
J'avois dû le prévoir, & lors que l'on me quitte,
Mon efpoir trop crédule a l'affront qu'il mérite,
Donnez à mon Rival la douceur d'en joüir,
Vous le pouvez aimer, vous pouvez me haïr.
Mais avant que fa foy fur ma flame confufe
Emporte avec le cœur la main qu'on me refufe,
Pour luy ravir un bien qu'il m'ofe difputer,
J'iray jufqu'aux forfaits qu'on me veut imputer.

Puis que l'on me soupçonne il faut par de vrais cri-
mes
Rendre enfin contre moy vos soupçons légitimes,
Si j'attaque des jours que je dois respecter,
C'est vôtre seul arrêt que j'ose éxecuter ;
C'est vous qui malgré moy cherchez à m'y contrain-
dre,
C'est vous...

ERIXENE.
Voici le Roy , vous pouvez vous en plaindre

SCENE IV.

PHILIPPE, PERSE'E, ERIXENE, Suite.

PERSE'E.
SEigneur, apprenez-moy s'il ne m'est plus permis
De me flater d'un bien que vous m'aviez promis,
Il semble que le Sort toujours prêt à me nuire
N'ait voulu m'élever que pour mieux me détruire.
Ma gloire fait ma honte , & contraint de céder,
Plus on m'a vû d'espoir , & moins j'en puis garder.
PHILIPPE.
De cet injuste espoir si l'on m'a vû complice ,
Ingrat, le Ciel se plaît à me rendre justice ,
Et dés le prémier pas sa bonté nous fait voir
Combien la soif du Trône a sur toy de pouvoir.
L'hymen qui te l'assure est un foible avantage ,
Tant qu'un Pére importun avec toy le partage.
A la perte d'un Fils tu voulois m'engager
Pour en prendre sur moy le droit de le vanger.
Le succez a trompé tes damnables maximes ,
J'ay sauvé malgré toy ma gloire de tes crimes ,
Et si le sang d'un Frére a pour toy tant d'appas ,
Il te faut pour l'épandre emprunter d'autres bras.
Ne songez plus, Madame, à couronner un lâche.
Je

Je voy pour vous enfin quelle en seroit la tache,
Et garand de l'hymen où j'osois vous porter,
Je vous rends un aveu qu'il n'a pû mériter.

PERSÉE.

De quelque dur revers que le Sort me menace,
Je ne demande point d'où me vient ma disgrace.
Ce sont ces mêmes traits toûjours empoisonnez
Qu'en vain jusques ici ma plainte a détournez ;
Le mépris dont enfin elle fut hier suivie,
A la rage d'un Frére abandonna ma vie,
Et quand j'en expliquai les secrets attentats,
Ce fut les approuver que ne les punir pas.
Je n'en murmure point, & dois voir sans surprise
Qu'à me persecuter vôtre aveu l'autorise ;
Mais que je sçache au moins quel indigne rapport
D'un hymen souhaité vous fait rompre l'accord.

PHILIPPE.

Fais-moy servir ta haine, & joins à cette injure,
Tout ce qui peut au crime endurcir la Nature.
Démens ces Envoyez qui subornez par toy,
Avec tant de fureur noircirent hier sa foy.
Veux-tu que l'imposture aujourd'hui découverte
Fasse voir qu'ils suivoient tes ordres pour sa perte,
Et qu'instruits par ta rage, ils viennent déclarer,
Quels jaloux mouvemens te l'avoient fait jurer ?
Veux-tu que Quintius sur un faux caractére...

PERSÉE.

Que l'erreur qui nous flate aisément nous est chére !
Pour ce Fils contre moy noirci de lâchetez,
Laissez-vous éblouïr à de fausses clartez.
Cedez à ce panchant dont l'indigne imposture
Toûjours en sa faveur suborna la Nature ;
Mais vous en fierez-vous à des ames sans foy,
Qui d'abord contre luy, sont enfin contre moy ?
C'est par là qu'à ma mort leur trahison aspire,
Ils ne l'ont accusé qu'afin de s'en dédire,
Et rejetter sur moy le plus noir attentat
Qui de vôtre couroux pût mériter l'éclat.
Je vous le disois hier, plus d'espoir d'innocence.

Vos Peuples font pour luy, Rome prend fa défence,
Le fang même confpire à le favorifer,
Et pour me voir coupable il n'a qu'à m'accufer.
Mais au moins pour avoir des preuves plus certaines,
Livrez les Impofteurs aux plus cruelles peines.
Dans leurs derniers remords cherchez des veritez...

PHILIPPE.

Va, n'en demande point de plus vives clartez.
Loin de les fouhaiter dans un deftin fi-rude
J'aime à laiffer ton crime en quelque incertitude,
Et quoi que leur rapport me montre à prévenir,
J'en veux douter exprés pour n'ofer t'en punir.
Mais comme je voy trop que rien n'eft plus capable
D'arracher l'innocent aux fureurs du coupable,
Il faut rompre un péril qui jufqu'ici douteux,
Pourroit fe rendre enfin funefte à tous les deux.

Vous le pouvez, Madame, & diffiper la crainte
Dont Perfée aujourd'hui fait l'appui de fa plainte.
D'une fourde pratique il prendra peu d'effroy
Si de Demetrius vous daignez faire un Roy.
De quelque ambition qu'il ait l'ame faifie,
Il le verra chez vous régner fans jaloufie;
Et ceffera de croire un foupçon odieux
Quand il n'aura plus rien qui luy bleffe les yeux.
Je vous rens vos Etats, vous leur devez un Maître;
Et fi le trifte état où vous me voyez être,
Pour un Fils malheureux...

ERIXENE.

Seigneur, permettez-moy
De remonter au Trône avant que faire un Roy.
Plus de gloire y fuivra l'heureux choix de ma flame;
Et fi Demetrius...

PERSE'E.

Ah, c'en eft trop, Madame.
Quelque preffant refpect qui cherche à m'arréter;
Vous forcez malgré moy ma rage d'éclater.
En vain mon defefpoir voudroit encor fe taire.
Seigneur, n'épargnez rien pour élever mon Frére;
Donnez-luy vôtre Sceptre, & le couronnez Roy,

Vous ne luy donnez rien qui soit encor à moy,
Et quelque injuste rang que vous luy fassiez prendre,
Au Trône, vous vivant, je n'ay rien à prétendre.
C'est assez que le Ciel m'y reserve mes droits ;
Mais pour placer ses vœux faites un autre choix.
Pour luy contre ma flame en vain on s'intéresse,
Il m'a vû recevoir la foy de la Princesse,
Et les ordres cruels qui l'en veulent flater,
M'arracheront le jour avant que me l'ôter.

ERIXENE.

Vôtre orgueil de mon choix s'est pû faire l'arbitre,
Tant qu'on ne m'a laissé de Reine que le titre ;
Mais enfin on me rend le pouvoir souverain,
Et quand il me plaira disposer de ma main...

PHILIPPE.

Disposez-en, Madame, & puisque son audace
Par ses emportemens veut hâter sa disgrace,
Il faut qu'aux yeux de tous ses forfaits étalez.
Découvrent mieux quels droits sa rage a violez
Qu'on amene son Frére, afin qu'en sa présence...

PERSE'E.

Oui, Seigneur, achevez d'assouvir sa vangeance.
Sans rien éxaminer, puisque ma mort luy plaît,
A son impatience accordez-en l'arrest.
Aussi-bien ce haut prix qu'on destine à sa flame,
Sans verser tout mon sang...

SCENE V.

PHILIPPE, PERSE'E, ERIXENE, PHENICE, Suite.

PHENICE.

AH, Seigneur ! ah, Madame?

ERIXENE.

De quel présage, helas ! est pour moy ce transport ?

Parle, Demetrius ?
PHENICE.
Plaignez son triste sort ;
Demetrius n'est plus.
ERIXENE.
Il est mort ?
PHILIPPE *à Persée.*
Ah , Perfide !
PERSE'E.
Je suis coupable encor de ce noir parricide ?
PHILIPPE.
Sur quel autre de toy d'un soupçon si pressant. ;
PHENICE.
Seigneur, il a parlé , Persée est innocent.
PERSE'E.
Enfin le Ciel s'explique , & lors que tout m'accable ;
Malgré vous sa justice entraîne le coupable.
Au moins si l'on dédaigne & ma main & ma foy ,
Je n'ay plus de Rival qui triomphe de moy.
C'est un charme secret dont la douceur me flate ,
Et lors que par sa mort mon innocence éclate
Je me retire exprés de peur de vous blesser
Par la joye où mon cœur a peine à renoncer.
Je la sens malgré moy qui vient y prendre place ;
Et c'est assez , Seigneur , que le respect me chasse.

S C E N E   V I.

PHILIPPE, ERIXENE, PHENICE, Suite.

PHILIPPE.
VA , ry des vœux d'un Pére interdit & confus.
Phenice, il est donc vrai que mon Fils ne vit plus ?
PHENICE.
Oüi , Seigneur , & du Sort les plus dures menaces
N'ont fait suivre jamais de pareilles disgraces.
J'étois dans le jardin quand une prompte horreur

Par un objet affreux s'empare de mon cœur.
Du Prince tout sanglant le spectacle funeste
Me fait craindre un forfait que mon ame déteste.
Je m'écrie, & tremblant à le voir aux abois,
A peine ay-je parlé qu'il reconnoît ma voix.
Il soûpire, & faisant effort sur sa foiblesse ;
J'execute, a-t'il dit, l'ordre de ma Princesse,
Et la mets en pouvoir de donner une foy
Qui n'auroit pû sans crime être à d'autres qu'à moy.
C'est le moins que je dusse au beau feu qui m'anime
Que rendre par ma mort son hymen légitime.
Je l'aimois chérement, mais malgré tant d'amour,
Qui n'en est plus aimé n'est plus digne du jour.
Du moins en le quittant j'ay la douceur de croire
Que si l'Envie encor ose attaquer ma gloire
Elle repoussera ces bruits injurieux
Qui n'ont fait voir en moy qu'un Prince ambitieux.
Averti du poison qu'un Pére me prépare,
J'évitois par la fuite un ordre si barbare,
Et si pour les grandeurs mon cœur eût soûpiré,
J'avois chez les Romains un azile assûré ;
Mais j'aurois de mon feu crû trahir la tendresse
Si j'eusse refusé ma vie à ma Princesse.
Comme pour elle seule on m'a vû la chérir,
Quand elle veut ma mort il m'est doux de mourir.
Assûre-l'en, Phenice, & que jamais une ame....
Son cœur pousse à ces mots un soûpir tout de flame ;
Ses regards sur les miens s'arrêtent tristement,
Il nomme la Princesse, & meurt en la nommant.

PHILIPPE.

Et bien, és-tu content, malheureux politique ?
Le Ciel selon tes vœux pour ta grandeur s'explique,
Et si Rome aspiroit à te faire la loy,
Aux dépens de ton sang enfin te voilà Roy.
Satisfais tout l'orgueil de ce fier caractére,
Tu ne le peux remplir qu'en cessant d'être Pére.
Un Fils te reste encor, ose, acheve, & ne crains
Ni la foudre des Dieux, ni celle des Romains.
C'est luy dont les soupçons pressant ta défiance

Ont fait fervir ta crainte à fa lâche vangeance.
Le fang contre le fang à la fin t'a féduit,
Et cette mort funefte en eft l'indigne fruit.

Fuyez, fuyez, Madame, un Pére abominable,
On partage un forfait à fouffrir le coupable.
Rentrez dans vôtre Thrace où les Dieux ennemis
Pour régner avec vous ont refufé mon Fils,
Ce Fils que de ma rage ils ont fait la victime,
Ce Fils....

E R I X E N E.

C'eft trop, Seigneur, vous charger de mon crime.
L'accablement ftupide où mes fens font forcez
De la main qui le perd vous éclaircit affez.
Je l'aimois, & Didas ne donnant lieu de croire
Qu'un choix & bas & lâche avoit foüillé fa gloire,
Jaloufe autant que fiére, aux dépens de mon feu,
Je l'ay voulu punir d'un trop honteux aveu.
Sa mort en eft l'effet, & quand j'en fens l'atteinte,
N'attendez point qu'ici je m'arrête à la plainte.
Je fçay ce qu'on doit faire en de pareils malheurs.
Pour le fang d'un Héros c'eft trop peu que des pleurs,
Sa gloire tant de fois indignement bleffée
Demande à ma vangeance & Didas & Perfée.
La Thrace ne m'eft rien ; qu'ils périffent tous deux,
Soit que j'y rentre ou non, j'ay tout ce que je veux,
Si vôtre ame à leur perte à peine à fe réfoudre,
Les Dieux à ce défaut me préteront leur foudre.
J'en vay preffe l'éclat, & vous laiffe ordonner
Du Sceptre qu'en naiffant ils m'avoient fçû donner.
Elle fort.   P H I L I P P E.

Ah, pour une vangeance & fi jufte & fi chére,
C'eft peu du fang du Fils, verfez celuy du Pére,
Il eft prêt, & déja le remords...

SCENE VI.

PHILIPPE, ANTIGONUS, Suite.

ANTIGONUS.

AH, Seigneur,
D'un Peuple mutiné redoutez la fureur.
Il sçait la mort du Prince, & tant de violence
Suit la rage où le porte une aveugle vangeance,
Qu'ayant trouvé Didas qui rentroit au Palais,
On l'en a vû sur luy pousser les prémiers traits ;
Mais c'est peu que d'abord il l'ait pris pour victime,
De Persée à hauts cris il déteste le crime,
La menace est mêlée à d'insolens discours,
Et s'il s'osoit montrer je craindrois pour ses jours.

PHILIPPE.

Qu'il périsse, aussi bien de sa jalouse haine
Il faut que tôt ou tard il ressente la peine.
C'est elle dont l'ardeur, pour régner sûrement,
M'en a fait partager l'indigne aveuglement.
Le Ciel l'a pû souffrir, mais s'il luy rend justice,
Ce qui causa son crime en fera le supplice,
Et ces mêmes Romains qui l'ont tant fait trembler,
Sous le poids de leurs fers le sçauront accabler.
La honte du triomphe à son orgueil est dûë.
Mais à quoi, mes ennuis, arrêtez-vous ma vûë ;
Démetrius attend les honneurs du tombeau,
Il a cessé de vivre, & je suis son bourreau.
A ce penser affreux ma constance me laisse.
Prêtez, Antigonus, quelque aide à ma foiblesse,
Et qu'on me méne ailleurs, après un tel malheur,
Sous mes tristes remords expirer de douleur.

Fin du cinquiéme & dernier Acte.

ANTIOCHUS,

TRAGEDIE.

B v

AU LECTEUR.

L n'y a rien de plus connu que le sujet de cette Tragedie. Valere Maxime le propose comme un rare exemple de la tendresse dont un Père est capable pour son Fils, & Appian & Plutarque qui l'étendent un peu davantage, portent plus haut cette dernière action de Seleucus, que tout ce qu'il avoit fait auparavant de plus illustre. L'usage de nos mœurs n'a point souffert que j'aye suivi l'exacte verité de l'Histoire dans le mariage effectif qui étoit déjà entre luy & Stratonice avant qu'il la cédât à son Fils, mais si je semble avoir affoibli par là ce qu'un si extraordinaire effort luy a fait acquerir de gloire, du moins ceux qui n'ont qu'une médiocre ferveur pour le Sacrement n'auront point à m'opposer que la résolution de se défaire de sa Femme n'est pas la matiére d'un grand triomphe. Je me suis particuliére-ment attaché à donner à Antiochus le caractère de ce profond respect qui l'empêcha de recevoir

personne dans sa confidence, & le fit résoudre
à mourir plutôt de la fièvre lente qui le con-
sumoit, qu'à chercher quelque secours, en
déclarant une passion qu'il voyoit trop condamnable pour ne la détester pas luy même.
S'il s'échappe à la découvrir à Stratonice,
c'est parce qu'il la sçait entièrement intéressée
à luy garder le secret, & plutôt pour luy faire
voir la nécessité de sa retraite, que par aucune
espérance de l'heureux changement qui arrive
en sa fortune. J'en ay tiré cet avantage que
l'échange du Portrait ayant fait connoître à
Arsinoé tout ce que le Prince s'obstinoit à
taire, m'a donné lieu de luy faire joüer le
personnage du Médecin Erasistrate que me
fournissoit l'Histoire, & d'en conserver ainsi
les plus considérables circonstances. C'est à
vous à juger si j'ay bien ou mal réussi. La
plûpart des Auditeurs ont paru assez satisfaits
de la représentation de ce Poëme, & j'aurois
mauvaise grace de regarder ceux qui s'y sont
mal divertis, comme des Censeurs trop severes,
ou des Critiques intéressez. Chacun a son goût
pour la Comedie, & quelque belles que puissent être les choses, il suffit qu'elles ne plaisent
pas à ceux qu'elles condamnent, pour leur donner
droit de le dire. L'Auteur n'acquiert point par
là celui de les traiter d'Ennemis. C'est bien
souvent sans sçavoir son nom qu'ils publient
ce qu'ils pensent de son Ouvrage, & s'il est
quelquefois des suffrages briguez pour attirer

Plus d'approbation qu'on n'en mérite, je croi
que la Censure peut avoir lieu, sans que l'envie y ait toute la part que l'amour propre nous
lui fait donner.

ACTEURS.

SELEUCUS, Roy de Syrie.

STRATONICE, Fille de Demetrius, Roy de Macedoine.

ANTIOCHUS, Fils de Seleucus.

ARSINOE', Niéce de Seleucus.

TIGRANE, Favori de Seleucus.

PHENICE, Confidente de Stratonice.

BARSINE, Confidente d'Arsinoé.

Suite.

La Scène est dans la Capitale de Syrie.

ANTIOCHUS,

TRAGEDIE.

ACTE I.

SCENE PREMIERE,

ANTIOCHUS, TIGRANE.

ANTIOCHUS.

EN vain à cet appas vous voulez que je
cede.
C'est redoubler mon mal que m'offrir ce
remède,
Et le croire l'effet d'un chagrin bien leger,
Si par l'éclat d'un Trône on peut le soulager.
Quoi qu'aux plus vertueux la Couronne soit chere,
J'aime à la voir briller sur la tête d'un Père,
Et l'orgueil de mes vœux ne s'est jamais porté
Jusqu'à ce grand partage où panche sa bonté.
De quel front accepter les droits du Diadème,
Si je n'ay pas appris à régner sur moy-même,
Et par quelle âpre soif du vain titre de Roy
Prendre un empire ailleurs que je n'ay pas sur moy.

Non, non, l'avidité de cette indépendance
Ne m'en a point encor laissé voir l'esperance,
Et quoi qu'elle fût juste au rang où je suis né,
Je puis vivre content sans être couronné.

TIGRANE.

Seigneur, chacun connoît avec quel avantage
Une entiere vertu régle vôtre courage,
Et trop de grands effets l'exposent à nos yeux
Pour laisser croire en vous un Prince ambitieux ;
Mais le Roy, que poursuit l'impatiente envie
De rendre ce grand jour le plus beau de sa vie,
Languira dans ses vœux, si pour les voir remplis,
Epousant Stratonice, il ne couronne un Fils.
L'excez de son amour pour cette belle Reine
Veut tout ce qu'a d'éclat la grandeur Souveraine,
Et croit mal seconder la gloire de son choix
S'il ne la place au Trône au milieu de deux Rois.
Souffrez donc que par-là d'un auguste hymenée
Nous voyïons avec pompe éclater la journée,
Et que de tant d'apprêts qui marquent sa grandeur,
Vôtre Couronnement augmente la splendeur.

ANTIOCHUS.

L'éclat qui le suivroit n'a rien qui m'éblouïsse.
Je sçay que Seleucus adore Stratonice,
Qu'il ne vit que pour elle, & que jamais l'Amour
Ne prit tant d'interêt aux pompes d'un grand jour ;
Mais lors qu'il luy consacre une ardeur toute pure,
Sa bonté pour un Fils vers elle est une injure,
Puisque par ce partage il la privé dès droits
D'étendre jusqu'à moy la gloire de ses loix.
Ainsi, mon cher Tigrane, à quoi qu'il se prépare,
Il faut que mon refus pour elle se déclare,
Et metre un prompt obstacle à l'injuste projet
Qui pour me couronner luy dérobe un Sujet.

TIGRANE.

Seigneur, quand sous vos loix il met la Phenicie,
Seleucus regne encor sur toute la Syrie,
Et croit que plus d'éclat suit le don de sa foy,
S'il luy soûmet en vous les hommages d'un Roy,

Mais si de ce refus vous vous trouvez capable,
C'est l'effet du chagrin dont l'excez vous accable.
Déja depuis long-temps une morne langueur
Etale dans vos yeux l'ennui de vôtre cœur ;
Rien n'en sçauroit forcer l'abattement funeste ;
La seule solitude est le bien qui vous reste,
Et tout ce que jamais la Cour eut de plus doux ;
Semble n'être que gêne, & supplice pour vous.
Chacun surpris de voir ce changement extrême.

ANTIOCHUS.

Hélas ! Tigrane, hélas ! j'en suis surpris moy-même,
Et de ce noir chagrin les accez languissans
Accablent ma raison, & confondent mes sens.
En vain tout mon courage à leur trouble s'oppose,
Plus j'en ressens l'effet, moins j'en trouve la cause,
Et pour la découvrir rien ne s'offre à mes yeux
Que l'Astre qui nous force, ou le couroux des Dieux.

TIGRANE.

Quoi, d'un Astre ennemi la dure violence...

ANTIOCHUS.

Oüi, Tigrane, aujourd'hui croyez-en mon silence,
Si quelque ennüi secret me faisoit soupirer,
Pourrois-je si long-temps vous le voir ignorer,
Vous de qui l'amitié me fut toûjours si chére,
Qu'il n'est rien que la mienne ait encor pû vous taire ;
Vous à qui cet Etat par vos soins conservé
Doit avec moy le jour que vous m'avez sauvé ?

TIGRANE.

C'est trop vous souvenir d'un si foible service
Quand par vous la Princesse à ma flame est propice,
J'aimois, & ma raison condamnant mes desirs,
Un respect trop severe étouffoit mes soupirs.
Niece de Seleucus, & Fille de son Frére,
Le rang d'Arsinoé les forçoit à se taire.
Vous avez auprés d'elle autorisé mes vœux,
Tiré le doux aveu qui doit me rendre heureux ;
Et les plus grands exploits que mon zéle imagine
Sont au dessous du prix que le Roy me destine.
Mais, Seigneur, si j'osois dans un état si doux ;

Lors que je vous dois tout me plaindre un peu de vous,
Je dirois qu'en secret cette humeur sombre & noire,
Suspendant mon bonheur, met obstacle à ma gloire.
D'un jour grand & fameux les superbes apprêts
Sont pour le reculer des prétextes secrets,
Et la pompe qui manque à l'hymen d'une Reine,
C'est d'un mal inconnu la guérison certaine.
Le Roy qu'alarme en vous un sort trop rigoureux
Si vous n'êtes content, refuse d'être heureux,
Et comme un même jour également propice
Doit m'approchant du Trône y placer Stratonice,
Mes vœux les plus pressans en vain l'osent hâter,
Quand vôtre inquietude y semble resister.

ANTIOCHUS.

Et c'est aussi par-là que mon ame abatuë
Se livre toute entiere au chagrin qui me tuë.
J'en souffre d'autant plus que le bonheur du Roy
Dépend de l'hymen seul qu'il differe pour moy.
Puisqu'enfin jusque-là sa bonté l'inquiéte,
Voyez-le pour luy faire agréer ma retraite.
Peut-être un mois ou deux dans un autre sejour
Me rendront le repos que je pers à la Cour.
Sa pompe m'embarasse, & mon inquiétude
Pour calmer ses transports veut de la solitude,
C'est un bien que vos soins me peuvent obtenir.

TIGRANE.

Moy, Seigneur, de la Cour chercher à vous bannir?

ANTIOCHUS.

Ce volontaire exil que mon chagrin m'impose,
A droit seul de calmer la peine qu'il me cause.
Ici tout m'importune, & le trouble où je suis
Dans le bonheur d'autruy trouve un surcroît d'ennuis;
Je m'en hay, mais mon cœur, quelques soins que j'employe,
Repousse malgré-moy tous les sujets de joye.
Je languis, je soupire, & je ne sçay pourquoy.
Tigrane encore un coup allez trouver le Roy,
Et d'une Fête Auguste où seul je mets obstacle,

Par mon éloignement pressez l'heureux spectacle.

TIGRANE.

Mais, Seigneur, ce dessein....

ANTIOCHUS.

Rien ne peut l'ébranler,
C'est me servir enfin que d'oser luy parler.
D'un Roy qui vous cherit craignez-vous la colère?

TIGRANE.

Mes vœux les plus ardens n'aspirent qu'à vous plaire,
Et vôtre seul desir servant de regle au mien,
Je parlerai, Seigneur, mais je n'obtiendrai rien.

SCENE II.

ANTIOCHUS.

SUy le juste projet où l'honneur te convie,
Sors de ces tristes lieux, ou plûtôt de la vie,
Ingrat Antiochus, & du moins par ta mort
Tâche de racheter la honte de ton sort.
Aussi-bien cet exil où ton chagrin aspire,
De tes sens révoltez te rendra-t'il l'empire?
Y crois-tu de ta flame écouter moins l'ardeur,
Et pour changer de lieux, changeras-tu de cœur?
Non, non, ce cœur en vain croit vaincre sa foi-
blesse,
Son destin est d'aimer, il aimera sans cesse,
Et quoi que ta raison offre à le secourir,
Il cherit trop son mal pour en vouloir guérir.
Ah, lâche! à quel orgueil ta passion t'entraîne?
Porter insolemment tes vœux jusqu'à la Reine,
Adorer Stratonice, & violer la foy
Qu'un Fils doit à son Pére, un Sujet à son Roy?
La sienne étant déja l'heureux prix de sa flame,
Par ce gage reçû n'est elle pas sa Femme,
Et pour bannir un feu que tu nourris en vain,
Faut-il attendre, hélas qu'elle ait donné sa main?
Songe, songe, à l'horreur de ce secret murmure

Qu'à tes vœux intentez oppofe la Nature,
Et voy de ton amour les tranfports odieux
Bleffer également les hommes & les Dieux.
Par ce fatal Portrait dont la perte t'accable,
Ces Dieux femblent t'offrir un fecours favorable ;
Il nourriffoit ta flame, il en flattoit l'ardeur,
Ce qui charmoit tes yeux fe gravoit dans ton cœur ;
Et lors qu'à mille foins ce Portrait te convie,
Tu pers en le perdant le feul bien de ta vie.
Mais las ! en d'autres mains que fert qu'il foit paffé ?
Si de ce trifte cœur il n'eft pas effacé ?
J'y vois, j'y vois toûjours une adorable Reine
Augmenter mon amour, & redoubler ma peine.
J'obferve avec plaifir ces merveilleux accords
Des charmes de l'efprit, & des graces du corps ;
Et fans ceffe y trouvant mille fujets d'eftime,
Cette même raifon qui m'en faifoit un crime,
Contrainte de ceder à des traits fi puiffans,
Se range contre moy du parti de mes fens.
Aimons donc, puifqu'enfin c'eft un mal neceffaire,
Mais aimons feulement pour fouffrir & nous taire ;
Et cherchons dans l'exil qui feul eft mon recours,
La fin de cet amour par celle de mes jours.
Là mon dernier foupir pouffé pour Stratonice
D'un feu fi criminel bornera l'injuftice.
Et mon fecret caché juftifiant ma foy
Me rendra.... Mais ô Dieux ! c'eft elle que je voy.
Dans quel trouble me jette une fi chere vûë !
Ma raifon fe confond, mon ame en eft émûë.
Fuyons, ce feul moyen m'épargne le fouci....

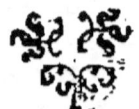

SCENE III.

STRATONICE, ANTIOCHUS, PHENICE.

STRATONICE.

QUoi, Prince, c'est donc moy qui vous chasse
    d'ici?

ANTIOCHUS.

Si vous fuïr blesse en vous l'honneur du Diadême,
On peut le pardonner à qui se fuit soy-même.
Jugez si de mes maux je puis venir à bout,
Je tâche de me perdre, & me trouve par tout.

STRATONICE.

Si vous trouver par tout est pour vous un supplice,
Prince, resolvez-vous à vous rendre justice,
Et quoi que pour vos sens le chagrin ait d'appas,
Vous vous consolerez de ne vous perdre pas.

ANTIOCHUS.

C'est par où ma raison redouble ses alarmes,
L'habitude au chagrin y fait trouver des charmes;
Et j'appréhende bien de ne guérir jamais
D'un mal, où malgré moy je sens que je me plais.

STRATONICE.

Si vous vous y plaisez, vous êtes moins à plaindre
Que ceux à qui pour vous sa rigueur donne à craindre;
Il leur ôte un repos qu'il vous laisse acquerir.

ANTIOCHUS.

Hélas! est-ce être heureux que se plaire à souffrir?
Un mal n'est-il plus mal s'il flate en apparence,
Et pour nous être cher perd-il sa violence?
Non, non, ses traits pour nous sont d'autant plus
    perçans
Que pour surprendre l'ame, il abuse les sens;
Qu'à peine il nous fait prendre un chagrin volontaire

Qu'un Aftre imperieux nous le rend neceffaire ;
Et force un cœur feduit par cette trahifon,
Au refus du fecours que prête la raifon.

STRATONICE.

Du mal pour qui le cœur à la raifon s'oppofe,
Le charme eft dans l'effet beaucoup moins qu'en
caufe,
Et pour voir quel remede on y peut appliquer,
Qui la connoît fi bien la devroit expliquer.

ANTIOCHUS.

Trifte, confus, rêveur, fi ce mal peut me plaire,
C'eft fans fçavoir pourquoi la peine m'en eft chére,
Et quand un pareil trouble embaraffe l'efprit,
Qui fçait mal ce qu'il fent, fçait bien peu ce qu'il
dit.

STRATONICE.

Le Roy trop vivement partage vôtre peine,
Pour ne pas faire effort....

ANTIOCHUS.

C'eft-là ce qui me gêne.
Son déplaifir m'accable, & comme un noir deftin
Par l'éclat de la Cour redouble mon chagrin,
Je croy pour quelque temps qu'il luy fera moins
rude
De fouffrir ma retraite en quelque folitude.
Voilà ce qu'aujourd'hui je luy fais demander ;
Pour tirer fon aveu daignez me feconder,
Madame, & par vos foins....

STRATONICE.

Quoi, Prince, dois-je croire
Qu'en fecret ce chagrin porte envie à ma gloire,
Et que dans vôtre cœur un mouvement jaloux,
Lors qu'on m'appelle au Trône....

ANTIOCHUS.

Ah, que me dites-vous ?
Qu'à l'ardeur de mes vœux le jufte Ciel réponde,
Et vous êtes foudain la Maîtreffe du Monde.
Si le Sceptre en eft beau, quoi que vous préfumiez,
Qu'il le mette en mes mains, je le mets à vos pieds,

Dans ce degré pompeux, loin que l'éclat m'en gêne,
Je ne veux qu'adorer, voir, & servir ma Reine,
Elle seule en est digne, & pour mieux l'élever....
Mais Dieux !

STRATONICE.

Vous avez lieu de ne pas achever,
Et le trouble sur vous peut prendre quelque empire,
Quand la civilité vous engage à trop dire.

ANTIOCHUS.

Pourquoi de ce reproche affecter la rigueur ?
Ma bouche ne dit rien sans l'aveu de mon cœur,
Et ce brillant amas de vertus & de charmes....
Madame de mon mal le Roy prend trop d'alarmes,
Proposez ma retraite, & de grace, obtenez....

STRATONICE.

Prince, je monte au Trône, & vous m'abandonnez !
Fuir d'en être témoin est-ce chérir ma gloire ?

ANTIOCHUS.

Ah, si vous connoissiez tout ce qu'il en faut croi-
re....
Adieu, Madame, adieu ; dans le trouble où je suis,
Penser, fuir, & me taire, est tout ce que je puis.

SCENE IV.

STRATONICE, PHENICE.

PHENICE.

OU j'ay peu de lumiere, ou le Prince, Madame ;
Cherche à cacher un mal dont la source est dans
l'ame.
Tandis qu'il vous parloit, ses timides regards,
S'il rencontroit vos yeux, erroient de toutes parts,
Languissant, interdit, plein d'un desordre extrême.
Si j'osois m'expliquer, je dirois qu'il vous aime,
Et que par tant d'appas s'étant laissé charmer....

STRATONICE.

Quoi, Phenice, tu crois qu'il me pourroit aimer?

PHENICE.

Je crains de dire trop, mais s'il faut ne rien taire,
Je croy qu'il le pourroit, & ne pas vous déplaire.
De l'air dont vous parlez, c'est sans trop de cou-
  roux....

STRATONICE.

Phenice, qu'as-tu dit?

PHENICE.

Mais que me dites-vous?

STRATONICE.

Que te peut dire une ame étonnée, abatuë,
Qui dans ce qu'elle doit voit tout ce qui la tuë,
Et qui de son devoir redoublant les efforts,
Plûtôt que le trahir souffrira mille morts?
Oüi, Seleucus, Phenice aura ce qu'il espére,
Il a reçû ma foy dans la Cour de mon Pére,
Par-là je suis sa Femme, & mon malheur en vain
Fait trembler ma constance à luy donner ma main,
Quand le bien de l'Etat conclut cet hyménée,
Pourquoi deslors, hélas! ne fut-elle donnée?
Falloit-il pour la pompe en voir le jour remis,
Et me laisser le temps de connoître son Fils?
Tandis que Seleucus de retour en Syrie
Songe aux apprêts d'un sort qui va m'ôter la vie,
Le Prince Antiochus chez mon Pére à son tour
En superbe appareil vient charmer nôtre Cour.
Attendant qu'en ces lieux il doive me conduire,
Mon repos à le voir commence à se détruire,
L'air galand, l'ame noble, un courage élevé,
Tout ce qui marque enfin un Héros achevé,
Aux Courses, aux Tournois, pour luy toute la
  gloire,
Son adresse par tout sçait traîner la victoire,
Et je sens malgré moy que sans cesse vainqueur,
En emportant le prix, il emporte mon cœur.

PHENICE.

Antiochus sans doute a tout ce qui doit plaire;

Mais

Mais déja vôtre main étoit dûë à son Pére,
Et lors que vôtre cœur se sentit enflamer....

STRATONICE.

Hélas ! sçait-on qu'on aime en commençant d'ai-
mer,
Et l'Amour, qui d'un cœur cherche à se rendre maî-
tre,
Tant qu'on peut résister, se laisse t'il connoître ?
Non, non, & mon malheur aujourd'hui me l'ap-
prend,
C'est en se déguisant que l'Amour nous surprend.
Avant qu'aucun soupçon découvre sa naissance
Dans l'ame qu'il attaque il prend intelligence,
Et de son feu secret l'industrieux pouvoir
S'acquiert des Partisans qui l'y font recevoir.
D'un tendre & doux panchant l'appas impercepti-
ble
La dispose d'abord à se rendre sensible ;
Un peu d'émotion qui marque ce qu'elle est,
Luy rend en vain suspect un trouble qui luy plaît,
D'un mérite parfait les images presslantes
Luy peignent aussi-tôt ces douceurs innocentes,
Et des sens ébloüis par ce charme trompeur
La vertu qu'elle admire autorise l'erreur.
Le cœur qu'en ont séduit les flateuses amorces,
Pour se vaincre en tout temps se répond de ses forces ;
Sur l'offre du secours que luy fait ja raison
Il laisse agir sans crainte un si subtil poison,
Il en aime l'appas, il le goûte, il luy cede,
C'est assez qu'au besoin il en sçait le reméde,
Et quand le mal accrû presse d'y recourir,
L'habitude est formée, on n'en peut plus guérir.
C'est ainsi que d'abord mon imprudence extréme
Me laissa consentir à me trahir moy-même.
Voyant Antiochus, je ne sçai quoi de grand
Exigea de mon cœur le tribut qu'il luy rend.
Ce cœur trop plein pour luy d'une estime empresséé,
N'en crût ni mon devoir ni ma gloire blesséé.
J'admirois sans scrupule un Prince si parfait,

Je voulois estimer, & j'aimois en effet,
Et mon cœur de mes sens négligeant l'artifice,
Pensoit fuir une erreur dont il étoit complice.

PHENICE.

Mais de ce triste amour quel peut être l'espoir ?

STRATONICE.

Phenice encor un coup je ferai mon devoir,
Et quoiqu'Antiochus trouve trop à me plaire,
Ma main suivra ma foy, je suis toute à son Pére;
Mais enfin je voudrois pouvoir croire aujourd'huy,
Qu'il ressentît pour moy ce que je sens pour luy ;
Que le même panchant dont la force m'entraîne
Par mon funeste hymen luy donnât même gêne ;
Que tremblant d'un devoir où je ne puis manquer,
Il voulût me le dire, & n'osât s'expliquer ;
Que sa fiere douleur par le respect contrainte
A ses confus soupirs abandonnât sa plainte,
Et l'étouffât d'un air, qui dans ces durs combats
Me laissât deviner ce qu'il ne diroit pas.

SCENE V.

SELEUCUS, STRATONICE, PHENICE, Suite.

SELEUCUS.

MAdame, tout est prêt, & la Syrie en peine
De rendre promptement son hommage à la
Reine,
N'attend plus que demain pour voir selon ses vœux,
Et Stratonice au Trône, & Seleucus heureux.
Un seul trouble s'oppose au comble de ma joye,
Toûjours à ses chagrins je voy le Prince en proye,
Et ne pouvant les vaincre, il tâche obstinément
A m'arracher l'aveu de son éloignement.
J'ay sans doute à rougir, dans l'amour qui m'enflame,

Que d'autres interêts puissent trop sur mon ame;
Mais peut-être ce Fils à-t'il des qualitez
A rendre son malheur digne de vos bontez.
J'implore leur secours, empêchez qu'il nous quitte;
Si j'ay trop de tendresse, il a quelque mérite,
Et je vous devrai tout, si rompant son dessein
Vous obtenez qu'au Trône il vous prête la main.

STRATONICE.

Quel que soit vôtre amour, il me feroit injure,
Seigneur, s'il étouffoit la voix de la Nature,
Et vous avoit séduit jusqu'à vous détacher
Des soins où vous oblige un interêt si cher.
Jamais dans un destin à nos vœux si contraire
Pour un Fils plus illustre on n'a vû craindre un
      Père;
Mais en vain nos souhaits hâtent la guérison
Des inquiets transports qui troublent sa raison.
Pour vous cacher le trouble où son malheur le jette,
Il m'employe à vous faire agréer sa retraite,
Et l'éclat des apprêts qu'étale vôtre Cour,
Blesse autant son chagrin qu'il flate vôtre amour.

SELEUCUS.

Qu'espérer donc, Madame, & quel Dieu favorable
Luy rendra le repos dont la perte m'accable?
Comme sur ses pareils l'ambition peut tout,
Par-là de ses ennuis j'ay crû venir à bout.
Quand ma main vous appelle au Trône de Syrie,
J'aime à luy voir remplir celuy de Phenicie,
Et pense que sur luy, dans un chagrin si noir,
La douceur de régner aura quelque pouvoir;
Mais bien loin qu'à ce charme il se montre sensible,
Tigrane m'en rapporte un refus invincible,
Et ne découvre rien qui puisse m'éclaircir
D'un mal que tous nos soins ne peuvent adoucir.

STRATONICE.

C'est par-là que j'en voy la suite plus à craindre.
Quoi que souffre le Prince, on ne peut que le plain-
    dre,
Et l'amour paternel vous fait en vain chercher

Par où guérir un mal qu'il se plaît à cacher.
J'ay déja fait effort pour vaincre son silence,
Mais je l'ay vû s'aigrir par cette violence,
Et craignant d'oser trop....

SELEUCUS.

Ah, tout vous est permis,
Et vous seule avez droit de me rendre mon Fils.
Vos soins y peuvent tout, employez-les, de grace,
A détourner le sort dont l'horreur nous menace,
Et pour lire en son cœur malgré son noir destin,
Contraignez-vous encor à flater son chagrin.
Quand vous le presserez, peut-être aura-t'il peine
A ne pas expliquer le trouble qui le gêne.
Sur tout, arrachez-luy ce dessein de partir,
Madame, c'est à quoy je ne puis consentir.
Tandis que vos bontez en rompront l'injustice,
J'iray presser le Ciel de nous être propice,
Et par des vœux soumis désarmant son couroux,
Luy demander pour luy ce que j'attens de vous.

Fin du premier Acte.

ACTE II.

SCENE PREMIERE.

ARSINOE', BARSINE.

BARSINE.

UOY, lors que sa langueur va jusques à
l'extréme,
Le trouble qui la suit fait connoître qu'il
aime?

ARSINOE'.

Oüi, Barsine, & le Prince a beau se ... ...
L'amo... ... ... de l'expoſer,
Dans ſon cœur malgré luy mes ſoupçons me font lire.

BARSINE.

C'eſt peut être pour vous qu'Antiochus ſoupire,
Et par-là, quoi qu'il cache, il vous ſeroit aiſé
De connoître le mal que vous auriez cauſé.

ARSINOE'.

Tu crois qu'il m'aimeroit, luy dont l'ardent ſuffrage
A des vœux de Tigrane autoriſe l'hommage,
Me l'a fait agréer, & ſur l'aveu du Roy
Aſſûre à ſon amour & mon cœur & ma foy?

BARSINE

Peu voudroient d'un Rival favoriſer la flame,
Mais, Madame, il n'eſt rien que n'oſe une grande ame,
Et Tigrane à ſon Prince ayant ſauvé le jour,
Tout me devient ſuſpect quand il ſert ſon amour.
Pour triompher du ſien, le forcer au ſilence,

S iij

L'amitié s'est pû joindre à la reconnoissance ;
Et quoi qu'il se contraigne à soupirer tout bas,
L'excez de son chagrin ne le trahit-il pas ?
Peut-il mieux expliquer qu'il cede ce qu'il aime ?

ARSINOE'.

C'est ce cruel effort qui l'arrache à luy même,
Mais lors qu'il se soumet à cette affreuse loy,
La Reine en ce qu'il souffre a plus de part que moy.

BARSINE.

Stratonice ?

ARSINOE'.

Elle-même.

BARSINE.

Et vous le pouvez croire ;
Dans le peu d'interêt qu'il montre pour sa gloire ?
Quand chacun à l'envy s'y fait voir empressé,
Du plus foible devoir il se croit dispensé,
Jamais il ne luy parle, & la fuyant sans cesse....

ARSINOE'.

S'il la fuit, ce n'est pas son chagrin qui l'en presse ;
Il fuit, il craint des yeux trop sçavans à charmer,
Et craindre de les voir, Barsine, c'est l'aimer.

BARSINE.

Quoi, c'est-là de sa flame une preuve certaine ?

ARSINOE'.

Non, mais enfin j'en croy ce Portrait de la Reine :
Qui trouvé sur mes pas, me laisse peu douter
D'un feu que son respect empêche d'éclater.
Depuis que le hazard m'en fait dépositaire,
Sa perte est un malheur dont on aime à se taire,
Et pour le recouvrer, tout autre qu'un Amant,
N'ayant rien à cacher, s'en plaindroit hautement.

Elle tire une boëte de Portrait qu'elle
montre à Barsine.

Voy de nouveau, Barsine, avec quel avantage
Ce qui doit l'enfermer étale son ouvrage.
Admire tout autour quels pompeux ornemens
Luy fournit à l'envi l'éclat des diamans.
Tant de profusion, comme elle est peu commune,

Marque en qui la peut faire une haute fortune,
Et la Boëte est un prix qui ne fait que trop voir
Qu'un Prince à l'enrichir a montré son pouvoir,
Outre que je la trouve en ce lieu solitaire
Où l'on voit chaque jour Antiochus se plaire,
Sous ces Arbres toufus dont l'agreable frais
Pour qui cherche à rêver à de si doux attraits.
Croy-moy, de mes soupçons la preuve est convain-
  cante.

BARSINE.

S'ils ne vous trompent point, la disgrace est tou-
  chante,
Car c'en est une enfin sous qui trembler d'effroy
D'être Rival ensemble, & d'un Pére, & d'un Roy ;
Mais d'un Roy qui d'ailleurs adore Stratonice.

ARSINOE'.

Il faut que cet amour aujourd'hui s'éclaircisse.
Cette Boëte y peut tout, & pour m'en asseurer
Aux yeux d'Antiochus, je n'ay qu'à m'en parer.
De son trouble à la voir penses-tu qu'il soit maître ?

BARSINE.

Le feu qu'il tient caché par-là se peut connoître.
Mais n'oubliez-vous point ce que vous avez fait,
Que par vous cette Boëte a changé de Portrait ?
Pour celuy de la Reine elle enferme le vôtre.

ARSINOE.

C'est exprés que le mien tient la place de l'autre.
A moins qu'un tel échange aidât à m'éclaircir,
En vain par cet essay j'y croirois reüssir.
Le Prince auroit sur soy peut-être assez d'empire
Pour ne rien laisser voir de ce qu'il n'ose dire ;
Et sur quelque prétexte il pourroit trouver jour
A reprendre un Portrait si cher à son amour ;
Au lieu que par la Boëte ayant un sûr indice
Que je garde en mes mains celuy de Stratonice,
L'ardeur de retirer ce dépôt précieux
Luy fera découvrir ce qu'il cache le mieux,
Ou s'il peut me laisser en quelque incertitude,
Du moins je joüirai de son inquietude,

Il parlera par elle, & quand.... Mais je le voy.
Pour le contraindre moins, Barsine, éloigne-toy.

_____

SCENE II.

ANTIOCHUS, ARSINOE'.

ARSINOE'.

SEigneur, est-il possible, & pourra-t'on le croire,
Que vous-même ayez mis obstacle à vôtre gloire,
Et que lors que le Roy cherche à vous couronner,
Vôtre aveu pour un Trône ait peine à se donner?
L'éclat du nouveau rang qui d'une pompe insigue....

ANTIOCHUS.

Sa bonté l'a surpris quand il m'en a crû digne;
Mais mon zele à ses soins auroit mal répondu
Si j'avois accepté ce qui ne m'est pas dû.
Je suis né son Sujet, & fais gloire de l'être.

ARSINOE'.

Dites que de vos sens le chagrin est le maître,
Et que tout vôtre cœur s'en laissant accabler,
Ce qui doit l'adoucir sert à le redoubler.

ANTIOCHUS.

Il est vrai qu'il m'emporte, & qu'en vain mon adresse
S'efforce de bannir, ou cacher ma foiblesse.
Malgré moy je luy cede, & son subtil poison
D'une vapeur maligne infecte ma raison;
Sans cesse elle s'abîme, & son trouble.... de grace,
Faites....

ARSINOE'.

Et bien, Seigneur, que faut-il que je fasse?
Vous ne dites plus rien, & tout à coup vos yeux....

ANTIOCHUS.

J'examine un travail & riche & curieux,
Et trouve en cette Boëte un chef-d'œuvre si rare,
Qu'il semble en l'admirant que mon esprit s'égare.
La façon est nouvelle, & j'en estime l'art.

ARSINOE'.

Toute riche qu'elle eſt, je la tiens du hazard.

ANTIOCHUS.

Quoi, Madame, en vos mains le hazard l'a remiſe ?

ARSINOE'.

Oüi, Seigneur, & c'eſt-là ce qui fait ma ſurpriſe,
Que qui pour l'enrichir n'a rien fait épargner,
Puiſſe en ſouffrir la perte, & n'en rien témoigner.

ANTIOCHUS.

J'admire comme vous qu'on la tienne ſecrete ;
Mais Madame, attendant qu'on ſçache qui l'a faite,
Souffrez que j'en joüiſſe, & tâche à profiter
De ce qu'en ce modele on peut faire imiter.
Pour un travail charmant dont la garde m'eſt chere,
Un ouvrage pareil me ſeroit neceſſaire,
Et je ne ſçaurois mieux en regler le projet....

ARSINOE'.

J'eſtimois ce dépôt, & j'en avois ſujet ;
Mais je vous l'abandonne, & ne veux pour partage
Que reprendre un Portrait....

ANTIOCHUS.

Ah, c'eſt me faire outrage.
En me le confiant ne craignez rien pour luy,
Et ſouffrez que ſa vûë amuſe mon ennuy.
La Peinture eut toûjours dequoi me ſatisfaire.

ARSIONE'.

Si j'en croy ce qu'on dit, celle-cy doit vous plaire,
Et comme enfin, Seigneur, vous vous y connoiſſez ,
Dites-moy d'un coup d'œil ce que vous en penſez.
Les traits en ſont hardis, & la main....

ANTIOCHUS *l'empêchant d'ouvrir*
la Boëte.

Non, Madame,
Déja la rêverie occupe trop mon ame,
Et du moins devant vous c'eſt à moy d'éviter
Tout ce que je prévoy qui pourroit l'augmenter.
Du Peintre en ce Portrait examinant l'adreſſe
J'oublierois malgré moy....

S v

ARSINOE'.

Seigneur, je vous le laiſſe:
Quoi que ſur ce travail j'aye à vous conſulter,
La Reine qui paroît m'oblige à vous quiter.

SCENE III.

STRATONICE, ANTIOCHUS.

ANTIOCHUS.

ET bien, Madame, enfin le Roy me fait-il grace?
Conſent-il au deſtin dont la rigueur me chaſſe,
Et que loin de la Cour je tâche à retrouver
La douceur du repos dont je me ſens priver?

STRATONICE.

Seigneur, pour vous le rendre eſperez tout d'un Pére,
Il n'eſt rien qu'à ſon Fils ſa tendreſſe préfere,
Mais c'eſt trop vous flater de croire qu'aiſément
Il donne ſon aveu pour vôtre éloignement.
Ce deſſéin l'épouvante, en parler c'eſt un crime.

ANTIOCHUS.

Il faut donc qu'en mes maux ſans ceſſe je m'abîme,
Que ſans ceſſe une triſte & mortelle langueur....

STRATONICE.

Tout le monde avec vous partage ſa rigueur;
Mais quand à vos deſirs la ſolitude eſt chére,
N'eſt-il rien à la Cour d'aſſez beau pour vous plaire?
N'y voyez-vous par tout qu'Objet à dédaigner?

ANTIOCHUS.

Ah, ce n'eſt pas par-là qu'il m'en faut éloigner.
S'il eſt rien dont l'appas ou me flate, ou m'attire,
C'eſt-là que je le vois, c'eſt là que je l'admire,
Et l'Univers entier n'a rien d'un ſi haut prix
Qui vaille les douceurs dont je m'y ſens ſurpris;
Mais dans le trouble obſcur de mon ame abatuë,
Mon bonheur fait mon mal, ce qui me plaît, me
tuë,

Et mon chagrin funeste a l'art d'empoisonner
Tous les biens que le Ciel cherche à m'abandonner.

STRATONICE.

Quoi ? toûjours ce chagrin sans m'en dire la cause ?
J'avois crû que sur vous je pouvois quelque chose,
Mais....

ANTIOCHUS.

Si dans ce pouvoir vous trouvez quelque appas,
Il ne va que trop loin ne vous en plaignez pas.

STRATONICE.

Vous me cachez vos maux, & je pourrois vous croire ?

ANTIOCHUS.

Mais, Madame, songez qu'il y va de ma gloire,
Et que je la trahis si j'ose découvrir,
Ce qu'en vain ma raison a tâché de guérir.

STRATONICE.

Quoi que pour un grand cœur la raison ait d'amor-
ces,
Où la passion régne elle reste sans forces,
Et sur tout, ses conseils font peu d'impression
Quand le mal naît d'amour, où vient d'ambition.

ANTIOCHUS.

Ah, pour l'ambition j'en crains peu la surprise.
Plus je suis prés du Trône, & plus je le méprise,
Et lors qu'on vous y place, il me seroit moins doux
D'aller donner des loix que d'en prendre de vous.

STRATONICE.

Cet illustre mépris sied bien aux grands courages ;
Mais chaque passion excite ses orages,
Et tel qu'un plus haut rang ne peut inquieter,
Aux troubles de l'amour a peine à résister.

ANTIOCHUS.

Helas !

STRATONICE.

Vous soupirez!

ANTIOCHUS.

Il est vrai, je soupire,
Et dis peut-être plus que je n'ay crû vous dire ;
Mais si j'explique trop ce qu'en vain je combats,

Songez que c'est à vous à ne m'entendre pas.

STRATONICE.

Quoi, Prince ? il se peut donc que l'amour ...

ANTIOCHUS,

Ah, Madame,

Vous avez arraché ce secret de mon ame,
Et quand rien sur ce point ne pouvoit m'ébranler,
Vous blâmiez mon silence, il a falu parler.
Mais ne prétendez point, pour finir mon martyre,
Que j'accepte l'oubli que vous m'allez prescrire,
Et que ma passion puisse prendre la loy
Du pouvoir absolu que vous avez sur moy.
Avec toute l'ardeur dont un cœur est capable
J'aime ce que jamais on vit de plus aimable,
Et trouverai toûjours un sort bien moins amer
A mourir en aimant, qu'à vivre sans aimer.

STRATONICE.

Quoi que de mes conseils vôtre amour semble crain-
dre,
J'en croy le feu trop beau pour le vouloir éteindre ;
Mais je ne comprens point quel bizarre pouvoir
Le forçant au silence arme son desespoir.
Outre qu'en vain sans cesse on veut qu'il se contrai-
gne,
Vous n'êtes pas d'un rang qu'aisément on dédaigne,
Ou si rien en aimant ne vous peut secourir,
Du moins on plaint un mal qu'on ne sçauroit guérir.

ANTIOCHUS.

Non, non, à mon destin le Ciel veut que je cede,
Madame, il faut mourir, mon mal est sans reméde.
Ce n'est pas qu'en effet la douceur d'être plaint
Ne soulageât les maux dont mon cœur est atteint ;
Mais pour flater le trouble où leur rigueur m'expose,
Il faudroit être plaint de celle qui les cause,
Et dans l'obstacle affreux qui s'offre à respecter,
C'est être criminel que de le souhaiter.

STRATONICE.

J'ignore quel obstacle elle vous montre à craindre ;
Mais pour vous soulager s'il ne faut que vous plaindre.

Quelque auſtere vertu qui la force d'agir ,
C'eſt un bien qu'elle peut accorder ſans rougir.
Pour moy, ſi ſur ſon cœur, quand elle a tout le vôtre ,
Je puis....

ANTIOCHUS.

Vous y pouvez ſans doute plus qu'une autre,
Et ſi je me ſouffrois l'eſpoir d'un bien ſi doux ,
Mon amonr ne voudroit l'attendre que de vous ;
Mais ſi-tôt que j'aurois.... Je ſçay trop que ma fla-
me....

STRATONICE.

Et bien , Prince , achevez.

ANTIOCHUS.

N'en parlons plus , Madame,
J'oubliois un devoir que mon reſpect ſoûtient ;
Je m'allois égarer , mais ma raiſon revient,
Et tant qu'un coup fatal borne enfin ma miſére ,
Je voy qu'il faut languir , ſoupirer , & me taire.

STRATONICE.

Pour vous en pouvoir croire , il faut qu'auparavant...?

ANTIOCHUS.

Madame , au nom des Dieux n'allez pas plus avant,
Tant que j'aime en ſecret j'aime avec innocence ,
Mais enfin je la pers ſi j'en fais confidence ,
Et c'eſt peut-être aſſez dans un ſort ſi cruel
De vivre malheureux , ſans mourir criminel.

STRATONICE.

Après ce que ſur vous je dois avoir d'empire ,
Prince , c'eſt m'outrager que s'en vouloir dédire ,
Et ſoupçonner qu'un zéle auſſi faux qu'indiſcret...,

ANTIOCHUS.

Madame , encor un coup laiſſez-moy mon ſecret
Vous-même qui voulez qu'un libre aveu l'exprime ,
S'il échape à mon cœur , vous m'en ferez un crime ,
Et ſans voir par quel ordre il l'oſe reveler ,
Vous me demanderez qui m'aura fait parler.
Ne vous expoſez point pour vouloir trop connoî-
tre ,

STRATONICE.

Vos malheurs font au point de ne pouvoir s'accroître,
Et quand je n'agirois qu'afin de vous trahir....

ANTIOCHUS.

Enfin vous le voulez, il faut vous obéïr ;
Mais j'attefte les Dieux, fi je romps le filence,
Que vôtre ordre à mon feu fait cette violence,
Et que jufqu'au tombeau, fans cette dure loy,
Ce feroit un fecret entre mon cœur & moy.
Puifqu'il faut expliquer pour qui ce cœur foûpire,
Vous-même dites-vous ce que je ne puis dire.
Ce Portrait trop aimable, & trop propre à charmer
Vous montrera l'Objet que je n'ofe nommer.

Il luy donne le Portrait qu'il a reçû d'Arfinoé.

STRATONICE.

Cet excez de refpect marque une ame incapable...

ANTIOCHUS.

Et bien qu'ordonnez-vous d'un Amant déplorable ?
A tout fon defefpoir faut-il l'abandonner,
Ou le plaindre d'un fort qu'il n'a pû détourner ?
Mais vôtre teint fe change, & ce front qui s'altére.
C'en eft fait, je le voy, j'ay dû, j'ay dû me taire,
Et l'amour dont je fuis l'indifpenfable loy,
Quand j'en nomme l'objet, eft un crime pour moy.

STRATONICE.

Vôtre choix me furprend, & quelque haut mérite
Que cet amour fe peigne en l'Objet qui l'excite....

ANTIOCHUS.

Ah, fi par le mérite il pouvoit s'excufer,
Qui n'approuveroit pas ce qu'il me fait ofer ?
A l'orgueil de mes vœux ne faites point de grace
Mais épargnez l'Objet qui les force à l'audace.
Jamais rien de fi beau ne parut fous les Cieux,
Jamais rien de fi vif ne fçût charmer nos yeux,
De la Divinité c'eft l'image vifible,
Pour ne l'adorer pas il faut être infenfible,
Et quand ce libre aveu preffe vôtre couroux,
Le malheur eft pour moy, mais le crime eft de vous.
Quoi que prêt d'expirer fous l'horreur du filence,

J'ay voulu de mon feu cacher la violence,
J'ay voulu déguiser à quels charmes soûmis...

STRATONICE.

Pourquoi ce long silence à qui tout est permis ?
Je dois à ce Portrait l'aveu de vôtre flame,
Et sur ce qu'il m'apprend.....

ANTIOCHUS.

Rendez-le moy , Madame,
Mon amour le demande , & dans son desespoir....

STRATONICE.

Ce n'est pas de ma main qu'il doit le recevoir.

ANTIOCHUS.

Quoi , me le refuser ? O rigueur imprévûë
Et bien , privez mes yeux d'une si-chere vûë,
Vous n'empêcherez point que gravé dans mon cœur
Du beau feu qui m'embrase il n'augmente l'ardeur,
C'est-là que malgré-vous j'adoreray sans cesse
Les traits d'une charmante & divine Princesse,
Qu'un hommage secret luy soûmettant ma foy....

STRATONICE.

Prince , adieu , c'en est trop.

ANTIOCHUS.

Madame , écoutez-moy,
Si je ne puis forcer mon amour à se taire ,
J'ay du sang à répandre , il peut vous satisfaire ,
Je vous l'offre , & mon mal deviendra plus leger....

STRATONICE.

Tigrane qui paroît sçaura le soulager ,
Comme il peut tout pour vous , vous luy pouvez tout
dire,

SCENE IV.

ANTIOCHUS, TIGRANE.

TIGRANÉ.

POur adoucir les maux dont vôtre cœur soûpire,
Seigneur, se pourroit-il que mon zéle & mes soins..

ANTIOCHUS.

Mon chagrin pour rêver ne veut point de témoins,
Accordez ce relâche à mon ame abatuë.

TIGRANE.

Quoi, vous me déguisez la douleur qui vous tuë?
Et l'amitié, Seigneur, vous y fait consentir?

ANTIOCHUS.

Je vous l'ay déja dit, Tigrane, il faut partir,
C'est tout ce que je sçay.

TIGRANE.

                    Je n'ose vous promettre
Que le Roy sur ce point vueille rien vous permettre,
D'un congé si funeste il condamne l'espoir,
Et plein d'impatience il demande à vous voir.
Mais si je m'en rapporte à ce qu'a dit la Reine,
Il semble que je puis soûlager vôtre peine,
Et qu'à me l'expliquer vous faisant quelque effort..

ANTIOCHUS.

Voyons le Roy, Tigrane, & laissons faire au Sort.

Fin du second Acte.

ACTE III.

SCENE PREMIERE.

SELEUCUS, ANTIOCHUS,
Suite.

SELEUCUS.

Rince, n'esperez point que jamais je
consente
A ce cruel départ qui flate vôtre at-
tente.
S'il faut de vos ennuis partager le tour-
ment
J'en préfére la peine à vôtre éloignement.
De vôtre vûë au moins laissez-nous l'avantage.
Mais enfin se peut-il que rien ne vous soulage,
En qu'un Roy qui peut tout, & fait cent Rois jaloux,
Avec ce plein pouvoir ne puisse rien pour vous ?

ANTIOCHUS.

Seigneur, je me condamne, & n'ay rien à vous dire,
A l'exil qui m'est dû c'est par là que j'aspire;
Je rougis de troubler par mon fatal chagrin
Le triomphe éclatant de vôtre heureux destin,
Et pour vous épargner la gêne où vous expose...

SELEUCUS.

Vous me l'épargneriez à m'en dire la cause.

SCENE II.

SELEUCUS, STRATONICE,
ANTIOCHUS, PHENICE.
Suite.

SELEUCUS.

QU'avez-vous fait pour moy ? vous avez vû mon
Fils ,
Madame , & de vos soins je me suis tout promis.
Dans le trouble où l'engage un destin trop contraire ?
A-t'il pû vous cacher ce qu'il aime à nous taire ?

ANTIOCHUS.

S'il étoit quelque soin qui le pût adoucir ,
Les bontez de la Reine auroient dû réüssir ;
Mais dans mes sens confus, Seigneur, tel est ce trouble
Que plus on le combat , plus je sens qu'il redouble ,
Et malgré moy sans cesse interdit , étonné....

STRATONICE.

A d'éternels ennuis il se croit destiné ;
Mais quel que soit le mal à qui sa raison céde ,
Peut-être est-il aisé d'en trouver le reméde ,
Et l'on n'ignore pas où l'on doit recourir
Quand on n'a dans un cœur que l'amour à guérir.

SELEUCUS.

Quoi , mon Fils aimeroit ?

ANTIOCHUS.

Qu'avez-vous dit , Madame ?

STRATONICE.

Oüi, Seigneur, son chagrin est l'effet de sa flame ,
Son cœur de son secret obstinément jaloux....

ANTIOCHUS.

Ah , Madame , est-ce là ce que j'ay crû de vous.

SELEUCUS.

N'en rougy point , mon Fils ; si l'aveu t'en fait honte ,
Voy qu'il n'est point de cœur que l'amour ne surmonte ,

Et pour autoriser celuy qui t'a surpris ,
Songe que ton Pére aime avec des cheveux gris.
Quelques brûlans transports où cette ardeur t'en-
    traîne ,
Puis-je le condamner quand j'adore la Reine ,
Et préfére en l'aimant la gloire de ses fers
A celle de me voir Maître de l'Univers ?
Aime donc puisqu'enfin aimer n'est pas un crime ,
Mais aime pour te rendre un secours légitime.
Quelque cœur que l'amour te force d'attaquer
Pour voir finir tes maux tu n'as qu'à t'expliquer,

ANTIOCHUS.

Seigneur, trop de bonté pour moy vous intéresse.
J'aime , en vain je voudrois vous cacher ma foiblesse,
On vous en a trop dit , mais enfin c'est du temps
Que dépend dans mes maux le secours que j'attens.
Vaincre ma passion en est le seul reméde.

SELEUCUS.

A tant d'aveuglement se peut-il qu'elle céde ,
Que dans ce qu'autorise un absolu pouvoir ,
Tu n'oses luy souffrir, la douceur de l'espoir ?
Voy dans toute l'Asie. A-t'elle aucune Reine
Qui dédaignât l'honneur d'avoir causé ta peine ?
Ou s'il te plaît d'aimer dans un destin plus bas,
Pour l'élever à toy choisy qui tu voudras.
Ma tendresse y consent, & tu n'as rien à taire.

ANTIOCHUS.

Je me vaincrai , Seigneur, c'est tout ce qu'il faut faire,

SELEUCUS.

Hâtez la guérison d'un Amant trop discret ,
Madame , vous sçavez le reste du secret !

STRATONICE.

Oüi , Seigneur, & je puis....

ANTIOCHUS.

                          Ne dites rien , Madame,
Vous n'avez que trop fait d'avoir trahi ma flame,
Bornez-là des malheurs qu'on ne peut réparer,
Et laissez-moy mourir sans me desespérer,

STRATONICE

Souffrir que fous l'amour un fi grand Prince expire,
Ce portrait vous dira ce qu'il n'ofe vous dire,
Seigneur, voyez pour qui fon cœur eft prévenu.

ANTIOCHUS *pendant que Seleucus*
regarde le Portrait.

Enfin l'on fçait mon crime, & tout vous eft connu,
L'aftre qui m'en a fait un deftin néceffaire
Dérobe à mon refpect la gloire de me taire,
Et pour comble d'horreur dans un mal fi preffant
Il ne m'eft plus permis de mourir innocent.
C'étoit par là pourtant que je flatois ma peine,
Et fi j'ay découvert mon fecret à la Reine,
J'avois quelque fujet de croire qu'à fon tour
Elle voudroit m'aider à cacher mon amour.
L'aveu qu'elle en a fait demande mon fupplice ;
Ordonnez-le, Seigneur, & vous faites juftice.
Déja ce que pour vous j'y prenois d'intérêt
Par l'éxil que je preffe avoit fait mon arrêt.

SELEUCUS.

O vertu fans éxemple ! ô cœur trop magnanime !
Ne parle point, mon Fils, ni d'éxil ni de crime.
Quoi qu'oppofe à ta flame un fcrupuleux devoir,
C'eft trop, c'eft trop long-temps luy défendre l'ef-
　poir.
Je répons du fuccez, aime fans plus rien craindre.

ANTIOCHUS.

Que pour moy jufque-là vous vouliez vous con-
　traindre !
Ah, plutôt qu'abufer de vos rares bontez,
Puiffent croire ces maux que j'ay trop meritez.
Puiffent...

SELEUCUS.

　Je fçai à quoi ton grand cœur te convie.
Tu dois tout à Tigrane, il t'a fauvé la vie,
Mais le trouble où t'abîme un long & dur ennui,
Quoiqu'il ait fait pour toy, te rend quite vers luy.
Tu n'as que trop payé ce fidelle fervice.

ANTIOCHUS.

Je crains peu qu'en mon cœur jamais rien l'affoiblisse,
Mais pourquoi m'avertir de ce que je luy doy ?
Trigane...

SELEUCUS.

Le voici, laisse parler ton Roy.

SCENE III.

SELEUCUS, ANTIOCHUS, STRATONICE, TRIGANE, PHENICE, Suite.

SELEUCUS à *Tigrane*.

POur arracher ton Prince au tourment qui l'accable,
D'un grand & rare effort sens-tu ton cœur capable ?

TIGRANE.

Au prix de tout mon sang j'aspire à le montrer,
Seigneur...

SELEUCUS.

Dans ses ennuis on vient de pénetrer,
Il en cachoit la cause avec un soin extrême,
Mais tout est éclairci, te le dirai-je ? il aime,
Et son feu qu'au silence il a toûjours contraint,
A causé tous les maux dont tu le vois atteint.
Puisque d'Arsinoé dépend son seul remède,
Il faut qu'à son amour ton amitié la cède,
Et qu'un heureux hymen commence dés demain
A luy rendre un repos qu'il attend de ta main.

ANTIOCHUS.

Moy, Seigneur ? la Princesse ! Ah Dieux ! qu'à l'hymenée
Trigane...

SELEUCUS:

Son malheur tient ton ame étonnée,
Tu crains de luy ravir ce qui plaît à ses yeux,

Mais enfin à l'Etat tes jours font précieux.
Quelque atteinte qu'il fente à ce grand coup de foudre,
Pour conferver ta vie il fçaura s'y réfoudre.
Je répons de fon zéle, & connois trop fa foy.

TIGRANE.

Vous le pouvez, Seigneur, je dois tout à mon Roy.

ANTIOCHUS.

On s'abufe, Tigrane, & c'eft en vain qu'on penfe.

SELEUCUS.

Affez & trop long-temps tu t'és fait violence.
Laiffe enfin éclater un amour trop difcret,
Va voir Arfinoé, je te rens fon Portrait,
D'un gage fi charmant la garde eft toûjours chére.

ANTIOCHUS regardant le Portrait.

Confus, hors de moy-même, & contraint de me
taire...

SELEUCUS.

Dans l'excez du bonheur les fens font interdits.
Enfin je n'ay plus rien à craindre pour mon Fils,
Madame, c'eft à vous que j'en dois l'avantage,
Mais ne dédaignez pas d'achever vôtre ouvrage,
Et puifqu'à la Princeffe il faut tout déclarer,
Par un prémier avis venez l'y préparer.

ANTIOCHUS.

Madame, fe peut-il...

STRATONICE.

　　　　　Oüi, perdez vos alarmes.
Vos vœux pour la Princeffe auront affez de charmes,
Et fi pour la toucher quelque foin m'eft permis,
Je vous y fervirai comme je l'ai promis,

SCENE IV.
ANTIOCHUS, TIGRANE.

TIGRANE
JE ne demande plus d'où partoit le silence
Qui de vôtre secret m'ôtoit la connoissance.
Seigneur, il est donc vray qu'un revers trop fatal
M'apprêtoit la douleur de vous voir mon Rival,
De voir tout ce qu'on craint dans un malheur extrême
Porter sur mon amour...

ANTIOCHUS.
Quoi, Tigrane, & vous-même
Vous croyez que mon cœur pour la Princesse atteint...

TIGRANE.
Ah, ce n'est pas dequoi ma passion se plaint.
Arsinoé sans doute a tous les avantages
Dont l'éclat puisse plaire aux plus nobles courages,
Et comme rien n'échape à qui peut tout charmer,
Puisque vous la voyiez, vous avez dû l'aimer.
Je me plains seulement que l'aveu de ma flame
Ne m'ait pas attiré le secret de vôtre ame.
Mon respect joint alors à ce que je vous doy
Eût été pour me vaincre une assez forte loy.
Dans ces commencemens, quelque ardeur qui nous
presse,
Des sens encor soumis la raison est maîtresse,
Et contraint en naissant d'en étouffer l'appas,
Si le cœur en soupire, il soupire tout bas;
Mais avant qu'éclater, vous m'avez laissé prendre
Tout l'espoir qu'un beau feu puisse jamais attendre.
Vous avez consenti que ce cœur amoureux
Touchât le doux moment qui m'alloit rendre heureux,
Demain l'hymen devoit couronner ma victoire,

Demain je devois être au faîte de la gloire,
Et par l'affreux revers d'un trop funeste sort,
Le jour de mon triomphe est celui de ma mort.

ANTIOCHUS.

Non, non, quoiqu'il arrive, aimez en assurance
Les maux dont vous tremblez ne sont qu'en apparence,
C'est de mon seul repos que le Sort est jaloux,
Tigrane, croyez-m'en, la Princesse est à vous.

TIGRANE.

Elle est à moy, Seigneur. & le puis-je prétendre
Quand c'est me l'arracher que me la vouloir rendre,
Et que vôtre vertu par cet illustre effort,
M'expliquant mon devoir, fait l'arrêt de ma mort?
Au péril de vos jours chercher à vous contraindre,
C'est combattre mon feu, c'est m'apprendre à l'étein-
     dre,
Et sur moy d'autant plus porter de rudes coups
Qu'il ne m'est pas permis de me plaindre de vous.
Encor si vous disiez qu'à l'espoir qu'on me vole
Vous voulez que pour vous ma passion s'immole,
Et qu'un ordre absolu me forçât d'étouffer
Un feu dont vôtre cœur n'auroit pû triompher,
Je vous demanderois si vous auriez dû croire
Que j'obtinsse plutôt cette triste victoire,
Et si pour renoncer à l'espoir le plus doux
J'aurois ou plus de force, ou moins d'amour que vous
Je vous demanderois par quelle grandeur d'ame
Je pourrois plus sur moy que vous sur vôtre flame,
Et pourquoi, jusqu'au jour où j'attens tout mon bien,
On m'auroit tout promis pour ne me donner rien.
Mais plus vous me cedez, moins ce bien me demeure
Quand vous voulez mourir, l'honneur veut que je
     meure,
Et meure au desespoir d'être encor vers le Roy
Coupable des ennuis que vous souffrez pour moy.

ANTIOCHUS.

Ils sont grands, je l'avoüe, & j'ay lieu de m'en
     plaindre;
Mais s'il m'étoit permis de ne me point contraindre,

Et

Et de vous faire voir à quels rudes combats...

TIGRANE.

Parlez, parlez, Seigneur, ne vous contraignez pas.
Dites que la Princesse agrée en vain ma flame,
Qu'elle a tout vôtre cœur, qu'elle a toute vôtre ame,
Qu'avant que la céder vous verrez tout périr,
Je mourrai de l'entendre, & je cherche à mourir.

ANTIOCHUS.

Quoi, vous me reduirez à vous dire sans cesse
Que je ne prétens rien au cœur de la Princesse,
Que loin que mon espoir combatte vôtre feu,
Je suis prêt...

TIGRANE.

Ah, Seigneur, pourquoi ce desaveu?
N'avez-vous pas au Roy déclaré quel empire..

ANTIOCHUS.

J'ay parlé sans sçavoir ce que j'ay voulu dire,
Ou plutôt dans les maux dont je suis attaqué,
On a cru mon silence, il s'est mal expliqué.

TIGRANE.

Et ce Portrait, Seigneur?

ANTIOCHUS.

En vain on me l'oppose,
S'il semble avoir trop dit n'en cherchez point la cause.
Mon cœur dont ce mystére augmente l'embarras,
Ne vous peut éclaircir ce qu'il ne conçoit pas.

TIGRANE.

Je le conçois, Seigneur, mon desespoir vous gêne,
Vous m'en montrez l'exemple, il faut céder sans peine,
S'applaudir en donnant ce qu'on a de plus cher,
Et démentir l'amour qu'on ne peut s'arracher,
Et bien, quoi que sur nous son pouvoir soit extrême,
Si vous y renoncez, j'y renonce de même.
Dequoi que la Princesse ait paru me flater,
Vous engager son cœur c'est ne me rien ôter.
Si j'eus long-temps l'espoir que le Roy vous assure,
Je le pris sans amour, je le pers sans murmure,
Sa main pour mon bonheur n'avoit rien d'important.
En est-ce assez, Seigneur, & vivrez-vous content?

ANTIOCHUS.
Pour l'esperer jamais ma disgrace est trop forte.

SCENE V.

ANTIOCHUS, ARSINOE', TIGRANE, BARSINE.

ANTIOCHUS.

Madame, retenez un Amant qui s'emporte.
Sa mort sera l'effet d'un ordre qu'il reçoit,
Son desespoir la presse, & c'est luy qu'il en croit.

ARSINOE'.

Quoi que de Seleucus le Ciel m'ait fait dépendre,
Tigrane sçait de moy ce qu'il a droit d'attendre;
Mais comme enfin cet ordre a droit de l'étonner,
De grace, apprenez-moy ce qui l'a fait donner.
Qu'avez-vous dit, Seigneur, dont son ame abatuë.

TIGRANE.

Qu'il meurt d'amour pour vous, que cet amour le tuë,
Et que pressé d'ennuis, la langueur qui les suit
Est l'effet de l'état où vous l'avez réduit.

ARSINOE' à *Antiochus.*

Sous quelque dur soupçon que Tigrane languisse,
Je me connois, Seigneur, & je vous rens justice,
Ce qui le fait trembler étonne peu ma foy.
Mais encor une fois qu'avez-vous dit au Roy?
Luy deviens-je suspecte, & m'avez-vous nommée?

ANTIOCHUS.

Non, Madame, & sa flame en vain s'est alarmée.
Le nom d'Arsinoé ne m'est point échapé,
Et si le Roy se trompe, il veut être trompé.

TIGRANE.

Helas! pour exprimer tout l'amour qui l'inspire,
Montrer vôtre Portrait n'est-ce pas assez dire,
Et sur l'heureux dépôt d'un gage si charmant
Peut-il moins avoüer que le titre d'Amant?

ARSINOE'.
M'a-t'on dit vray, Seigneur, qu'expliquant vôtre
  peine
Vous ayez laiſſé voir mon Portrait à la Reine,
Et ſouffert que le Roy...

ANTIOCHUS.
     Madame, vous ſçavez
Que plaignant les ennuis qui me ſont reſervez,
Vous-méme...

ARSINOE'.
   Et bien, Seigneur ?

TIGRANE.
     Que cherchez-vous, Madame?
Son trouble n'eſt-il pas le témoin de ſa flame ?
Vous faut-il un témoin plus fort, plus aſſuré,
Et Tigrane a-t'il tort s'il meurt deſeſperé ?

ANTIOCHUS.
Ses tranſports iront loin ſi vous luy laiſſez ſuivre
L'injuſte deſeſpoir où ce Portrait le livre.
Il eſt vrai qu'on l'a vû, mais ſans trop s'alarmer,
Qu'il attende...

ARSINOE'.
   Je voy ce qu'il faut préſumer,
Et penetre à la fin ſous quel ſecret empire...

ANTIOCHUS.
Ah, Madame, ſur tout gardez-vous de rien dire,
Ou plutôt du ſilence où je dois m'obſtiner,
Gardez-vous malgré moy d'oſer rien deviner.
Loin d'adoucir mes maux ce ſeroit les accroître.

TIGRANE.
Pour ne les guerir pas ils ſe font trop connoître,
Et d'un amour contraint le dur accablement,
Sans qu'on devine rien, parle aſſez clairement.

ANTIOCHUS.
O devoir, ô reſpect dont la loy trop ſevére
Quand je veux m'expliquer me condamne à me taire !
Je ne vous dis plus rien, mais pour m'en conſoler,
Ces effets parleront ſi je n'oſe parler.

SCENE VI.

ARSINOE', TIGRANE, BARSINE.

TIGRANE.

Madame, c'est donc là...

ARSINOE'.

Vous n'êtes pas à plaindre
Autant que vôtre amour vous engage à le craindre.
Quelque ordre dont l'éclat menace vôtre espoir,
Il suffit que c'est moy qui dois le recevoir.

TIGRANE.

Contre l'ordre du Roy que peut vôtre constance ?

ARSINOE'.

Par luy, par son aveu ma flame a pris naissance,
Tigrane, & c'est assez pour m'acquerir les droits
D'appuyer hautement la gloire de son choix.

TIGRANE.

A suivre ce projet, quand le Prince vous aime,
Songez-vous que déja sa langueur est extrême,
Qu'on en voit chaque jour redoubler les accez,
Qu'on tremble de la suite ?

ARSINOE'.

Attendez le succez.

TIGRANE.

Il y va de sa vie, & quand le péril presse,
Vous voulez...

ARSINOE'.

Sa vertu bannira sa foiblesse ;
Ou s'il essaye en vain de contraindre ses vœux,
Le Roy n'a qu'à vouloir, & le Prince est heureux.

TIGRANE.

Et ne le veut il pas quand son ordre m'arrache...

ARSINOE'.

Vôtre heur est toujours seur, quelque ombre qui le
cache,

Ne vous allarmez point.

TIGRANE.

Quoi ! garder quelque efpoir ,
Quand pour le rendre heureux le Roy n'a qu'à vouloir ?

ARSINOE'.

Je vous le dis encor malgré vôtre furprife ,
La guérifon du Prince au Roy feul eſt remife ;
Mais il eſt dangereux en de tels embaras
D'ofer trop s'expliquer ce qu'on ne comprend pas.

TIGRANE.

C'eſt fans m'expliquer rien que je puis vous entendre.
Qu'a mon malheur d'obfcur pour ne le point com-
prendre ?
Ne vois-je pas...

ARSINOE'.

Adieu, gardez toujours ma foy,
Je vous en dirai plus quand j'aurai vû le Roy.

Fin du troifiéme Aĉte.

ACTE IV.

SCENE PREMIERE.

STRATONICE.

Lateuſe illuſion que j'ay trop oſé croire,
　　Doux abus de mon cœur par mes deſirs
　　　trompé,
　　Ceſſez pour me punir d'oppoſer à ma
　　gloire
Le pouvoir que ſur luy vous avez uſurpé.
D'un vrai mérite en vain j'eus peine à me défendre,
En vain je l'écoutay ſur la foy de l'amour.
S'il triompha par là de ce cœur foible & tendre,
Le noble & juſte orgueil qui cherche à me le rendre,
　　En doit triompher à ſon tour.

　　Oüi, pour en arracher cette eſtime enflamée
Dont mon devoir trop tard ſe ſentit alarmer,
Il ſuffit de l'affront de n'être point aimée
A qui ſur cet eſpoir s'étoit permis d'aimer.
Voy donc avec mépris tout ce qu'eut d'eſtimable
Ce Prince qui ſur toy prenoit trop de pouvoir.
Mais d'un pareil effort eſt-on ſi-tôt capable,
Et pour ceſſe d'aimer ce que l'on trouve aimable,
　　Helas ! n'a-t'on qu'à le vouloir ?

　　Je ſçay que le dépit qu'un autre Objet l'emporte
Semble juſqu'à la haine attirer tous nos ſoins,
Qu'à nos yeux la plus rude à peine eſt aſſez forte ;
Mais pour vouloir haïr on n'en aime pas moins.

L'ardeur de se vanger par là de ce qu'on aime
Hausse le prix d'un cœur vainement attaqué,
Et sentir dans ce trouble une colére extrême,
C'est moins le dédaigner, que vanger sur soy-même
La honte de l'avoir manqué.

Ainsi ne prétens point avoir éteint ta flame
Par ce brûlant courroux qui te défend d'aimer.
Le vif ressentiment qui l'étouffe en ton ame,
Ne fait que l'assoupir pour mieux se rallumer.
La seule indifference est la marque certaine
D'un cœur que la raison ou soulage, ou guérit,
Et loin que les transports de colére & de haine
De ce cœur indigné puissent calmer la peine,
C'est dequoi l'amour se nourrit.

Cependant quand l'hymen étonne ta constance,
Que ta lâche vertu fremit de ton devoir,
T'osetas-tu vanter de cette indifference
Qui fait seule acquerir ce que tu crois vouloir ?
T'apprend-elle à céder à l'oubli necessaire
De tant de vœux secrets que tu te crus permis,
Et dans l'instant fatal qu'un destin trop sevére
T'avertit que demain tu dois ton cœur au Pére,
Peux-tu ne point songer au Fils ?

Dures extremitez où l'ame partagée....

SCENE II.
STRATONICE, PHENICE.

PHENICE.

MAdame, sçavez-vous que vous êtes vangée ?
En vain Antiochus se flatoit d'être heureux,
La fiére Arsinoé n'en peut souffrir les vœux,
Et si le Roy prétend user de sa puissance,

Elle fçait comme il faut fignaler fa conftance,
C'eft affez qu'à Tigrane elle ait donné fa foy.
Voilà ce qui fe dit.

STRATONICE.
Et que réfout le Roy ?

PHENICE.
Pour vaincre fes refus on croit qu'il l'ait mandée,
Mais dans le pur amour dont elle eft poffedée,
Les ordres violens qu'elle va recevoir
N'en feront dans fon cœur qu'affermir le pouvoir.

STRATONICE.
Qu'importe du fuccez à mon ame alarmée ?
Pour refufer d'aimer n'eft-elle point aimée,
Et quoique fa fierté brave l'ordre du Roy,
En vois-je moins ailleurs ce que je crus à moy ?

PHENICE.
L'Amour d'Antiochus n'a pû trop vous furprendre,
Mais comme à fon hymen vous ne pouviez prétendre,
C'eft du moins quelque charme à vôtre efprit jaloux,
De le voir dans fes vœux auffi trompé que vous.

STRATONICE.
Que tu penetre mal l'ennuî qui me furmonte !
Si le Prince eft trompé, Phenice, il l'eft fans honte,
Et n'a point à rougir de s'être répondu
Du fuccez qu'à fa flame il croyoit être dû.
Il fçavoit qu'à Trigane Arfinoé fidelle
Verroit avec chagrin qu'il foupirât pour elle,
Et pourfuivant un cœur pour un autre enflamé,
Il aimoit affuré de n'être point aimé.
Mais qui n'auroit point crû qu'une fecrette flame
M'avoit abandonné l'empire de fon ame ?
De fes yeux interdits la confufe langueur
Sembloit de fon deftin m'expliquer la rigueur.
A fes fouhaits pour moy rien ne pouvoit fuffire,
Il parloit, s'égaroit, & craignoit de trop dire.
S'il alloit quelquefois jufques à m'admirer,
Se taifant tout à coup je l'oyois foûpirer,
Et de fon feu fecret j'avois pour affurance
Ses regards, fes foupirs, fa crainte, & fon filence.

Cependant j'ay trop crû ce silence trompeur.
Ah, si tu connoissois tout ce que souffre un cœur,
Quand au gré de ses vœux se flatant d'être aimée
On croit oüir son nom, & qu'une autre est nommée?

PHENICE.

C'est sans doute un chagrin qu'on ne peut concevoir,
Mais de quoi peut se plaindre un amour sans espoir?
Que perd-on en perdant ce qu'on n'a pû prétendre?

STRATONICE.

La gloire d'avoir pris ce qu'on avoit crû prendre,
Et de pouvoir du moins ne se point reprocher
Qu'on ne méritoit pas ce qu'on n'a sçû toucher.
Outre que dans le rang où le Ciel m'a fait naître,
Je rougissois d'un feu que je sentois s'accroître,
Et pour en consoler ma severe fierté
Je voulois m'excuser sur la Fatalité,
Voir le même Ascendant par une égale amorce:
Forcer Antiochus de même qu'il me force,
Et pouvoir imputer mes vœux trop enflamez
Au panchant invincible où nous étions formez.
Mais lorsqu'à mon destin le sien est si contraire
Il semble que ma flame ait été volontaire,
Et que mon cœur exprès, pour mandier le sien,
Se soit permis des vœux dont je n'attendois rien.
Peut-être, helas! peut-être à m'expliquer trop
      prompte,
De ces vœux indiscrets j'ay découvert la honte,
J'ay pû luy donner lieu de s'en appercevoir,
De voir toute mon ame, & c'est mon desespoir.

PHENICE.

Sur ce scrupule en vain vôtre fierté s'alarme:
Il aime Arsinoé, cet amour seul le charme,
Son cœur à cette idée entiérement rendu,
Quoi que vous ayez dit, n'aura rien entendu,
Et loin de voir pour luy que vôtre ame enflamée....

STRATONICE.

Ah, pour le remarquer que ne m'a-t'il aimée,
Et quand à s'enhardir mon feu luy donnoit jour,
Que ne l'ay-je pu voir éclairé par l'amour!

T v

N'y penſons plus, Phenice, ou croyons qu'il s'obſtine
A braver l'Aſcendant qui pour moy le domine,
Et que pour l'en punir, les Dieux l'ont fait pancher
Où d'autres vœux reçûs l'empêchent de toucher.
Mais ſans doute frapé d'une mortelle atteinte
Tigrane que je voy vient m'adreſſer ſa plainte.
Tandis que ſa douleur ſe ſoulage avec moy,
Va ſçavoir, s'il ſe peut, les ſentimens du Roy.

SCENE III.

STRATONICE, TIGRANE.

STRATONICE.

UN révers trop cruel traverſe vôtre flame
  Pour pouvoir m'étonner du trouble de vôtre
        ame ;
Mais du moins c'eſt beaucoup que malgré ſa rigueur
D'un triomphe ſécret vous goûtiez la douceur.
J'apprens que de vos feux la Princeſſe charmée
Fait vanité d'aimer autant qu'elle eſt aimée,
Et que ſur ſa conſtance on ne ſçauroit gagner
D'en immoler la gloire à celle de régner.

TIGRANE.

Madame, le Deſtin m'eſt d'autant plus contraire
Qu'au moment qu'il m'accable il conſent que j'eſpére,
Et par de faux appas ébloüiſſant ma foy.
Me force d'appuyer ce qu'il fait contre moy.
Antiochus renonce à m'ôter ce que j'aime,
D'Arſinoé pour moy la conſtance eſt extréme,
Et quoiqu'on faſſe enfin, ſi je les croy tous deux,
Rien ne peut mettre obſtacle au ſuccez de mes feux.
Du Prince cependant le déplaiſir s'augmente,
Son chagrin eſt plus noir, ſa langueur plus traî-
        nante,
Et ſi de ſa vertu j'oſe me prévaloir,
Sa mort preſque certaine étouffe mon eſpoir.

Jugez si mes ennuis en ont moins d'amertume.
STRATONICE.
Peut-être il n'aime pas autant qu'on le présume,
Et puisqu'à son bonheur il cherche à résister,
On peut croire....

TIGRANE.
Ah, Madame il n'en faut point douter,
La Princesse le charme, il l'adore, & son ame
Peut à peine suffire à l'excez de sa flâme.
Jamais un plus beau feu ne régna sur un cœur,
Mais un foible service en arrête l'ardeur ;
Il ne peut oublier qu'un sort digne d'envie
M'a fait sauver ses jours au péril de ma vie,
Et par reconnoissance il s'obstine à son tour
A donner aujourd'hui la sienne à mon amour.

STRATONICE.
Je voy ce qui vous gêne ; une amitié si pure
Vous force à refuser ce qu'elle vous asseure ;
Mais au moins vôtre amour dans ce revers fatal
N'a point à redouter le bonheur d'un Rival,
Puisqu'à vous préferer la Princesse constante
Sçaura trop....

TIGRANE.
C'est par-là que mon malheur s'augmente,
On m'apprend que le Roy de tant d'amour surpris
M'impute pour son choix ce qu'elle a de mépris,
Et que si jusqu'au bout il la trouve obstinée
A refuser l'honneur de ce grand hymenée,
Comme il m'en croit la cause, il veut que dés de-
           main
Moy-même je choisisse à qui donner ma main.
La Princesse par-là de sa foy dégagée
N'aura plus dans ses vœux à rester partagée,
Et voyant mon devoir porter ma flâme ailleurs,
Cedera sans scrupule à des déstins meilleurs.
S'il est vrai qu'on m'apprête un si cruel supplice,
J'implore vos bontez contre tant d'injustice.
Par pitié de mes maux détournez-en l'effet,
Il suffit de l'effort que mon devoir s'est fait.

                              T vij

Pourquoi preſſer l'éclat d'un deſeſpoir funeſte ?
Ma douleur le commence, elle répond du reſte ;
Et n'aura pas beſoin, pour terminer mes jours,
De ſouffrir que mon bras luy prête du ſecours.

STRATONICE.

Si le Prince....

TIGRANE.

A ſes yeux il faut cacher mon trouble ,
Et puiſque mon malheur par ſa vertu redouble ,
Je vous laiſſe empêcher qu'une vaine pitié
N'immole dans ſon cœur l'amour à l'amitié.

SCENE IV.

STRATONICE, ANTIOCHUS.

STRATONICE.

PRince ; enfin il eſt temps que ce chagrin s'efface.
Tigrane ſans murmure accepte ſa diſgrace ,
Et pour finir vos maux renonçant à l'eſpoir.....

ANTIOCHUS.

Pour les finir ? hélas ! en a t'il le pouvoir ?
Non, non, ces triſtes maux dont ma flame eſt ſuivie
N'auront jamais de fin qu'en celle de ma vie,
Et pour quitter ces lieux je me voy diſpenſé
D'attendre le congé que vous avez preſſé:
Demain le Roy vous place au Trône de Syrie ,
J'en ferai le témoin, mon devoir m'y convie ,
Mais ma fuite ſuivra la pompe de ſon choix ,
Et je vous parle ici pour la derniere fois.

STRATONICE.

L'hymen d'Arſioné:....

ANTIOCHUS.

Je le voy bien , Madame.
Vous ſouffrez que pour elle un feu ſecret m'enflame ,
Mais l'excuſeriez-vous ſi de ce feu charmé

J'avoüois que c'eſt vous qui l'avez allumé?

STRATONICE.

Moy, Prince?

ANTIOCHUS.

Il n'eſt plus temps, Madame, de vous taire
Qu'Arſioné n'a rien de ce qui peut me plaire.
Ne me demandez point quel fatal contre-temps
M'a fait luy donner part aux ennuis que je ſens,
Comme un malheur toûjours eſt la ſource d'un au-
tre,
Vous donnant ſon Portrait j'ay crû montrer le vô-
tre,
Et ſur le faux rapport de vos yeux abuſez
On l'accuſe des maux que vous m'avez cauſez.

STRATONICE.

Et vous ne craignez point d'exciter ma colere?

ANTIOCHUS.

Qu'elle éclate, Madame, elle m'eſt néceſſaire,
Et quoi que mes ennuis doivent trancher mes jours,
Pour en hâter l'effet il leur faut du ſecours.
Dure neceſſité de mon malheur extrême!
J'aſpire à la douleur d'irriter ce que j'aime,
Et pour mourir plûtôt, forcé de me trahir,
J'ay beſoin de chercher à me faire haïr.
Par-là mon deſeſpoir preſſant ſa violence....

STRATONICE.

Ce tranſport va trop loin, & dit plus qu'il ne penſe,
Mais je dois excuſer ce triſte excez d'ennuis
Qui vous fait malgré vous oublier qui je ſuis.

ANTIOCHUS.

N'excuſez point mon crime, il n'a rien que j'ignore,
C'eſt vous qui me charmez, vous que mon cœur
adore,
Et ce cœur qu'à vous voir un prompt amour ſurprit,
En vous l'oſant jurer, ſçait trop bien ce qu'il dit.

STRATONICE.

Si c'eſt ſans vôtre aveu qu'il s'en eſt rendu maître,
Vous devriez au moins l'empêcher de paroître,
Et ne me pas réduire à ſonger à punir,

Quand la pitié de moy voudroit tout obtenir.

ANTIOCHUS.

Pour moy dans mes malheurs la vôtre seroit vaine;
D'autres cherchent l'amour, je cherche vôtre haine.
Pour prix des plus beaux feux à qui l'on pût ceder,
Après ce que je souffre, est-ce trop demander?

STRATONICE.

Quoi que vôtre douleur de cette haine espere,
Ne la meritez point si vous me voulez plaire,
Et me cachant l'amour qui tient vos sens seduits,
Laissez-moy la douceur de plaindre vos ennuis.

ANTIOCHUS.

Plaindre d'un malheureux la disgrace inhumaine
C'est montrer quelque pente à soulager sa peine,
Et pour flater la mienne au point qu'elle se voit,
Si c'est moins qu'il ne faut, c'est plus qu'on ne luy doit.

STRATONICE

Si le Ciel à mon choix.... Mais qu'est-il necessaire....

ANTIOCHUS.

N'achevez point si-tôt.

STRATONICE.

C'est à moy de me taire.
La pitié dont pour vous mon cœur se sent saisir....

ANTIOCHUS.

Mais enfin si le Ciel vous eût laissé choisir ?

STRATONICE.

Que vous êtes cruel ! Ah !

ANTIOCHUS.

Vôtre cœur soupire ?

STRATONICE.

Ce soupir échapé....

ANTIOCHUS.

Parlez, que veut-il dire ?
M'apprend-il que mes vœux des vôtres secondez:....

STRATONICE.

Que me demandez-vous, puisque vous l'entendez ?

ANTIOCHUS.

Quoi ? vôtre hymen me livre au plus cruel supplice
Sans que de mes malheurs vôtre cœur soit complice,

Et si vôtre seul choix avoit reglé vos vœux,
J'aurois pû par mes soins mériter d'être heureux ?

STRATONICE.

Prince, n'abusez point d'un sentiment trop tendre
Qui m'a fait dire plus qu'on ne devoit entendre,
Et sans quelques soupirs n'a pû me laisser voir
Ce qu'il m'en doit coûter pour suivre mon devoir.
Il pourra tout sur moy, mais en l'osant promettre
J'avouërai qu'en secret je tremble à m'y soumettre,
Et que l'ordre à mon cœur auroit été plus doux
Si le Ciel m'eût souffert d'en disposer pour vous.
C'est alors, qu'on m'eût vûë en recevant le vôtre...

ANTIOCHUS.

Ah, Madame, il en a disposé pour un autre,
Et dequoi que pour moy vous vous sentiez presser,
Vôtre main est promise, il n'y faut point penser.

STRATONICE.

Je suis dûë à l'Etat, il me fait sa victime.

ANTIOCHUS.

C'est à moy cependant à payer pour ce crime,
A soupirer sans cesse, & languir consumé
De l'ennuy de pouvoir, & n'oser être aimé.
Pour en cacher l'excez blâmerez-vous ma fuite ?

STRATONICE.

Non, Prince ; & dans l'état où mon ame est réduite,
J'y consens d'autant plus, que sa triste rigueur
Sauvera ma vertu des troubles de mon cœur.
La pitié de vos maux dés l'abord y fit naître
Un chagrin inquiet que je n'osay connoître ;
Mais si le charme en plut à mes sens alarmez,
Il se rend plus sensible à voir que vous m'aimez.
Malgré moy je succombe à ce qu'il a d'amorce,
J'aime l'appas flateur dont le pouvoir m'y force,
Et quand je vous estime, un sentiment confus
M'engage à soupirer de n'oser rien de plus.
Allez, Prince, & daignez m'épargner une vûë
Qui me fait oublier à qui ma main est dûë ;
Non qu'enfin ma raison en ait moins de pouvoir,
Mais j'écoute, & c'est trop pour qui sçait son devoir.

ANTIOCHUS.

De vos bontez pour moy ce dernier témoignage
Pour ce cruel devoir eſt ſans doute un outrage ;
Mais enfin par ma mort s'il peut ſe réparer,
Conſolez-vous, Madame, il n'a guére à durer.

STRATONICE.

Si vôtre éloignement s'eſt rendu néceſſaire,
Songez que vôtre vie a lieu de m'être chére,
Et que l'honneur toûjours permettant d'eſtimer....

ANTIOCHUS.

Hélas ! Madame, hélas! je vivrois pour aimer.
Pourriez-vous à ce prix conſentir à ma vie ?

STRATONICE.

Vivez pour n'aimer plus, c'eſt moy qui vous en prie ;
Ou ſi ce triſte effort paſſe vôtre pouvoir,
Prince, vivez du moins pour ne le plus vouloir.

ANTIOCHUS.

Ainſi, quelques ennuis que j'aye encor à craindre,
Vous n'aurez qu'à vouloir pour ceſſer de m'en plain-
dre ?
Vôtre cœur auſſi-tôt ſe rendant tout à ſoy....

STRATONICE.

Prince, adieu, plus j'écoute, & moins je me connoy.

ANTIOCHUS.

Et bien, il faut ſurvivre à cet adieu funeſte,
Il faut voir vôtre hymen, j'ordonnerai du reſte ;
Mais au moins ſi l'honneur après ce triſte jour
N'oſe plus vous ſouffrir de plaindre mon amour,
Attendant que ma mort en efface le crime,
Madame, aſſeurez-moy de toute vôtre eſtime.
Me la promettez-vous ?

STRATONICE.

Oüi, je vous la promets.
Fuyez, & s'il ſe peut, ne me voyez jamais.

ANTIOCHUS.

Ah, ſi c'eſt pour jamais que le Ciel nous ſépare,
Madame, ſoutenez ma raiſon qui s'égare,
Et qu'un moment encor.... elle fuit, & je voy....

SCENE V.

ANTIOCHUS, ARSINOE'.

ARSINOE'.

SEigneur, le Roy me mande, & vous fçavez pour-
quoy.
Avant que je luy parle il eft bon que je fçache
Ce que de vos fecrets vous voulez qu'on luy cache,
J'agirai par vôtre ordre, & viens le recevoir.

ANTIOCHUS.

Qu'ay-je à dire, ou plûtôt qu'avez-vous à fçavoir ?
Rendez Tigrane heureux, vous l'aimez, il vous aime.

ARSINOE'.

Je fçai ce que je dois à fon amour extrême.
Mais quand le Roy prétend difpofer de ma main,
Eft-ce à moy de braver le pouvoir Souverain ?
Mon refus vaincra-t'il, & puis-je, quoi que j'ofe,
Soutenir un efpoir où le vôtre s'oppofe ?

ANTIOCHUS.

Moy, je m'oppofe au feu dont vous êtes charmez ?

ARSINOE'.

Quoi ? n'avez-vous pas dit au Roy que vous m'aimez ?
Que pour moy vôtre cœur fecrettement foupire ?

ANTIOCHUS.

Ah, Madame ! pourquoi me l'avez-vous fait dire ?
Vôtre Portrait.... hélas !

ARSINOE'.

Seigneur, il me fuffit,
Je voy ce que fans vous je m'étois déja dit.
Vous brûlez pour la Reine, & l'amour....

ANTIOCHUS.

Oüi, Madame,
Vous avez malgré moy pénétré dans mon ame,
Et ce qu'obftinément j'aurois toûjours caché,

De ce cœur amoureux vous l'avez arraché.
J'adore Stratonice, & l'ardeur qui me preſſe
M'eſt un ordre abſolu de l'adorer ſans ceſſe.
Cependant par l'erreur de ce Portrait changé
A vivre ſous vos loix on me croit engagé.
Tigrane me condamne, & telle eſt ma contrainte
Qu'il faut par mon ſilence autoriſer ſa plainte.
C'eſt à vous qui cauſez le trouble où je me voy,
A rompre l'injuſtice où s'emporte le Roy,
A montrer pour Tigrane un cœur aſſez fidelle....

　　　　　　ARSINOE'.
Je ſçai vos intereſts, vous connoîtrez mon zele.
Quelque excez qu'à ſon feu le Roy ſemble ſouffrir,
Son âge...,

　　　　　ANTIOCHUS.
　　　　Ah, gardez vous de luy rien découvrir.
Pour mettre auprés de vous mon crime en évidence
Le Deſtin par ſurpriſe a trahy mon ſilence;
Mais ſi vous m'accuſez, il n'eſt rien que ma foy
Pour ſe juſtifier ne tente contre moy.
Pour démentir l'ardeur de mon ame embraſée,
J'avoüerai que c'eſt vous qui me l'aurez cauſée,
Et que l'honneur me force à mourir de langueur
Pour ne pas à Tigrane arracher vôtre cœur.

　　　　　　ARSINOE'.
Mais que diray-je au Roy qui veut que j'obéïſſe?
　　　　　ANTIOCHUS.
Obtenons que demain ſon hymen s'accompliſſe,
Tandis qu'un peu de temps, malgré vos premiers
　　feux,
Diſpoſera vôtre ame à couronner mes vœux.
Regardant ce délai comme un bonheur ſuprême,
Promettez tout alors, je promettrai de même,
Et l'hymen achevé, quoi que veuille le Roy,
Je vous rens à Tigrane en me rendant à moy.
Mais ne refuſez point, pour ſoulager ma peine,
De remettre en mes mains le Portrait de la Reine,
Sa vûë adoucira...

ARSINOE'.

J'ay sujet d'en douter,
Mais ce n'est point à moy, Seigneur, à resister,
Ce Portrait est à vous, je sçaurai vous le rendre.
Cependant pour sçavoir quel conseil je dois prendre,
Je vais où l'on m'appelle, & voir ce que le Roy
Pour guérir vos ennuis peut attendre de moy.

Fin du Quatriéme Acte.

ACTE V.

SCENE PREMIERE.

SELEUCUS, ARSINOE'.

SELEUCUS.

PRINCESSE, enfin c'est trop vous en
vouloir défendre,
Il est temps de ceder, il est temps de vous
rendre,
Le beau feu dont pour vous mon Fils est
consumé,
Ne le rend pas peut-être indigne d'être aimé
Ne dites point qu'ailleurs vôtre main est promise,
Pour le bien de l'Etat l'inconstance est permise,
Et Tigrane à son Prince immolant son espoir
Par ce trait de vertu vous en fait un de devoir.

ARSINOE'.

Tigrane de vôtre ordre a beau voir l'injustice,
Vous parlez, commandez, il faut qu'il obéïsse;

Mais, Seigneur, nôtre Sexe a souvent le malheur
D'embraſſer la révolte avec plus de chaleur.
Comme au rang que je tiens c'eſt une peine extrême
De pouvoir ſe réſoudre à prononcer qu'on aime,
Quelques charmes d'ailleurs qui flattent nos ſouhaits,
Qui l'a dit une fois ne s'en dédit jamais.
Par d'invincibles nœuds, par de ſecrettes flames,
Sans nous, ſans nôtre aveu le Ciel unit nos ames,
Et ſur l'heureux rapport qui fait ce doux lien
Tigrane eſt vôtre choix, j'y puis régler le mien.

SELEUCUS.

Il le fut, je l'avouë, & j'avois lieu de croire,
Que vôtre hymen pour luy n'étoit point trop de
     gloire,
La ſienne qu'élevoient mille fameux exploits,
Pour grand que fût ce prix, autoriſoit mon choix;
Mais plûtôt que ceder quand luy-même il vous cede,
Verrez-vous tout périr ſans ſecours, ſans reméde,
Et mon Trône pour vous eſt-il d'un ſi bas prix,
Qu'il ne mérite pas que vous ſauviez mon Fils ?

ARSINOE'.

S'il eſt quelque reméde où le mal ſemble extrême,
Vous le cherchez en moy quand il l'a dans luy-même,
Et que de ſes ennuis il voit la guériſon
S'il oſe conſentir à croire ſa raiſon.

SELEUCUS.

C'eſt en vain qu'il l'écoute, en vain qu'il la veut ſui-
     vre,
Plûtôt que n'aimer plus il ceſſera de vivre.
Pour étouffer ſa flame, il n'eſt rien qu'il n'ait fait,
La langueur qui le tuë en eſt le triſte effet,
Tout à l'heure en mes bras pâmé, plein de foibleſſe,
Chacun l'a vû ceder à l'ennui qui le preſſe.
On craint tout pour ſa vie, & contre vôtre Roy....

ARSINOE'.

Mais pour donner mon cœur, ce cœur eſt-il à moy ?

SELEUCUS.

Si vôtre amour ſe plaint d'un effort ſi funeſte,
Accordez vôtre main, le Ciel fera le reſte,

Et le temps au devoir prendra soin de fournir
La force du panchant qui n'a pû vous unir.
D'un Prince infortuné prévenez la difgrace,
Il y va de fes jours, fon deftin les menace,
Sauvez-le, fauvez-moy. Pour l'obtenir de vous
Faudra-t'il qu'on me voye embraffer vos genoux ?

ARSINOE'.

Ce feroit trop, Seigneur, & ce haut caractére...

SELEUCUS.

Si c'eft trop pour un Roy, c'eft trop peu pour un
    Pére,
Qui d'un Fils aux abois plaignant le trifte fort,
Abandonneroit tout pour empêcher fa mort.
J'en voy le coup certain dans ces dures contraintes
Dont vôtre ingrat refus redouble les atteintes.
Ce n'eft qu'abattement dans fes fens defolez,
Et s'il périt enfin, c'eft vous qui l'immolez.

ARSINOE'.

Cet amour qu'à nos yeux il tâche de contraindre
Mérite la pitié qui vous porte à le plaindre ;
Mais par quel droit, Seigneur, m'expofer aujour-
    d'huy
A l'horreur d'un tourment dont vous tremblez pour
    luy ?
Même fort eft à craindre où régne même flame,
Ce qui perce fon cœur doit déchirer mon ame,
Et dans l'ardeur d'un feu qui n'ofe attendre rien,
S'il languit fans repos, qui répondra du mien ?
J'aime, & quand cet amour par vôtre ordre a fçû
    naître,
Je n'ay point à rougir de le laiffer paroître.
Tigrane a des vertus dont le fecret pouvoir
Par mes vœux les plus doux prévenoit mon devoir.
Mon cœur fur un appui fi fort, fi légitime,
Se livra fans fcrupule à toute fon eftime,
Et ces je ne fçai quoi dont je me vis charmer,
Sont des nœuds que vous-mémes eûtes foin de for-
    mer.
Pour me promettre ailleurs puis-je en rompre la
    chaîne ?

SELEUCUS.

L'effort est grand sans doute, & j'en conçois la
    peine,
Mais lors qu'Antiochus à la mort se résout,
L'Etat souffre en sa perte, & vous luy devez tout.

ARSINOE'.

L'amour qu'on a flaté jusqu'à luy tout promettre,
Aux maximes d'Etat a peine à se soumettre,
Et pour sauver un Fils, quoy que tout semble doux,
Je n'en veux point, Seigneur, d'autre Juge que
    vous.
Stratonice vous charme, & vous sentez pour elle
Tout ce qu'un rare Objet attend d'un cœur fidelle.
Dans cet excez d'amour, prêt à la posseder,
Si le Prince l'aimoit, la pourriez-vous ceder?
Je répons de me vaincre, assûrez-m'en l'exemple.

SELEUCUS.

Jamais douleur n'auroit de matiere plus ample,
J'oserai l'avouër, mais le Ciel m'est témoin
Que pour sauver mon Fils, j'irois encor plus loin.
Je ne réserverois Sceptre ni Diadême.

ARSINOE'.

C'est promettre en grand cœur, le feriez-vous de
    même?

SELEUCUS.

Me punissent les Dieux, s'il m'en falloit presser,
L'exemple vous est sûr, qui vous fait balancer?
Songez qu'un Fils si cher sans qui je ne puis vivre....

ARSINOE'.

Si l'exemple est certain vous n'avez qu'à le suivre.
Vôtre tendresse en vain me l'offre pour Epoux,
Le Prince aime la Reine, & tout dépend de vous.

SELEUCUS.

Il aime....

ARSINOE'.

Et quoi, Seigneur? vous promettez sans peine,
Et quand il faut agir l'engagement vous gêne?

SELEUCUS.

Vôtre amour prend le change, & croit m'inquieter;

Mais sur l'aveu du Prince on n'a point à douter,
Et de vôtre Portrait l'éclatant témoignage
Fait trop voir qui des deux attire son hommage.

ARSINOE'.

Ce Portrait me convainc d'avoir touché son cœur;
Mais quand vous le voudrez vous sortirez d'erreur,
De tout ce que je dis j'ay la preuve certaine.

SELEUCUS.

Quoi, dans sa passion a-t'il nommé la Reine?

ARSINOE'.

Non, & trop de respect captive ses souhaits
Pour craindre qu'il s'échappe à la nommer jamais,
Son secret étouffé n'en fera rien connoître,
Je le tairai de même, & vous en êtes maître.
C'est à vous seulement à penser, à bien voir
Ce que de cet amour il vous plaît de sçavoir.
Je vous laisse en résoudre, & pour plus d'asseurance
Que le Prince pour moy n'a rien de ce qu'on pense,
Quoi que sur ses ennuis on vueille m'imputer,
J'abandonne ma main s'il la veut accepter.
Promettez-la, Seigneur, c'est sans trahir Tigrane
Qu'à cet effort pour vous mon devoir me condamne;
Mais si l'offre en déplaît à son esprit confus,
Gardez-vous de douter d'où partent ses refus.

SCENE II.

SELEUCUS.

AH, pour ne point douter de son indigne flame
Il suffit du desordre où se plonge mon ame,
Et la tremblante horreur sous qui mon cœur gémit,
Sans qu'on m'explique rien, ne m'en a que trop dit.
Et bien, Roy malheureux, qu'un excez de tendresse,
Dans le sort de ton Fils en aveugle interesse,
La cause de ses maux te rendoit inquiet,
Tu la voulois sçavoir, te voilà satisfait.
Un feu pareil au tien l'attache à Stratonice,

Ton bonheur fait fa mort, le fien fait ton fupplice,
Et quoi que fa vertu triomphe du defir,
Il meurt fi tu ne meurs, c'eft à toy de choifir.
Quoi ? le flateur appas de ce feu témeraire
Luy peut-il donner droit d'être Rival d'un Pére,
Et voyant à quel point on m'avoit fçû charmer;
N'a-t'il pas dû, l'ingrat, fe défendre d'aimer ?
De fes vœux par refpect arrêter l'injuftice !
Mais fi fon devoir cede, il cede à Stratonice,
Et quelque effort qu'il fift pour fe faire écouter,
Qui la voit & l'admire, a-t'il à confulter ?
Non, non, il faut qu'il aime, & fi tu tiens à crime
Qu'un Fils n'ait point borné cet amour à l'eftime,
Songe à tant de beautez dont les charmes preffans
Pour t'enflâmer fur l'heure ébloüirent tes fens.
Songe à ce noble amas de vertus & de graces
Qui fçût de tes vieux ans fondre foudain les glaces,
Ce Fils pour adorer ce qui furprit ta foy,
N'avoit-il pas un cœur & des yeux comme toy ?
Mais pourquoi rappeller dans mon ame infenfée
Le pénetrant appas des traits qui l'ont bleffée ?
Pour foutenir tes vœux par les fiens traverfez,
Crains-tu, lâche, crains-tu de n'aimer point affez ?
Songe, fonge, plûtôt que fous le poids de l'âge
L'amour ne peut offrir qu'un ridicule hommage,
Et que fous le filence un Fils prêt d'expirer
T'apprend à la raifon comme il faut déferer.
O combat, dont le trouble oppofe dans mon ame
L'objet de ma tendreffe à celuy de ma flame !
De mon cœur l'un & l'autre attire tous les vœux,
Et fans être à pas-un il eft à tous les deux.
S'il ofe confentir que l'Amour s'en affûre,
C'eft un triomphe amer dont tremble la Nature,
Et quand vers la Nature il a quelque retour,
C'eft un triomphe affreux qui fait trembler l'Amour.
Mais d'où vient qu'à l'efpoir cet amour fe refufe ?
Arfinoé peut-être ou s'abufe, ou t'abufe.
Eclairci-toy d'un mal qu'elle aime à decouvrir;
Mais quand tu l'auras fçû, le voudras-tu guérir ?

Dure

Dure néceffité d'une ame combattuë !
Je veux croire ma gloire, & ma gloire me tuë ;
Et mon cœur que toûjours trop de tendreffe émût,
Voulant tout ce qu'il doit, n'ofe voir ce qu'il veut.
Pour conferver mon Fils il faut perdre la Reine,
Il faut.... mais le voici que fon chagrin amene.
Dieux, qui voyez le trouble où je fuis abîmé,
Ne fe pourroit-il point qu'il n'eût jamais aimé ?

SCENE III.

SELEUCUS, ANTIOCHUS.

SELEUCUS.

PRince, ôtez-moy d'un doute, il ne faut plus
rien taire ;
Si ce que l'on m'a dit eft un rapport fincére,
Vous nous trahiriez tous à cacher plus long-temps...

ANTIOCHUS.

Seigneur...

SELEUCUS.

J'en ay reçû des avis importans,
Et vous feul pouvez tout pour me tirer de peine.
J'apprens qu'au vif éclat des beautez de la Reine...
Ne me déguifez rien ; que dit-on à la Cour
Des pompes que pour elle apprête mon amour ?

ANTIOCHUS.

Seigneur, qu'en peut-on dire ? on vous aime & refpecte.

SELEUCUS.

L'aveugle déference à ma gloire eft fufpecte,
Elle forme un fcrupule, & me fait préfumer
Qu'avec des cheveux gris il m'eft honteux d'aimer.
A moy même en fecret mes vieux ans me font peine
Quand j'ofe foûpirer pour une jeune Reine.
J'aime à fuir le murmure, & c'eft fur vos avis....

Th. Corn. III. Partie.   V

ANTIOCHUS.

Seigneur, oubliez-vous ...

SELEUCUS.

Non, non, parlez, mon Fils.
Je ne demande point que vous flatiez ma flame.
Ouvrez-moy vôtre cœur, je vous ouvre mon ame ;
Je puis avoir trop crû ce doux empreſſement
Qui m'a fait accepter la qualité d'Amant.
Mais ſi l'âge où je ſuis repugne à l'hymenée,
Quels qu'en ſoient les apprêts, ma main n'eſt pas
donnée,
Et je veux qu'aujourd'hui vous reſolviez pour moy
S'il faut que j'abandonne, ou retire ma foy.

ANTIOCHUS.

Comme de ma raiſon le deſordre eſt extrême,
Vous prendrez mieux, Seigneur, ce conſeil de vous
même,
Ou plutôt l'Amour ſeul a droit de décider
Ce ſcrupule de gloire où je vous voy céder.
C'eſt luy qu'il en faut croire, il connoît ſeul vôtre
ame,
Mais aprés tout l'éclat qu'a cherché vôtre flame,
Croirai-je qu'un moment puiſſe avoir refroidi
Ce feu dont vôtre cœur s'eſt toûjours applaudi ?
Croirai-je qu'à vos yeux la Reine moins aimable....

SELEUCUS.

Douter ſi Stratonice eſt toûjours adorable !
Elle pour qui le Ciel par de rares efforts
Semble avoir épuiſé les plus riches tréſors !
Elle à qui tous les cœurs, gagnez ſans réſiſtance....
Mais n'examine point enfin ce que j'en penſe,
Et croy ton Pére prêt à reprendre ſa foy,
S'il faut ce ſacrifice à la gloire d'un Roy.

ANTIOCHUS.

Non, non, aimez, Seigneur, je voy trop quel empire
A ſur vous cet amour qu'il vous plaît d'en dédire,
En tout âge il eſt beau de brûler de ſes feux ;
Vivez pour Stratonice, & rendez-vous heureux.
Auſſi bien dans l'accord qu'il vous faudroit enfraindre,

Demetrius son Pére auroit lieu de se plaindre;
Et la guerre aussi-tôt....

SELEUCUS.

A fin de l'empêcher
Il faudroit....

ANTIOCHUS.

Quoi ? l'affront s'en pourroit-il cacher,
Et manquer de parole où l'on voit que la sienne....

SELEUCUS.

Vôtre main suppléeroit au défaut de la mienne,
Et sans rompre l'accord ...

ANTIOCHUS.

Que dites-vous, Seigneur ?

SELEUCUS.

Je sçai quel coup, mon Fils, c'est porter sur ton cœur;
Un changement si dur l'arrache à la Princesse,
Mais....

ANTIOCHUS.

J'ay promis, Seigneur, de vaincre ma foiblesse

SELEUCUS.

Non, si tu souffres trop par ce nouveau projet,
Je consens que ton feu ne change point d'objet,
Et pour t'en épargner le funeste supplice,
Je suis prêt, s'il le faut d'épouser Stratonice:
J'ay même à t'annoncer le bonheur le plus grand;
Comme Tygrane céde, Arsinoé se rend,
Pour couronner tes vœux sa main est toute prête.

ANTIOCHUS.

Tigrane a de son cœur merité la conquête,
Et luy voler sa main quand il garde sa foy,
C'est le desesperer sans rien faire pour moy.

SELEUCUS.

Quoi, lors que sur tes sens l'amour prend tant d'empire....

ANTIOCHUS.

J'ay dit sur cet amour ce que j'avois à dire.
Quelque éclat qu'il ait fait, laissons Tigrane heureux,
Le temps sera pour moy, c'est tout ce que je veux.

SELEUCUS.

Je fçai qu'il peut beaucoup, mais quitte l'artifice,
Et m'apprens....

ANTIOCHUS.

Quoi, Seigneur.

SELEUCUS.

                              Aimes tu Stratonice?

ANTIOCHUS.

Si j'aime Stratonice! ah Dieux! qu'ai-je entendu?
Mon hommage sans doute à Stratonice est dû,
Je la dois reverer, Stratonice est ma Reine,
Mais que vers Stratonice un fol amour m'entraîne,
Que Stratonice ait pû m'éblouïr, m'enflamer!

SELEUCUS.

Tu la nommes souvent pour ne la point aimer.

ANTIOCHUS.

Hélas! pour écouter un feu si téméraire,
Oublierois-je, Seigneur, que vous êtes mon Pére?
Ah, plutôt mille morts....

SELEUCUS.

                        Va, c'en est trop, mon Fils,
Je découvre l'abîme où ton respect t'a mis.
Tu m'immoles ta vie, & j'aime à te la rendre.
Quelques charmes d'abord avoient fçû me surprendre,
Mais puis que ton amour peut dégager ma foy,
Sans que j'en souffre rien Stratonice est à toy.
Aime-là, j'y renonce, & me souviens à peine
Que mon hymen conclu te la donnoit pour Reine.
D'un cœur aussi content que le sort m'en est doux
Je verrai l'heureux jour qui t'en rendra l'Epoux.
J'ay déja sans effort banni de ma mémoire....

ANTIOCHUS.

Gardez, Seigneur, gardez d'oser trop vous en croire,
Quoi que vôtre bonté s'offre à sacrifier,
Oublier tout si-tôt, c'est ne rien oublier.
Mais pourquoi m'en promettre une preuve si vaine?
Vous le fçavez, Seigneur, je n'aime point la Reine,
Epousez-là, de grace, & si ce n'est assez....
Mais, ô Dieux!

SELEUCUS.

   A la voir, Prince, vous rougissez ?
Parlons-luy, cette épreuve est encor nécessaire,
Vous sçaurez mieux aprés ce que vous pourrez faire.

SCENE IV.

SELEUCUS, STRATONICE, ANTIOCHUS, TYGRANE, PHENICE, Suite.

STRATONICE.

SEigneur, Tigrane a crû devoir encor par moy
Vous donner aujourd'huy des preuves de sa foy,
Et malgré les ennuis dont la rigueur le presse,
Il vient vous assurer que si de la Princesse
Vos souhaits dés l'abord ne peuvent obtenir....

SELEUCUS.

Son zéle m'est connu ; qu'on la fasse venir.

TIGRANE.

Seigneur....

SELEUCUS.

   Lors qu'à Tigrane on voit tout si contraire,
Madame, vous pouvez ordonner qu'il espére.
Quoi que d'Arsinoé le Prince soit charmé,
Il sçaura l'oublier s'il est ailleurs aimé ;
Mais il faut qu'il le soit d'un Objet adorable,
D'un Objet en mérite à soy seul comparable,
Et cet Objet si rare, & préferable à tous ;
S'il faut m'expliquer mieux ne peut être que vous.

STRATONICE.

Seigneur, dans ma surprise agréez mon silence.
J'ay cedé sans murmure aux loix de ma naissance,
Par elles je vous dois & ma main & ma foy,
L'une est à vous déja, l'autre est encore à moy,
Et si mon hymenée est pour vous une gesne,
Je puis....

SELEUCUS.

Dans mes Etats vous devez être Reine,
Et je ne manque à rien si mon Fils couronné
Vous assure le rang qui vous est destiné.
Mon amour s'en émeut, mais je voy qu'à mon âge
L'hymen où j'aspirois est pour vous un outrage;
Et d'ailleurs, il y va d'étouffer tant d'ennuis....

STRATONICE.

Mon devoir a toûjours reglé ce que je puis;
Seigneur, aprés cela je n'ay rien à vous dire.

ANTIOCHUS.

A ce que veut le Roy gardez-vous de soufcrire.
Pour moy de sa tendresse il croit trop les appas,
Madame, il vous adore.

SELEUCUS.

Et ne l'aime-tu pas?

ANTIOCHUS.

Aimer la Reine? ô Ciel!

SELEUCUS.

Et bien, il t'en faut croire
Mais si de son hymen tu rejettes la gloire,
Fay qu'elle-même au moins puisse apprendre de toy
Que ses charmes sont peu pour surprendre ta foy,
Qu'un mépris....

ANTIOCHUS.

Moy, j'aurois du mépris pour la Reine!
Seroit-il pour ce crime une assez rude peine?
Jamais tant de beautez n'eurent droit de charmer;
Mais, Seigneur, je ne dois ni ne la veux aimer.
J'en atteste les Dieux, & si de ma foiblesse
Vôtre ame....

SELEUCUS.

Accepte donc la main de la Princesse,
Je la laisse à ton choix.

SCENE V.

SELEUCUS, STRATONICE, ANTIOCHUS, ARSINOE, TIGRANE, PHENICE, BARSINE, Suite.

ARSINOE.

Elle est à luy, Seigneur,
S'il peut pour l'accepter faire suivre le cœur;
Mais la Reine....

ANTIOCHUS.

Ah, Madame ! & vous-même osez dire...
Mais, Seigneur, vous voyez à quoi sa flame aspire,
Pour épargner Tigrane elle veut m'imputer....

SELEUCUS.

Il est temps de résoudre, & non de consulter.
Puis qu'elle offre sa main, c'est à toy de la prendre,
Je n'en croi que ce gage.

ANTIOCHUS.

Et bien, il me faut rendre,
Ceder à mon destin. Donnez, Princesse, helas !
Seigneur, c'est de Tigrane assurer le trépas.
Des jours qu'il m'a sauvez est-ce la recompense ?

ARSINOE donnant au Roy le Portrait
de Stratonice.

Ce Portrait confondra son obstiné silence.
L'ayant trouvé, Seigneur ; sans qu'il en ait sçû rien,
Pour lire dans son cœur j'ay supposé le mien.
On m'impute par là ce qu'il sent pour la Reine.

SELEUCUS.

Connois-tu ce Portrait ?

ANTIOCHUS.

Ordonnez de ma peine,
Il faut punir le crime où l'amour m'a fait choir,
C'est tout ce que je puis, & connoître, & sçavoir.

SELEUCUS.

Non, mon Fils, contre toy ne crains rien de ma flame
La Reine, je l'avoüe, avoit touché mon ame,
Mais aprés les efforts que s'est fait ton amour,
Il est beau que du mien je triomphe à mon tour.
Je t'en fais possesseur, & Roy de Phenicie.

ANTIOCHUS.

Que tout vôtre heur s'immole à celui de ma vie !
Non, non, plutôt, Seigneur, abandonnez un Fils
Je vaincrai ma foiblesse, & je vous l'ay promis.

SELEUCUS.

Cesse d'en vouloir croire un respect qui me tuë,
Tu dois vaincre ta flame, & la mienne est vaincuë.
Je vous l'avois bien dit, que pour sauver ses jours
Je n'attendois plus rien que de vôtre secours.
Madame, à son espoir vous rendrez-vous contraire

STRATONICE.

Ma réponse, Seigneur, dépend du Roy mon Pére,
Ses seules volontez ont droit de m'engager.

SELEUCUS.

A donner son aveu nous sçaurons l'obliger.

ANTIOCHUS.

Seigneur, encor un coup....

SELEUCUS.

Obéy sans replique,
C'est tout ce que je veux que ton devoir m'explique.

ANTIOCHUS.

O bonté sans égale, ô vertu dont l'éclat
Loin de punir un Fils récompense un ingrat !
Madame....

SELEUCUS.

Aprés l'ennui des plus rudes allarmes
Tigrane de l'espoir goûtera mieux les charmes,
S'y rendra tout entier, attendant l'heureux jour
Qui remplissant ses vœux, couronne vôtre amour.

Fin du troisiéme Volume.